国家移民管理局新闻中心一报一刊好新闻作品集
（2020年）

国家移民管理局新闻中心 ◎ 编

群众出版社
·北京·

图书在版编目（CIP）数据

国家移民管理局新闻中心一报一刊好新闻作品集. 2020年/
国家移民管理局新闻中心编.
——北京：群众出版社，2022.3
ISBN 978-7-5014-6194-3

Ⅰ.①国… Ⅱ.①国… Ⅲ.①新闻–作品集–中国–当代Ⅳ.①I253
中国版本图书馆CIP数据核字（2022）第021646号

国家移民管理局新闻中心一报一刊好新闻作品集（2020年）
国家移民管理局新闻中心　编

出版发行：	群众出版社
地　　址：	北京市丰台区方庄芳星园三区15号
邮政编码：	100078
经　　销：	新华书店
印　　刷：	天津盛辉印刷有限公司
版　　次：	2022年3月第1版
印　　次：	2022年3月第1次
印　　张：	25.25
开　　本：	787毫米×1092毫米　1/16
字　　数：	398千字
书　　号：	ISBN 978-7-5014-6194-3
定　　价：	93.00元
网　　址：	www.qzcbs.com
电子邮箱：	qzcbs@163.com

营销中心电话：010-83903991
读者服务部电话（门市）：010-83903257
警官读者俱乐部电话（网购、邮购）：010-83901775
公安业务分社电话：010-83906110

本社图书出现印装质量问题，由本社负责退换
版权所有　侵权必究

国家移民管理局新闻中心一报一刊好新闻作品集（2020年）

《好新闻》编委会

主　　任：聂虹影

副 主 任：杨　林　于　雷

编　　委：（按姓氏笔画排序）

于　雷　于欣彤　王益民　王云龙　王海锋

王江超　伏雪琨　刘姝梦　李懿恒　杨　林

吴志坚　郑佳伟　聂虹影　黄泽森　夏　飞

韩　瑞

执行编委：于　雷　王云龙　伏雪琨　王海锋　刘姝梦

讲好新时代移民管理故事

历史，总在一些特殊的节点给人以重整行装再出发的力量。踏着党和国家机构改革的时代鼓点，2019年1月1日，经国家新闻出版署批准，由国家移民管理局主管、国家移民管理局新闻中心主办的《中国移民管理报》《中国出入境观察》杂志（以下简称"一报一刊"）正式创刊。

作为国家移民管理局党组机关报刊，"一报一刊"牢牢把握正确政治方向，坚持不懈用习近平新时代中国特色社会主义思想武装头脑，时刻关注党中央在关心什么、强调什么，深刻领会什么是国家移民管理局党组抓的大事要事，切实把增强"四个意识"、坚定"四个自信"、做到"两个维护"，落实到采、编、审、发各环节，抓牢政治家办报办刊主导权。牢牢把握正确舆论导向，深入宣传报道全国移民管理机构在贯彻落实党中央决策部署上取得的新成效，在推动工作高质量发展上迈出的新步伐，在"四化"队伍建设上实现的新进步，在推进移民治理体系和治理能力现代化上达到的新水平，切实提高新闻报道的传播力、引导力、影响力、公信力。牢牢把握正确价值取向，把镜头和笔触对准一线、对准基层，深入挖掘、认真提炼、大力宣传典型模范，使国门卫士的时代形象"立"起来、时代风采"活"起来、时代正气"传"开来，唱响忠诚之歌、担当之歌、为民之歌、奉献之歌，树起移民管理警察的良好形象。

翻开今天的"一报一刊"，从评论、理论的黄钟大吕，到消息、通讯的时代足音，再到散文、诗歌的清雅之声，作者编者采编了大量有思想、有温度、有品质的作品，"沾泥土""带露珠""冒热气"的文章。这套作品集收录了从2019年、2020

年"一报一刊"优秀作品中遴选出来的代表作。捧读这些作品，可以读出新时代国家移民管理机构与时偕行的铿锵步伐，可以读出推进移民治理体系和治理能力现代化的点滴之功，可以读出新中国第一代移民管理警察不惧艰险、志在安邦的家国情怀。当然，也能从中洞察出移民管理新闻人坚守理想、践行"四力"的匠心独运。

回望过往奋斗路，心潮澎湃；眺望前方奋进路，豪情满怀。

在新的赶考之路上，我们的使命更光荣、任务更艰巨、挑战更严峻，必须以永不懈怠的精神状态和一往无前的奋斗姿态奋进新征程、建功新时代。国家移民管理局新闻中心将坚持把学习宣传贯彻习近平新时代中国特色社会主义思想作为鲜明主题和突出主线，深入贯彻习近平总书记关于新闻舆论工作的重要论述，胸怀大局、把握大势、着眼大事，以"政治家办报"为统领巩固壮大主流思想舆论，以内容建设为基础发挥团结稳定鼓劲作用，以改革创新为动力主动适应媒体格局深度调整，以队伍建设为抓手打造全媒型采编团队，担当"举旗帜、聚警心、育新人、兴文化、展形象"使命任务，不断提高"一报一刊"的传播力、引导力、影响力、公信力。

编者
2022 年 3 月

目录

消 息

001 力保春运期间口岸顺畅 / 付佳萍　梁嘉祺
003 新春祝福送到帕米尔高原 / 李康强
006 "回到祖国怀抱真好" / 周　日　梁　箫
007 大力解决在甬境外人员办证难题 / 王文铸　王海燕
008 汇聚国际力量联合战"疫" / 吴祖贤　谢丽勋　杨佳林
010 战将，在火线提拔 / 周泽方
011 守护中国测量登山队成功登顶丈量世界之巅 / 龙小凤　贺烈烈
013 "三亮"破题发力　"三诺"提神鼓劲 / 李景瑞　张方涛
014 一堂特殊"云党课"彰显党性光辉 / 梁靖雯　蒋　霖
015 青出于蓝而胜于蓝 / 许银晗　卜凡童
017 团结合作是战胜疫情最有力武器 / 张润泽　夏　飞
019 让全世界更好地了解中国 / 袁　利
021 进博会现场就能申请签证延期 / 张　博
023 一条"暖警专线"串起百里"无人区"的回家路 / 高　麓　张　辉
025 帮扶广西三江县顺利实现脱贫摘帽 / 石玉爱　杨　林

通 讯

028 "大流沙"下的舍命救援 / 何宇恒　姜凯峰
031 "小白"如何炼成"熟手"？ / 丁际超
033 战"疫"中的旗帜最鲜红 / 杨　林
040 武汉战"疫"，出入境在行动！ / 李　晶　董国良
043 奋楫扬帆逐浪高 / 陈　杰　张成斌　王云龙

053	她们就像木棉花 / 肖　林　田洪涛　蒋　霖	
056	记录口岸"疫"线又一个不眠之夜 / 黄　钊	
058	勇当"逆行者"　一线展英姿 / 徐殿伟　王剑霜　钟　勤	
061	风雨中 24 小时接力执行勤务 / 于海夫　王　皓	
063	筑牢"外防输入"铜墙铁壁 / 王益民　夏　飞	
068	在战"疫"中展现奉献担当 / 邱小平	
071	乘风破浪奋楫新时代 / 夏　飞	
080	8 小时勤务接力迎漂泊船员回家 / 于昕柠　毛　婷	
082	筑牢边境抗疫"生命线" / 李树明	
084	奋楫中流争当"先行军" / 宋　歌　朱晨鹏	
087	暖流涌动中英街 / 黄　炫　江中显	
088	昆仑山深处传来两会声音 / 李康强　王九峰	
090	树牢一切工作到支部鲜明导向 / 康国宁　任利勇	
092	"既然来了就没想离开" / 胡俊浩	
095	党性光辉照亮 103 岗 / 邱小平	
097	这套招式有点狠 / 黄　威	
099	恰似春风度玉关 / 易欣文	
107	全力战"疫"T3-D / 占　媛　王晨光　臧　朔	
109	田间地头来了"土卡呢" / 李康强　王贵生	
111	"哪壶不开提哪壶"为哪般？/ 王晓刚	
114	侗歌声声唱给党 / 张成斌	
120	做疾风劲草　当烈火真金 / 王晓琪	
122	激流上搭建"生命之索" / 李飞飞　彭维熙	
124	国门边境奏响气壮山河战"疫"歌 / 夏　飞	
135	"熟人"办证你敢信？/ 李　超　杨桂开	
137	"在这里戍边，心里满是骄傲和自豪" / 邱小平	
139	把"过紧日子"要求落到实处 / 张云波　丁际超　宋华龙	
143	在世界级大港彰显边检作为 / 施建文　舒　波　于　雷	

146	在传唱"春天的故事"中谱写精彩篇章 / 刘姝梦
149	有了这张"婆婆嘴",大事小事误不了 / 刘晓伟　黄金衔
151	"女汉子"的铁骨柔情 / 王云龙
155	"师姐"钻进"钱眼"里 / 王　莹　傅斯雅　洪培鑫
156	针针落在穴位上 / 牟国芳　贺　涛
158	把党的声音传到牧民心坎上 / 康国宁　任利勇
160	愿做国门一块石 / 任　李　李　凌　石明明
162	好风凭借力　扬帆再起航 / 汪　桢
168	湖北,打赢一场艰苦卓绝的战"疫" / 周泽方
175	抗疫洪流的五朵"浪花" / 张　霄
180	沸腾的边关暖暖的心 / 张　佳
185	"互联网+移民政务":移民管理进入云时代 / 王云龙
192	三朵警花竞芳菲 / 李　俊　李煜锋　都　超
197	花季青春　诗意人生 / 张成斌　雨　田
201	证研"梦工厂"的成长协奏曲 / 于　雷　王云龙
210	马攸桥,梦里梦外都是你 / 贺烈烈
215	筑牢防范打击非法出入境的钢铁长城 / 李远平　冯国梁
221	走进春天的派出所 / 刘茂杰
227	高擎战毒利刃　奏响禁毒凯歌 / 杨佳林　谢丽勋
235	万山之州:见证千年丝路兴衰变迁的西部圣地 / 张　佳
241	"103岗":从国门到家门的枢纽 / 邱小平
249	不会颠勺的驾驶员不是好摄影师 / 殷卓骏　刘　钊
253	科摩罗:穿越4亿年,只为"鱼"你相见 / 任　多
256	壮志凌云七十载　鲲鹏展翅翱九霄 / 徐殿伟　刘姝梦
279	三十而"丽" / 王　皓
283	珠江潮平两岸阔　风劲扬帆正当时 / 魏东伟　陈兰芳
287	擦亮"重要窗口"边检执法名片 / 李　翔
292	标点符号里的练兵密码 / 邓亚运　费伯俊

299　一声"想你"　一生想你 / 魏振军　韩　瑞　张　浩
302　新横琴口岸：琴澳同心奋进的新舞台 / 张子恒　朱金辉　朱　炳
309　原点起航　国门听涛 / 孙云鹏　闫　昕
314　只要一息尚存，决不后退一寸 / 何宇恒
318　长白山下，民族团结之花美丽绽放 / 齐　晗　李　冰
324　三江蝶变 / 王云龙

言　论

335　用"四防"衡量担当 / 韩　瑞
337　打赢，是决心更是答案！ / 林　旭
340　用矛盾论观点审视全警实战大练兵 / 高金壮
342　把初心和使命落实到工作岗位上 / 徐晓伟
345　允许三类外国人入境体现大国担当 / 王　光
347　打造对党绝对忠诚的坚强前哨和巩固后院 / 胡小明
350　不能让老实人吃亏 / 易　达
352　文化的本质是铸魂育人 / 林华志
356　激发内生动力，走好脱贫摘帽"最后一公里" / 高峻龙
363　念好练兵"三字经" / 王　羽

图　片

365　加开专用通道 / 林圣敏
366　做好疫情防控助力牧民生产 / 阿依别克·达列力
367　为世界之巅"量身高"也有他们辛劳 / 毕　琦　龙小凤　刘　恋
369　临沧边境管理支队"国际禁毒日"公开销毁毒品 / 母赛昌
370　架起生命通道 / 杨　磊
371　皮斯岭达坂巡逻 / 王贵生
372　昂首阔步迎接新年曙光 / 李俊修　高　峰　肖建波

375　扬鞭策马守护繁华 / 康国宁　格日勒朝克图　任利勇
376　爱，转过 749 道弯 / 庄　兴　谢丽勋　刘惠语　崔立霞
379　防输入　保通关 / 钱　程
382　守卫圣山的美丽与祥和 / 康国宁　格日勒朝克图　任利勇
383　"容老师，节日快乐！" / 章善玉　姚蓓雨
385　夜幕下的执勤点 / 田洪涛　常东菊
387　" '一张图' 管理平台"保障边境平安 / 牛　鑫　连　振

漫　画

388　将训词精神融入血脉 / 陈冉昊　易　知
389　精准防控境外疫情输入 / 王聪睿

| 消 息

高崎边检站不断提升"边检速度"
力保春运期间口岸顺畅

本报厦门1月13日电 付佳萍、实习生梁嘉祺报道：1月10日，春运首日，厦门高崎机场一大早便人潮涌动。高崎出入境边防检查站的民警们在出发大厅一边发放印有中国公民出境通关指引提示卡，一边帮助出境旅客使用自助通道过检。

"请出示您的护照，您的证件可以使用自助通道过关，过关速度更快。"民警林少云向正待通关的旅客温馨提示。

"我第一次出国，自助通道怎么用，能帮帮我吗？"旅客问道。林少云演示说："只需三步，您看好，先把护照平放在阅读机上，第一道闸门打开后进入通道进行生物信息核验，等第二道门打开，过关就完成啦。"

旅客过关后，惊喜地说："真是太方便了，原来过关是这样的。"

自助通道过检，使许多旅客感受到仅需10秒即通关的"边检速度"，大大缓解了通关压力。

高崎边检站"同心桥"服务组负责人陈慧樱说，今年春节是近8年日期最早的，节前出国游、境外华人华侨返乡潮将比往年提前。从1月15日起至2月8日，高崎口岸将累计增开出入境航班148架次，春运客流量将明显增加。

该站充分运用"高崎边检航班动态与智能勤务平台""旅客通关候检智能计时预警系统"等加强客流预测和动态分析，提前预知出入境客流高峰，及时发布通关提示。

在执勤现场，一位小女孩捧着民警刚发的奖状，开心地跑向妈妈："我是'通关小达人'。"这是高崎边检站首创的"大手牵小手，爱心一起走"的7×24小时"爱心通道"服务举措。

在高崎口岸，时常会遇到家庭出行，但小朋友往往因年龄、身高问题不符合自助通关条件,该站便建议此类旅客选择"爱心通道",家长可以将小朋友及证件交由边检工作人员,然后前往"爱心等候区"与小朋友汇合,会有专人全程贴心引导小朋友过检。

此外,该站还针对春运期间需要帮扶的旅客,设置"特别通道",并组织青年民警为老人们提供引导帮扶。

【《中国移民管理报》第00109期2020年1月14日2版】

| 消 息 |

许甘露春节期间到新疆看望慰问基层一线民警
新春祝福送到帕米尔高原

本报乌鲁木齐 1 月 26 日电 记者**李康强**报道：1 月 22 日至 25 日，带着国务委员、公安部部长赵克志，公安部常务副部长王小洪的亲切关怀，公安部副部长、国家移民管理局局长许甘露深入新疆公安机关、移民管理机构基层单位，看望慰问一线执勤民警，参加"边关年·家国情"边疆团聚活动，除夕夜在海拔3850 米的红其拉甫边境派出所与民警守岁，把公安部党委、国家移民管理局党组的新春祝福送到了帕米尔高原基层一线。

在乌鲁木齐，许甘露一行到自治区公安厅、新疆出入境边防检查总站机关、乌鲁木齐出入境边防检查站和出入境管理支队办证大厅，看望慰问值守民警，向全疆广大民警致以节日问候，要求大家深入学习习近平总书记对新疆工作一系列重要指示，贯彻落实党中央治疆方略，始终把党的政治建设摆在首位，打造坚强过硬的各级领导班子，全面聚焦"四个铁一般"的标准，切实抓实队伍教育管理，坚决维护国家政治安全和新疆口岸边境稳定。

在克州边境管理支队盖孜边境检查站，许甘露检查执勤现场，看望慰问一线民警，勉励广大民警要牢记职责使命，全力维护边境辖区安全稳定；在苏巴什边境派出所，他与柯尔克孜族优秀护边员麦麦提努尔·吾布尔艾山亲切座谈，对麦麦提努尔一家四代接力护边的感人事迹给予高度评价，勉励他继承光荣传统，忠诚护边守边，为维护边境稳定再立新功。其间，按照"百万警进千万家"活动要求，他还深入 2 户塔吉克族牧民群众家里走访慰问，把党和政府的温暖送到了高原牧民心中。

在红其拉甫和卡拉苏出入境边防检查站，许甘露一行慰问了执勤民警，勉励大家忠诚履职，全力维护国门口岸安全稳定。他兴致勃勃参观了红其拉甫边检站温室大棚，与在高原上坚守了 24 年的转改新警、全国模范退役军人孙超亲切交谈。当得知孙超经过多年摸索，在帕米尔高原上成功种植了36个品种的蔬菜时，他连连称赞，鼓励孙超扎根帕米尔高原，继续奉献移民管理新事业。

1月23日，许甘露参加"边关年·家国情"边疆团聚活动，和从祖国各地来疆与戍边民警团聚的136名家属共同观看迎新春联欢会，共迎新春佳节。他代表国家移民管理局党组向广大家属致以崇高敬意和衷心感谢。他说，天山山高、边疆路远，北京和新疆心连心，移民管理局机关与广大一线基层民警和家属感情深。一年来，在习近平总书记和党中央的重视关心下，按照公安部党委的部署，局党组和机关做了许多暖心惠警的实事好事，民警落户、工资待遇、住房、休假、婚恋等难题得到进一步解决，今后将一如既往心系基层一线民警，忧民警所忧、盼家属所盼，尽力为民警解决更多的实际困难。他希望广大家属继续全力支持戍边民警扎根边疆、建设边疆，勉励民警履职尽责、戍边报国，为边疆社会发展与繁荣稳定贡献力量。

除夕晚上，许甘露在红其拉甫边境派出所通过视频系统慰问了内蒙古出入境边防检查总站算井子边境派出所等6个基层单位和10名功模及英烈家属代表，向坚守岗位的广大民警及其家属送去了新春祝福。他指出，刚刚过去的2019年，全国移民管理系统以习近平新时代中国特色社会主义思想为指导，在党中央的坚强领导下，认真贯彻落实公安部党委部署要求，忠诚履职、砥砺奋进、拼搏奉献，攻克了一个又一个难关，打赢了一场又一场硬仗，圆满完成了党中央赋予的神圣职责使命，以优异成绩向党和人民交上了一份合格的答卷。他要求，全国移民管理系统广大民警职工要深入贯彻落实党中央决策指示和公安部党委部署安排，恪尽职守、勇挑重担，继续发扬不怕苦累、连续作战的优良作风，毫不放松地抓好维护边境口岸安全稳定各项工作，为广大群众欢度新春佳节创造良好环境。随后，许甘露与红其拉甫边境派出所民警座谈，听取一线民警的心声，和大家一起包饺子、看春晚、过大年。

大年初一一大早，许甘露沿中巴友谊公路一路向西，来到海拔5100米的红其拉甫边检站前哨班，慰问了驻守在海拔最高国门口岸的执勤民警，勉励大家传承发扬新老"三特"精神，不忘初心、牢记使命，全力守好祖国西大门。

此次新春慰问活动，向广大民警、家属及护边员传递了温暖，进一步凝聚了警心，激励了斗志。大家表示，衷心感谢部党委、局党组的关心记挂，将不忘初心、牢记使命，扎根边疆、卫国戍边，全力维护国家安全和新疆边境稳定，为新时代移民管理事业再立新功。

在乌鲁木齐时，中共中央政治局委员、新疆维吾尔自治区党委书记陈全国等自治区党委、政府领导和新疆生产建设兵团负责人亲切接见了慰问组。

国家移民管理局党组成员、副局长赵昌华和局机关综合司、干部人事司有关同志全程参加慰问。

【《中国移民管理报》第00113期2020年1月28日1版】

友谊关边检站为滞留越南中国旅客回国提供便利
"回到祖国怀抱真好"

本报讯　周　日、梁　箫报道："这是从中国陆路口岸第一批次回国的同胞，我们一定要科学应对、安全防护，确保同胞们踏入国门如同回到家一样温暖！"2月1日22时许，广西友谊关口岸联检大楼内，友谊关出入境边防检查站带班领导、站长范文敏正有条不紊地部署勤务。

受新型冠状病毒感染肺炎疫情影响，大量中国旅客被迫滞留越南机场。为确保旅客顺利回国，中国驻越南大使馆协调车辆，接上滞留的中国旅客从友谊关口岸入境回国。夜幕下的友谊关口岸灯火通明，23时许，载有中国旅客的大巴驶近中越边境"零公里"处，该站"党员先锋岗"民警许江顺和李大进已经提前守在了这里。

"欢迎你们平安回家，请这边走。"隔着口罩，许江顺提高了嗓门儿。为避免交叉感染，旅客们在许江顺二人的监护下前往海关隔离区域，先行检测体温。

"所有旅客已检查完毕，体温均正常，加开'绿色通道'验放！"李大进通过对讲机通知入境检查大厅。大厅另一侧，接到指令的民警迅速开通自助通道，不到10分钟，61名旅客顺利办结入境手续。

据介绍，这次滞留越南的旅客是从中国陆路口岸第一批次回国的旅客。为了让同胞们尽快回到祖国与家人团聚，该站主动汇报、积极沟通，多次协调越方边检部门，争取延长口岸闭关时间，并增派民警前往执勤现场全程保障，为同胞们提供安全、快捷、温馨的通关环境。

"回到祖国母亲的怀抱真好，谢谢边检的同志！"旅客李先生由衷感慨。

【《中国移民管理报》第00116期2020年2月7日3版】

| 消 息 |

宁波市公安局出入境管理局力推"宁波全域一码通"
大力解决在甬境外人员办证难题

本报宁波 2 月 20 日电　　**王文铸、王海燕**报道：按照浙江省"健康码"管理机制要求，宁波市公安局出入境管理局坚持线上线下同步推进，全力做好在甬境外人员申请"全域一码通"配套落实工作，巩固防疫战果。

——畅通支付宝线上申请渠道。主动收集"全域一码通"实施后境外人员线上申请时遇到的各种问题，第一时间反馈、改进，自 2 月 18 日开始，在甬境外人员均能通过支付宝在线申请到"健康码"。同时，该局联合相关部门制作英文版操作指南，利用微信工作群推送给涉外单位和在甬境外人员。

——细化"甬行证"线下申请流程。针对不便使用支付宝的部分境外人员群体，该局对"甬行证"申请流程进行细化，组织专人制作中英文版申请承诺书，与公安派出所联动，将签发数据实时报送属地出入境管理部门进行核查，确保申请准确性。2 月 18 日下午，中河派出所发出鄞州区第一张外籍人员"甬行证"，来自比利时的彼得先生只用时 5 分钟就顺利拿到证件。新政施行首日，该局就签发"甬行证"61 张。其中，外国人 33 张，港澳台人员 28 张。

——主动提供送证上门服务。连日来，宁波各地出入境管理部门积极作为，主动对接辖区内外籍高层次人才，对有办证需求又不便到派出所申请"甬行证"的，提供送证上门服务，全力确保宁波涉外领域复工秩序平稳有序。宁海县公安局出入境管理大队获悉宁波欧晋朗电器管理公司一名法国专家因语言沟通障碍，去派出所办证有困难的情况后，便会同跃龙派出所民警主动上门核查，为其办好证件，主动送证上门，获得法国专家高度赞扬。目前，宁波全市公安机关已累计为 38 名境外人员提供送证上门服务。

【《中国移民管理报》第 00120 期 2020 年 2 月 21 日 2 版】

云南边检总站深化对外交流合作助力疫情防控
汇聚国际力量联合战"疫"

本报昆明 3 月 9 日电 吴祖贤、记者谢丽勋、实习生杨佳林报道：患难见真情，防疫无国界。3 月 8 日上午，普洱边境管理支队在中越边境龙富通道，接收了越南奠边省边防部队指挥部捐赠的 1 万只医用口罩。这只是云南出入境边防检查总站深化对外交流合作助力疫情防控的一个缩影。

新冠肺炎疫情暴发以来，该总站充分发挥职能优势，积极推进与越南、老挝、缅甸、泰国执法部门交流合作，汇聚国际力量联合战"疫"。该总站各级与越老缅泰等国执法部门共联络282次，外方各级部门纷纷致函对我国疫情防控工作表示关心支持。中越、中老、中缅11个陆地边境口岸（通道）先后恢复通行，16个口岸（通道）在做好体温监测措施后正常通行，21个口岸（通道）外方执法部门表示完全信任中方疫情防控能力，未采取任何限制性出入境管控措施。全省边境口岸出入境秩序、边贸与互市逐步恢复，有效减少了疫情造成的经济社会影响。

"青山一道同云雨，明月何曾是两乡。"疫情防控期间，该总站各级与周边国家执法部门持续保持密切沟通，及时互通信息，传递中方抗击疫情的坚定决心和严防疫情向外蔓延的高度负责态度，越老缅泰等国执法部门以实际行动声援、支持该总站及国内疫情防控工作，凝聚起共抗疫情合力。1月29日，来自越南老街省、安沛省的4万只口罩从河口口岸入境，发往武汉；2月25日，缅甸国防军向中方援助的27万套防疫物资飞抵昆明空港口岸，发往武汉；3月5日，缅甸政府捐赠给湖北武汉的200吨大米从瑞丽口岸入境，发往武汉……截至目前，该总站累计开通"绿色通道"219次，保障284批124万套防疫物资顺畅通关。

为实现边境疫情防控和复工复产"两手抓"，该总站与外方执法部门开展联合执法，加强对疫情防控和边境便道小路的封堵，严厉打击跨境违法犯罪活动。同时，依据国家移民管理局出台的助力疫情防控服务经济民生的相关举措，组建国门复工复产服务队，在边境一线吹响复工复产的号角。

【《中国移民管理报》第00126期2020年3月13日1版】

湖北边检总站注重在疫情防控一线考察干部
战将,在火线提拔

本报讯 通讯员 周泽方 报道:"这次火线提拔时机特殊,意义非凡,不仅是对这两名同志的认可,更是对全体抗疫民警的肯定。"4月2日上午,湖北出入境边防检查总站召开宣布干部任职命令大会,武汉出入境边防检查站民警任世炎、杜度分别被提拔为执勤二队、三队副队长。

对任世炎来说,职业生涯已走过13个年头。他说,拼搏奋斗是他的人生信条。长期扎根一线,不仅培养了他的忠诚品格、业务能力,更锻造出"硬汉"性格,足以从容面对疫情考验。

在执勤现场,民警任世炎的电话、对讲机少有安静的时候,同事们都说他长着"三头六臂"。每次通宵执勤,从验证台到备勤室,从验证大厅到停机坪,他的"微信运动"步数总能破万,他的精神头儿总是提得最足。不仅业务工作出色,疫情期间还承担队里的思想教育工作,这位认真的"老大哥",总是尽心尽力了解大家的想法,帮助解决困难。

民警杜度早在入职时就因业务功底扎实,被大家亲切地称为"百分女孩"。10年来,她已成长为业务骨干,热爱边检事业的初心从未改变。

在抗击疫情工作中,她平均每日与省市外办、机场公安分局、机场管理部门等单位沟通联络10余次,共计发布50余个国家近80批次出境包机计划,处理违法违规案件14起,无一错漏。"雷厉风行、任劳任怨,她还是当年那个'百分女孩'!"杜度的老搭档石纯林这样评价。

在疫情防控斗争一线考察干部,在火线中选拔战将、猛将,任世炎二人经受住了考验和淬炼,凸显出移民管理警察的实力和担当。

【《中国移民管理报》第00134期2020年4月10日2版】

| 消 息 |

珠峰边境派出所履职尽责打造安全稳定环境
守护中国测量登山队成功登顶丈量世界之巅

本报珠峰大本营 5 月 27 日电 龙小凤、实习生贺烈烈报道：没有比脚更长的路，没有比人更高的山。今天上午 11 时整，中国 2020 珠峰高程测量登山队成功登顶地球第一高峰——珠穆朗玛峰，为珠峰"量身高"，这也是人类首次在珠峰峰顶开展重力测量，再次让世界看见中国的新高度。

60 年来，中国人一次次挑战世界之巅，一次次刷新珠峰测绘记录。当天，常年驻守在这里的西藏日喀则边境管理支队珠峰边境派出所民警，第一时间在海拔 5200 米的珠峰大本营警务区，向登山队送去来自国家移民管理机构的"硬核"祝贺，与留守队员合影留念，共同见证历史时刻。

珠峰边境派出所作为珠峰核心区唯一的执法单位，主要承担珠峰北侧治安管理、中外游客管理、证件查验等工作。2020 珠峰高程测量正式启动以来，该所在珠峰大本营警务区开启全天候警务模式，联合登山队工作人员在上绒布寺设置临时卡点，加强珠峰大本营警务区的疫情防控、治安巡逻、安全排查等工作，优化调整勤务力量和群防群治力量，对进入边境管理区车辆、人员进行严格核查，严防外来无关人员、车辆进入珠峰高程测量登山队任务区。

在此次珠峰高程测量登山过程中，该所与中国登山协会、珠峰管理局、中国移动西藏分公司、中国电信西藏分公司、中国联通西藏分公司等单位提前沟通，充分了解测量工作需求，做好服务保障工作。

为确保登山队安全，有效管控边境地区，该所建立民警常态化走访珠峰大本营机制，主动跟进服务，为登山队提供安全稳定的工作环境。同时，还成立"世界之巅"服务小分队，服务保障登山队开展登山适应性训练和高海拔地区测量技能操练。针对当前珠峰景区人员较多和帐篷搭建较为密集的情况，该所及时协助登山队排查和消除各类安全隐患，确保人员生命财产安全和登山活动顺利有序开展。

甘做无名石，仗剑守珠峰。多年以来，该所民警忠诚坚守雪域高原，充分发扬"艰苦不怕吃苦、缺氧不缺精神"的喜马拉雅卫士精神，出色完成各项工作任务。2008年，该所因守护北京奥运会"祥云"火炬登顶珠峰荣立集体三等功。

【《中国移民管理报》第00148期2020年5月29日1版】

| 消 息 |

"三亮"破题发力 "三诺"提神鼓劲
安庆边检站"目视化"管理教育激发党员队伍新活力

本报讯 李景瑞、张方涛报道：为推进"四强"党支部创建活动，安庆出入境边防检查站紧盯组织建设短板和弱项，推行"目视化"管理教育模式，组织党员开展"三亮""三诺"（"亮身份""亮工作""亮示范"和"承诺、践诺、评诺"），实现了党员管理模式创新。

瞄准问题"靶心"，"三亮"破题发力。该站将党史、党的理论学习融入民警日常教育和实战练兵活动中，开展初心本色教育，强化党员身份认同。工作中，采取划分"党员责任区"、设置"党员先锋岗"、设立"党员风采窗"等形式，让党员亮明身份、"明牌上岗"。该站各党支部结合年度重点工作，认领年度任务清单，按照党员岗位分工分解细化，逐人逐项制作党员工作责任清单。同时，党员制定个人年度计划，统一"曝光""亮相"，进一步压实党员责任。为引导党员时刻把示范作用亮出来，该站选配有责任心的党员担任重要岗位历练，创新"党员先锋岗"示范模式，组织评选党员"月度之星"，遴选宣传"抗疫先锋"，开展"我的入党故事、榜样示范带动、现身说教启迪"等教育活动，用身边人讲身边事，用身边事教育身边人。

"三亮"发力后，"三诺"紧随其后激发队伍干劲。该站拟制党员公开承诺践诺评诺实施意见，通过公开党员承诺事项强化党员意识，明确努力方向。开展"党性体检"，组织党员查找自身问题，并将问题"曝光"，督察部门每周对照问题整改进行检查反馈。此外，该站常态化对党员承诺践诺事项实施评诺，把评诺结果作为党员评先评优重要依据，强化奖优罚劣导向，有力提振了党员干事创业的精气神。

【《中国移民管理报》第00150期2020年6月5日1版】

一堂特殊"云党课"彰显党性光辉

本报昆明7月2日电　梁靖雯、通讯员**蒋　霖**报道:"这是一堂特殊的'云党课',让云南三地边检民警通过视频直播方式,同讲抗疫故事,共忆入党初心。"6月29日,昆明出入境边防检查站联合丽江、西双版纳出入境边防检查站同上一堂"云党课"。

"民警和洁巾帼不让须眉,主动带队到龙腾小区开展疫情防控工作……"丽江边检站执勤一队队长和云星敲响了上课铃,讲述了该站15支"党员先锋队"全天候为小区居民测量体温、登记信息,并开展防疫宣传、环境消毒的事迹,为党员民警开启记"疫"大门。

一场疫情,一次考验。整场党课用数字、实例再现了边检民警坚守初心的故事,展现了党性的光辉。

防护服一穿就是6个小时,全身湿透的一线执勤民警;"我是党员我先上",抗疫前线申请入党的热血青年;冲锋在前,并肩作战的"夫妻档"……大屏幕上,一张张抗疫图片、一段段抗疫视频,将抗疫时光凝聚。

"说实话,面对疫情我们并没有太多实战经验,作为一名党员、一名国门卫士,必须义无反顾冲在外防输入第一线!"昆明边检站执勤三队副队长刘捷回忆了查验3名新冠肺炎确诊旅客的经历,讲述了如何将初心使命转化为坚守国门的责任担当。

"我宣誓,我志愿加入中国共产党……""云党课"尾声,各站党员面对党旗举起右拳,重温入党誓词,共同回望初心。

【《中国移民管理报》第00158期2020年7月3日3版】

青出于蓝而胜于蓝
威海边检站推出"青蓝"成长计划打造过硬新警队伍

本报威海7月15日电 许银晗、卜凡童报道:"师父,这次我考了第一名!"今天,威海出入境边防检查站当月业务考试成绩一出,新警徐国玺迫不及待地向师父于晓童分享了好消息。

年初以来,威海边检站从"培养好、管理好、使用好"新警队伍发力,推出以"青出于蓝而胜于蓝"为核心内容的"青蓝"成长计划,全力打造一支专业化、高素质的过硬新警队伍。

怎样才能用在当下、训在经常、培在长远?该站将"短期问效"与"长期养成"同抓共建,选拔综合素质过硬的业务骨干担任"引路师父",按照"缺什么、补什么"要求,每月组织"师父大家谈",由结对师父汇报所带徒弟近期学习成效,逐人摸排能力弱项,针对性制定下步培训意见;开设"威蓝业务大讲堂",针对新警在外语交流、查验实操等方面的能力短板,开展前台常用外语培训、前台询问技巧培训、旅客验放实操等专项培训;搭建模拟环境,开展旅客验放实操练习,为上台验证做好充分准备;设立"青蓝"夜校,利用下班时间开展专项补课,着力解决薄弱环节、补齐能力短板;以"日学、周测、月考"的方式,检验巩固新警阶段性学习成果。

怎样才能让新警安心、家人放心?该站将"家"元素融入队伍管理,推出"家庭式管理、捆绑式考核、反转式练兵、暖心式激励""四式"管教法,搭建"青蓝家庭"微信群平台,将办公、住宿、伙食及队员的工作生活场景上传,让其家人放心;将新警的成绩、荣誉等高光时刻上传,让其家人引以为荣。召集师父成立思想防控工作小组,将"家教、家风、家规"纳入新警日常教育,通过谈谈心、散散步等形式,随机式开展教育,做好经常性提醒,杜绝失控漏管。

怎样才能树好导向、成长成才？该站将新警培养融入支部建设，明确新警党小组长每月责任清单，组建"1+1"（党小组长+组内骨干）帮教团队，强化新警党小组长教育引导、制度执行与末端落实作用。融入团队建设，制定"定责思责清单"，设立业务、政工、后勤、技术、法制5个事务性工作组，结合新警自身特长编入各组，为每名新警提供干事创业的舞台。融入执勤队建设，在新警中选拔业务骨干人才，组建"亮剑"边检业务创新团队，鼓励新警参与开发创新项目、开展课题研究、处理疑难问题，成立以新警为主的口岸"三反"查缉战队，以"反恐反毒反宗教渗透"为主要工作对象，深入开展口岸查缉。截至目前，该站先后查获口岸违法案件11起，3名新警获嘉奖，新警培训工作突显成效。

【《中国移民管理报》第00162期2020年7月17日2版】

| 消 息 |

团结合作是战胜疫情最有力武器
国家移民管理局疫情防控国际合作成效显著

本报北京 9 月 28 日电 张润泽、记者夏 飞报道:"疫情终将被人类战胜,胜利必将属于世界人民!"新冠肺炎疫情发生以来,中国国家移民管理局充分发挥职能作用,密切与外方对口部门高层沟通,强化与毗邻国家涉疫信息共享,推动口岸边境地区联合管控,坚决打赢外防输入阻击战。

疫情暴发伊始,针对部分国家对中国公民入境限制过度的做法,中国国家移民管理局迅速反应,主动照会 50 个国家移民、边防部门,通报中方抗疫举措,提出工作建议。随后,公安部副部长、国家移民管理局局长许甘露致信俄罗斯、哈萨克斯坦、吉尔吉斯斯坦、塔吉克斯坦、越南等国移民、边防部门和上海合作组织地区反恐怖机构执委会负责人,表达在疫情背景下密切协作的意愿,就加强联合管控做对方工作。

人类是命运共同体,团结合作是战胜疫情最有力的武器。中国国家移民管理局积极履行国际义务,依托边境三级代表联系机制,协调推动建立涉疫信息通报机制,每日与朝鲜、哈萨克斯坦、吉尔吉斯斯坦、塔吉克斯坦、巴基斯坦、尼泊尔,实时与老挝、缅甸通信,定期与蒙古、俄罗斯、越南互通边境地区疫情发展动态、口岸边境管控政策、疫情防控措施,以及双方边境县(市)相关人员数据和涉疫人员出入境动向。同时,推动与老挝、越南、缅甸、尼泊尔常态化开展边境联合巡逻、执法、演练,共同强化对易发生非法出入境活动的便道、山口的巡逻管控,协调蒙古、俄罗斯、吉尔吉斯斯坦、哈萨克斯坦、巴基斯坦、越南、尼泊尔等国强化特殊时期边境地区社会面管控,严厉打击非法出入境、走私、贩毒等跨境违法犯罪活动,坚决阻断疫情跨境传播渠道。

中国国家移民管理局还积极助力毗邻国家移民、边防部门抗击疫情,主动提供防疫物资援助和执勤防护培训。截至目前,共援助病毒检测试剂、防护服、医用防护口罩等物资价值300多万元人民币,赠送执法执勤安全防护指南、抗疫工作经验影视资料1100余份。

近期,哈萨克斯坦、吉尔吉斯斯坦、塔吉克斯坦、俄罗斯、蒙古、越南、老挝、缅甸、尼泊尔等国移民、边防部门和上海合作组织地区反恐怖机构执委会负责人纷纷复信、复电中国国家移民管理局,充分肯定中国政府采取的抗疫举措及取得的显著成效,高度评价中国国家移民管理局开展的边境抗疫合作。

国际移民组织驻华代表柯吉佩发表文章,对中国政府将移民需求纳入国家公共卫生应对机制的做法予以高度赞扬,认为值得各国参考借鉴,呼吁各国采取包容性政策,加强相互理解与团结合作,以负责任的方式遏制疫情。

【《中国移民管理报》第00183期2020年9月29日1版】

| 消 息 |

南京公安出入境管理部门为外国专家提供便利
让全世界更好地了解中国

本报讯　袁　利报道:"一开始选择定居南京是因为妻子是南京人,但这座城市的文化厚度、开放程度完全超出我的想象。能顺利申请在中国永久居留,非常感谢出入境管理部门提供的帮助,我将把我亲身感受到的南京魅力传达给日本和全世界,这个工作我会用一生来做。我爱南京!"9月24日上午,竹内亮(日本籍)顺利完成在华永久居留资格申请手续后激动地说。

因拍摄南京及中国抗击疫情的纪录片,竹内亮引起国际社会广泛关注,其微博也吸引了几百万粉丝关注,成为最热门的"网红导演"之一,并荣获"金陵友谊奖"。该奖项是南京市人民政府授予外国专家的最高荣誉,用以表彰他们在南京市经济建设和社会发展各领域作出的突出贡献。获此奖项,符合"中国绿卡"申请条件。

南京市公安局出入境管理支队获知这一情况后,主动与竹内亮取得联系,宣传相关政策,多次指导、协助其完善永久居留资格申请各项手续。

作为助力经济社会发展的一支重要力量,南京公安出入境管理部门充分发挥职能作用,严格落实有关涉外规定,在加强涉外管控的同时,积极为外国友人申办相关出入境手续提供便利,寓管理于服务之中。

9月15日下午,南京市公安局栖霞公安分局出入境管理大队民警陪同"汉字叔叔"、理查德·西尔斯(美国籍)前往支队申办"中国绿卡"。理查德·西尔斯是"汉字字源"网站创办者,用了20年时间整理了甲骨文、金文、小篆等字形并放至网上,被中国人亲切地称为"汉字叔叔"。

2019年,"汉字叔叔"来到南京市,并打算长期居住在此。当时由于各种原因,他只能拿到旅游签证,平均不到两个月就要出境一次。对于年逾七十,并且身体状况不太好的"汉字叔叔"来说非常不便。该大队得知此情后,多次走访其就职的公司，经多方协调，于今年4月成功为"汉字叔叔"办理了工作类居留许可。

今年6月，"汉字叔叔"荣获"金陵友谊奖"。对此，南京市公安局栖霞公安分局出入境管理大队多次协调新港开发区管委会、栖霞区外办、栖霞区税务局等部门，帮助"汉字叔叔"准备申请材料，并陪同其申办在华永久居留手续。

"汉字叔叔"对近一年来南京公安出入境管理部门对其办理工作类居留许可和"中国绿卡"提供的帮助表示感谢。他说，以后可以如愿一直待在中国、待在南京，研究汉字、推广汉字、传播中国文化，让全世界的人更好地认识汉字、更好地了解中国！

【《中国移民管理报》第00185期2020年10月6日1版】

| 消 息 |

上海市公安局出入境管理局为参展观展外国人提供便利
进博会现场就能申请签证延期

本报上海 11 月 5 日电 张　博报道：今天是第三届中国国际进口博览会开展首日，来自意大利米兰的珠宝参展商马可、齐洛一大早便来到国家会展中心（上海）境外人员服务站，申请办理签证延期手续。通过现场自助拍照、打印申请表，再经窗口民警核验相关信息，几分钟便完成申请。"没想到在进博会现场就能办理签证延期，太方便了！"马可激动地说。

马可二人 10 月 21 日入境后即在指定宾馆集中隔离观察，11 月 3 日解除隔离，28 天有效的入境商务签证因隔离已经用掉一半。隔离期间还在为签证延期发愁的二人，得知会展中心设有境外人员服务站后，开展第一天便来申请签证延期。

"这是我们第二次参展，中国的开放市场有着巨大吸引力，隔离 14 天也值！签证得以顺利延期，进博会结束后我们还有更多时间开拓中国市场。"马可开心地说。

在服务站窗口，参会的奥的斯电梯公司中国区研发副总裁威翰仁前来领取办好的证件。进博会前，他在上海市内出入境办证大厅为子女提交了签证延期申请，由于参展参会繁忙没时间去办证大厅取证。经民警介绍，他选择在会展中心领取，参会领证两不误。

在常态化疫情防控背景下，为进一步做好进博会出入境服务保障工作，上海市公安局出入境管理局延续去年的经验做法，在开放全市 20 个出入境办证点的基础上，继续设立驻会展中心境外人员服务站，将窗口服务延伸至进博会前沿阵地。

"境外参展、观展人员因前期布展和后续商务洽谈需延长在沪停留期的，无须再前往市内出入境办证大厅申请签证延期，在会展中心就可完成。同样，来参展的短期工作人员入境后需办理居留许可的，也可以在这里提交申请。"驻会展中心境外人员服务站民警潘沁介绍，取证方面，申请人可根据实际情况，选择快递到家，或选择在服务站自行取证。除了政策咨询和证件办理，服务站还为护照遗失或损毁、急于出境的外籍人士开通"绿色通道"，提供护照报失、补办签证等服务，确保后续参展观展、商务洽谈行程不被耽误。

第二届进博会前，上海市公安局出入境管理局就在全市范围内启用境外人员住宿登记互联网自助申报系统，一年来已为近15万来沪外国人在线办理住宿登记。今年，他们进一步优化完善该系统，推出中英日韩语种填报界面，专门制作多语种填报指南，辐射范围更为广泛。来沪参展、观展的外国人足不出户，就可在线办理临时住宿登记。

【《中国移民管理报》第00194期2020年11月6日1版】

| 消 息 |

新疆哈密边境管理支队着力解决
边远一线民警探亲休假乘车难题
一条"暖警专线"串起百里"无人区"的回家路

本报哈密 11 月 23 日电　高　麓、张　辉报道：11 月 20 日 15 时 30 分，随着驶入新疆哈密边境管理支队营区的第一辆公共客车平稳停靠，标志着为白山泉边境检查站及沿途民警提供的"一站式"专线车正式开通。

白山泉边境检查站主要担负 G7 京新高速过往人员和车辆检查任务。今年 9 月，公安部为该站记集体一等功。他们就像一道"铁卡"一样，守护着过往旅客的平安，但这些扎根一线的民警回家之路却并不平坦。

白山泉边境检查站位于哈密最东端的戈壁滩上，自然环境恶劣，方圆百里无常住人口，全年 10 级以上大风天气超过 200 天，距离最近的哈密市达 265 公里，是名副其实的"无人区"。多年以来，这里一直没有开通客运班车，民警每次探亲回家，都开玩笑地比作前往"西天取经"。

基层民警的玩笑却是该支队党委多年的心结。为彻底解决边远一线民警探亲休假乘车难题，该支队先后多次派员前往驻地客运机构，就开通白山泉通勤专线车路线、行程等具体事宜进行磋商。经过多方努力，开往边境一线的客运班车专线正式启动。

"《白山泉通勤专线车合同》的正式签订，彻底解决了白山泉边境检查站建站 7 年来民警探亲休假无乘车保障的难题。"该站政委杨子江介绍，新开通的专车客运专线每星期有两班，现在从白山泉边境检查站到哈密机场，仅需 3 个小时。

"今天我很荣幸，能够作为专线车开通后的第一批受益者，以后我们探亲回家安全有了保证，家人也更放心了。"白山泉边境检查站民警罗淞宇如是说。专线车的开通，不仅使白山泉边境检查站及沿线的民警共同受益，还极大地惠及了当地放牧群众及矿山务工人员的生活和工作。

在双井子乡务工的河北籍务工人员罗磊谈起专线车开通感受时说:"以前来到双井子乡打工,虽然这里薪资较高,但是不靠谱的'拼车'和不便宜的车费成为最大的顾虑。现在专线车开通了,既安全又实惠,以后我会介绍更多的老乡来到这里,共同建设美好边疆。"

"派出所民警都盼着能够按照自己的意愿回家探亲休假,但由于驻地车辆通行不便,便车时间不确定,严重影响了探亲休假的质量和安全。专线车的开通,让民警探亲休假十分便利,温暖了人心,凝聚了警心,更加坚定了大家履职尽责的理想信仰。"双井子边境派出所教导员刘伟激动地说。

当日16时15分,随着最后一名民警登车,来自白山泉边境检查站、双井子边境派出所的20余名民警整齐地坐在车里,相视而笑。车窗外的哈密市已经寒意袭人,可回家的路程,却让民警们感到格外的温暖和幸福。

【《中国移民管理报》第00199期2020年11月24日3版】

| 消 息 |

国家移民管理局主动扛起政治责任，持续精准发力施策
帮扶广西三江县顺利实现脱贫摘帽

本报北京 11 月 25 日电　石玉爱、记者杨　林报道：国家移民管理局定点帮扶的国家级深度贫困县——三江侗族自治县，于 11 月 20 日顺利通过广西壮族自治区人民政府评估验收，如期实现脱贫摘帽。侗乡人民历史性地告别了延续千年的绝对贫困，向着与全国人民一道全面建成小康社会、实现中华民族第一个百年奋斗目标、共同开启全面建设社会主义现代化国家迈出了关键一步。

自 2019 年帮扶三江县以来，国家移民管理局党组始终站在"两个维护"的高度，坚决贯彻落实习近平总书记和党中央决策部署，在公安部党委坚强领导和国务院扶贫办的有力指导下，主动扛起政治责任，持续精准发力施策，强力帮扶三江县如期打赢脱贫攻坚战。同时，选派上海、江苏、浙江、厦门、山东、广州、深圳、珠海、广西 9 个出入境边防检查总站和局机关包村帮扶。国家移民管理局扶贫办抽调专职人员实体运作，组建工作专班进驻三江，健全局、总站、三江县三级组织体系，细化任务、压实责任、挂图作战，全力推进各项帮扶措施落实落地。

坚持党对扶贫工作的领导，突出党建引领，以党建促扶贫。国家移民管理局与 63 个贫困村党支部结对开展"三江党旗红"警地共建联创活动，把强化理论宣传、党建帮扶、感恩教育作为重点，深入宣传习近平总书记为民情怀，传递党的温暖，坚定感党恩、跟党走信念，进一步巩固党在贫困地区的执政基础。

坚持精准帮扶，集中解决群众现实困难。国家移民管理局通过采购帮销、直播推介、进驻商场超市等多种方式，打通农产品销售渠道，打赢疫情期间茶青价格保卫战，集中破解农产品售卖难题；通过组织村干部带队到发达地区就业，提供内部辅警岗位，设立护村队员公益岗位，在帮扶项目中设立临时就

业岗位等方式，集中破解就业难题；分两批选派133名民警到46个贫困村小学支教，集中破解师资短缺难题；援建改造各村卫生室，捐赠诊疗设备计361万元，培训村医222名，集中破解医疗落后难题。

坚持志智双扶，提升造血功能，增强贫困群众持续发展能力。国家移民管理局着力培育技术人才，建立就业技能实践基地，举办多领域培训20余次，培养各类技术人才3644名、乡村致富带头人98名；着力培育品牌农业，帮建种养殖产业项目68个，打造农业合作社6个，带动村集体和贫困户增收；着力培育优势产业，把茶产业作为帮扶重点，采取加工技能培训、品种改良等措施，助力茶叶品牌提档升级；着力培育特色产业，挖掘侗族特色文化旅游资源，举办全国摄影大赛，制作旅游宣传片，推动118家旅游企业开辟三江旅游线路。

主动回应群众关切，推进民生建设，提升群众幸福感满意度。国家移民管理局实施"爱心助学"工程，投入2000余万元改善教学环境，结对帮扶1631名贫困学生，全力"控辍保学"；实施"特殊群体关爱"工程，关爱空巢老人、留守儿童、重疾群众和受灾困难家庭，为患白血病儿童发起爱心筹款，深入各村义诊巡诊2万余人次；实施"法治扶贫、平安建设"工程，投入4509万元解决危房改造资金缺口，投入331万元配备警用装备，建设出入境办证大厅，投入160万元配备安全头盔1.2万个，在危险路段安装减速带750个、广角镜1000个；实施"文明乡风培育"工程，设立"孝德基金"，开展村居环境整治、"厕所革命"，援建鼓楼、戏台，修缮休闲亭、文体活动中心，安装太阳能路灯、饮水器，让贫困山区群众共享成果。

截至11月25日，国家移民管理局投入帮扶资金11812.55万元，超额228.13%；引进帮扶资金9251.87万元，超额74.56%；培训基层干部3772名，超额214.33%；培训技术人员3809名，超额280.9%；购买贫困地区农特产品2679.12万元，超额971.65%；帮助销售农特产品8301.97万元，超额538.61%；连续两年提前大幅度超额完成公安部向党中央承诺的六大责任目标。

而今，三江县基层党组织组织力明显提升，住房、教育、医疗保障水平明显提升，产业发展能力水平明显提升，群众外出务工脱贫致富积极性明显提升，贫困群众自身造血功能明显提升，长远持续发展能力明显提升，乡村振兴基础进一步夯实。

脱贫摘帽不是终点，而是新生活、新奋斗的起点。国家移民管理局将继续以习近平新时代中国特色社会主义思想为指导，深入学习贯彻党的十九届五中全会精神，进一步增强"四个意识"、坚定"四个自信"、做到"两个维护"，按照"摘帽不摘责任、摘帽不摘政策、摘帽不摘帮扶、摘帽不摘监管"要求，不断强化责任担当，巩固拓展脱贫成果，接续推进乡村振兴，继续帮扶三江县在未来建设发展的新征程中再创新佳绩。

【《中国移民管理报》第00200期2020年11月27日1版】

西藏察瓦龙边境派出所民警在被称为"死亡谷"的地方，勇敢逆行，上演了一幕——

"大流沙"下的舍命救援

何宇恒　姜凯峰

1月9日13时许，西藏林芝察隅县滇藏新通道"大流沙"区域发生山体滑坡，1辆面包车7名群众被困，林芝边境管理支队察瓦龙边境派出所接警后，迅速开展救援，遇险群众及车辆成功脱险。

"最惊险的是我们第三次开展救援的时候。"该所民警索朗多杰回忆，在确保挂钩和牵引绳完全固定在被困的面包车上后，他让民警贡觉旦增和次旺郎珠赶紧护送群众离开，自己留下控制车。

可还没等贡觉旦增和次旺郎珠掩护司机到达安全地带，新一轮的"石头雨"就顺着"大流沙"下了起来，在铺天盖地的飞沙走石和烟尘里，被困的面包车和索朗多杰一度消失在视线中。

"大流沙"区域位于喜马拉雅山脉南麓，是滇藏新通道丙察察线上非常有名的一段不足200米长的土路，山顶沙化严重。崖面上被大量碎石覆盖，只要河谷大风一刮或山体出现震动，大大小小的山石就会从500多米高、约70度的斜坡崩塌滚落，砸向奔腾的怒江，往来车辆经常"中弹"，这里被当地群众和自驾的驴友称为"死亡谷"。

因为辖区地质情况不稳定，"大流沙"区域成为往来路人的"噩梦"，索朗多杰和同事们经常出警解救。牵引绳、挂钩、头盔、盾牌、防刺服等装备和急救药品随时放在警用皮卡车上，一旦有警，确保以最快速度赶到现场。

"这类救援都是和死神争夺生命，所以我们专门制定了自然灾害防护和抢救预案，也经常进行演练。"于杰说，皮卡车动力足，执行救援任务时更得力，装备也都放在这辆"功勋车"里。

"可这一次'大流沙'滚石量相较以往更大，持续时间更长，索朗多杰能不能平安地在烟尘中控制好车子、安全驶出危险区，让现场每一个人都揪紧了心。"全程参与现场救援拍摄的于杰说。

500多米的高度差，随便掉落一颗鸡蛋大的碎石，都是要命的。

"不敢猛踩油门，不然绳子容易断。"当次旺郎珠救出群众后，马上启动牵引车。

第一次冲进去时，飞石量不断加大；第二次因为拖车的时候发力过猛，靠近拖车钩一端的绳子崩断；第三次他们又顶着"枪林弹雨"实施营救。

"当时，面包车靠'大流沙'一侧的窗户全部被打碎，右边的两个轮胎被砸爆，所以控制起来比较费劲。"索朗多杰说。经过2分钟的牵引，面包车终于被拖到安全区，被救群众双手合十向民警连声感谢。

随后，索朗多杰让于杰和次旺郎珠先把7名群众带回乡里安顿，找人给他们修车，他和贡觉旦增则继续守在现场，避免再出问题。

"你不要命了！那么危险就不能等风沙小一点再去？你要出点什么事儿家里怎么办？"索朗多杰一直没接妻子的电话，刚到单位，已经在单位等了半天、同在乡里工作的妻子德曲就扑到他怀里。

"我没事儿，放心吧，看我这防护措施做得多好。"索朗多杰摸了摸头，才发现头盔早就给了遇险的群众。

"嫂子放心，这不是第一次了，我们有经验。"一旁的贡觉旦增脱口而出的安慰话，却让德曲一下哭了出来。原来，他们去年50多次的救援，索朗多杰一次也没跟德曲说过，要不是这次救援在乡里传开了，她也会和往常一样蒙在鼓里。

当天晚上，索朗多杰把大家召集在一起，对这次救援进行总结，看见贡觉旦增一瘸一拐地走进会议室，才知道他的大腿和脚背被石头砸出几片淤青。

"兄弟，你们太帅了，'朋友圈'都刷爆了！"林芝边境管理支队机关民警王景通过微信给索朗多杰点赞。

索朗多杰打开"朋友圈"一看，映入眼帘的是一张照片，这张照片清晰地刻画着3个身着"移民警察"背心的身影，他们举着盾牌、提着牵引绳，冲向烟尘四起、飞石滚落的"大流沙"。

当笔者问索朗多杰当时害不害怕、怎么想的时候，他很淡定地说："当然害怕，但是老百姓在那边受着危险，我们肯定要冲过去救啊！"

本报拉萨 1 月 12 日电

【评论】

"人民第一"是他们逆行的勇气

何宇恒

这几天，三个人、两枚盾、一根绳，朝着飞石滚落的方向逆行狂奔的照片，在"朋友圈"刷屏。逆行的身影如此熟悉，我们见过消防员的，见过武警战士的，而这一次，奔跑者的身后印着"移民警察"。

危险面前，你会选择"爱莫能助"还是"舍己救人"？也许会有多种答案，但对于这群勇士而言，为了边境地区稳定和群众生命财产安全，他们选择冲锋向前。

当看到救援照片和视频时，笔者不禁想起曾经喊出"我是来救人的，我先上"的谢樵，想起喊出"快找艇来，我去把缆绳接上"的骆春伟……庆幸的是，在这次救援中，索朗多杰和战友们安全救出被困群众。

生命诚可贵。索朗多杰和战友们在危险面前也会紧张和害怕，这是面对灾害的正常反应，但能够在群众危急时刻奋勇逆行，彰显的是勇气和担当。"大流沙"区域被称作"死亡谷"，而守卫在这里的移民管理警察们以舍生忘死的姿态，把这里变成了"重生地"。

【《中国移民管理报》第 00109 期 2020 年 1 月 14 日 2 版】

| 通 讯 |

"小白"如何炼成"熟手"?
——福州机场边检站开展全警实战大练兵侧记

丁际超

1月9日18时30分,福州机场出入境边防检查站每周四晚雷打不动的"边检微课堂"例行开讲。独立拿章验放旅客才不久的检查员黄睿韩走上讲台,与民警交流分享识别伪假出入境证件心得,被同事们笑赞"小韩才露尖尖角,便已查获假护照"。原来,他此前在验放旅客过程中发现,某旅客所持护照上一枚验讫章颜色略微有别,凭着职业敏感和素养果断提交后台核查队鉴定识别,从而查获一名持用伪假出入境证件的旅客。

比黄睿韩更"牛"的是谭颖。去年4月,还处在跟着师父在验证台里学习验放旅客流程阶段的他,在师父翻看旅客护照的时候,便发现该旅客所持护照系变造证件。那时,他才跟班学习2个月。

黄睿韩和谭颖是2019年1月1日,由原福建公安边防总队机关调配分流至福州机场边检站,成为边检站一线检查员。和黄睿韩、谭颖一样初涉边检岗位的还有88名调配分流的机关干部、战士转改招录新警、刚毕业的警校实习学员。这些民警年龄、经历、学历、能力等各不相同,唯一相同之处,他们都是未曾从事过边检一线业务工作的"边检小白"。

不容小觑的是,这90名民警占了福州机场边检站警力的近半数。如何让这占着"半壁江山"的"边检小白"迅速成长为"业务熟手"?该站规划出"路线图":把能力素质建设和战斗力生成置于优先发展战略位置,突出基础性、实战性、针对性,加强全能型检查员培训,实现队伍整体战斗力显著提升。

调配分流的民警统筹谋划、办文办事、沟通协调、警务实战等素质较好,但边检业务基础几乎为零;由战士转改招录为新警的多是从事保障类勤务,边检业务基础薄弱,且大部分学历层次低、水平提升慢;警校学员基础理论扎实，但面临着书本知识到工作实践的转变……该站根据新调配分流民警、转改招录新警、警校实习学员等不同梯队、层次人员实际，围绕前台执勤队、后台核查队、执法办案队三支"尖刀"队伍建设，分类确定培训、练兵重点，为他们量身定制资料录入、证件鉴别、人像比对、后台核查等练兵套餐和培训教材，有效提升了练兵成效。

据统计，福州空港目前开通国际（地区）航线23条，年出入境旅客数量已达230万人次。攀升的业务量为开展全警实战大练兵提供了平台，更提供了沃土。针对勤务繁忙、难以集中等实际，该站开办"边检夜校"，组建执法办案、业务理论、证件研究、外语学习4个课题组，通过微课堂传授经验做法、勤务会分享心得体会等形式，鼓励业务骨干、老检查员传授查验技能、分享查缉技巧，变"各自为战"为"资源共享"，促进了练兵经验固化提升。

没有金刚钻，揽不了瓷器活。该站还建立起"理论为辅、实操为主"的人才培养模式，鼓励引导民警在跟班观摩、交流学习的基础上，自我加压，将全警实战大练兵与岗位实操相结合，以"三学三练"（即学本职技能、学边检主业、学法律知识，练实战能力、练处置能力、练服务能力）为重点，以练兵促业务，抓业务强练兵。截至目前，该站新调配民警已分批结训上岗，成长为"熟手"。近3个月来，该站查获各类违法违规人员148名，全警实战大练兵成效可见一斑。

在日前发布的福建省口岸通关满意度考评中，福州机场边检站再次被评为优胜单位。"满意"的背后，是边检专业能力的支撑和保障。然而，从"小白"到"熟手"易，从"熟手"到"大拿"则很难。"出入境边防检查工作职责神圣，专业性强，面对新时代新体制新要求，全站民警的整体素质还需要再提升，现有警力配置、能力结构与业务量增长还不匹配。"该站站长周春怡坦言，"我们要将全警实战大练兵持续深入开展下去，根据短期成长、远期成才的职业规划，培养一批一专多能的综合型人才，以满足今后多样化勤务的需要。"

【《中国移民管理报》第00110期2020年1月17日1版】

| 通 讯 |

战"疫"中的旗帜最鲜红
——全国移民管理系统各级党组织和广大党员民警投身疫情防控阻击战纪实

杨 林

庚子鼠年春节到来之际，新型冠状病毒感染的肺炎疫情突然暴发，从武汉蔓延、波及全国，一场没有硝烟的遭遇战不期而至。

"全面贯彻坚定信心、同舟共济、科学防治、精准施策的要求，让党旗在防控疫情斗争第一线高高飘扬。" 1月27日，习近平总书记对疫情防控工作作出重要指示，要求各级党组织和广大党员干部坚决贯彻落实党中央决策部署，紧紧依靠人民群众坚决打赢疫情防控阻击战。

越是重要关头，越能映照初心；越在关键时刻，越显担当精神。连日来，全国移民管理系统各级党组织和广大党员民警坚决贯彻落实习近平总书记重要指示精神，坚定信心、冲锋在前，奋力投身疫情防控阻击战，充分发挥了党委领导、党支部战斗堡垒和党员先锋模范作用。

以上率下众志成城
凝聚疫情防控强大合力

疫情就是命令，防控就是责任。

1月26日，国家移民管理局召开党组会议，传达学习中共中央政治局常务委员会会议和习近平总书记重要讲话精神，研究做好疫情防控工作意见。要求全国移民管理系统增强"四个意识"、坚定"四个自信"、做到"两个维护"，切实把思想和行动统一到习近平总书记重要讲话精神和党中央、公安部党委的决策部署和工作安排上来，从维护国家安全、保障人民安全、实现中华民族伟大复兴中国梦的高度，全面动员、全面部署、全面加强相关工作，坚决打赢疫情防控阻击战。把打赢疫情防控这场战役，作为检验"两个维护"的重要标尺，作为检验各级党委和领导干部领导水平和工作作风的重要标尺,自觉向党中央看齐、向党中央对标对表。

在此次会议上,成立了由公安部副部长、国家移民管理局局长许甘露任组长的国家移民管理局应对新型冠状病毒感染肺炎疫情工作领导小组,建立了每日工作例会和日报制度,强化情况汇总研判、数据分析推送、政策措施应对、舆情监测回应,以及队伍管理保障等工作措施,切实发挥"指挥部"作用。

1月27日,国家移民管理局应对疫情工作领导小组会议审议通过了《国家移民管理局应对新型冠状病毒感染肺炎疫情工作方案》《国家移民管理局机关防控新型冠状病毒感染肺炎疫情工作方案》,要求各级党组织切实负起主体责任,主要领导担起第一责任,坚持全警"一盘棋"、上下"一条心"、协同大作战,全力推动疫情防控工作落实落细。要求各级党组织和广大党员干部,不忘初心、牢记使命,充分发挥战斗堡垒和先锋模范作用。

随后,国家移民管理局及时下发《关于扎实做好疫情防控期间思想政治工作的通知》,要求全国移民管理系统各级党组织按照习近平总书记的重要指示和党中央的决策部署,加强战时思想政治工作,动员激励各级领导干部勇挑重担、冲锋在前,教育引导广大民警坚定信心、坚决打赢疫情防控阻击战,让党旗在防控疫情斗争中高高飘扬。

行动是最有力的带动,示范是最鲜明的垂范。

在疫情防控斗争中,国家移民管理局各级领导班子和领导干部特别是主要负责同志,切实做到坚守岗位、靠前指挥,做到守土有责、守土担责、守土尽责。

连日来,国家移民管理局党组每天都要通过应对疫情工作领导小组会、视频调度会等形式,指挥、部署疫情防控工作,为全国移民管理系统各级党组织做出了示范和榜样。

国家移民管理局党组格外关心疫情防控形势最严峻的湖北边检总站全体民警、职工、辅警的安危和工作情况。许甘露同志数次专门致电该总站,询问抗击疫情进展,亲切慰问全体干警,强调既要保障湖北公民回国入境检查工作,也要全力做好民警、职工、辅警的自身防护工作。国家移民管理局党组成员每天都要通过视频会询问、关心该总站情况。在国家移民管理局党组指挥协调下，后勤保障管理司拨款100万元支援该总站、调配第一批应急物资1月28日从深圳运往该总站，新疆边检总站紧急援助2000只医用口罩支援该总站……

在国家移民管理局党组的坚强领导下，全国移民管理系统各级党组织科学判断形势、精准把握疫情，坚持统一领导、统一指挥、统一行动，把党的政治优势、组织优势、密切联系群众优势转化为疫情防控的强大力量。截至2月3日14时，全国边境、口岸安全稳定，出入境顺畅有序，全国移民管理系统民警职工和家属实现新型冠状病毒零感染、零传播。

"我们要采取有效措施，制定科学预案，及时向上级报告情况，让组织放心，我们有能力有信心保证队伍内部和口岸的安全稳定。"湖北边检总站总站长陈永智坚定地说。疫情发生后，该总站党委及时采取"成立疫情防控指挥部、细化出境管控措施、加强民警自身防护、强化人员管理、加强请示报告"5项措施，落实领导春节期间不放假、全员不离开驻地城市的要求，细化各类工作预案，全力投入疫情防控阻击战。

"我志愿加入疫情防控突击队，随时听从调遣，不畏惧、不退缩，坚决做到最危险的时候我们上，最危险的地方我们去，坚决打赢疫情防控阻击战！"1月30日，天津边检总站党委组织党员民警面向党旗郑重宣誓，表达抗击疫情的坚定信心和必胜决心。该总站党委时刻关心关注疫情防控工作和一线民警的安全防护状况，深入调研需求缺口，协调调拨各类防护物资，迅速配发至一线执勤民警，保障民警安全执勤、科学防护。同时，号召所属各边检站成立疫情防控"党员突击队"，挺在前、作表率，充分发挥先锋模范作用。

"疫情在前、我们向前，疫情不退、我们不退！"疫情当头、危险面前，深圳边检总站党委发布《关于总站全体共产党员、干部当先锋做表率的通知》，设立"党员先锋岗"、成立"党员突击队"，激励广大党员民警职工积极投身疫情防控阻击战，确保防风险、护安全、战疫情、保稳定各项措施落实落地。

以疫情为令，以防控为责。山东边检总站党委把疫情防控作为当前压倒一切的首要政治任务，号召全省边检机关党员民警充分发挥先锋模范作用，组建"疫情防控党员干部先锋队"，走上执勤工作一线岗位，以最坚决的态度、最严格的措施、最果断的行动，坚决把党中央各项决策部署落到实处，主动接受疫情防控阻击战这场非常的检验和锻炼。

"哪里任务险重哪里就有党组织坚强有力的工作,哪里有困难哪里就有党员当先锋作表率。"这是云南边检总站党委书记、总站长孙鸿滨在疫情防控部署会上提出的要求。疫情防控阻击战打响以来,戍守在八千里边境线上的该总站民警,始终坚守岗位、奋战一线,全力守护群众的平安健康和边境安全稳定。截至目前,该总站今年来共查验出入境人员357万余人次、交通运输工具71万余辆次,查处治安案件1100余起,缴获毒品1300余千克。

战斗堡垒巍然矗立
检验危难关头能力水平

哪里是一线,党旗就飘扬在哪里;哪里最需要,党旗就矗立在哪里。

面对来势汹汹的疫情,全国移民管理系统各级党组织充分发挥核心领导、战斗堡垒作用,通过成立"党员突击队"、设立"党员先锋岗"等方式,引导广大党员民警在疫情防控阻击战中打头阵、当尖兵。在这场特殊的战斗中,考验能否真正做到守初心、担使命,检验在危难险重工作中的实际能力和水平。

防控疫情,党员先行;先锋岗位,党员就位。除夕这天,武汉边检站接到通知,一位湖北籍旅客高度疑似感染新型冠状病毒,需乘急救包机由土耳其回武汉治疗。该站疫情防控指挥部专项部署,综合考虑本人意愿、身体状况、职能分工等因素,安排罗小虎、狄华强、蒋立炜、申奥4名民警成立"党员突击队",执行此次勤务。春节当天凌晨4时30分,"党员突击队"经过一个半小时的等待,终于迎来晚点飞机,他们第一时间为患者办理入境手续,紧接着为机组及医护人员办理入、出境手续。队员申奥是一名预备党员,疫情防控战斗打响,他主动向组织递交了请战书,当问及参加这次勤务的感受时,申奥说:"疫情可怕,但我们不怕!我们的底气就是依靠和相信组织,既然组织相信我们,我们就要尽心尽力完成任务。"

"特殊时期,就要发挥党组织示范引领作用!"1月25日晚,载有来自武汉出境回国旅客的飞机即将落地天津,飞机上有2名疑似感染新型冠状病毒的旅客,天津机场边检站执勤三队党支部书记王淼带领崔洪生、郗素女和张津恩,4名老党员组成"党员突击队",义无反顾冲在最前面,第一时间走上验证台,圆满完成此次航班查验勤务。

大事难事看担当,越是艰险越向前!在疫情防控阻击战中,大连和尚岛边检站各执勤队党支部自发组织"党员先锋队",许多党员民警毅然放弃春节回家团圆的机会,纷纷表示:"组织需要,我退票!"1月26日,一艘中国香港籍轮船搭载一名途经武汉的船员,准备停靠和尚岛码头。该船员有持续多日发热情况,且与多人有过密切接触,感染病毒风险系数极高。该站"党员先锋队"迅速联系海关、疾控中心、港方安监部等部门进行缜密部署,联系对口医院第一时间开展救治,跟踪密切接触人员,最终成功处置这起载运疫情相对集中地区船员船舶入港事件,充分检验了队伍的实战能力。

"各级党组织务必引起高度重视,领导干部要当好第一责任人!"牡丹江边境管理支队党委针对疫情传播扩散现状,特别是机关驻地确诊首例病人实际,多措并举部署开展防控工作。春节期间,该支队党委成员全部取消休假,返回机关督导各项防控工作;全体党员民警在职在岗,通过不断强化巡逻防控,确保边境辖区安全稳定。1月28日,东宁市某医院病人颜某报案称,治病的1100元现金被盗。该支队绥阳边境派出所接警后及时进行勘察、取证,不到2小时就将犯罪嫌疑人陈某抓获归案,在防控疫情的非常时期维护了辖区安全稳定。

把战斗堡垒作用发挥在疫情防控最前沿。驻守在祖国西南边陲、中缅边境的云南德宏边境管理支队,组建32支"党员突击队",深入辖区村寨、街道、交通要道、农村集市、行业场所,排查重点人员、宣讲疫情防范知识,全面掌握返乡(外来)人员情况,及时普及疫情传播途径、预防知识,不断增强辖区群众自我防范意识,积极引导群众不信谣、不传谣,坚定战胜"疫魔"的信心和决心。截至目前,累计检查车辆1万余辆次、人员4.3万余人次,劝返车辆1000余辆次、人员2500余人,排查重点人员90余人,确保了人民群众生命健康安全。

先锋模范冲锋在前
勇于担当诠释初心使命

"请战!我是共产党员!""我是党员!我先上!"金色盾牌,热血铸就。在疫情防控这场特殊的战争中,紧急关头、危险岗位,总有党员民警挺身而出、英勇奋战,用信仰筑起了一座座"红色堤坝",用初心映照着一面面鲜红党旗。

1月30日,正在福田口岸当班的皇岗边检站执勤十五队接勤务指挥中心通知，准备接收2名有发热、咳嗽症状，且近日去过武汉的旅客返回深圳。疫情就是警情。接到通知后，该队党员民警鲁劼主动请战："让我上，我是'党员突击队'的一员，有接收经验，对流程熟悉。"鲁劼以最快速度穿上防护服，戴好口罩和手套，毅然走向执勤岗位。在接回2名旅客完成边检验放手续后，按照相关程序，她又将2名旅客移交海关检验检疫部门。一路下来，鲁劼浑身被汗水浸湿，但一直保持着笑容。

"越是危险的时候，越是组织需要的时候，我必须赶赴一线和同事们并肩战'疫'。"横琴边检站执勤一队队长廖一波是这么说的，也是这么做的。作为队长，他是全队的"主心骨"；作为儿子，他又是家里的"顶梁柱"。父亲中风住院让他这几个月来异常忙碌，医院、执勤现场两点一线，这边刚从口岸下通宵班，那边又要去医院上"白班"。春节期间，面对迅速蔓延的疫情，本打算休假照顾父亲的他，主动放弃休假，坚守执勤一线。1月29日凌晨，廖一波在执行出境检查任务时，发现3名摩洛哥籍旅客均是武汉某高校留学生，细心的他马上提醒海关检疫人员对3人进行细致检查，有效防范了疫情传播风险。

有一种缘分，是"白衣天使"与"国门卫士"的相遇；有一种团聚，是心在一起的岗位坚守。姜波是北京边检总站的一线民警，他的妻子是朝阳医院的护士。疫情暴发后，作为老党员的姜波和战友们并肩作战、共克时艰；作为护士的妻子则坚守在医治患者第一线。2003年抗击非典，姜波与妻子并肩奋战，做彼此的后盾。这一次，他们再次穿上"铠甲"，携手逆行。拥有30多年党龄的姜波，是执勤队里的标杆，以他名字命名的"姜波党员先锋组"曾多次立功受奖。这次疫情防控阻击战，姜波再次发扬"站得出""豁得出"的担当精神，仅一个小时就号召执勤队全体党员民警报名参加了"抗击疫情先锋队"。

无独有偶。友谊关边检站党员民警梁箫的妻子唐嘉蔓也是一名护士，在南宁市第二人民医院工作。两人原计划2月2日举行婚礼，疫情蔓延迅猛，两人推迟婚礼，返回工作岗位。"关键时刻显担当，逆行的身影最美丽！"在梁箫的鼓励支持下，唐嘉蔓报名参加了赴湖北驰援医疗队。

非常时期当尽非常之责，危难时刻当显党员本色。崇左边境管理支队寨安边境检查站教导员李仁毅，多年没回老家过年，今年如愿请了年假。面对疫情蔓延形势，李仁毅心急如焚，大年初二就赶回单位。作为党支部书记，他以身作则，严格落实24小时双向查缉制度，并利用执勤之机向过往群众宣传防疫知识，全力配合驻点医务人员对过往车辆进行筛查、对旅客开展体温监测，做好疫情防控，每逢检查来自疫情相对集中地区的车辆、人员时，他都带头上阵。

"疫情当头，作为支部委员，又是一名拥有10年一线工作经验的老民警，春节值班我责无旁贷！"盐城机场边检站民警许秋雯是福建人，已经3年没有回老家过年，本来今年春节打算回去和父母团聚，疫情暴发，她立刻退掉了早已买好的机票，主动请缨，坚守一线。许秋雯在请战决心书中写道："今年的春节和以往特别不一样，没有热闹的亲朋聚餐，没有忙碌的走街串巷，取而代之的是漫天的疫情报道和人人必备的口罩。为了广大旅客、群众的岁月静好，我们坚守国门的决心和往常一样坚定，紧握验讫章是我们从来不变的使命。请祖国和人民放心，疫情虽然来势汹汹，但我们的守护绝不会因此退缩，国门的安全和温暖也绝不会因此消散！因为我们是中国移民管理警察，是头顶国徽的国门卫士！"

一个支部就是一个堡垒，一名党员就是一面旗帜。连日来，在疫情防控第一线，上演着无数"请战"和"坚守"的故事。一个个堡垒巍然矗立，凝聚起披荆斩棘的强大力量；一面面旗帜高高飘扬，焕发出战胜疫情的昂扬斗志。

疾风知劲草，烈火炼真金。当前，疫情防控正处于关键期。打赢这场疫情防控阻击战，更需要各级党组织和党员民警扛起政治责任，全力以赴、无私奉献，以实际行动践行初心使命，为党旗增辉添彩。

【《中国移民管理报》第00115期2020年2月4日1版】

武汉战"疫",出入境在行动!

李 晶 董国良

1月23日,正是南来北往阖家团圆的时候,但九省通衢的武汉却因疫情严重作出了"封城断流"的决定。武汉市公安局出入境管理局全体民警、辅警迅速进入一级战备,成立了疫情防控领导小组,全体党员民警和辅警,亮出党员身份,作出示范榜样,齐心协力,用忠诚维护全市平稳的涉外秩序,用生命守卫"汉警""铁军"的尊严和荣耀。

发挥协同优势引导国际舆情

1月23日凌晨4时,熟睡中的科创中心民警冯洋被急促的电话铃声叫醒,其父母和妻子已回老家过春节,他独自一人留汉,迷糊中的他接到"武汉拟于23日上午10点关闭机场、火车站离汉通道,要求迅速核实在汉外国人基本情况"的通知后顿时清醒。疫情就是警情,冯洋火速从市郊赶到单位,高效完成工作任务,为各级领导决策提供了依据。

境外人员管理大队大队长周峻在全市公共交通禁行的情况下,克服困难,迅速联系省市外办、宣传等部门,充分发挥协同外管优势,迅速摸清了在汉境外人员的涉疫情况,为防疫抗疫工作抢得先机,赢得主动。

突如其来的疫情,使武汉成为国际关注焦点,潜在的负面影响较大。武汉市出入境管理局主动发声,正确引导舆论导向,积极争取理解支持。根据国家移民管理局部署,第一时间组织专业力量编译出英、俄、法、德、日、韩6种外文版本的防疫抗疫知识提示,利用各种渠道和方式主动向在汉外国人推送。及时实施关于保障在汉外国人停留居留合法权益的工作措施,并发布多语种公告。目前,已向武汉外国人聚居区发放宣传资料4235份。

Michael是一名爱尔兰籍外教,在汉生活多年,这里有他的家庭、事业和朋友，收到《预防提示》、获悉相关保障措施后，他在《爱尔兰时报》发表文章，盛赞其温暖而令人感动。一周前，Michael拒绝了使馆劝他回国的建议，表示自己将与武汉站在一起，他坚信武汉和武汉人民必将战胜疫情。

提供优质服务树立国门形象

1月31日上午，在出国境受理窗口值守的民警李雪涛接待了一同前来求助的3个家庭。其中，由于未事先咨询，李女士一家提交的居住证明不规范，需要再跑一次。窗口民警立即上报，提请领导商议。等待期间，民警杨筠一边解答李女士的疑问，一边安抚道："别担心，我们会帮你的。"后经领导商议决定特事特办，简化手续，避免申请人多跑路。整个流程办结已近下午2时，民警李雪涛才吃上午饭。2月1日上午，取到证件的李女士动情地说："幸好有你们，我们一家人不用分开了。"

2月1日，签证大队教导员夏春兰接到缅甸驻华使馆工作人员电话，称将为两名缅甸留学生领取证件，但因其从北京乘飞机到长沙，再从长沙包车赶来武汉，担心抵达时间较晚。夏春兰答复："放心，我一定等你，办完再走！"傍晚，缅甸驻华使馆工作人员终于赶到，在外国人发证窗口等候多时的夏春兰热情接待，麻利地完成取证手续。"太感谢了，等我这么久，这种时候你们还上班，不怕吗？"夏春兰回答："怕啊，谁不怕，但穿上这身警服，就要履行好自己的职责！"

战"疫"以来，武汉出入境窗口春节期间没休息过一天，共为在汉外国人加急审批57人次，制证258人次，发证236人次，接待外国人咨询2000余次。针对武汉交通管制，部分外国人无法取证，还逐一送证上门共计50人次。

团结勇毅传承"蓝臂章"精神

"蓝臂章"精神是指在武汉举办的第七届世界军人运动会期间，军运村及部分场馆中佩戴"蓝臂章"的涉外警务服务队，体现出的"细致、精致、极致"专业精神。疫情防控阻击战中，这种精神依然在传递。

在这场突如其来的灾难面前，武汉市公安局出入境管理局广大党员干部戴着"蓝臂章"组建了8人一组的出入境党员突击队，救治外国病患、处理涉外警情，冲锋在前、扎实工作，党徽和"蓝臂章"在防疫一线交相辉映。突击队队员孙翮的妻子是汉口医院医务人员，新冠病毒肆虐以来，一直战斗在医疗一线，他也加班加点，尽心尽力坚守岗位，"警察蓝"和"天使白"并肩战"疫"。

疫情当前，首先要保护好自己。武汉出入境"蓝臂章"大家庭齐心协力，警务指挥室组织全员上阵，多方筹措，紧急采购洗手液、口罩、体温计、酒精、消毒液、护目镜、防护服等大批物资，每天在警营内部消毒、卫生防护毫不放松；政工纪检室每天组织全体到岗人员量体温，逐人统计本人及家属健康情况记录健康档案。

正是严督严防和大家庭每个成员的携手努力，截至目前，武汉市公安局出入境管理局全体民警、辅警及家属疫情零感染、零输入、零传播。

【《中国移民管理报》第00117期2020年2月11日1版】

| 通讯 |

奋楫扬帆逐浪高
——2019年移民管理工作回眸

陈 杰 张成斌 王云龙

百舸争流，奋楫者先；千帆竞发，勇进者胜。

沐浴着深化党和国家机构改革的春风，2019年1月1日，转隶国家移民管理机构的原公安边防部队官兵统一换着人民警察制服上岗，国家移民管理体制和公安边防部队改革顺利落地，新时代移民管理事业扬帆启航。

开局之年，东风浩荡，战鼓激昂。以新中国成立70周年大庆安保维稳工作为主线，一系列光荣艰巨的任务在召唤这支改制重塑、充满希望的队伍，可以预见和不可预见的风险挑战并存，又是一场大考摆在面前。

万事开头难，再难也难不倒中国共产党人。"国家移民管理机构第一代工作人员要以奋斗者勇往直前的超越和答卷人全神贯注的姿态，跑好第一棒、跑出好速度，答好第一份卷子、答出好成绩。"2019年1月24日，改革后召开的首次全国移民管理工作会议迅速动员，就履职元年和今后一段时间的工作作出全面部署。

2019年，这支具有光荣传统的队伍在习近平新时代中国特色社会主义思想指引下，紧密团结在以习近平同志为核心的党中央周围，进一步增强"四个意识"、坚定"四个自信"、做到"两个维护"，认真贯彻落实党中央重大战略决策，按照公安部党委指示要求和国家移民管理局党组部署安排，对标党和人民赋予的新时代职责使命开篇布局，聚焦新中国成立70周年大庆安保维稳工作主线用劲发力，着眼移民治理体系和治理能力现代化自我加压，坚持稳中求进工作总基调，奋力开创移民管理事业新局面，充分展现了新机构新气象新作为。

2019年，全国移民管理战线风樯阵马，大步向前。

深化改革　激发效能
移民管理体制和运行保障机制更加健全完善

面对世界百年未有之大变局，站在"两个一百年"的历史交汇点，以习近平同志为核心的党中央高瞻远瞩、高屋建瓴，在深化党和国家机构改革中擘画了新时代移民管理工作的宏伟蓝图，为推动移民管理改革发展提供了根本遵循。将党中央的顶层设计落实为系统完备、务实管用的制度机制措施，把"设计图"一步步转化为"施工图""实景图"，从夯基垒台、立柱架梁到全面推进、积厚成势，全国移民管理战线是责无旁贷的主力军、施工队。一年来，国家移民管理局党组领导推进各级移民管理机构体制机制改革重塑，着力探索具有中国特色的移民管理新路子，向着移民治理体系和治理能力现代化目标迈出了坚实的一步。

党的领导更加坚强有力——

国家移民管理局党组坚决贯彻落实习近平总书记重要指示批示要求，坚决贯彻落实党中央决策部署，坚决贯彻落实公安部党委指示安排，自觉将党的领导贯穿移民管理工作各方面、全过程，做到移民管理重大事项、重要问题、重大改革及时请示报告党中央、习近平总书记。认真学习贯彻党中央召开的全国公安工作会议等一系列重要会议精神，结合移民管理工作和队伍实际，研究制定贯彻落实的意见、方案、措施。根据党中央颁布的政法工作条例、重大事项请示报告条例、党组工作条例等重要文件，逐一研究制定实施办法。完善学习贯彻落实习近平总书记重要指示批示的制度机制，将习近平总书记重要指示批示作为最高政治要件，第一时间办理、高质量落实。围绕"一个带头、三个表率"深入开展创建模范国家机关活动，突出"把方向、管大局、保落实"压实落细各级党组织责任，充分发挥基层党组织政治功能，强化自上而下的跟踪问效和各方面全过程督促检查，确保党中央从政治上建设掌握移民管理队伍，确保实现党中央在政治、思想、组织上对移民管理工作的绝对领导、全面领导。

机构职能体系更加优化协同高效——

坚持按照党中央确定的原则合理设置机构、科学配置职能、统筹编配警力。国家移民管理机构改革后共撤并军师（局）级单位55个、处级机构204个，撤销文工团、医院、后勤基地保障等单位547个；调整士兵转改民警2.2万余名充实到新疆、西藏等重点地区边境一线执法执勤单位,使边境派出所平均警力达到20人,艰苦边远地区警力比现役时期增长35%;内部调剂近3000名编制新建北京大兴机场等出入境边防检查站、云南瑞丽等非法移民遣返中心,根据全国各单位任务实际统筹组织警力调配支援,力量编成布局更加适应实战要求。主动理顺与外交、科技、教育等部门在外国人管理方面的职能边界,进一步健全来华留学、工作的外国人管理机制;明确与解放军、武警部队和地方公安机关在边境(边界)管理方面的职责划分,完善案件管辖分工、责任部门和工作措施,移民管理体制积弊进一步消解,重点领域改革稳步深化,制度机制创新取得重大突破。

指挥组织体系和支撑保障系统更加顺畅有效——

在党中央统一领导下,全国移民管理系统组织领导、指挥和保障体系迅速构建、顺畅衔接,为新机构履行职责使命提供了有力支撑。重新组建的各级移民管理机构领导班子平稳运行、结构改善、领导力提升,转隶领导干部按"职务平移"原则率先完成首次任职,干部交流有序展开,重点方向、大型口岸、关键岗位领导力量明显加强。国家移民管理局先后建成启用政务服务平台、生物识别签证亿级人脸指纹比对中心、国际航班载运人员出入境信息预报预检系统,推动扩大港口管理系统应用,在执法一线和日常管理中全面推广"外管通"App,信息技术手段服务实战作用彰显,有力提升了管理服务效能。出台加强移民管理法治建设的意见,积极研究推进法律制度"立、改、废、释";实施政治能力、专业知识和文化素质提升计划,制定出台思想政治教育、勤务监督、审计稽查、内务管理,以及领导班子和领导干部年度考核、干部调动管理、艰苦边远地区民警职工休假休养等制度规定办法79项;加快后勤保障体系向职业制公务员体系转型入轨,强化预算管理、基本建设和装备设施建设,全面推动各项工作与时俱进,为移民管理事业长远健康发展奠定基础。

改革创新有力提升了移民管理队伍的履职能力,激发了移民管理队伍生机活力。在队伍人员减少、职能扩大、任务增加的情况下,全国移民管理系统2019年共签发出入境证件1.34亿本(张、枚);查验出入境人员6.7亿人次、同比上升3.8%,群众企业办证办事和出入境通关顺畅便捷,国门边境始终安全无虞。履职元年、登台首秀,全国移民管理系统就以检查出入境人员和签发证件数量明显上升、查处违法违规人员数量明显上升、查获走私毒品和在逃人员量明显上升，边境辖区刑事治安发案数持续下降、"三非"人员增量存量持续下降、群众企业办事办证成本持续下降、队伍新增的严重违纪问题持续下降"三升四降"的优异成绩，实现"稳中求进"的良好开局，在自己的历史上留下浓墨重彩的一笔。

拒敌境外　俘敌前沿
维护国家政治安全和打击跨境违法犯罪更加坚决有力

捍卫政治安全、维护社会安定、保障人民安宁，是公安机关担负的新时代职责使命。国务委员、公安部部长赵克志多次强调，全国移民管理系统要牢固树立总体国家安全观，坚持国家利益至上，始终把维护国家政治安全、政权安全置于首位，坚决守住出入境管理和口岸安全底线，筑牢口岸边境安全屏障。

守土有责，必须担责尽责。

坚持底线思维，增强忧患意识，全面排查口岸边境辖区、日常业务开展、队伍教育管理等方面的隐患盲区，着力防风险、护安全、保稳定，提高基础防控的水平；增强斗争精神，提高斗争本领，全面加强斗争形势分析研判和敌情警情教育，着力增强政治敏锐性和政治鉴别力，提高下好先手棋、打好主动仗的水平；强化全局观念，促进协调联动，着力补短板、强弱项、建机制，抓紧探索完善边境治理新思路新方式新举措，不断提升守边固防、防范化解重大风险能力……

2019年，以新中国成立70周年大庆安保维稳工作主线为牵引，一系列重大活动安保、重点专项行动、重要领域斗争梯次展开，强化体系建设与强化现实斗争相互促进，全国移民管理系统在反渗透反颠覆反分裂、打击跨境违法犯罪、严格规范执法执勤各方面不断加大力度，向党和人民交上了一份沉甸甸的答卷——

重大安保任务旗开得胜。先后圆满完成全国两会、博鳌亚洲论坛、第二届"一带一路"高峰论坛、新中国成立70周年大庆、第二届进博会、澳门回归祖国20周年等一系列重大活动的边境管控、口岸查控、辖区稳控任务，在一场场政治大考中考出了好成绩，特别是以最高标准、最严部署、最强力量，打赢了新中国成立70周年大庆安保维稳硬仗。此战此役，全系统有5个单位被公安部记集体一等功，11个单位记二等功，268名个人立功受奖。

维护边境国门安全成效显著。针对危害政治安全、社会稳定和出入境秩序的突出问题，大力开展反渗透反颠覆反恐怖斗争，查获一大批涉恐涉暴危安人员，封堵"污泥浊水"于国门之外；及时粉碎境内外敌对势力捣乱破坏活动，组织开展"靖边"专项行动，持续深化"三非"外国人专项治理，深入开展扫黑除恶、缉枪治爆专项斗争，严厉打击外国人吸毒贩毒、拐卖人口、非法传教等违法犯罪活动。全年共破获各类刑事案件3000余起，查处治安案件3.3万起，侦破妨碍国（边）境管理犯罪案件2100余起；查获、遣返"三非"人员同比上升25%、55%，查获在逃人员同比上升76%，缴获枪支、毒品同比上升126%、15.6%，缉私案值同比上升59.9%。

边境管控体系建设蹄疾步稳。深化落实党中央关于新时代加强党政军警民合力强边固防的指导意见，全面推进边境管理领导体制和工作机制、机构力量体系、现代装备设施保障体系建设。与周边11个国家完善边境三级代表联系机制，与域外国家开展反恐务实交流合作，连点成线、织线成网，边境管理动力变革、质量变革、效率变革加速推进，边境防控水平明显提升。

移民管理执法执勤能力显著增强。立足全线布防、全域管理，强化执法安全责任意识，充分发挥中央事权体制机制优势，推动工作理念、思路、措施转型升级，解决了一批影响执法职能作用发挥的突出问题。从证件受理审批到口岸通关查验再到境外人员管理，从边境辖区到口岸限定区域再到社会面，广大民警戍边卫国、严守国门、履职尽责意识明显增强，依法依规开展询问盘查、审核调查的职能作用有效发挥，信息支撑、部门联动和大数据技术等先进技战法应用日臻成熟，执法管理、教育训练和警务保障水平明显提升。

促进开放　服务民生
推动经济社会发展和便利中外人员出入境更显力度温度

"凡是有利于实现稳就业、稳金融、稳外贸、稳外资、稳投资、稳预期的事，都要先办快办；凡是有利于开放发展、创新发展、高质量发展的事，都要快办大办；凡是有利于提高人民群众获得感、幸福感、安全感的事，都要大办办好；凡是有利于巩固党的执政基础的事，都要办好多办。"按照全国移民管理工作会议要求，2019年移民管理服务创新的步伐更快、力度更大，在服务经济社会发展上讲究大格局，回应民生关切上追求接地气，一批批硬招实招妙招有力地打通了对外交流交往的堵点痛点，有效解决了群众关注的身边事、烦心事。

这一年，国家重大发展战略推进到哪里，移民管理政策保障措施就向哪里对接——

实施"一带一路"沿线国家（地区）人员出入境和停居留便利安排。4月28日起，全国18个航空口岸、陆地口岸设置"一带一路"便利通道89条，各地公安机关出入境管理部门为出国参与"一带一路"建设的中国公民和来华参与"一带一路"建设的外籍人士及其家属提供加急办证、集中办证等便利。

出台支持海南建设自贸区（港）新政。继2018年将允许组团免签证赴海南旅游的国家由26国放宽到59国后，入琼人数增加31.2%。2019年7月再次出台12条移民与出入境便利措施，海南自贸区（港）引才引智政策更具吸引力，吸引交流人才增加21.25%。

进一步优化粤港澳大湾区口岸通关。继2018年在广深港高铁西九龙站口岸、港珠澳大桥珠澳通道实施"一地两检"和"合作查验、一次放行"新型查验模式后，2019年在深圳莲塘口岸实施车辆"一站式"查验，并将"合作查验、一次放行"模式推广至珠海青茂口岸、新横琴口岸，大湾区人流物流通关更加顺畅……

这一年，群众对更好出入境服务的需求在哪里，"放管服"改革就向哪里深化——

全部出入境证件实现"全国通办"。4月1日起，内地居民可以在全国任意一个出入境管理窗口申办普通护照、往来港澳通行证、往来台湾通行证等出入境证件，出入境管理部门关于申请人"只跑一次"的服务承诺不变，预约办证、急证急办等服务措施继续保留或进一步升级。短短9个月，全国已有2021万人次顺利异地办理出入境证件，新政节省群众和企业费用约374亿元。

推进出入境证件便利化应用。10月1日起，港澳居民、华侨可以像内地居民持身份证一样，持出入境证件享受交通运输、金融、通讯、教育、医疗、社保、工商、税务、住宿等政务服务、基础公共服务、互联网服务3大类35项民生便利服务，国家经济社会发展成果更好更直接地惠及800余万港澳居民和海外华侨……

这一年，对外开放扩大到哪里，外国人管理服务工作就向哪里跟进——

因"才"施策，增强引才引智实效。8月1日起，12项鼓励支持外籍人才和外国优秀青年、外籍华人来华在华创新创业、投资兴业、学习工作的便利政策，从国家重点发展区域复制推广到全国，全年共有成千上万的外籍企业家、投资者、技术管理人员在办理签证、居留许可和永久居留手续时享受到了更多的便利。

开渠简政，吸引便利外国人入境来华。12月1日，再次扩大优化外国人过境144小时免办签证政策。全国18个省（自治区、直辖市）23个城市31个口岸对53个国家人员实施过境72小时、144小时免办签证政策，并在京津冀、长三角等地区实现区域、口岸联动。据统计，2019年共有96.3万人次外国人享受了过境免办签证优惠政策。

包容体恤，帮助促进外国人在华安居乐业。永久居留外国人权益保障，常住外国人居留生活便利安排，涉外单位外国人服务能力水平提升……移民服务、移民融入、移民发展一项项议题提上日程、一项项措施先行先试，专门机构组建和社会服务协同推进，与经济社会发展水平相适应的移民服务体系建设全面铺开，展现更加自信、开放、包容的中国"国门名片"熠熠发光。

不忘初心　　砥砺奋进
一支政治过硬本领高强的队伍正向我们走来

"我志愿加入中国共产党，拥护党的纲领，遵守党的章程……"

7月1日，梁家河村史馆。国家移民管理局学习习近平新时代中国特色社会主义思想培训班上，局党组书记、局长许甘露带领41名司局级学员重温入党誓词，沿着总书记的知青足迹叩问初心。

7月25日，南湖革命纪念馆。全国移民管理系统党的建设工作会议召开前夕，国家移民管理局党组成员、局机关司局级党员领导干部再次举起右拳，面向党旗庄严宣誓。

"一橹摇桨开天地，一叶红船映初心。"这是全国移民管理系统民警追随核心、捍卫核心的政治宣示，是全国移民管理系统在体制机制重塑、力量结构重构后，牢记使命、奋勇向前的冲锋号。

不忘初心，方得始终。这一年，全国移民管理战线坚持公安姓党的根本政治属性，牢记人民公安为人民的初心使命，坚持党的绝对领导、全面领导，以政治建设为统领，深入贯彻对党忠诚、服务人民、执法公正、纪律严明的总要求，始终保持队伍高度集中统一。

一年来，国家移民管理局坚定不移走新时代中国特色社会主义强警之路，坚持革命化、正规化、专业化、职业化建设方向，大力锻造"四个铁一般"移民管理队伍——

坚持政治建警，打造过硬队伍。国家移民管理局党组42次集中学习习近平新时代中国特色社会主义思想，学习习近平总书记重要指示批示、重要讲话和重要文章，切实加强自身建设、提高政治水平；按照党中央部署要求，认真组织开展两批"不忘初心、牢记使命"主题教育，推动全系统把守初心当恒心，把担使命作为行动自觉；举办4期学习习近平新时代中国特色社会主义思想轮训班、1期处级干部进修班，实现总站级领导班子成员、机关副处级以上领导干部全员轮训，不断加强各级领导干部政治能力训练、提高党性修养水平；召开全国移民管理系统党的建设工作会议，出台《关于加强新时代移民管理机构党的建设的意见》，制定规范党委、党支部建设等一系列党建制度，推动各级党组织建设全面加强、全面过硬；深入肃清周永康、李东生、孟宏伟等流毒影响，高标准开展"树标杆、作表率、走前列"创模工作，努力把国家移民管理局和各级移民管理机构建设成让党中央放心、让人民群众满意的模范机关。

坚持素质强警，提升履职本领。创新队伍教育训练机制，相继下发民警教育训练三年规划、全警实战大练兵实施方案；突出实战实效实用，举办各类业务培训班234期次；组织2.2万名转改招录民警参加入警培训、342名训练骨干赴基层轮勤轮训、96人赴港澳业务研修，广大民警"干中学、干中练"蔚然成风。

坚持从严治警，营造清风正气。监督管理"十项规定"、执法执勤"六个严禁"、内务管理规定等刚性新规密集出台；监督执纪"四种形态"、实地督查、网上督查、视频倒查等监督问责手段发威发力；全年查纠各类问题隐患500余个，推动从严治警"无禁区、全覆盖、零容忍"，全系统警风政风为之一新。

坚持从优待警，激发队伍活力。投资规划建设2200套戍边公寓住房、3000

余间各类备勤宿舍,改善满足民警疗养、医疗、用水、取暖、吸氧、用电等工作、生活需要,惠及3万多名民警职工;启动艰苦边远地区常见多发病课题研究,编写出版《移民管理机构民警职工健康指南》,帮助解决常年戍边民警身心健康问题;设立民警英烈专项基金,全面启动艰苦边远地区民警休假休养活动,建立特困民警家庭生活补助和戍边民警内地亲属联系帮扶机制,组织开展相亲交友活动帮助艰苦边远地区大龄青年民警告别单身……广大基层民警职工获得感、幸福感和荣誉感油然而生,队伍凝聚力向心力战斗力明显增强。

路是走出来的,事业是干出来的,梦想从来都是靠奋斗实现的。

这一年,移民管理民警的家国情怀与中国梦紧紧相连。把驻地当家乡、把群众当亲人,抢险救灾、扶危济困、改善民生……干革命不讲条件,保边疆为国献身。精准帮扶广西三江侗族自治县脱贫攻坚,年内3.6万余名贫困群众顺利脱贫,贫困发生率从12.65%下降至2.01%,扶贫工作超额完成公安部2019年向党中央承诺的6大责任目标,走在中央国家机关前列。

这一年,全国移民管理系统警察昂扬向上、奋斗牺牲、英雄辈出。260个单位、2850名个人立功受奖,其中荣立集体二等功以上28个、个人二等功以上165人。"中国青年五四奖章集体"、全国首批"枫桥式公安派出所"独龙江边境派出所,全国"公安楷模"赵永前、"全国模范退役军人"孙超、石淑亚,全国"最美基层民警"黄平、提名奖郑兆瑞、"全国巾帼建功标兵"于歌,共守雪域高原的廖晋、杨琳夫妇……一面面飘扬的旗帜让"国门名片"更加闪亮。

这一年,中国移民管理的目光跨越边境国门放眼世界。4月2日,国家移民管理局在挂牌一周年时精彩亮相,举行国际组织代表机构和各国驻华使馆招待会,全面阐述对移民全球治理的立场原则,推动加强务实合作、呼吁共同努力推动全球移民治理更加公平、富有效率。积极倡导多边双边合作,努力扩大"朋友圈",全系统组团出访98个团组43个国家(地区),接待外国来访40个团组16个国家(地区),参与多边双边会议会谈会晤200余次,移民管理领域国际和区域性合作走深走实,一个个多边场合、一份份协议文本、一次次跨境执法合作……世界听到了中国移民管理声音,感受了中国移民管理力量。

历史的画卷,总是在砥砺前行中铺展;时代的航程,总是在共同奋斗里破浪前进。2020年是党和国家发展历史上具有里程碑意义的一年。全国移民管系统必将勠力同心、迎难而上、英勇斗争，继续向着国家治理体系和治理能力现代化目标奋楫扬帆，为全面建成小康社会、加快建设社会主义现代化强国作出新的更大贡献。

【《中国移民管理报》第00119期2020年2月18日3版】

| 通 讯 |

又是一年木棉花开，在云南边疆的山川河谷，那一树树木棉，顶天立地的姿态英雄般矗立，火红的花苞犹如战士风骨，那是英雄的鲜血染红了她。在西南边陲警营，有三位英烈的妹妹，战友们说——

她们就像木棉花

肖　林　田洪涛　蒋　霖

甘玉琴　"做一名像哥哥一样勇于担当的戍边警察"

甘玉琴，是德宏边境管理支队户拉边境派出所民警。2007年3月25日，在中缅边境的一场缉毒战斗中，她的哥哥甘祖荣壮烈牺牲。

甘玉琴在哥哥牺牲8个月后，入伍来到哥哥曾经战斗过的地方。很快，她成为木康边境检查站女兵班缉毒能手，并荣立三等功。

随着部队转改，甘玉琴成为一名移民管理警察，被分配到户拉边境派出所，继续扎根边疆、守护边关。

时光倒回一个月前，新冠肺炎疫情悄然来袭。

"我有责任、有义务履行自己入党时的铮铮誓言，到防控一线工作……"1月25日，原本是春节团圆之时，甘玉琴却早早提着一大袋口罩回到所里，为全所在岗民警、辅警分发，随后主动到遮相执勤点工作。

在高速路口值守的每一天，甘玉琴常常到深夜12点才下勤，不到一岁的女儿早已入睡，休息时间只能看看手机里拍的照片和视频一解思念。

"大妈，出门记得戴好口罩，勤洗手，能不出门就别出门了。""今天体温怎么样？家里的菜和口罩都还有吗？"

2月24日，从执勤卡点撤离后，甘玉琴没有休息，转身投入忙碌的社区工作中。走访、宣传、助力复工复产……

甘玉琴的手机里有15个辖区群众微信群，有办身份证、户口的，有咨询问题的……不时响起的微信声提醒甘玉琴又有群众在群里咨询了。

"哥哥的鲜血洒在了边关，我要沿着他的足迹努力前行，做一名像哥哥一样勇于担当的戍边警察。"甘玉琴说。

尹铭燕 "像哥哥一样，永远保持战斗的姿态"

尹铭燕，尹铭志烈士的妹妹，现为德宏边境管理支队执法调查队教导员，先后查获毒品案件29起，缴获毒品130余千克，荣立三等功1次，被云南省妇联、云南出入境边防检查总站评为"巾帼建功标兵"。

1997年8月，尹铭志在抓捕毒贩时，为保护群众，同多名手持凶器的毒贩英勇搏斗，壮烈牺牲。

"加入缉毒斗争的行列，尽一分力，发一分光。"尹铭燕在整理哥哥遗物时，看到哥哥在日记中写的一句话，这句话让她至今难以忘怀。1998年12月，尹铭燕光荣地成为一名边防战士，加入查缉任务最重、被誉为"中国缉毒第一站"的木康边境检查站这个英雄集体。

"小顾，家里怎样？都好着吧？""一定要每天坚持测体温、戴口罩，在家就好好陪陪家人！"面对新冠肺炎疫情，尹铭燕坚持两"毒"并禁，在严格抓好单位内部防控的同时，每天同在外办案的战友联系一遍、问候一遍，当好战友的"知心姐姐"。

2月20日，根据线索，尹铭燕带领战友对一辆物流车例行检查时，当场从一个包裹中查获冰毒1.6千克。

"边关多查一克毒，内地人民就少受一分害，坚决同毒贩斗争到底！"尹铭燕说。每当工作遇到困惑、困难时，她总是以哥哥为榜样，在边境禁毒斗争中"逆行"坚守、担当前行。

一次，尹铭燕为了抓捕一名女性带毒犯罪嫌疑人，特意染了头发，打扮时髦，与毒贩周旋了整整3天，最终打掉一个零星贩毒网络，抓获吸贩毒人员3名，查获冰毒2.58千克。

今年以来，执法调查队先后查获毒品案件18起，抓获犯罪嫌疑人15名，缴获毒品119.5千克。

谁说女子不如男，烈士妹妹也英雄。面对疫情和形形色色的毒贩，尹铭燕和战友们不断创新技战法，用青春和热血忠诚守护着边关的净土。

张凤易 "唯有努力，才能不负哥哥"

张凤易，现为丽江出入境边防检查站民警，是救火英雄杨斌的妹妹。2008

年2月的一天，西双版纳州消防支队战士杨斌在勐腊县扑救一起火灾时，壮烈牺牲，被公安部批准为烈士。

"去哥哥牺牲的地方，继续他未走完的路。"中学毕业后，张凤易毅然报名参军，来到原西双版纳州边防支队，成为一名缉毒战士。

在关坪查缉点，张凤易每天要穿戴近5千克的防刺背心和头盔，认真检查过往车辆和人员，日晒雨淋，白净的她被晒得黝黑。工作的艰辛并未让张凤易退缩，反而练就了一双"火眼金睛"。5年时间，她查获毒品近9千克，荣立三等功一次，成为一名优秀的缉毒战士。

2017年，她从西双版纳边防支队调入原丽江边防检查站勤务中队。随着部队转制，成为一名边检民警。"感恩组织，唯有努力工作，才能不负哥哥……"

新冠肺炎疫情发生后，著名旅游城市丽江的疫情防控工作面临严峻形势。作为卫生员的张凤易看在眼里、急在心里，她主动向组织汇报加强卫生防疫的想法和措施，得到肯定，并被采纳。

张凤易和同事每天轮班，在出入境现场和单位内部喷杀消毒，在验证台前为出入境旅客测量体温，在出境通道前开展防疫知识宣传，熬制大锅药，热情地为出入境旅客送上。

"爷爷是正月初十去世的，家里人都瞒着我……"张凤易哽咽地说，侄女悄悄打电话告诉她。张凤易偷偷擦去泪水，背起喷药箱，走向出入境大厅对证台进行消杀……

铿锵玫瑰，璀璨绽放。致敬！向所有坚守在战位的警花。

【《中国移民管理报》第00125期2020年3月10日2版】

深圳湾边检站执勤二队民警杨晓楠的一条微信朋友圈——
记录口岸"疫"线又一个不眠之夜

黄 钊

3月14日，清晨的深圳，空气微凉。奋战了一个通宵的杨晓楠和同事们走出旅检大厅，拍下一张合影。"有人说，那一瞬间大家很开心。一次彻夜不眠，也是难得的体会……"配着真情实感的文字，这条微信朋友圈记录下深圳湾出入境边防检查站执勤二队民警坚守口岸"疫"线的又一个不眠之夜。

密不透风、行动不便，杨晓楠与战友们穿着防护服从天黑忙到天亮。"原本我们晚班是下午6点到晚上12点，由于疫情防控工作需要，为确保所有旅客安全入境，我们一直工作到第二天清晨6点，虽然很累，但不敢有丝毫松懈。"杨晓楠如是说。

在当日执勤工作中，民警肖焱是身穿防护服执勤时间最长的，累计近10个小时，并且承担着风险系数极高的工作——进入海关负压舱对发热症状旅客进行人证对照。

"新冠病毒不是怕高温嘛，我让同事把我名字里的'焱'写在胸口，身披'火神战袍'，它们还敢造次吗？！"肖焱开玩笑地说。风趣幽默的他干起活来毫不含糊，从验放专区到海关负压舱，近百米的路程来回不知走了多少趟。深夜的鹏城下起淅淅沥沥的小雨，肖焱所戴面罩里凝结的水珠也一滴滴落下。

与肖焱配合查验工作的是队内第一个穿防护服执行特殊勤务的民警戴瑜新。他端坐验证台，对经过肖焱人证对照后的证件进行查验。由于对涉疫旅客实行专区查验，这也意味着戴瑜新要坚守在他的"专属阵地"，哪里都不能去。

"都说站着不如坐着舒服，当你需要连续静坐好几个小时，而且不能随意走动时，你会发现站着原来也很舒服。"戴瑜新打趣地说。

午夜时分，民警们拭去面罩上的水珠，仍在岗位上忙碌着。人证对照、证件查验、客流引导、信息复查……一切紧张而有序。工作过程中，为缓解旅客候检时的焦虑情绪，民警还主动送去矿泉水。

就这样，在执勤二队民警的共同坚守下，旅检大厅内候检旅客逐渐清零。这时，身着防护服的民警们早已被汗水浸透。换好衣服，走出大厅，他们才恍然发现天边已微露晨光。大家相视一笑，收拾好心情，留下微信朋友圈中那张合影。

【《中国移民管理报》第00127期2020年3月17日3版】

全国"公安抗疫巾帼先锋"、
深圳边检总站赴鄂医疗队医师单雪——
勇当"逆行者" 一线展英姿

徐殿伟　王剑霜　钟　勤

3月29日,在公安部与全国妇联联合举办的"致敬了不起的她·公安抗疫巾帼先锋"发布活动中,作为10名全国"公安抗疫巾帼先锋"之一的深圳出入境边防检查总站赴鄂医疗队呼吸内科主治医师单雪,格外引人注目——她既是人民警察,"对党忠诚、服务人民"是她的政治本色;她还是白衣天使,"救死扶伤、敬佑生命"是她的职业追求。

新冠肺炎疫情发生后,单雪勇当"逆行者",在湖北荆州战"疫"最前线连续奋战30天,以实际行动为打赢疫情防控的人民战争、总体战、阻击战贡献了巾帼力量。

写下请战书,冲在最前线

"患者面前我是医生,疫情当前我就是战士!如今在祖国最需要的时候,我要冲到抗疫最前线,为国家为人民作出我的贡献!"这是单雪主动停止休假赶回医院后对组织提出的请求。

疫情如火,分秒必争。2月19日晚,深圳边检总站接到深圳市卫健委紧急通知,需组建深圳市第二批援助湖北荆州医疗队。"医生的使命在一线,疫情在哪里,我们就应出现在哪里!"得知这一消息后,单雪第一个向所在党支部递交了请战书,被批准成为其中一员,第二天便出征湖北荆州疫情防控一线。

出征前,深圳边检总站赴鄂医疗队队长卢涛曾询问她家里是否有困难,她斩钉截铁回答:"没有,我是党员,还是单身,没什么牵挂。"后来才知道,因为怕远在东北老家的父母亲担心,单雪至今没有把支援荆州的事告诉两位老人,还跟知情的人说,千万不要让她的家人知道。"我辛苦点、危险点没什么，希望不要给家人和朋友增添负担，大家都平安健康就是给我最大的安慰。"单雪说。

与时间赛跑，同疫魔战斗

进驻荆州市第一人民医院后，深圳边检总站赴鄂医疗队承担接管重症监护病区（ICU）的艰巨任务，医院所有危重症病人都集中在这里救治。医疗队当即组建了重症小组，单雪作为医疗队唯一的女医生主动请缨，成为其中一员。当时，ICU 共有 17 名病情较重的患者，单雪与同事迅速研究熟悉病人情况，很快投入救治中。

为了准确搜集病例资料，清楚掌握病人情况，更好地调整诊疗方案，单雪详细分析每名患者的病情变化、化验结果和治疗情况，与同事们研判调整治疗方案；协助整理归纳所有 ICU 病人的每日病情监测表，进行相关评分和数据汇总；协助收集整理所有前期死亡病例的数据，以便总结经验教训，对现有病人病情提前研判，全力以赴提高重症患者治愈率、降低病亡率。

病人多、医生少，单雪总是抢着值夜班，在荆州的 30 天里，她参与 12 小时的夜间值班任务 6 次，平均每周工作时间约 50 小时，累计工作超过 200 小时。

不战胜疫情，我决不撤退

重症病房的工作忙碌而繁重，单雪既当医生又当护士，同时还是心理疏导员。

重症病区一位老年患者，病情很严重，思想压力很大，精神状态极差，情绪非常悲观，不配合治疗，甚至不吃不喝。单雪对老人像亲人一样细心呵护，轻言细语安慰，不厌其烦开导鼓励，耐心解释病情、告知治疗方案，帮助老人树立战胜疾病的信心。功夫不负有心人，老人逐渐改变态度，开始配合治疗，目前症状已经明显减轻。

截至 3 月 19 日，荆州市共集中收治危重患者 61 人、重症患者 118 人。荆州下属所有县市确诊病例已清零，荆州连续 19 天无新增病例，荆州市仅余 12 名病人，其中 6 名病人即将出院，治愈率达到 96.39%。荆州疫情防控持续向好的发展形势，离不开单雪和战友们的辛勤工作。

3 月 20 日，单雪和队友们胜利完成支援湖北荆州任务，在春暖花开中平安凯旋。此时荆州市区已全面解封，街道人来车往，城市恢复生机。市民们自发在街道两旁向医疗队挥手道别,过往车辆纷纷鸣笛致敬。在荆州市第一人民医院送别仪式结束后,一位阿姨满含热泪跟单雪和队员们道别:"感谢你们,你们是我们的救命恩人,是荆州的恩人!"直到车辆驶离荆州,单雪的泪水还停不下来,她说:"在病房里再辛苦,再想念家人,我都没有流眼泪。今天荆州人民的热情让我情不自禁落泪。"

回程的高铁上,单雪和医疗队全体队员写了第二份请战书。他们说,目前疫情形势还很严峻,祖国和人民需要我们。回深圳结束休整后,单雪和战友们还想继续奋战一线,用共产党员的忠诚与担当冲锋在抗击疫情最前沿,当先锋、作表率、打头阵,用实际行动践行初心使命。

【《中国移民管理报》第00131期2020年3月31日1版】

| 通 讯 |

风雨中24小时接力执行勤务

于海夫　王　皓

3月23日以来，北京首都国际机场客机数量锐减，货机起降数直线上升，较去年同期增长了7倍，并于4月15日达到峰值。

负责货机接机清舱勤务的北京出入境边防检查总站执勤七大队，成为首都国际机场"外防输入"战线最繁忙的队伍之一。4月15日，这支平均年龄49岁、党员成分百分之百的队伍在雷暴、风雨天气下接力作战，连续24小时穿梭在停机坪上，圆满完成71个货运航班接机清舱任务。

当天15时许，一道闪电划破机场上空，随即闷雷滚滚。"海刚、海刚，请迅速到远机位对汉莎航空货机实施清舱检查。"对讲机再次响起，民警王海刚立即驾车前往。

当时，王海刚与民警柴晓珍已穿戴防护装备坚守岗位近6个小时，滴水未沾、粒米未进。"海刚哥，你还撑得住吗？"44岁的柴晓珍担心地问着。"我没事，雨又大了，你帮我看着点儿路。"王海刚边说，边擦着挡风玻璃上的雾气。

现年59岁的王海刚，被大家称作"活地图"。几十年行车经验，他早已把停机坪的每个角落印在脑海。但今天暴雨倾盆，雨刷器也无济于事，护目镜里挂满水珠，已经影响了视线，加上电闪雷鸣，王海刚手心冒出了汗。

平时十几分钟的车程，王海刚用了近半个小时才赶到。停好车，打开执法记录仪，二人立刻冒雨向着飞机奔去。顾不上浑身湿透，他们拿纸巾擦掉护目镜上的雨水，开始了紧张的清舱工作。人证比对、询问机组、检查机舱货物……一系列手续完毕，二人又驾车朝下一架飞机赶去。

"晓珍，你要不要去吃个药？"行车途中，看到柴晓珍用手捂着胸口，王海刚问道。"不用，坐会儿就好了。"王海刚知道她心律不齐的老毛病又犯了，"撑不住咱就回去，找人来替你。"柴晓珍摆了摆手。

就这样，二人穿着被雨水、汗水浸透的衣服，马不停蹄忙到20时，完成20余架货机接机清舱任务。

"你们辛苦了，我来接替你们。"对讲机里传来陈伟的声音，担任二级高级警长的他仍坚守执勤一线。昏暗的灯光下，王海刚与陈伟在雨中相互拍了拍肩膀，完成岗位交接。

"货机清舱完毕。"次日凌晨3时，陈伟用对讲机报告。回想起之前的一幕，他不禁有些后怕：一架来自疫情重点国家的货机，所有机组人员都未佩戴口罩，清查货物时，他的防护服差点被钩破……

疫情期间，边检成为第一个进入货机机舱的部门。机舱消杀情况不明、机组人员身体健康状况不明、不知是否有藏匿人员……这些都给清舱民警带来一定风险。

陡增的货机量，还带来海量数据资料录入任务。为严防境外疫情通过货运途径传播，后台核查录入项目增加了近3倍。与前方作战不同，后台录入岗位只有2名女民警：53岁的祝军和52岁的何林艺。当天，她们几乎24小时未休息，录入资料、核实信息、指挥前线、汇总数据……

16日清晨5时，她们终于录完又一条货机信息，起身站在窗前伸了伸腰，享受着短暂的休息时光。

"本班次共验放货机71架，同志们顶风冒雨、不分昼夜作战，大家辛苦了！"6时40分，对讲机里传来执勤七大队大队长陶元迪的声音。此时，陈伟脱掉穿了近10个小时的防护服，拧着湿透的警服望向停机坪，天边晨光熹微。

【《中国移民管理报》第00138期2020年4月24日3版】

| 通 讯 |

筑牢"外防输入"铜墙铁壁
——全国移民管理机构防控境外疫情输入纪实

王益民　夏　飞

当前,新冠肺炎疫情正在全球肆虐。据国家卫生健康委员会官方网站消息,截至4月26日24时,境外输入现有确诊病例627例,累计确诊病例1636例。

随着境外疫情加速扩散蔓延,国家移民管理局党组坚决贯彻落实党中央"外防输入、内防反弹"防控策略,将防范境外疫情输入作为当前头等大事和最重要工作,持续强化"外防输入"阵地意识和责任意识,不断完善应对输入性风险的防控策略,在对外开放口岸和边境地区,全力构筑防控境外疫情输入风险的铜墙铁壁。

坚决扛起"外防输入"政治责任、工作责任

初心似炬战疫情,使命如山筑防线。疫情发生以来,国家移民管理局党组把深入贯彻习近平总书记重要讲话和重要指示精神作为首要政治任务,坚决落实党中央、公安部党委决策部署,第一时间召开局党组会暨局应对疫情工作领导小组会、视频调度会,强化政治担当、压实战时责任,始终保持对境外疫情发展态势的高度关注、敏锐感知,并据此不断健全完善疫情防控、口岸和边境管控"一揽子"计划,依法科学应对,确保全国移民管理机构疫情防控斗争领导有力、指挥有力、运行有序。

守土有责、守土担责、守土尽责。全国移民管理机构各级党组织坚决扛起防范境外疫情输入政治责任,充分发挥核心领导、战斗堡垒作用,带领广大党员民警全力以赴投入口岸和边境地区疫情防控工作,迅速汇聚起众志成城、全力以赴、共克时艰的强大正能量。

黑龙江、内蒙古等边检总站强化党建引领,向全体党员发出政治动员令,各级党组织通过召开动员会、发布倡议书等形式，成立"党员突击队"、设置"党员先锋岗"，吹响逆行出征、敢战敢胜的集结号。一声号令，党员民警动若风发。绥芬河边检站所有党员民警第一时间主动请战，28名突击队员以高昂的战斗姿态，挺身而出、冲锋在前，只为打胜仗。满洲里边检站及时成立"验证突击队""应急处突突击队""监护突击队"3个专项勤务突击队，137名党员民警坚守战位，在国门一线筑起一道坚不可摧的疫情防线。

在这场严峻斗争中，各边检总站党委在国家移民管理局党组坚强领导下，把疫情防控作为检验初心使命的重要战场，带领广大党员民警始终保持强大战力、昂扬斗志、旺盛精力，全身心投入战胜疫情斗争，多渠道、全方位强化境外疫情输入风险管控，在境外疫情防控紧要关头发挥了职能优势、关键作用。

深圳边检总站从严从细持续加大工作力度，要求每名入境旅客准确、如实填报相关信息，并详细询问旅客14天内行程轨迹，确保及时发现高风险人员，分类分区核验，做到应查尽查、应问尽问。对排查发现的重点人员，采取高等级安全防护措施集中查验，避免其与普通旅客接触，最大限度降低疫情传播风险。

面对每日数以万计的出入境人员，如何快速精准锁定重点国家人员、全面细致掌握重点人员出入境动态轨迹？上海边检总站组建了总站、站两级疫情排查专班，全面汇总分析研判入境人员动态轨迹，并将排查结果及时推送海关等单位，形成精准有效的防控境外疫情输入管理闭环。就是这些严密的措施，为有关职能部门提前精准确定涉疫重点人员争取了宝贵处置准备时间。

北京边检总站在"外防输入"工作中，通过强化数据分析、强化询问核查、强化信息共享、优化查验流程"三强化、一优化"，密切与有关部门协作配合，严格细致落实境外疫情防范措施，切实当好首都防范境外疫情输入"守门人"。3月24日，在北京市新型冠状病毒肺炎疫情防控工作第六十场新闻发布会上，北京边检总站通报，依据《中华人民共和国出境入境管理法》有关规定，对4名涉嫌违反北京市疫情防控政策规定的外国人作不准入境处理。

着力阻断境外疫情从口岸边境输入渠道

近期，习近平总书记针对各个方向的风险、隐患、问题作出系列重要批示指示，要求全力防范、堵塞漏洞、补齐短板、织密防线，坚决把疫情防在境外、堵在边境。

我国陆地边境线长达2.2万公里，对外开放陆地口岸91个，除此之外，还有数量众多的边民通道、便道、小路，情况复杂，境外疫情自陆路方向向我输入风险较高。

"当前疫情自陆路边境输入的压力还在增大。"在4月20日召开的国务院联防联控机制新闻发布会上，国家移民管理局边防检查管理司司长刘海涛表示，为应对陆路疫情输入风险，国家移民管理局指导各地依托党政军警民"五位一体"联防联控机制，采取"加强境外远端防控，严格口岸入境人员管理，强化边境一线巡逻管控，加强边境二线要道卡口管控，筑牢边境辖区稳控防线"五项措施，全力筑牢口岸边境防控的"五道防线"。

战"疫"不能松，抗疫不能等。随着境外疫情持续蔓延，国家移民管理局聚焦"外防输入、内防反弹"，及时调整收紧出入境政策，责无旁贷守护人民群众生命安全和身体健康，着力增强防控工作的针对性、实效性，通过最大限度减少非必要人员跨境流动、禁止第三国人员从边境口岸出入境、严格控制签发各类边境地区出入境证件等举措，全面加强边境地区防范境外疫情输入工作。对于疫情发生以来已经关闭的边境口岸继续关闭，季节性口岸延期开关，限制人员从边境口岸、边境通道通行，仅保留货运功能。通过系列举措，有力服务国家疫情防控大局，在这场大考中不断磨砺责任担当之勇、科学防控之智、统筹兼顾之谋、组织实施之能。

云南边检总站强化动态用警，按照抵边查缉、二线拦截、辖区管控的工作思路，全面加强边境地区管控；各边境管理支队依托抵边警务室，屯警一线，靠前设防，强化边境小道、便道全天候巡逻，开展拉网式排查堵卡，减少边境地区人员跨境流动。

西藏边检总站综合分析毗邻国家疫情形势，全面评估全区陆地口岸和边境辖区面临的境外疫情输入风险，针对性提出控制流量、错峰查验等11条应对措施及3条防控意见。各边检站加强入境人员管控，严格口岸、边民通道管理，适度限制尼籍司乘人员入境活动时间、活动地点、活动范围，暂停非必要性边贸活动及边民往来，全面扎紧防控境外疫情输入防线。

实践证明，只有坚持标准更高、要求更严、措施更细，才能筑起应对境外疫情输入风险的坚固防线。

黑龙江边检总站加强与俄罗斯边防部门会晤交流，始终将预警防控做在前。同时，全面排查边境辖区通往俄罗斯重点地段，进一步调整优化边境一线查缉点位，将警力向一线倾斜，加大巡防力度和密度，堵塞巡防盲点盲区。依托边境检查站和进出边境地区交通要道执勤卡点，全面强化边境二线人车查缉，加强进出边境管理区人员身份核查，切实管好管严边境第一道防线。

此外，内蒙古、广西、新疆等边检总站立足边境管控实际，开展边境辖区隐患排查整治，找出工作漏洞和短板，确保任务到岗、责任到人，防线无盲区、无死角。

全面织密防控境外疫情输入天罗地网

"近日，云南、广西边境管理机构接连破获了3起特大组织运送他人偷越国（边）境的案件，捣毁犯罪团伙4个，抓获一批组织偷渡违法犯罪人员，查堵一批企图非法出入境人员。同时，对运送偷渡人员的多名'黑车司机'，容留偷渡人员、不如实登记信息的宾馆负责人等其他涉案人员，都严肃追究了法律责任。"4月13日下午，在国务院联防联控机制召开的新闻发布会上，国家移民管理局边防检查管理司负责人介绍依法防控境外疫情输入情况，并就相关问题进行回应。

凡事预则立，不预则废。为严控境外疫情输入风险，国家移民管理局依托国务院联防联控机制，及时通报依法防控境外疫情输入工作情况。全国移民管理机构充分发挥移民管理职能作用，与海关、民航、交通运输等部门配合采取联防联控措施，加强联防联控，构建多层次、全链条、立体化防控体系，依法防控，全力筑牢防范境外疫情输入防线。

北京作为首都，做好疫情防控工作责任重大，不能有丝毫松懈。对于来自疫情重点国家和地区的有关人员，北京边检总站通过大数据分析研判，依托联防联控工作机制，实时推送海关等有关部门，为及时有效开展涉疫人员医学排查提供强有力的数据支撑，提高排查处置工作效率。

2月26日以来，全国边检机关落实联防联控工作机制要求，第一时间向入境地海关检疫部门通报预警涉疫高风险入境人员。截至4月26日24时，累计通报预警20万余人。经检测反馈，从中累计发现确诊病例465人，占海外输入病例近三成。

4月8日召开的国家移民管理局党组会议暨局应对疫情工作领导小组第11次会议强调，要在地方党委政府的统一领导下，依托地方联防联控机制主动作为、守土尽责、严守关口。

全国移民管理机构各级联合地方有关职能部门和群防群治组织，加强警力调整部署，对疫情防控力量相对薄弱地区，特别是易于发生非法出入境活动的便道、山口、渡口、小路等地，加大巡逻密度、管控力度，织密严厉打击非法出入境、走私、贩毒等跨境违法犯罪活动网络。

动员全民力量，打响全民战"疫"。云南边检总站依托所属120余个边境派出所，整合村干部、护边员、边境联防队员和专职辅警等群防群治力量，深入社区、村寨、街道、企业开展宣传、排查、监测、报告等全覆盖式"四进四服务"活动，织密联防联控、群防群治、科学防疫网，形成"村村是哨所、户户是堡垒、人人是哨兵"的疫情防控工作格局。

新疆边检总站强化"六位一体"管边控边机制、保持密切沟通联系、建立防范疫情预警机制、开展基础摸排、加强通道管控、严格边民互市管理、加强与毗邻国家边防部门间会谈会晤等16项措施，全面强化边境管控，防范境外疫情由边境输入。

斗争仍在继续，任务依然繁巨。全国移民管理机构各级将不忘初心、牢记使命，坚决贯彻落实习近平总书记关于防控境外疫情输入系列重要指示精神，一时一刻不放松、一丝一毫不马虎，自觉做到慎始慎终、善作善成、不胜不休。

【《中国移民管理报》第00139期2020年4月28日1、2版】

面对疫情输入风险，绥芬河边检站
执勤二队青年民警义无反顾、勇往直前——
在战"疫"中展现奉献担当

邱小平

从4月1日接受公路口岸入境检查勤务，截至4月30日，绥芬河出入境边防检查站执勤二队共检查旅客1697人次，货车员工826人次，其中确诊病例300余人，无一起闯关漏检，无一起勤务事故，检查员无一例感染，口岸出入境秩序井然，圆满完成了边防检查和监护任务。

青年在"红区"中逆行

从3月26日绥芬河市发现第一起境外输入病例，公路口岸就成了当地群众口中的"红区"，危难时刻，绥芬河边检站执勤二队选择逆行，挺进"红区"。

"队长，我前几天已经验放过类似状况的旅客，我有经验，让我来吧！"4月5日，50余名中国留学生到达绥芬河口岸，经检测筛查，一名学生有发热症状。这一刻，女民警王蕾挺身而出。

"我们尽量把女民警安排到相对安全的验证台，男民警都在比较危险的103岗，以及台外监护的岗位。"执勤二队副队长董金海说，没想到好多女民警主动请缨去103岗。

"我们俩还没孩子，没有负担，危险的岗位我们去。"安排勤务时，90后的徐鹏宇和彭舒婷夫妇主动请战，这让全队民警十分感动，因为彭舒婷是执勤三队民警，岗位在铁路口岸，勤务压力没有公路口岸大。当她得知爱人徐鹏宇因为厚重的防护装备在脸上留下深深的印痕，耳朵疼得睡不着时，她主动请战，最终被批准到执勤二队工作。

103岗是边检监护区，也是海关检疫部门的方舱流调区，所有入境旅客都要在这里进行流行病调查、核酸检测和咽拭子检查，重症和确诊患者需要边检民警人证对照检查,这是执勤二队坚守的最危险的岗位。

"这是我们的岗位,也是我们的责任,疫情不退,我们不退!"90后民警蔺勇达说出了28名民警的心声。

青春在"大考"中淬火

"不畏艰险、冲锋在前,他们在疫情中释放的强大青春能量,展现了青年民警的奉献担当!"对于战友们的抗疫表现,执勤二队教导员刘井奇感动地说。

4月3日,根据检测报告,90后民警金敏伊兰得知在前一天的勤务中,她是全队接触疑似患者最多的人——7个。她当时很恐惧,仔细回忆前一天上勤前和下岗后穿脱防护服的每一个步骤,每一个细节都在脑海里重现,唯恐哪个环节出现差错,直到最后确认无误。

"我后来就不害怕了,因为之后每一天接触的确诊病例,都超过了前一天的数量,全队接触确诊者的记录每天都会被打破。"金敏伊兰说。

这么危险的岗位,民警到底怕不怕?

25岁的蔺勇达说:"怕,谁不怕被感染?但我们更怕工作出错,疫情期间启用了最新的勤务方案,上勤之前站里还组织了培训,但站在岗位上,还是怕哪个环节出现纰漏。这个工作必须万无一失,一点点纰漏就会造成交叉感染。"

执勤二队28名民警,90后14人,80后12人,平均年龄30.8岁,在这场疫情"大考"中,80后、90后用自己的勇气和担当,交出了优异的"抗疫答卷"。

旗帜在战"疫"中飘扬

在这场战"疫"中,28名年轻民警义无反顾、勇往直前,而执勤二队党支部是他们的坚强后盾。

4月4日勤务结束后,该队党支部副书记董金海送蔺勇达回单位隔离点休息,叮嘱他务必做好消毒、好好洗个澡,蔺勇达回答说:"太累了,不想洗了。"董金海严肃地说:"如果因为疏忽大意造成非战斗减员,我绝不原谅。这次疫情,我希望大家都能好好的!"

虽然语气严厉,但蔺勇达听了非常感动,"有这样的战友和领导,还有什么困难过不去呢!"

"4月初,入境人数一直不降,确诊旅客名单也越来越长,从国家移民管理局到总站都时刻关注着我们这里的通关情况,如果干不好,我们没法交代。"该队党支部书记刘井奇说,"疫情一线是战场更是考场,我们党支部一班人,就是要带领大家冲锋陷阵。"

在党旗引领下,执勤二队民警在火热的战"疫"中绽放出别样的青春光芒。

【《中国移民管理报》第00141期2020年5月5日1版】

乘风破浪奋楫新时代
—— 全国移民管理机构深入学习贯彻
全国公安工作会议精神一周年综述

夏 飞

时代潮流，浩浩荡荡；健儿弄潮，奋楫者进。

"坚持政治建警、改革强警、科技兴警、从严治警，履行好党和人民赋予的新时代职责使命。"2019年5月7日至8日，党中央召开全国公安工作会议，习近平总书记的重要讲话言犹在耳，如催征的鼓点激励着全国移民管理机构奋楫扬帆、劈波前行。

时间是最客观的见证者。回眸过去这一年，全国移民管理机构深入学习贯彻习近平总书记重要讲话和全国公安工作会议精神，忠诚履行党和国家赋予的移民管理职责使命，聚焦新中国成立70周年大庆安保主线，以学在深处、干在实处、走在前列的实际行动，统筹推进体制改革、国门边境维稳、服务开放发展和队伍建设取得新突破新成效，交出了一份奋进新时代的"移民管理答卷"。特别是面对来势汹汹的新冠肺炎疫情，全国移民管理机构坚决做到听令而行、全警动员，关键时刻显担当，越是艰险越向前，确保了国门边境安全无虞、出入境秩序安全有序，凝聚起全力以赴、共克时艰的强大正能量。

看齐追随中找准定位
始终坚持党的绝对领导全面领导

东风浩荡，战鼓激昂。习近平总书记在全国公安工作会议上的重要讲话精神，为新时代移民管理事业发展擘画了宏伟蓝图、提供了根本遵循。只有时刻对标对表、看齐追随，才能搞清楚、弄明白新时代移民管理工作走什么路、向着什么方向发展、怎样发展。

"知之愈明，则行之愈笃；行之愈笃，则知之益明。"在深入学习贯彻全国公安工作会议精神的同时，全国移民管理机构准确把握习近平总书记关于新时代公安工作重要论述实质内涵，自觉将党的领导贯穿移民管理工作各方面、全过程，做到移民管理重大事项、重要问题、重大改革及时请示报告党中央、习近平总书记。

切实把加强党的政治领导落到实处——

国家移民管理局先后建立落实政治巡视、政治轮训制度，完善贯彻落实习近平总书记和中央领导同志重要指示批示精神工作机制。制定落实《中央政法工作条例》《中国共产党重大事项请示报告条例》实施办法，细化请示报告事项清单，及时向党中央请示报告重大事项。深化专题警示教育，开展经常性"政治体检"，全面彻底肃清周永康、孟宏伟流毒影响。

同时，坚决贯彻党中央脱贫攻坚战略，聚焦"两不愁三保障"全方位帮扶广西三江县，超额完成公安部向党中央承诺的六大责任目标，帮扶3.6万余名贫困群众顺利脱贫，乡村建设和群众生活明显改善。

切实把加强党的思想领导落到实处——

全国移民管理机构分级举办学习习近平新时代中国特色社会主义思想专题培训班，开展全员政治轮训，进一步增强"四个意识"、坚定"四个自信"、做到"两个维护"，切实把思想和行动统一到习近平总书记重要讲话精神上来，把智慧和力量凝聚到践行新时代移民管理工作使命任务上来。

国家移民管理局党组以上率下、示范引领，围绕"学懂弄通做实习近平新时代中国特色社会主义思想，铸牢忠诚警魂"等课题，党组成员带头集中研讨、带头深入基层宣讲、带头讲授专题党课、带头督促整改落实。局机关成立宣讲团深入一线、艰苦边远地区集中宣讲全国公安工作会议精神，实地督导推进落实，筑牢拥护核心、跟随核心、捍卫核心的思想根基。

切实把加强党的组织领导落到实处——

召开全国移民管理机构党的建设工作会议，出台加强和改进党的建设20条措施，国家移民管理局持续推动全国移民管理机构党的建设迈向深入、落实落细。同时，认真贯彻党中央和公安部党委要求，修改完善局党组工作条例、议事规则等制度规定，出台加强新时代移民管理机构党的建设、党的政治建设实施意见，建立党委会议记录调阅、党委会议纪要报备等制度，初步形成符合实际、相对完备、操作性强的基本制度体系。

局党组研究出台加强全国移民管理机构党的各级委员会、党支部建设的意见，以及总站级单位党委议事规则等制度规定，提升各级党组织的组织力，促进政治功能充分发挥。大力加强机关党建工作，扎实推进"树标杆、作表率、走前列"创建模范国家机关工作，局机关党建有关做法在中央和国家机关"四强"模范党支部论坛上交流展示。结合新机构组建，成立基层党支部4000余个，实现基层党组织全覆盖。

聚焦移民管理主责主业
忠实履行新时代赋予的使命任务

"安而不忘危，存而不忘亡，治而不忘乱。"作为国家安全的重要屏障、口岸边境稳定的前沿防线，全国移民管理机构坚决贯彻总体国家安全观，把维护政权安全、制度安全为核心的国家政治安全摆在首位，把防范化解重大政治安全风险贯穿始终，下好先手棋、打好主动仗，坚决捍卫政治安全、全力维护社会安定、切实保障人民安宁。

敢于亮剑！做到守土有责、守土负责、守土尽责。

一年来，全国移民管理机构牢记职责定位、聚焦主要任务，树立底线思维、增强斗争精神，强化边境管控、口岸查控、辖区稳控，坚决打赢了新中国成立70周年大庆、第二届"一带一路"高峰论坛、世界园艺博览会、庆祝澳门回归20周年等一场场重大活动安保硬仗。特别是在打赢新中国成立70周年大庆安保维稳这场战役中，全国移民管理机构共有5个单位被公安部记集体一等功，11个单位被记集体二等功，268名个人立功受奖。

坚持"稳"字当头、稳中作为。全国移民管理机构围绕排查整治边境管理区安全隐患，加强口岸管理区安全风险管控，强化境外人员管理等重点工作，全面落实风险隐患排查预警、源头稳控和依法处置等措施，坚决堵塞管理漏洞。以推进边境口岸防控体系建设为抓手，坚持全线设防、全域布警、动态用警，形成全要素、全天候管控布局，管理打击效能显著提高。完善联勤防控机制，充分发挥党政军警民"五位一体"联动效应，全面提升移民管理整体合力。持续深化"三非"外国人治理，强化全链条管控，"三非"外国人增量存量明显下降。

以人民期盼为念，为人民利益而战。围绕影响群众安全感的突出问题，全国移民管理机构以专项打击整治行动和重点会战为抓手，坚持打防结合、整体防控，推进系统治理、源头治理，加强动态管理、形成长效机制，严密防范、严厉打击贩枪、贩毒、走私、妨害国（边）境管理等违法犯罪活动。坚持专群结合、群防群治，创新群众工作方法，把党的群众路线贯穿移民治理全部活动中，真正依靠人民构筑起坚不可摧的移民管理防线。

制之有衡，行之有度。全国移民管理机构坚持不懈地推进执法规范化建设，把严格规范公正文明执法的要求落实到每一项执法活动和每一个执法环节，着力提升移民管理工作法治化水平和执法公信力。2019年5月至2020年3月，共破获刑事案件4700余起，查处治安案件2.9万余起，立案侦办妨害国（边）境管理犯罪案件1990起，抓获网上追逃人员2400余人，缴获各类毒品11.76吨，缴获枪支子弹一批，查获走私案件1.42万余起，案值8.35亿元。

坚持全球视野、长远眼光，胸怀国际国内两个大局。一年来，全国移民管理机构国际合作深入开展、亮点不断。稳妥接续与毗邻国家的边防三级代表联系机制，以机制建设推进边境执法合作；发挥高层交往引领作用，先后与俄罗斯、英国、韩国、南非、埃及等国家移民管理部门负责人会谈会见，就深化务实合作、便利人员往来、维护我海外公民利益、打击跨境犯罪、加强能力建设等达成共识；应邀出席经合组织"移民与融合"问题部长级会晤和高级别政策论坛，全面阐释我全球移民治理和国际合作政策主张，首访国际移民组织和联合国难民署总部，多边合作交往走深走实。

推出一系列硬招实招
全面服务经济社会高质量发展

紧紧抓住经济社会发展的重点、难点、痛点、堵点、支点，国家移民管理局牢牢把握移民管理体制和治理能力现代化发展方向，立足实际深化"放管服"改革，持续推出便民利企硬招实招。

这一年，国家深化改革开放的重点在哪里，移民管理政策措施就保障到哪里——

支持海南全岛建设自由贸易试验区和探索建设中国特色自由贸易港，从促进人员跨境流动、助力海南吸引国际人才、服务海南国际旅游消费中心建设3

个方面，推出12项移民出入境政策措施保障，持续推进政策措施落实落地。

支持上海高水平开放、高质量发展，研究出台一批在上海自贸区及临港新片区先行先试更加开放移民出入境便利措施。与上海市政府建立合作机制并制定支持上海全方位高水平开放8个方面创新举措。

支持粤港澳大湾区经济高质量发展，出台对持港澳永久性居民身份证的外国人前往粤港澳大湾区创新创业，以及从事洽谈商务、任职工作的外籍高层次人才签发长期签证或居留许可等便利政策措施。

这一年，国家人才发展战略推进到哪里，外国人管理服务就延伸到哪里——

服务人才强国、创新驱动发展战略，2019年8月1日起，12项鼓励支持外籍人才和外国优秀青年、外籍华人来华在华创新创业、投资兴业、学习工作的便利政策，从国家重点发展区域复制推广到全国。

一年来，成千上万的外籍企业家、投资者、技术管理人员在办理签证、居留许可和永久居留手续时享受到了更多便利。

这一年，对外开放扩大到哪里，出入境便利化举措就实施到哪里——

优化过境免办签证政策，先后对北京、广东、四川、浙江、重庆、陕西6地外国人过境免办签证政策优化升级，为外国人来华从事旅游观光、商务洽谈、探亲访友等短期活动提供更多便利。

截至目前，全国共有18个省（区、市）23个城市31个口岸可对53国人员实施过境72小时、144小时免办签证政策。

在18个口岸设置"一带一路"通道89条，便利人员、交通运输工具出入境检查。增加口岸签证受理点，全国共30个省（区、市）71个城市96个口岸可为因紧急事由来华的外国人、外籍高层次人才等提供口岸签证便利。

这一年，民生痛点堵点在哪里，移民管理政务服务就指向哪里——

主动顺应信息化条件下人员大流动、大量异地办事办证新需求，推广应用互联网政务服务平台，推出出入境证件"全国通办"新政，截至今年4月，国家移民局政务服务平台总访问量已突破1.2亿次，审批签发异地申办出入境证件和往来港澳台团队旅游签注2259万本（次）。

启用出入境证件身份认证服务平台，会同教育部等15部委推进出入境证件便利化应用，2019年10月起港澳居民、海外华侨持出入境证件享受交通、教育、医疗等9个领域35项服务便利，累计提供出入境证件服务1314万人次。

推进"互联网+边检政务服务"，建成边检行政许可网上窗口系统，提供上下外国船舶许可、船舶搭靠外轮许可等业务网上办理服务，为服务对象提供办理进度实时查询、电子化出证、无纸化查验等便利。2020年1月15日，国家移民管理局在全国范围内上线推广使用边检行政许可网上办理业务，累计办理登轮许可29万张，社会效应凸显。

锚定"四个铁一般"标准
着力锻造一支高素质过硬队伍

"国有贤良之士众，则国家之治厚。"建设高素质过硬移民管理队伍，是不断谱写移民管理事业发展新篇章的根本保证。

一年来，国家移民管理局锚定"四个铁一般"标准，坚持政治建警，加强队伍革命化、正规化、专业化、职业化建设，严格执行全面从严管党治警要求，深入开展全警实战大练兵，全面落实从优待警措施，着力锻造党和人民满意的移民管理铁军。

锻造高素质过硬队伍，以铸牢忠诚警魂为根本——

学习教育活动高质量、有特色、见成效，全国移民管理机构扎实开展了两批"不忘初心、牢记使命"主题教育，深入推进"践行新使命、忠诚保大庆"实践活动，认真学习"公安英模""公安楷模"先进事迹，队伍始终做到初心如磐，使命在肩。部署开展"我和我的祖国"主题系列活动和纪念"七一"主题党日活动，开展革命传统教育、忠诚警魂教育、中美经贸摩擦形势教育，广大民警对马克思主义的信仰更加坚定、对中国特色社会主义的信念更加坚决、对实现中华民族伟大复兴中国梦的信心更加充足。

锻造高素质过硬队伍，以全面从严管理为导向——

让风清气正的良好风尚蔚然成风，国家移民管理局密集出台执法执勤"六个严禁"、内务管理规定、机关严肃纪律作风十条规定等刚性铁规，推进执法执勤规范化建设，以制度规范日常管理、执勤训练、值班备勤、管理秩序，强化民警定式养成。深化运用监督执纪"四种形态"，让监督执纪从"惩治极少数"向"管住大多数"拓展，推动从严治警向深处发力。

锻造高素质过硬队伍，以战斗力为标准——

编写入警训练大纲1部、配套教材5册，先后组织2.16万名转改招录民警和894名新警开展入警培训、342名业务骨干赴基层轮勤轮训、选送75名同志到名校深造……全国移民管理机构以岗位需求为牵引，构建完善实战化训练体系，扎实开展全员岗位大练兵，推动形成钻研业务、提升本领的浓厚氛围。以实战化为导向，编发边防检查、边境管控勤务指引，完善出台检查员等级评定制度，加快全能型检查员培养，实现了民警能力有提升、队伍建设有促进的预期目的。

锻造高素质过硬队伍，以职业保障制度为支撑——

大力落实从优待警措施，投资规划建设戍边公寓2200套、各类备勤宿舍3000余间、为71个基层单位更换改造保温、供暖等附属设施……不断完善的职业保障政策制度为广大民警扎根一线奠定了坚实基础。全国移民管理机构相继建立健全与恶劣自然环境、艰苦工作生活条件下承担繁重艰巨卫国戍边任务相适应的营房、公寓住房、健康医疗、休假休养、调动交流、福利待遇等制度机制，推动解决艰苦边远地区吃水吃菜、照明取暖、看病就医、高寒缺氧和民警婚恋、家庭团聚等方面实际困难，让广大民警安身、安心、安业。同时，将教育熏陶、模范引领、实践养成相结合，强化职业道德、职业伦理、职业操守教育，广大民警职业认同感荣誉感自豪感油然而生。

坚决扛起责任担当
构筑防控境外疫情输入坚固防线

不管任何干扰，认准一个目标，就要一张蓝图绘到底。新冠肺炎疫情发生后，全国移民管理机构把打赢疫情防控阻击战作为践行"两个维护"的重要标尺，坚决扛起疫情防控政治责任。

国家移民管理局党组坚决贯彻落实党中央"外防输入、内防反弹"防控策略，将防范境外疫情输入作为当前头等大事和最重要工作，全面加强组织领导，统筹做好疫情防控和安全维稳管控、服务经济社会发展工作。全国移民管理机构持续强化"外防输入"阵地意识和责任意识，积极与海关、民航、交通运输等部门配合采取联防联控措施，构建多层次、全链条、立体化防控体系，依法防控，全力筑牢防范境外疫情输入防线。全国移民管理队伍实现零输入、零感染、零传播。

严格控制人员跨境流动——从严出入境证件审批签发，暂停口岸签证24/72/144小时过境免签等政策。主动搜集整理各国家（地区）入境管制措施，研发上线"出入境信息一键通"小程序，主动提供出入境信息查询服务，多渠道提醒中国公民减少非必要事由跨境活动，防止疫情传播扩散。

打通信息共享渠道——边检机关对每一名入境人员逐一认真检查询问，认真查验护照证件，发现在境外疫情严重国家和地区有旅行史的入境人员，及时通报入境地海关部门进行重点检疫。将全国口岸入境人员信息及时通报支持各地政府，针对性地开展防疫管理工作，为有关部门加强入境人员检疫，实施闭环管理提供信息数据支持。

强化沿边沿海边境管控——密切关注周边和毗邻国家（地区）疫情变化，协同有关部门加强沿海管控和岸线治安防控，积极与周边邻国口岸边境主管部门建立疫情防控信息通报机制，加强防疫经验交流共享。联合加强疫情期间口岸出入境检查工作，加强口岸和边境巡逻管控，互相通报非法越境案件线索，严防人员、车辆和船舶等非法越境，联手打击跨境违法犯罪活动，携手阻击疫情跨境传播。

健全完善境外人员管理措施——坚持法律面前一律平等，防疫管理服务面前一视同仁。通过及时发布出入境政策信息，推送多语种防疫抗疫知识提示，发布中英文《须知！在华外国人疫情期间要遵守这些法律》，善用法律手段加强宣传教育引导，依法维护保障中外人员合法权益的同时，指导各地依法查处外国人违反出入境管理和防疫管理规定的案事件，服务防疫抗疫大局。

助力企业复工复产——出台支持相关行业、企业复工复产和服务促进"稳就业、稳金融、稳外贸、稳外资、稳投资、稳预期""保居民就业、保基本民生、保市场主体、保粮食能源安全、保产业链供应链稳定、保基层运转"事项出入境政策"十项措施"。疫情发生以来，全国公安出入境管理部门畅通咨询服务电话，为内地居民、港澳台同胞在疫情期间证件办理、出入境通关、停留居留等问题及时开展咨询服务12万余人次。

战"疫"不能松，抗疫不能等，守护人民群众生命安全和身体健康责无旁贷。国家移民管理局在这场大考中不断磨砺责任担当之勇、科学防控之智、统筹兼顾之谋、组织实施之能，为全国防疫抗疫取得战略性成果作出不懈努力。

关山万千重，山高人为峰。新时代新事业新征程正在召唤中华儿女为早日实现中华民族伟大复兴的中国梦而勠力同心、接续奋斗。全国移民管理机构将以习近平总书记重要讲话精神为指导，坚决扛起使命责任、主动担当作为，继续向着国家治理体系和治理能力现代化目标奋楫扬帆，为维护国家政治安全社会稳定，早日打赢疫情防控阻击战，实现决胜全面建成小康社会目标任务贡献智慧和力量。

【《中国移民管理报》第00142期2020年5月8日1、2版】

8小时勤务接力迎漂泊船员回家

于昕柠 毛 婷

"欢迎回家！请您摘下口罩，出示证件。"5月12日一早，烟台出入境边防检查站执勤一队民警邵帅、姜昊就赶到烟台西港矿石码头，为"韦力大海"轮上17名在外漂泊一年的船员高效办理入境手续。

"韦力大海"轮是在几内亚和烟台间往返航行的船舶，这次靠泊是今年第二次在烟台港停靠。上一次停靠是二月份，按照当时的疫情防控政策要求，本已到家门口的船员不能如期换班下船，只能继续新一轮航次。

为确保此次边防检查勤务顺利，让与家人久别的船员尽快踏上归程，该站召开专项勤务调度会，优化勤务安排，最大限度提升工作效率。

"邵帅、姜昊，到达502泊，准备登轮办理船员离船入境手续。"随着专属入境通道打开，两人快速到达船舶停靠泊位。按照惯例，他们用拳头互相击了一下对方防护服上的姓名牌，互道"加油"后，依次登上通往船舶甲板的扶梯。

"什么时间上的船？在船上多久了？"船员集中到甲板后，邵帅、姜昊按程序办理边防检查手续。"您可以下船了，下舷梯的时候注意安全。"人证对照结束后，两人组织船员有序下船。

"请大家排好队，依次上大巴，我们将全程护送你们到指定地点进行核酸检测。"边防检查勤务结束后，两人还根据疫情期间联防联控机制要求，护送船员到烟台市核酸检测点，与检疫部门进行交接。"谢谢你们，为我们快速办理通关手续，终于可以回家了！"船员们激动地向两名民警表示感谢。

完成船员交接任务后，邵帅、姜昊已经身着防护服连续工作了8个小时。此时，夜幕降临、华灯初上。虽然他们两腿发酸，耳朵也感觉有些疼痛，但看到船员们因即将与家人团聚而溢于言表的喜悦，他们顿时又来了精神，等待着下一次勤务的到来。

【《中国移民管理报》第00144期2020年5月15日2版】

牡丹江边境管理支队注重战时思想政治工作质效——
筑牢边境抗疫"生命线"

李树明

随着"黑龙江省青年五四奖章集体"荣誉花落建设边境派出所,牡丹江边境管理支队战时典型培树工作再增亮色。防范境外疫情输入工作中,该支队不断强化战时思想政治工作,为全警战"疫"提供了坚强思想和组织保障。

夯实党建引领"压舱石"

【数说】1个"党员先锋队"、26个临时党支部"楔"在边境前沿,13名青年民警火线入党,近300名民警主动请战……

【新闻故事】"我是党员,我申请到最艰苦的执勤点工作!"防范境外疫情输入工作开展后,东宁边境管理大队新警贾伟主动请战,连续一个多月坚守边境前沿,维护辖区和谐稳定。作为一名"95后"党员,他逆行出征、勇挑重担。

"让党旗在疫情防控一线高高飘扬。"该支队党委坚持党建引领,迅速构建立体化指挥体系,有效发挥临时党组织作用,形成最强战"疫"合力。边境前沿党旗飘扬、警徽闪耀,吹响了外防输入集结号。

【启示】大疫当前显担当。党组织战斗堡垒和党员先锋模范作用,是将组织优势转化为磅礴战"疫"力量关键所在。

催生战时激励"动力源"

【数说】1个单位获评省级青年五四奖章,4个集体、33名个人立功受奖……

【新闻故事】不久前,绥北边境派出所民警穆文波在网上"火"了一把。投身疫情防控工作,他三个月未与女儿见面。4月28日,他与女儿隔着车窗相见而不能相拥的场景,感动了无数网友。

疫情不退,警察不退。该支队创新开展"为生命出征·为使命而战"战时激励活动,制作战"疫"MV、海报,开展战"疫"宣誓,运用新媒体矩阵宣传先进事迹，倾斜基层报功请奖，激励民警把疫情防控作为践行初心使命的试金石。广大民警坚守岗位、履职尽责，有力维护了边境辖区和谐稳定。

【启示】士气生则信念增。高能战时激励机制，成为打赢疫情防控阻击战强大精神动力源泉。

打造暖心惠警"助推器"

【数说】建立"服务保障队"4个，调拨防疫物资17类1万余件，组织民警核酸检测180余人次、接种森林脑炎疫苗230余人次，发放惠警卡券6000余张……

【新闻故事】"再也不用担心草爬子（蜱）了！"春夏之交，边境前沿草木繁盛，民警24小时驻守野外，容易被蜱虫叮咬感染森林脑炎。该支队及时联系定点医院，组织一线执勤民警接种森林脑炎疫苗，为民警送上"定心丸"。

该支队党委坚持战时保障到一线，及时调拨防疫物资，组织健康检测，跟进心理疏导，派送暖心夜宵，积极争取地方惠警支持，并将民警家属纳入保障范畴，确保民警始终保持旺盛战斗力。

【启示】战时爱警惠警工作想在前面、落在实处，才能提振士气、凝聚警心，服务战"疫"取得最终胜利。

【《中国移民管理报》第00144期2020年5月15日3版】

海南自贸区（港）建设两年来，
海口边检总站顺应新形势体现新作为——

奋楫中流争当"先行军"

宋　歌　朱晨鹏

东风潮涨，南海之滨，满帆待航。

2018年4月13日，中共中央决定支持海南全岛建设自由贸易试验区，支持海南逐步探索、稳步推进中国特色自由贸易港建设。

两年来，海口出入境边防检查总站顺应新形势，努力在助推自贸区（港）建设中争当"先行军"，探索实践59国人员入境旅游免签政策、琼港澳游艇自由行、支持海南全面深化改革开放12条措施等重大改革课题落实落地和创新发展。

找准"发力点"：支持海南扩大对外开放

"海南要站在更高起点谋划和推进改革，下大气力破除体制机制弊端，不断解放和发展社会生产力。"2018年4月13日，在庆祝海南建省办经济特区30周年大会上，习近平总书记为海南全面深化改革开放指明航向。

改革只争朝夕，如何体现落地见效的真功夫？国家移民管理局第一时间找准"发力点"，迅速研究出台海南59国免签政策，进一步支持海南扩大对外开放。

一分部署，九分落实。该总站应时而动，积极下沉一线，广泛调研，充分论证；走访省委省政府建言献策，发挥职能作用；会同省公安厅、省文旅厅等职能部门，就旅客数据预申报、海南外国人信息管理系统、数据传输共享等问题会商研究；联合广州、珠海边检技术研发中心，推进预申报窗口建设，升级优化梅沙系统功能，实现免签外国人预申报平台整合。

善谋善为，善作善成。针对航班不断增多、客流大幅增加的情况，该总站在硬件和软件上提档升级：整合资源将80%以上警力下沉一线，为执勤一线配置证件鉴别、多语种翻译机等通关设备，提升查验手段的信息化、智能化水平；推动取消纸质名单申报，免填外国人入出境卡，简化查验程序，提高通关效率；对免签政策运行情况开展科学评估，推动申报手续的优化和免签范围的扩大。

截至今年5月1日，海南省免签入境旅客达77.18万人次。

锚定"风向标"：助推邮轮游艇产业发展

"以前要逐一向多部门提交材料，如今在一个平台就可完成申报，节省近一半时间。"三亚外轮代理公司叶必青对三亚边检站推出的"大型豪华邮轮快速通关法"赞不绝口。凤凰岛邮轮码头是国际大型邮轮在东南亚航线上经停的黄金点，大型邮轮随船旅客多、停靠时间短，如果继续采取传统的旅客持名单表逐名验放法，将极不适应快速通关需要。

问题是改革的对象，解决问题则是改革的动力。三亚边检站积极推行"大型豪华邮轮快速通关法"，采取赴境外登邮轮随船办检、预查预录、电子验放等勤务模式，极大缩短了通关候检时间。

此外，该站落实"单一窗口"制度，简化船舶船员信息申报流程，实现国际航行船舶进出口岸无纸化申报、服务对象"最多跑一次"、申报结果系统反馈的目标；提前发布"两公布一提示"，加强旅客分流力度，减少客流高峰时旅客排队时间；出动巡逻艇对邮轮外弦实施监护，确保旅客船员在港安全。

随着游艇"琼港澳"自由行开通，为三亚游艇发展注入新活力，也给游艇监管带来难题。三亚边检站创新推出游艇管理"三亚模式"，按照"两头紧、中间活、艇方自管、码头主管、边检督导"管理新思路，实行诚信管理机制，通过配置风险评估和信誉评价体系对游艇进行分级管理，运用"远程定位系统""游艇管理云平台"等科技手段辅助管控，确保在港游艇"管得好、放得开、控得住、叫得回"。

凭借良好的区位优势、突出的政策环境和完善的基础设施，游艇旅游正快速成为海南旅游消费的新增长点。

按下"快进键"：护航地方经济稳步增长

瞄准重点领域，则牵一发而动全身；抓住关键环节，则落一子而满盘活。

洋浦经济开发区承担着海南自贸区（港）建设"先行区"的重任。洋浦边检站着力推动口岸管控模式、手段、技术的转型升级，推广运用国际贸易"单一窗口"平台，优化服务举措，实现无纸化办检。同时，推出"巨轮快速通关法"，将锚地检查与通关检查同步进行，极大缩短船舶非生产性滞港时间。

鱼苗出口是海南外贸支柱产业之一。秀英边检站根据鱼苗的时效性和鲜活性特点，创新推出"锚地检查法"，派员提前到海上渔排装卸点办公，现场检查、办证、验放、监管，使每艘鱼苗船通关时间至少缩短3小时。

马村边检站运用大数据平台开展预警筛查，加强口岸联防联控，最大限度防范疫情输入输出和扩散。同时，主动靠前服务，优化服务举措，推出边检业务"云办理"，实现服务不打烊、通关不延时。虽受疫情影响，但在一季度，马村口岸出入境船舶、载运货物数量却同比增长56.6%、44.7%。

栽好梧桐树，引来金凤凰。良好的通关环境，优质的服务标准，不仅吸引更多外资、联通更多航线，让更多的企业走进来，还正在加速助推建设海南自贸区（港）进程，刷新了自贸区（港）建设的"海南速度"。

【《中国移民管理报》第00145期2020年5月19日1版】

| 通 讯 |

暖流涌动中英街

黄 炫　江中显

"啊！书包忘记带了，怎么办？"

5月11日早上7点，沙头角出入境边防检查站民警正为坐落于中英街东侧的深圳市盐田区东和小学复课学生办理通行手续时，查验通道突然传来一名小女孩焦急的声音。

"小朋友，你现在马上回去取书包，不会迟到的！"循声赶到小女孩身边的执勤民警王一品，耐心安慰并为其开通"绿色通道"。原来，这名小女孩疫情期间一直在家上网课，一时不适应返校上课的节奏，复课第一天便把书包忘家里了。

"感谢边检同志对我校复课工作的支持与关心，向你们致以诚挚谢意。"当天下午，东和小学一名教师给王一品发来短信致谢。

"学生复课前，我们重新规划了学童通道，并做好勤务应对准备。"王一品说，由于中英街关口北广场正在改造，他们站铺设了一条上有遮雨棚、下有防滑砖的学童通道，并划定体温监测等候线。复课第一天，500余名学生经这条查验通道顺利进入中英街，重返校园。

【《中国移民管理报》第00146期2020年5月22日2版】

昆仑山深处传来两会声音

李康强　王九峰

"阿布都，视频下载好了吧？电脑充好电没？老乡盼着给他们解读两会精神呢。""都准备好了，随时可以出发！"5月24日11时许，新疆喀什边境管理支队库地边境检查站教导员陈畅和见习民警阿布都热曼前往辖区西合休村库地小组，向牧民群众宣讲全国两会精神，传递党的好声音。

西合休村位于昆仑山深处，海拔3100米，居住在这里的牧民用电主要靠光伏电板发电，网络信号时有时无。为将两会精神及时送到边境辖区每一个角落，该站专门成立了"两会宣传队"。

20分钟后，当陈畅和阿布都热曼走进买买提明家里时，发现很多牧民群众早已在院子里等候。

"陈警官，政府工作报告里说，基本的民生底线要坚决兜牢，群众关切的事情要努力办好，这是啥意思？"看着视频，买买提明问。

"大叔，就是说今年国家将扩大低保保障范围，国家要保障好所有困难群众的基本生活，让每名群众都不愁吃、不愁穿！"陈畅解释。

"亚克西！亚克西（维吾尔语：好）！"买买提明赞叹。他对党的好政策带来的变化深有体会，通过发展养殖业，家里经济收入增加了，再加上大儿子和儿媳妇还是边境检查站的护边员，每月都有收入，日子一年比一年好。

没等买买提明大叔说完，旁边的群众抢着插起了话。

"社会主义道路上一个也不能少啊，要共同富裕。"45岁的吾热古丽聆听了习近平总书记在参加全国政协十三届三次会议时的讲话，情不自禁鼓起了掌。

阿布都热曼连忙补充道："总书记在两会上强调，必须坚持人民至上、紧紧依靠人民、不断造福人民、牢牢植根人民。大家可以感受到，疫情发生后，国家始终以人民群众生命健康为重，国内疫情得到有效遏制，大家要相信，我们的生活会越来越好！"

从保障所有困难群众基本生活，到提高基本医疗服务水平；从扩大高校面向农村和贫困地区招生规模，到办好继续教育……两个多小时的时间，民警把今年两会有关重点内容进行解读，牧民群众听得意犹未尽，脸上流露出幸福的笑容，就像昆仑山午时灿烂的阳光。

【评论】

把两会精神送进牧民群众心坎

巍巍昆仑，山连着山。警民情深，心连着心。驻守在昆仑山深处的移民管理警察，在完成执法执勤任务的同时，自觉当起传递两会精神的使者，及时把会议好声音送到牧民家中，送到群众心坎上。

一项项利好的政策、一件件务实的举措，以及民警朴实的情怀，让边疆群众感受到了党和国家的关怀和温暖，更加坚定了爱疆护疆守疆建疆的信心、决心。

【《中国移民管理报》第00148期2020年5月29日2版】

锡林郭勒边境管理支队明责尽责、守正创新——
树牢一切工作到支部鲜明导向

康国宁 任利勇

"白音都兰边境派出所党支部书记在支部会议节奏把控方面有待提升；格日勒敖都边境派出所党支部推荐民警入党过程比较细致……"6月28日，内蒙古锡林郭勒边境管理支队组织27个边境派出所党支部在线开展党务实操演练，让大家在互相观摩中共同进步。

创建"四强"党支部活动开展以来，该支队牢固树立党的一切工作到支部的鲜明导向，以责任提升落实动力，以创新激发内部活力，以实践增强整体战力，让战斗堡垒根基越筑越牢。

以责任提动力，牵好支部建设"牛鼻子"

"要抓实明责问责关键环节，把党委主体责任、书记第一责任、班子成员'一岗双责'拉出清单，以责任落实倒逼各项措施落地。"3月9日，该支队党委副书记、支队长郝俊杰在一季度党建工作推进会上，谈起构建"党委书记带头抓、分管领导具体抓、班子成员配合抓"大党建工作格局时如是说。

监督常态化才能推动支部建设持续化。6月10日，郝俊杰在二季度党务督查工作会上，视频抽点15个基层党支部，实现工作监督直插一线、问题反馈直达顶层，让工作方向标更加精准。

为全面加强基层党务工作，健全问题发现、反馈机制，4月7日，该支队出台《党务督查工作操作办法》，明确大队党委、各级党支部督查重点，逐级压实支部建设责任。目前，按照督查办法，该支队先后约谈4名大队级单位党委主要负责人，起到正向引导和警示作用。

以创新激活力，施好支部发展"复合肥"

"组织生活责任1+N"，1是支部书记，N是副书记、组织委员……

"三会一课3+N"，3是学党章、学党规、学党史，N是学系列讲话、学重要文件……

"主题党日5+N"，5是送党旗、戴党徽、唱红歌、温誓词、交党费，N是参观见学、联创共建……

在基层党建工作中，该支队聚焦支部标准化规范化建设，推出"135+N"模式，用"N"的多样性增强组织生活的仪式感和吸引力。

来到赛罕高毕边境派出所，"党员之家"里红色书籍、图片琳琅满目，组织生活制度落实规范有序，辖区党员中心户教育宣讲效果明显……这是该支队建设北疆移民管理特色"边警驿站"党建品牌的一个缩影。

在基层党建工作中，该支队突出地域文化和时代特色，打造"一支部一品牌"，通过开展"政治生日忆初心"主题党日活动、党务能力强化周、手抄党章党规等形式，让党员在支部里感受到获得感和归属感。

以实践强战力，用好支部升级"磨刀石"

事非经过不知难。回顾疫情防控工作开展以来的日日夜夜，该支队42支"党员突击队"、31个"党员先锋岗"始终坚守战"疫"一线，"马背警队"顶风冒雪为群众送生活用品，那仁宝拉格边境派出所风雪救助生病孩童……关键时刻，党支部战斗堡垒、党员先锋模范作用有力彰显。

围绕中心抓党建，抓好党建促中心。该支队把党支部创建工作贯穿到"百万警进千万家"、全警实战大练兵等活动中，实现党建与业务"双提升"。截至目前，该支队刑事案件破案数同比去年上升36%，查结治安行政案件同比去年上升46%。

【《中国移民管理报》第00157期2020年6月30日2版】

西藏萨嘎边境管理大队副大队长王卿龙
在藏地边关追寻青春的意义——
"既然来了就没想离开"

胡俊浩

"既然来了就没想离开。"王卿龙来到西藏的第一天，脑海里就浮现出这样的念头。

三次主动放弃机关工作机会；两次申请重回昌果边境派出所任职；两段恋情，因为所爱隔山川，主动提出分手。为了昌果，他愿意付出一切。

过去10年，他一直坚守在平均海拔5370米的昌果乡，守护着被称为"两巴一嘎，谁去谁傻"的萨嘎，不曾离开，也不曾想过离开。

王卿龙告诉记者，西藏于他而言，充满着神秘感与神圣感，读大学时就有一个梦想：去西藏。

2009年，大学毕业后，在家人的反对声中，他毅然选择前往西藏工作，后被分配到原昌果边防派出所（现为昌果边境派出所）。这一干就是10年。

有人说，在西藏工作，躺着就是奉献，但王卿龙舍不得多躺一分钟。

他是个闲不住的人，一到单位就主动跟着老民警学业务。

他告诉记者："有时为了学习更多技能，天天跟在别人身后，都被嫌弃了。"尽管如此，他还是坚持了下来，逐渐成为昌果边境派出所业务骨干、执法标兵。

当被问到是否后悔在这儿待了10年，他说："因为热爱，所以选择。"

如今，还不到32岁的王卿龙，已经是萨嘎边境管理大队副大队长，算是比较年轻的大队领导。然而，因为长期在紫外线强烈的"地球第三极"，脸颊上的高原红和干裂的嘴唇，成为他特有的印记，显得比同龄人老成许多。

跟记者聊天时，他不时用手轻揉心脏的位置，"心脏有点问题，药一直在身边。"说着，便拿出一瓶药。打开瓶盖，记者发现，药丸已不足三分之一。

每次讲起在昌果边境派出所的点滴，他总有说不完的故事，脸上也一直挂着笑容。

他告诉记者，当年，他会因手机突然出现两格信号而开心半晌，也会因在羊圈里度过24岁生日而兴奋不已。他说："和战友在一起，生活处处有惊喜，每天都很开心。"

"如果早知道改革，我可能之前就在当地找个藏族姑娘结婚了，一辈子待在这里。"他开玩笑地说。

每次休假回家，很多人问他苦不苦，他都会说："虽没有车水马龙的街景和霓虹闪烁的夜色，但我们有守边人独有的快乐，所以不觉得苦。"

这些年，王卿龙始终把自己当作昌果乡的一员，为当地做了很多实事。除了维护好辖区社会治安，他还主动给孤寡老人送温暖、给小学生讲法律、给无业群众找工作……

10年时间，他成为昌果乡的"活地图"。这里的一草一木、一人一事，他都耳熟能详。

10年时间，他成为群众的知心人。一段时间不开村民大会，大家还不习惯，都主动来问询什么时候开会。

时间不语，却回答所有问题。

三等功、"执法标兵""优秀党务工作者""优秀共产党员"……他不仅获得多项个人荣誉，所在的昌果边境派出所还被国务院评为"全国民族团结进步模范集体"。

离开昌果的前一晚，他紧紧抱着昌果乡党委书记边巴次仁，像个没长大的孩子，狠狠哭了一场。

这是他到昌果后第一次哭，他说："10年了，我对昌果很有感情，是这片土地培养了我。"

如今的王卿龙虽已离开昌果，在萨嘎县城工作，但他依旧牵挂那里的人和事。

"村民尼玛现在已经不喝酒，开始打工挣钱了；这段时间，派出所大棚蔬菜迎来丰收季，新鲜蔬菜应该送到敬老院了；联防队员新的制服已经发了，他们肯定很喜欢……"

记者跟王卿龙做了个假设："如果你大学毕业回到家乡，娶妻生子，一家人其乐融融，或许脸上不会留下高原红，心脏也不会出问题……"

记者还没说完，他便打断："来西藏是我的梦想，奋斗的青春才有意义，任何付出都值得！"

【《中国移民管理报》第00157期2020年6月30日3版】

| 通 讯 |

党性光辉照亮103岗

邱小平

"今天把大家带到这里重温入党誓词，补拍战'疫'合影，就是为了让大家记住，这里，是我们搏命战斗过的地方；这里，写满了我们对党的无限忠诚。"7月1日，在黑龙江省绥芬河公路口岸入境大厅门口，绥芬河出入境边防检查站执勤二队党支部书记、教导员刘井奇把党员全部带到103岗，回忆战"疫"点滴，重温党员初心使命，在国门前过了一次特殊的"政治生日"。

103岗，绥芬河公路口岸边检监护区，也是海关检疫部门的方舱流调区。从4月1日开始，执勤二队接过旅检和货检入境检查的勤务，成为挺立在国门前的一道战"疫"防线。

"战'疫'以来，我对共产党员的担当精神有了更深刻的认识。当时我们执勤队谁都没有接触过高危传染患者的勤务，但是没有一个人畏惧，争先恐后地要求自己上，就在那一刻，我的内心产生强烈渴望，我也要成为一名中国共产党党员。"4月6日晚，25岁的张佳旭在结束一天的勤务后，向党支部书记刘井奇火线递交了入党申请书，说到当时的情形，张旭佳记忆犹新。

"4月初的那几天，入境人数一直不降，确诊人员名单也越来越长，媒体天天报道，全国人民都在关心，从国家移民管理局到总站，时刻关注着我们，压力很大。"刘井奇说，"危急时刻，党员的奉献精神和担当意识让我们经受住了考验。"

由于连续加班，民警都很疲惫，排班时有些为难。队里年纪最小的女民警、24岁的林子琦主动请缨："我年轻，明天的班我继续上。"民警徐鹏宇的爱人彭舒婷是执勤三队民警，她看到入境岗位人手紧张，主动申请支援一线，被抽调到执勤二队，夫妻俩一起并肩战斗在国门。

根据黑龙江省卫健委的通报数据,绥芬河口岸累计报告境外输入确诊病例386例,已全部治愈出院,这386人每一个人都在103岗经过民警的监护和检查。在这场防范境外疫情输入的战斗中,绥芬河边检站无一起闯关漏检,无一起勤务事故,检查员无一例感染。

在公路口岸旅检通道临时关闭之后,执勤二队28名民警统一做了核酸检测,看到都是阴性结果的那一刻,刘井奇硬是没憋住,任凭泪水打湿了眼眶。"终于把战友们都平安带回来了,那时我就有个愿望,想在合适时,在103岗照张全家福,这是一辈子都不能忘却的地方!"

活动最后,刘井奇为党员送上"生日寄语":今天是大家的入党纪念日,组织上入党一生一次,思想上入党一生一世。在这个神圣而光荣的日子,在这个特殊而难忘的地方,希望继续履行好党员的职责任务,永葆共产党员先进性,不忘初心,奋勇前进。

【《中国移民管理报》第00158期2020年7月3日2版】

| 通讯 |

这套招式有点狠

黄 威

6月30日晚9点，武汉出入境边防检查站民警宿舍楼内响起一阵敲门声。

"谁啊？门没锁。"四五位盯着电视上激烈球赛的民警丝毫没有察觉出异样，直到头戴钢盔、一脸严肃的督察民警出现在他们面前，这才吓了一跳。

"前几天刚学过管理规定，不允许聚集，你们这会儿忘了？"面对督察民警的质问，刚刚还谈笑风生的民警顿时哑口无言。这是一个月以来该站专项督察组第五次突击出动，之所以选在没有航班勤务的星期二晚上，就是为了检验民警在休息时是否思想松懈。

在第二天的督察通报中，这几位民警的姓名赫然在列，不仅要上交书面检查，就连当月考核也被评定为不称职，还需其所属执勤队负责人在站交班会上说明原因及整改措施。

"这也太狠了吧！"看着督察通报，几位当事民警暗暗叫苦。

5月初，该站根据疫情期间的航班特点调整了勤务模式，有利于科学调配警力。但是，许多防疫隐患仍然存在：有的执勤队开会倾向面对面，不采取网络视频会议；有的民警执勤装具缺斤少两，不是忘戴手套就是没穿鞋套……

对此，该站专项督察组有办法。

在落实上级关于疫情防控各项规定的基础上，督察组紧锣密鼓地推出3项督察方案，涉及一线执勤防护、民警日常管理、营区环境卫生等各个方面，争取不漏一人、不放过一个细节。

"与疫情作斗争，不狠不行啊。"该站政治处主任陈卫说，疫情防控是常态化的，不能因为目前武汉情况好转就掉以轻心，必须慎终如始，稳步向前。

督察民警深入营区和执勤一线，不打招呼、全程摄像，重点纠治制度不落实、阳奉阴违等现象，并定期对查找出的问题进行通报，把板子打在具体人身上。每逢站交班会，被督察组点到名的执勤队负责人个个如坐针毡。

为确保督导检查"不跑偏"，该站对督察民警进行了系统培训，防护服穿戴流程、口岸疫情防控规定……一样不通过就不能算合格。同时，建立督察情况日总结、周通报、督察员列席站防疫工作会议等制度，预防"监督走过场""重检查不重整改"等作风不实问题。

近两个月以来，该站专项督察组先后发现并纠治不规范现象10余处，通报批评3名执勤队和处室负责人。一边实践、一边总结，一边改进、一边提高。

惩戒不是目的，是希望队伍更加规范；高压不是结果，是为了顺利战胜疫情。其实，在"狠"的背后，该站还有"柔"的一面——修葺完善篮球场、足球场，成立书画、音乐、茶艺等兴趣小组，丰富警营文化生活，加强人文关怀，培养民警健康生活情趣。双管齐下，焉能不胜？

【《中国移民管理报》第00160期2020年7月10日2版】

| 通讯 |

恰似春风度玉关
全国移民管理机构首批干部调动
倾斜艰苦边远地区优先荣归荣调暖警心励士气

易欣文

"脱鞍暂入酒家垆，送君万里西击胡。功名祇向马上取，真是英雄一丈夫。""戍客望边邑，思归多苦颜。高楼当此夜，叹息未应闲。"建功边塞和戍边思归，一直是中国自古以来边塞诗的两大主题，前者需要勇气和机遇，后者需要耐心与等待。

2020年7月3日，对全国移民管理机构的许多戍边民警及其家庭、家属来说，必将是一个终生难忘的时刻。在这天召开的国家移民管理局党组会上，全国移民管理机构首批166名民警调动至配偶户籍地、父母户籍地、本人原籍地所在省（自治区、直辖市）工作的事项正式审议通过。至此，作为国家移民管理局党组关心关爱艰苦边远地区干部的暖心惠警重要举措，从酝酿出台《国家移民管理机构干部调动管理办法（试行）》（以下简称《干部调动管理办法（试行）》）到具体组织实施，历时一年多，第一次全国范围内的干部调动终于尘埃落定。戍边思归，这一刻终于由等待变为现实。戍边民警面临的夫妻长期两地分居、大龄未婚、独生子女需照顾生活不能自理父母、因伤病残不适宜继续在艰苦边远地区工作等困难情形正在逐步得以解决。一颗颗悬着的心终于落地，欣喜之余心里充满感激。一些曾感无助的眼睛，虽暂时没有实现愿望，却也从中看到希望之光，对未来充满憧憬，更加坚定了戍边卫国、建功边疆的信心。

一时间，干部调动再次成为全国移民管理机构广大民警和家属热议的话题。建功边塞的理想和戍边思归的愿望，也因为调动办法及其有序实施，和谐地结合在一起，成为凝聚警心、激发队伍活力斗志的催化剂。

她哭着问:"你是不是在骗我?是不是在骗我?"

视频里,听到丈夫即将调回家乡工作的消息,杨嘉航的声音突然升高:"你说什么?你是不是在骗我?是不是在骗我?"话音未落,视频两端的人都已泪流满面。杨嘉航的丈夫冉旭东,是西藏阿里边境管理支队底雅边境派出所民警,甘肃会宁人,入伍后,在阿里一干就是十几年。

2010年,经朋友介绍,冉旭东认识了家在甘肃白银的杨嘉航。坦诚直率的个性和军人的英武让杨嘉航很快接受了冉旭东的追求,他们不久就结婚了。但是好景不长,2012年,由于两地分居,一年难得见上一面,这个刚刚建立的小家庭,很快就因为各种矛盾破裂了。

"其实并不想作出这个决定,但是婚姻对于女人来说太重要。我平时干啥都是一个人,一个人去医院、一个人解决各种问题,很难感受到丈夫存在的意义。"谈到离婚,杨嘉航说。

在民政局办理离婚手续的时候,工作人员劝杨嘉航:"西藏高原的军人真的不容易,你俩要相互理解。"冉旭东听到这话的时候眼睛一下就红了,他觉得为什么别人都能理解,反而是自己最爱的人不能理解。

婚姻破裂,并没有使两个年轻人的感情彻底决裂。杨嘉航和冉旭东约定了一年冷静期,如果一年后双方感觉还有感情,就复婚。这一年,深爱着杨嘉航的冉旭东,每天坚持和杨嘉航联系。有时外出执行任务没有信号,他就爬到执勤点附近的山顶上给杨嘉航打电话,对她嘘寒问暖关怀备至。经过近一年的考验,2013年6月,他俩又复婚了。当年9月,杨嘉航来到了冉旭东当时工作的巴嘎边境检查站探亲。在海拔4700多米的地方,杨嘉航裹着厚厚的棉袄,和冉旭东围在炉子边烤火,没说上几句话就呼吸困难喘不上气。她感慨地说:"老公你太不容易了,我现在终于能理解你,这样的环境你都能坚守住,我还有啥不能坚持的,我一定把家照顾好,不让你操心!"在两人精心经营下,2014年和2017年,这个幸福的小家又添了两个可爱的宝宝。

2018年公安边防部队改革,冉旭东和战友们就地转改为移民管理警察。得知冉旭东不再有转业或者自主择业的机会,或许要等到退休才能回到自己身边,巨大的失望感让杨嘉航情绪波动很大。冉旭东每天好言安慰:"改革不是我一个人的问题,全国十万公安边防官兵都面临一样的问题,我们只能服从命令、相信组织。"

冉旭东的情况并不是个例。国家移民管理体制和公安边防部队改革顺利完成后，队伍管理模式等发生了重大变化，队伍建设面临着戍边民警因家庭困难期盼调动回原籍工作等不少新情况新问题。在现役部队时期，军人转复安置、干部录用、兵源补充等制度机制已不再适用，原职业制总站干部调动管理办法又不完全适用的情况下，迫切需要建立满足工作需要、适应职业制要求、符合移民管理机构特点的干部调动管理基本制度。

戍边民警的期盼和诉求正是局党组的心头大事。公安部副部长、国家移民管理局局长许甘露同志深情指出，边疆的战友最苦，一线的战友最累。为回应广大戍边民警的重大关切，他多次深入新疆、西藏、内蒙古等边远艰苦地区调研，到海拔5300米的红其拉甫边检站前哨班看望民警，在大兴安岭北极边境派出所零下40℃的严寒中与民警共同执勤，了解掌握一线民警所思所盼，指示相关部门要带着感情多方协调争取，切实为基层解决实际困难。国家移民管理局党组有个不成文的规定，只要局领导出差调研，都会把了解掌握基层民警的思想状况和困难诉求作为必听必看必摸内容。在国家移民管理局党组大力推动下，干部人事司组织专门力量深入调研、反复论证，按照"贴近队伍实际、满足工作需要、符合合理预期"的原则，研究制定了《干部调动管理办法（试行）》，并于2019年11月提交局党组审议通过后印发，为移民管理机构根据工作需要和不同情形调动干部提供了基本制度依据。

2020年4月，西藏边检总站根据《干部调动管理办法（试行）》，公示跨省调动名单，冉旭东符合"患有严重疾病不适宜继续在艰苦边远地区工作的、夫妻长期两地分居的、本人为独生子女且父母年老或患有重大疾病或因伤残生活不能自理等需要照顾的、有其他突出实际困难的"4种困难情形的民警，顺利进入调出人员名单，即将调回到甘肃边检总站工作。冉旭东第一时间把好消息跟妻子分享，于是就出现了前文那一幕。

被问及能够调回老家工作的感受，冉旭东说："在西藏戍边的十几年，丰富了人生阅历，能够将青春镌刻于此，是一份荣耀。这次调动，心情很复杂，既感觉到自己很幸运，更感激组织的厚爱。调回原籍，让我差点再次亮起红灯的婚姻，又变为绿灯，同时也让我有机会在久病的父亲面前尽孝。将来无论在哪里，我都会在新的工作岗位上尽职尽责，干好工作，报答组织恩情！"

在首批调动民警当中，多数民警像冉旭东这样，因为家庭实际困难实现工作调动，返回配偶户籍、父母户籍或个人原籍工作。此外，还有一些民警被列入荣归荣调计划实现工作调动。

国家移民管理局干部人事司相关负责人介绍，《干部调动管理办法（试行）》充分考虑困难民警实际，并专门向艰苦边远地区基层一线民警重点倾斜作出荣归荣调特殊制度安排。这是国家移民管理局党组在陆续推出戍边人员内地亲属和特困民警家庭帮扶、艰苦边远地区民警休假休养、大龄青年婚恋择偶、戍边公寓建设、高原高寒高温高湿地区常见病多发病预防等一系列关爱民警措施基础上，又一有效增强民警职业荣誉感和幸福感的创新举措。首批调动民警中，优先接收沿边总站困难情形人员，倾斜艰苦边远地区、优先荣归荣调的导向十分明显。

"幸福来得太突然，这都要感谢组织的关心！"当得知自己被湖北边检总站列为第一批次荣归荣调接收对象后，新疆和田边境管理支队垴阿巴提边境派出所所长丰茂激动地说。

今年是丰茂在新疆工作的第20个年头，2001年从湖北团风县入伍以来，他先后在和田边境管理支队多个基层单位工作，长期与爱人、孩子两地分居。

国家移民管理局首批调动工作启动以来，考虑到与家人分居时间太长，并且父亲去世，年迈的母亲需要有人照顾，丰茂抱着"试一试"的心态报了名，最终以新疆边检总站综合积分排名前列被推荐上报，并被列为首批荣归荣调对象。

"这次调动不但让老同志得到了温暖，年轻民警也看到了盼头，干事创业的热情更高了！"在丰茂看来，荣归荣调除了让一部分人率先享受到改革红利，感受到组织的温暖关怀，还在队伍中树立起鲜明导向，那就是让老实人不吃亏、实干者得实惠，激励大家更好地扎根边疆，在队伍中凝聚起干事创业的信心与合力。

他笑着道："做梦都没想到能调回山东一家团圆！"

"这下再不用一年6000公里来回跑了。"当得知贾晨翔终于要调回山东时，爱人王晓莲心里乐开了花。

贾晨翔和王晓莲是黑龙江大兴安岭边境管理支队北极边境派出所洛古河夫妻警务室民警和协警，他们的警务室被称为"中国最北夫妻警务室"，坐落在中俄边境有着"龙江源头第一村"之称的洛古河村。洛古河村以寒冷闻名，全年无霜期仅80余天。全村共71户人家，171名村民，界江长达29公里，人少事却不少：辖区治安管理、办户籍办证照、化解矛盾纠纷、遏制非法作业、清理界江隐患……2010年7月10日，王晓莲跟着贾晨翔"落户"洛古河，进驻了刚刚成立的洛古河夫妻警务室，成了一名协警。从此，"警务就是家务，工作就是生活"，夫妻俩在这里一待就是10年。

夫妻坚守极边之地10年，换来的是边境小村的平安和村民的信任。10年来，洛古河村零发案，无违边事件。贾晨翔、王晓莲夫妻的坚守得到全体村民的认可，大家一致同意授予贾晨翔夫妇"荣誉村民"，成为洛古河村第72户村民。贾晨翔家庭也被评为首届"全国文明家庭"，贾晨翔被评为"全国特级优秀人民警察"、全国"十大边防卫士"，荣立一等功。

荣誉的背后，都是无私的付出。作为独生子的贾晨翔，没办法照顾远在2000公里外河北老家的双亲，没办法陪伴正在山东媳妇老家上学的儿子北北成长。思念父母的北北每个暑假都在洛古河度过，每年往返6000多公里的奔波，跨越纬度16°，温差30℃，"小候鸟"北北为的是一家团聚。

国家移民管理局部署开展干部调动工作后，贾晨翔作为"长期在艰苦边远地区移民管理机构工作、表现突出、多次立功受奖"的先进模范，被列入第一批调动名单。接到调令的那一刻，贾晨翔动情地说："我做梦都没想到能调回山东一家团圆，组织上真心实意帮我们解决实际困难，唯有更加努力地工作，才能回报组织关怀。"

享受"优待先进模范"调动政策的除了贾晨翔，还有内蒙古边检总站维和一等功臣胡云龙等4名民警。最近接连有战友给胡云龙打电话，对他能够调回家乡工作表示祝贺，也感慨他多年来的努力付出没有白费。胡云龙说："民警冲锋在前，组织是最硬的靠山。这次能调回老家工作，实现忠孝两全，都是组织的关怀。今后无论在什么工作岗位，我都会始终坚守初心、履职尽责，在本职岗位上发光发热，努力为移民管理事业作出新的贡献！"

在首批调动的民警中，还有7名为了爱勇毅"逆行"到边疆工作的民警。云南边检总站黄雯就是这7名符合"鼓励性调动政策"的民警之一。黄雯的丈夫崔延迪是新疆阿克苏边境管理支队民警，两人2014年5月相识相恋后，便开启了"一年见一面"的异地恋模式。2017年两人喜结连理，开始了2000公里的双军人分居生活。2018年公安边防部队改革，黄雯和崔延迪服从中央改革决策，就地转改成为移民管理警察，原本计划服役期满通过选择转业或者自主择业实现团聚的计划落空了，如何"守卫爱情"成为他们平时联络聊的最多的话题。

《干部调动管理办法(试行)》的出台，给黄雯带来了希望。根据政策，黄雯可以选择从云南调往更艰苦的新疆工作。"能有机会调到他身边一起工作，我特别开心！可不知道能不能去成，但是为了我们的小家，我还是想试一试！"这是黄雯得知政策消息时的真实想法。

经历了几个月的忐忑不安，好消息终于来了，在云南边检总站和新疆边检总站共同努力下，符合政策的黄雯，如愿以偿调动至新疆边检总站。面对父母担忧她能不能适应新疆那边的生活环境，黄雯眼中洋溢着幸福，自信而又坚定地说："他在，爱就在，家就在，我们一起守边疆。"

贾晨翔、胡云龙因为先进模范在干部调动中受到优待，黄雯申请调动到新疆艰苦边远地区得到批准，是《干部调动管理办法(试行)》中的两个专门政策设置。

为更好地培养锻炼干部，让干部在艰苦环境中经风雨、见世面、壮筋骨、长才干，《干部调动管理办法(试行)》在设立常规性调动的基础上，专门针对艰苦边远地区创设了鼓励性调动和激励性调动政策。对自愿申请调动到三类以上艰苦边远地区国家移民管理机构工作的，根据干部本人意愿、综合素质和工作需要及时办理，从优安排职务职级，按照规定享受艰苦边远地区特殊保障政策，并为随迁家属子女就业、就学、就医等提供帮助，真正让吃苦的人吃香。明确优待照顾先进模范，有计划地将长期在艰苦边远地区工作、表现突出、多次立功受奖人员适时安排到其他地区任职，符合条件的按规定提拔重用，充分体现让实干的人实惠、让有为的人有位。

"鼓励性调动和激励性调动政策，从制度设计和工作导向上，鼓励促进内陆和沿海地区干部到陆地边境省(自治区)等艰苦边远地区工作，激励干部抵边戍边、扎根边疆，在艰苦边远地区锻炼成长、建功立业。"干部人事司相关负责人说。

他们憧憬着说："未来可期，要加倍努力！"

国家移民管理局组建以来的首次干部调动，事关民警及家属切身利益，万众瞩目。"会不会有暗箱操作？""我要不要去给领导主动汇报汇报，表示表示？"各种焦虑、疑虑、猜测，一直盘绕在部分申请工作调动的民警心中。

面对调动意愿千差万别、现实问题复杂多样，没有现成经验借鉴、组织实施难度较大的实际，国家移民管理局坚持把实事办实、把好事办好，在《干部调动管理办法（试行）》印发后，及时配套下发《宣讲教育提纲》，编印《干部调动有关政策问题解答》，并在《中国移民管理报》上刊发政策解读，紧扣民警关心的重点热点进行解答宣讲，既正面回应关切诉求，又合理引导意愿预期，切实把广大民警思想和行动统一到国家移民管理局党组决策部署上来。

通过综合考虑单位类型、编制空缺、地域特点、调动意愿、去向分布等多种因素，合理编制下达年度调动计划，并对落实党管干部要求、严密组织实施、严格标准条件、严明纪律要求、突出重点地区、优先荣归荣调等重点问题提出明确要求。同时，高度关注群众来信来访，跟进了解情况，分析诉求意见，在政策范围内督促解决问题，同步做好解释说明工作……一系列"组合拳"，确保了相关工作节奏不乱、推进有序、落实到位。

徐石川是红其拉甫边检站执勤一队副队长，2005年从湖北老家入伍以来，一直驻守在平均海拔4000米的帕米尔高原，与爱人两地分居已长达10年。几年前爱人被确诊为甲状腺癌，父亲也因为患病胃部被切除五分之四，基本丧失劳动能力。由于工作未满18年，没能列入荣归荣调计划，徐石川按照家庭困难民警类别提出了申请。对于自己的申请能不能获批，他的心里并没有底，因为在新疆、西藏等艰苦边远地区，符合调动条件的民警还有不少。最终，新疆边检总站党委考虑到他常年扎根艰苦边远地区，并且家庭实际困难突出，经公示后，纳入今年第二批调动计划安排。

徐石川的例子，让身边许多有调动想法，但是因名额限制、条件限制等暂时不能如愿的民警感到振奋。他们谈起这事，都觉得："未来可期。只要加倍努力工作，一定有机会调回父母身边工作。"

老家在浙江的梧州边检站执勤四队女民警杨小小，丈夫续伟是陆军边防某部干部，常年驻守在珠穆朗玛峰脚下。2012年结婚以来，两人天各一方，长期两地分居，并远离双方父母。这两年，随着双方父母年事已高，杨小小的父亲被确诊癌症晚期，母亲因腰部做过钢板植入手术，行动不便；公公、婆婆也身患高血压、腰间盘突出等多种慢性疾病。杨小小已经在浙江上小学的大儿子，只能托付给杨小小年近八旬的爷爷、奶奶勉强代为照看，而1岁多的女儿，由杨小小带在身边。常年的分居生活，双方父母每况愈下的身体状况，让杨小小特别盼望能够与亲人团聚，一起生活，相互照顾。干部调动工作启动后，杨小小立即向组织申请调到原籍所在地的浙江边检总站。

提交申请后，杨小小的心一直悬着，她不知道像自己这种情况，量化打分后，在总站排名居于什么位置，首批调动有没有戏。

很快，杨小小一颗悬着的心就落了地。广西边检总站将全部符合调动条件的申请民警进行量化打分后，及时进行了公示。按照表现好、困难大优先调动的原则，杨小小的量化积分排名在申请民警中位于前列，被纳入首批调动计划。从2005年入伍，在外地服役、工作15年的杨小小，很快将回到家乡工作。杨小小说："看到公示名单后，我的心里就特踏实，感谢组织的关心照顾，感谢公开公平公正的调动办法。"

干部人事司相关负责人介绍，整个首批调动工作始终坚持阳光操作、信息公开、结果公示，最大限度保障民警知情权，防止不正之风干扰，确保各级党委决策民主公正。

在谈到下步干部调动工作时，该负责人表示："根据工作计划，2020年还将有两批次调动。但是干部调动是一项长期性、复杂性工作，不可能一蹴而就，也不可能一劳永逸。基层民警面临的困难不尽相同，不可能在较短时间内满足所有民警的意愿，但各级组织会认真负责做好这项工作，为广大民警排忧解难。广大干部民警也应当坚定信心，自觉服从组织安排，严守纪律规矩，大家共同把干部调动工作做实做好。我们相信，有中央有关部门和地方各级党委、政府的关心支持，有局党组和各级移民管理机构的共同努力，有广大移民管理干部的信任理解，干部调动工作一定能够有序实施、稳妥推进，移民管理工作和队伍建设一定能够开创新局面、再上新台阶。"

【《中国移民管理报》第00160期2020年7月10日3版】

| 通 讯 |

"执勤一队请求支援专区勤务！"3月初，首都国际机场正式启用T3-D专区，北京出入境边防检查总站各单位纷纷成立突击队驰援。入警26年的高松，在紧急时刻，第一时间递交请战书。

全力战"疫"T3-D

占 媛　王晨光　臧 朔

"紧张、忐忑、害怕？可能都有一点吧。"7月7日晚8点，首都国际机场二号航站楼出境现场，北京出入境边防检查总站执勤四大队执勤一队队长高松在勤务间歇，为新警讲述接到驻勤T3-D专区（以下简称专区）那一晚的战"疫"故事时说，穿上防护服，责任感油然而生，根本没时间害怕。

3月15日晚6点，高松接到命令后，带领全队民警驰援专区，第一次就上了整整12个小时的超负荷大夜班。

"最前方入口分流处民警就位；台外组长盯紧责任分区；旅客查验通道全部开齐，交接班准备，一切就绪！"高松一刻不敢放松，在条件简陋的临时查验现场严密勤务组织，包括规范开闭通道、严格员工通道值守等，确保责任具体到人，勤务组织有条不紊。

3月16日凌晨1点，现场只有零星旅客，高松穿着防护服不吃不喝，已持续奋战6个多小时，一直陪着轮值民警守在查验专区。防护服里十分闷热，高松"机智"地只穿了警用短袖短裤。没想到，后半夜气温降了下来，他蒙了一身大汗后就开始发冷，想回去加点衣服又怕浪费防护服，就那么一直扛到凌晨4点多。

"您赶紧回去加件衣服吧，特殊时期咱们一个都不能少，您还得带队伍呢！"台外组长杨珂看着冻得发抖的高松心疼地说。战友的关切让高松心头一暖，他回去紧急加了件衣服，灌了口冷水，又冲回督导台"坐镇"。航班密度大、勤务事件繁杂，诸多事宜——等待处理，他忙里忙外、彻夜无眠。

清晨6点轮换下勤后，经历12个小时超负荷勤务的高松，腿僵了、脚麻了，警服从里到外被汗水浸透。同事看他一瘸一拐的样子，问他累不累，他扯着一副沙哑的嗓子说："不累，我要时刻与你们一起战斗！"

"最近出入境货机、包机数量增多，出境检查时间紧、任务重，大家克服下，提前穿好防护装备。"7月8日凌晨，又是一个勤务夜班，首都国际机场二号航站楼出境督导台内，高松带领执勤组长随时关注航显，提前与指挥中心对接，有针对性地部署勤务。

历经持续一个多月的专区鏖战，执勤一队于4月底回归二号航站楼。截至7月8日，高松带领执勤一队全体民警共克时艰，查验出入境旅客7万余人次、出入境员工4千余人次，查验出入境航班4百余架次，构筑起疫情防控铜墙铁壁。

当笔者问及高松，始终带队战"疫"在前线，与疑似感染旅客频繁密切接触怕不怕时，他坚定地说："那一晚给了我无限的勇气和力量，能和大家一起战斗，我感到无比骄傲！"

【《中国移民管理报》第00161期2020年7月14日3版】

| 通 讯 |

田间地头来了"土卡呢"

李康强　王贵生

"怎么办？怎么办？"临近小麦收割期，看着田里金黄色的麦浪，玉素普江·莫来克却脸露愁容。

对新疆阿克苏地区亚曼苏乡这位设卡立档的贫困户来说，田里的小麦是他全部的"钱袋子"。不曾想，七月以来，当地天气阴晴不定，雨说下就下、说停就停。这给家中只有一个劳动力的玉素普江·莫来克心中笼罩了一层阴霾，他最担心自己耕种的小麦被泡成"麦芽糖"。

辛苦大半年，麦秆被硕大的麦穗压弯了腰。要收割了，可是遇到下雨，一个人顾头顾不了尾，怎么办？

"老乡，我们来帮你一起收小麦啦！"7月21日，阿克苏边境管理支队牙满苏边境派出所民警马涛打来一个电话。原来，派出所民警早就注意到了玉素普江·莫来克的难处。经统计，辖区还有36户群众不同程度存在劳动力不足的困难。该所第一时间组织民警成立"夏收服务队"，走进田间地头，帮助困难群众收割、晾晒小麦。

"你们就是我的'土卡呢'（维吾尔语意为亲人）。"不到两天，玉素普江·莫来克家12亩小麦在派出所民警的帮助下，已经全部收割完毕。

因为有牙满苏边境派出所"夏收服务队"的帮助，接下来的晾晒玉素普江·莫来克不再担心。你盖防水布，我铲潮湿麦，整个晾晒麦场热火朝天，金灿灿的小麦散发出醉人的"麦香"。

"老乡担忧的，也是我们关注的。"该所教导员王永阳介绍，为确保辖区困难群众家中夏粮安全，他们加强了夜间对集中晾晒麦场的巡逻力度，防止偷盗事件。截至7月31日，该所"夏收服务队"已经帮助亚曼苏乡416户群众完成了夏粮收割和晾晒工作。

【《中国移民管理报》第00167期2020年8月4日2版】

| 通 讯 |

山东边检总站《问政时刻》开启督政问效新模式——
"哪壶不开提哪壶"为哪般？

王晓刚

全省166个基层党支部全部如期达标、4类11个历史遗留问题定纷止争、19个站级单位党委133项承诺完成率达到69.8%……这是8月7日山东出入境边防检查总站总站长办公会上公布的全省边检机关效能管理报告中的数据。

这组数据反映出该总站"三思三创"教育实践活动开展以来的可喜变化，得益于他们大力实施效能管理、优化督政问效这一务实举措。

时间回到7月16日，该总站成功举办大型线上视频问政活动《问政时刻》，以"线上直播全警化、热点抓取连续化、评价反馈现场化、整改落地周期化"为目标定位，全面开启督政问效新模式，掀起解放思想、真抓实干新热潮。

问而知政
回视反观稳固根基

"如果干部出现安于故俗、怠惰因循的'打卡'工作模式，我站将采取六项措施激励导流……"面对提问，被问政人、龙眼港出入境边防检查站站长徐辉回答。

"问而知政、问以促政"是《问政时刻》的核心定位。今年以来，该总站以"三思三创"教育实践活动为抓手，开拓进取、勇于创新，整体工作态势向上向好。正是在这种赶超跨越发展的强劲势头下，该总站党委敏锐地意识到，"大踏步前进"背后隐藏的危机忧患。

明者因时而变，知者随事而制。时刻保持清醒与冷静，在回顾与思索中认清自身发展短板与不足，正是该总站举办《问政时刻》的重要目的与作用考量。

基层单位面对现场问政冷静思考、开仓自检、查漏补缺，在全面知政的基础上务实进取、奋进勃发、创先争优。《问政时刻》之所以获得成功，源于"三思三创"理念的深入人心,彰显出山东边检人的责任担当。

"辣味"十足
针砭时弊直击痛处

人才基础薄弱的问题怎么解决?疫情防控时期如何优化警力配置?一个个尖锐的问题毫不遮掩,直击痛处,十足的"辣味"令现场"观战"民警大呼过瘾。

活动筹备过程中,曾因"问政辣度"的问题产生过分歧。是留有余地、点到为止?还是直击痛处、排毒出汗?该总站总站长徐晓伟"自我革新、较真碰硬、真抓实干"的要求让筹备组消除了顾虑,使得"哪壶不开提哪壶,提了哪壶开哪壶"成为问政原则。

大屏幕前,问政专员连线基层单位,就党的建设、疫情防控、典型培树、历史遗留问题等11项重点工作进行随机抽点、现场问政。12名被问政人面对问题不推诿、不回避,就整改落实现场表态,问政观察团根据答辩情况现场点评提醒。3个小时、8轮答辩,《问政时刻》一针见血直击短板痛处,"点对点"抓取、"面对面"问答,以红脸出汗、刀刃向内的态度彰显该总站党委以深抓促实干、严下先严上的坚定决心。

提点正向
点燃后程推进动力

党建融合体是龙口出入境边防检查站的创新品牌,其"党务引领业务、党建带领队建"的核心思路被列入该总站《2020年创新项目课题目录》,更成为本场《问政时刻》"前排发言人"。

被问及如何做好创新项目"后篇文章"时,项目带头人、龙口边检站党委书记曲凌辉阐述了"定向融合"理念,简明扼要的回答赢得问政专员及观察团肯定。

问政促政,雷厉风行。《问政时刻》如同一篇序曲,拉开了各级"反思、整改、精进"的大幕。基层单位纷纷借火燃灯、照镜内视,在深思下加速整改,站位格局、思维视野等多个方面问题得到有效解决。

整改加速度,推进同样迅速。在《问政时刻》提点正向、倒逼整改双轮驱动下,基层单位"自转"效率显著提升,纷纷聚焦年度任务量尺画线,细致布局、精准校向，以时不我待的危机意识全盘统筹推进，党委承诺事项、年度创新项目等一批重点工作的进度明显加快。

"问政本身并不是目的，发现并解决问题，继而促进履职大担当、工作大创新、作风大改进动能形成，这才是《问政时刻》真正的目的。"《问政时刻》总策划、该总站副总站长李振刚说。

【《中国移民管理报》第00169期2020年8月11日1版】

侗歌声声唱给党
——国家移民管理局"党建+扶贫"助力三江脱贫纪实

张成斌

8月的广西三江正值雨季，山雨说来就来。从山腰望去，雨幕将山谷层层笼罩，盘山公路若隐若现，村寨里依山而建的吊脚木楼在烟雨中鳞次栉比。只待雨过天晴，远处苍山如黛，四周氤氲缥缈，束束阳光穿透云层，洒向盈满水的梯田，一时间满山波光粼粼……

与这一派仙境相映衬的，是另一番景象：白墙红瓦的党群服务中心坐落村中央，一二层为砖混结构，顶层用杉木建造，墙面绘制着鲜红的党旗，下方印有红色大字：决战脱贫攻坚，决胜全面小康。门口国旗迎风招展，党建宣传栏、灯光篮球场、纯木质戏楼一应俱全……

习近平总书记强调，要抓好党建促脱贫攻坚。自去年3月承担广西三江侗族自治县扶贫任务后，国家移民管理局便部署开展"三江党旗红"警地党支部共建联创活动，局机关和9个出入境边防检查总站所属基层党组织与63个贫困村党支部"1+1"点对点结对，按照"发展共谋、实事共办、贫困共战"原则，构建党支部战斗堡垒群、党员示范岗，打造党建示范带，助力三江打赢脱贫攻坚战。

实践中，各级移民管理机构是如何让党建扶贫工作落地生根的？记者走访了三江县7个乡镇21个行政村一探究竟。

打造脱贫攻坚战斗堡垒

高山顶上的富禄乡岑牙村，拥有壮美秀丽的梯田，最广处绵延足足5公里，层层叠叠，如链似带，蓝天白云倒映在梯田的水面，宛若一幅极美的画卷，可谁知这里竟是广西的深度贫困村。

岑牙是"糯米之乡"，祖祖辈辈以糯米为主食，盛产的糯米珍珠般洁白，口感柔软香甜,在三江颇有名气。但近年来,越来越多的村民种植罗汉果,罗汉果逐渐成为特色产业。基础产业和特色产业,应该优先发展哪个?村民们各执己见,党员们也意见不一,亟待村党支部统一思想。

人心不齐时,坚强的战斗堡垒尤为重要。上海执勤出入境边防检查总站扶贫办负责人刘虎介绍,今年1月,浦江出入境边防检查站一队党支部与岑牙村党支部以共建联创为契机,组织双方党员和村民代表共过组织生活、共谋脱贫发展。"不能因意见分歧影响产业发展,既要让大多数人受益,也要重视发展后劲,可以探索一体两翼孵化模式。"最终,这一提议得到绝大多数人赞同。

该总站党委随即研究决定,为岑牙村集体投入47万元,建设复合加工车间,用于糯米包装一体化生产和罗汉果烘干加工。最终,全村95%以上的农户都从中受益。

如今的独峒镇八协村,名气越来越大,不仅有"八协红"品牌扶贫茶,还探索发展"七彩农业"。尤其是"八协红",不仅走俏国内,更走出国门,成为国家移民管理局在外交中赠送外国嘉宾的国礼。该村党总支书记梁永杰高兴地介绍村里的巨变:"2018年底贫困户人均年收入还不足2000元,2019年底全村人均收入达到12800元,整村脱贫!"

他们是如何做到的?去年5月,张家港出入境边防检查站与八协村共建联创,同时还引入"活水"——与张家港市全国闻名富裕村、屡获"全国文明村""全国先进基层党组织""全国乡村治理示范村"等表彰的永联村,在支部共建、产业帮扶、乡村治理等方面签订协议,构建起"三方共建"大格局。

永联村党员到八协村开展党务交流,探讨党建扶贫新模式;张家港出入境边防检查站邀请独峒镇党员到江苏参观学习,并特邀八协村党总支书记到张家港参加全国"村长"论坛,学习乡村振兴经验;八协村党员研究学习"张家港精神"……"通过一系列共建举措,激活了八协村党组织战斗堡垒作用,扶贫工作更容易开展了。"江苏出入境边防检查总站扶贫干部刘竞说。

同乐乡高岜村距离县城近60公里,从县城出发,先走高速,转国道,再绕行盘山公路,驾车足足两个半小时才到村里。深圳出入境边防检查总站扶贫干部庄奕鹏介绍,该村目前还有18户脱贫困难较大,需要重点帮扶。为此,对口帮扶该村的深圳湾出入境边防检查站组织18个执勤队党支部,与这18户建立"一对一"帮扶机制,有效发挥基层党组织在脱贫攻坚中的引领作用。

许多党员和村民都说,村镇党组织凝聚力向心力越来越强,带领群众脱贫攻坚的本领也越来越强。

帮建"不走的扶贫工作队"

"年轻党员长期在外务工,一半以上党员年龄超过50岁、小学以下文化水平,且不会说普通话,存在交流困难……"广州出入境边防检查总站扶贫干部车路介绍,他们去年5月调研了富禄乡7个贫困村党建情况,报告中列出的这些现实问题,在三江县普遍存在。

记者在走访中发现,各个村的大学生普遍很少,重点大学学生、研究生甚至从来没有。山村走出来的人才原本就少,返乡助力脱贫攻坚的更是凤毛麟角。八江镇汾水村却是个例外。这里虽是深度贫困村,却走出100多名大学生,并有多人返乡创业。

走进汾水村,记者看到一片依山傍水的"宝地":一座三层木楼格外显眼,背后山林葱茏,面前流水潺潺,旁边竖着两块大牌子:"厦门边检总站帮扶、粤桂扶贫协作青年大学生江川创业园""集体经济发展合作基地、一带二帮三·先锋促脱贫示范基地、青年大学生创业园基地"。

同行的厦门出入境边防检查总站扶贫干部孙伟强说,这里就是吴国军等6名"80后"大学生党员合创的产业园。两三年前,他们乘着精准扶贫的东风返乡创业,如今在该总站等单位帮建下,越来越懂经营、善管理,成为拉动老乡脱贫致富的"火车头",也吸引着更多大学生参与家乡脱贫。

提到现在的创业园,吴国军如数家珍:一片70亩"稻田养鱼"示范田,平均每亩产鱼100斤,每斤价格25元,有58户农户受益;一个"林下养鸡"示范基地,有15户贫困户参加,户均年收入1万元;一片10亩"生态养鱼养鸭"示范基地,有12户农户受益,并解决贫困户就业30人;一个标准化茶叶加工厂,包销全村农户茶青,制作的"醉美汾水村"等品牌茶叶在厦门边检总站消费扶贫和推介下,现销往全国7个省区,年销量增长至400余万元……

村里目前还有45户未脱贫,怎么办?该总站又采取"致富带头人+贫困户+村集体经济"的模式,出资建设黄鳝养殖基地,由汾水村"两委"组织这45

户在创业园的管理下养殖黄鳝，实现增收。"预计平均每户一年能增收八九千元。"具体负责黄鳝养殖管理的党员致富带头人吴玉杰说，他以往只是村里的一名兽医，而现在有了新的使命，责任感满满。

无独有偶。记者看到，在良口乡寨塘村和孟寨村，山东、深圳出入境边防检查总站也通过类似模式，分别援建中草药种植基地和泥鳅养殖基地，目前已帮扶党员致富带头人试种养成功，即将扩大规模，进一步为贫困户和村集体增收。

点亮一盏灯，照亮一大片。浙江出入境边防检查总站则邀请三江县80余名茶农和党员致富带头人赴浙参观学习茶园管理、茶树培育、茶叶加工等技艺，希望他们把先进技术和经验带回三江，示范带动发展茶叶精加工、深加工，逐步提高产品附加值。

国家移民管理局驻三江县扶贫顾问张其武介绍，去年3月以来，国家移民管理局累计为三江县培训党支部书记、党员干部和党员致富带头人等3100余名。

幸福不忘共产党

提起同乐乡归东村，最出名的莫过于那颗百年野生葡萄树了。树龄究竟多高，并无专家鉴定，但村里几位古稀老人说，在他们父辈小时候，已经有了这颗葡萄树。只见其硕长的藤枝朝四面八方漫展开来，几乎有半个篮球场大，挂满数不清的绿葡萄串。同行的珠海出入境边防检查总站扶贫干部黄国平说，成熟后的葡萄是蓝色的，有种独特的香醇味道，而且特别适合酿酒，酿出的葡萄酒人称"归东拉菲"。

这么好的东西，如何让全村人都受益？该村党支部书记龙秀昌说，村里也想扩大种植，曾多次育苗，但存活率始终不足15%。珠海边检总站一举援建20多亩育苗大棚，并邀请农业专家反复指导，直到将存活率提高至70%。培育出来的葡萄苗，村里免费分发给贫困户种植。

如今，"归东百年葡萄"已注册商标，全村种植面积达1330亩，年产值200余万元。归东村，也于去年底整村脱贫摘帽。

归东村原有个小水库，珠海边检总站在其旁边帮建党建长廊、文化广场，并环绕水库修建步道、休闲钓鱼亭，成了村民学习和休憩娱乐的好去处。为表达感恩，村党支部在水库边梯田最显眼的位置制作红色大标语："幸福不忘共产党"。

同样的感动也发生在富禄乡岑旁村。听说国家移民管理局的民警来了，古稀老人陈甫向急忙赶到村部，紧握着民警的手，激动地说："感谢国家移民管理局对我们贫困家庭的帮助！"

"老人家别客气，我们更应感谢党中央、感谢习近平总书记，咱们的日子一定会越来越好！"民警回应道。

老人热泪盈眶："党中央、习近平总书记在北京太远了，我就感谢眼前的你们，因为你们就是党中央和习近平总书记派来的！"原来，他的孙女陈国凤就读于广西科技师范学院。当全家为学费和生活费发愁之际，广州边检总站组织民警结对帮扶，捐赠助学金。老人一直记在心里。

高山侗寨的夏夜，微风习习，空气凉爽而清新。在良口乡燕茶村党员活动中心，"燕之声文艺队"弹着琵琶，唱着侗歌。村里50多名青壮年男女加入合唱队。每当夜幕降临，善歌的燕茶人便开始歌咏美好生活。

同行的国家移民管理局驻三江县扶贫工作专班组长李金东介绍，这个深度贫困村，也是广西唯一的"文化扶贫示范村"，发生了巨大变化。"目前全村只剩18户未脱贫，村民的日子越来越好，我们即将摆脱祖祖辈辈的贫穷面貌。"燕茶村党支部书记吴明益激动地说。

夜晚，"燕之声文艺队"合唱了自编的汉语琵琶歌《侗歌声声唱给党》——

美丽的侗寨嗳，绿水青山好风光，鼓楼下把歌唱
千年的侗歌唱给党，唱给党
幸福的侗家嗳，多嘎多耶情豪放，花桥上把歌唱
悠扬的侗歌唱给党，唱给党
侗乡的人民声声把歌唱，唱给祖国，唱给共产党
侗乡的人民声声把歌唱，唱给祖国，唱给共产党
坐上了高铁嗳，又云上起航，幸福的道路越走越宽广
迈向了新时代，又奔向小康，美好的生活幸福万年长

不知不觉间，唱的人、听的人眼角已泛起了泪光……

是啊，这是一种怎样的感动？！2019年3月以来，国家移民管理局已帮助三江县3.6万人脱贫。

【《中国移民管理报》第00173期2020年8月25日1、2版】

做疾风劲草 当烈火真金
——一名民警眼中的天津机场边检站执勤一队

王晓琪

天津机场出入境边防检查站座落于天津滨海国际机场附近，200多名民警常年驻守在这里。执勤一队作为基层业务部门，承担着空港出入境旅客边防检查任务。

执勤一队民警平均年龄34岁，这么一支年轻的队伍，在队党委坚强带领下，立足实战练精兵，在严防疫情境外输入战斗中，始终精神抖擞、严谨踏实、积极向上。

因新冠肺炎疫情的肆虐，天津被列为目的地为北京的国际航班第一入境点之一后，该队教导员崔海洋、队长张天成临危受命，带领全队民警披荆斩棘、攻坚克难，完成疫情防控、出入境边防检查等任务，为天津机场口岸实现工作流程零错误、境外输入零扩散作出积极贡献。

成绩的取得，得益于执勤一队党委在队伍管理上特别注重传统文化与时代精神相结合，并坚持学思用贯通、知信行统一，在实践中助推中心主业，引领队伍建设发展。

在执勤一队，习近平总书记在中央政治局"三严三实"专题民主生活会上讲过的"为政先修身"的故事，大家都耳熟能详。故事虽小，却涵盖修"道德"、修"品德"、修"政德"深意，令大家受益匪浅。民警们深知，只有提高自身知识积累的广度、宽度，才能拓宽视野、提高能力。

比如，用好的文艺作品鼓舞、影响民警的世界观、人生观、价值观。习近平总书记年轻时曾走30里路去借《浮士德》，就是因为文艺是世界的语言，在其中领悟人生，最易引起共鸣。

执勤一队近70人，每个人性格、经历不尽相同，但一致的是理想信念，相通的是心灵的感受和正义感。为最大限度把民警凝聚在一起，执勤一队党委根据每名民警的特点、长处灵活调整工作岗位，尽力做到职有所属、人岗匹配。正因如此，全队民警个体情感趋向非常积极，个人想法普遍得到尊重，民警对集体的认同感很强、认可度很高。

疫情发生以来，外防输入逐步成为各项勤务工作的重中之重。随着疫情防控进入常态化阶段，一线民警身体、心理都经历着前所未有的考验，有的难免出现心理波动，孤独、疲惫、倦怠感也属正常。但是，在执勤一队，上述情况始终没有出现，这要归功于执勤一队党委在队伍管理方面所秉承的理念，即纪律是规范语言和行为的，而不是压制活力与情绪的，让民警感到工作不仅有职责、使命、担当，还有快乐和轻松的工作氛围。这点对于始终战斗在抗疫一线的民警来说特别重要。众多看似细微的贴心关怀都可以当作队伍管理的"润滑剂"。

执勤队与旅客最近、与群众最近，最能体现国家移民管理局党组决策部署在"最后一公里"落实的回响。工作中，执勤一队党委始终坚持以人民为中心的思想，面对困难敢于迎难而上，面对危机敢于挺身而出，面对不当敢于承担责任。这支队伍的每个人都信奉：历练自己、学以致用、求真务实，而执勤一队党委对全队民警的要求是，做疾风劲草，当烈火真金。

公安部副部长、国家移民管理局局长许甘露在第一期学习习近平新时代中国特色社会主义思想培训班的大会上指出，坚持学思用贯通，做到知信行统一。这也是队伍管理的精髓。在基层队伍管理中，更应当将我党优秀的政治理论、传统文化的精髓应用于现代队伍管理，疾风劲草方是本，烈火真金才为真，做起而行之的行动者，当攻坚克难的奋斗者。

【《中国移民管理报》第00173期2020年8月25日3版】

激流上搭建"生命之索"

李飞飞　彭维熙

"快！快！快！快救救我，挖掘机越陷越深，水位越来越高，我快坚持不住了！"看到火速赶来的西藏阿里边境管理支队底雅边境派出所民警，挖掘机驾驶员李师傅竭力呐喊，一只手使劲地挥舞着，焦急地等待救援。

8月28日17时许，正在通往西藏阿里札达县城方向的中通道上施工的挖掘机因驾驶员操作不慎，侧翻至旁边的河渠里。由于河床陡峭加上水流汹涌湍急，挖掘机渐渐被冲向下游河中央，水位上涨淹没了驾驶室，李师傅紧急逃到大臂制高点。施工单位救援无果后，随即报警求救。

接到报警后，底雅边境派出所第一时间启动救援预案，迅速组织4名警力携带救援设备赶赴现场，并将情况通报至札达县消防救援大队，以及联系120急救中心。

18时许，民警到达现场。只见挖掘机仅剩下大臂顶端露出水面，李师傅身体紧紧贴在大臂顶端并用双手死死抱住，河里的黄沙水在大臂周围形成了旋涡，一旦坠落就会被卷走吞噬。此时，水位正在持续上涨，情况岌岌可危。

"师傅，你在上面抓牢了，一定要坚持住，我们马上救你出来。"李师傅因为体力透支加上内心恐惧，身体不由自主地颤抖起来了，先期到达的民警拿出大喇叭为其加油鼓劲，安抚情绪。

待消防救援人员赶到后，民警与其迅速分析现场情况，决定采取"两两相连、绳索拖拽"的方式展开救援，并协调距离事发地最近的挖掘机赶往支援。

随着"嘭""嘭"两声，消防救援人员在岸边利用投掷器将两根绳索和救生设备抛向被困李师傅，让其将一条钢丝绳的锁扣扣在大臂上，另外一根绑住自己。

随后，赶来的挖掘机停在岸边，向河中央伸展大臂小臂，缩小救援的距离，并将连接河床中央挖掘机的钢丝绳绑在挖斗处。至此，一条横跨水陆20余米长的生命救援线搭建成功。

两名民警穿上救生衣，登上岸边挖掘机，从大臂上及宽度不足30余厘米小臂上爬向挖斗处。待民警准备妥当后，李师傅迫不及待地将自己挂在"生命线"上，由站在挖斗处的民警手动牵引绑在他身上的绳索，将其拽到挖斗上。经过两个小时的救援，李师傅成功获救。

【《中国移民管理报》第00175期2020年9月1日2版】

国门边境奏响气壮山河战"疫"歌
——全国移民管理机构抗击疫情纪实

夏 飞

白露时节,秋高气爽,玉露生凉。回拨时间指针,跨越冬春夏三季,那些惊心动魄的画面、刻骨铭心的时刻,依然历历在目。

历史永远铭记,我们不会忘记。庚子冬春跨年,来势汹汹的新冠肺炎疫情肆虐湖北,进而席卷全国。这是一场全民参与的防控阻击战,有着红色基因、充满朝气活力的移民管理队伍,迎来史无前例的考验。

巍巍国门下,一个个身影,威武挺拔!

边境要塞处,一张张面孔,刚毅果敢!

全国移民管理机构坚决贯彻落实习近平总书记系列重要讲话、重要指示批示精神,按照党中央决策部署和公安部党委、国家移民管理局党组具体安排,步调一致、令行禁止,全力以赴、共克时艰。

广大党员民警、职工在大战中坚守初心、在大考中担当作为,展现出对党忠诚的政治本色,诠释了服务人民的真挚情怀,凝聚起众志成城抗击疫情的强大力量,换来了国门边境安全稳定。

"上下同欲,无往不胜"
抗击疫情斗争中充分彰显政治领导力

9月6日深夜,国家移民管理局机关指挥中心灯火通明。电脑前,值班民警不时切换各地边检执勤现场画面。

当晚近12点,上海机场出入境边防检查站执勤现场,身穿全套防护装备的民警终于查验完入境旅客信息,他们并没有因疲惫闷热而降低工作标准。战"疫"中,该站严格落实各环节、全流程疫情防控举措,已查验出入境旅客120余万人次,其中确诊旅客800余人。

疫情尚未结束，战斗仍在继续！全国移民管理机构始终保持战时思维、战时标准、战时状态，慎终如始、再接再厉，疫情不退、不离"疫"线。

面对来势汹汹的新冠肺炎疫情，党中央沉着应对、果断决策，习近平总书记亲自指挥、亲自部署，主持召开一系列重要会议，发表一系列重要讲话，作出一系列重要指示，为打赢疫情防控的人民战争、总体战、阻击战提供了科学指引和行动指南。

在党中央、公安部党委坚强领导下，国家移民管理局党组雷厉风行，先后召开党组会暨局应对新冠肺炎疫情工作领导小组会16次，第一时间传达习近平总书记重要讲话和指示批示精神，专题研究部署疫情防控工作。

公安部副部长、国家移民管理局党组书记、局长许甘露及局党组成员先后主持召开全机构视频会议10次，统一全警思想、凝聚抗疫共识、强化阵地意识、责任意识，为打赢疫情防控阻击战奠定坚实思想基础。

层层落实责任，层层传导压力，抗疫力量如钢似铁、坚不可摧。全国移民管理机构各级党组织科学判断形势、精准把握疫情，及时组建工作专班、指挥部，单位主要负责人亲自挂帅，加强领导、落实责任，在疫情防控最前沿构建全覆盖、无死角指挥调度体系，确保作战指令迅速传达落实。

疫情暴发之初，武汉告急，湖北告急！湖北移民和出入境管理部门迎难而上、全力以赴。

1月20日晚到次日凌晨，国家移民管理局紧急致电湖北出入境边防检查总站，了解情况、指导勤务，要求加强全员防护。该总站党委及时启动战时机制，成立疫情防控指挥部，建立疫情动态、口岸防控、自身安全等突发情况"日报告、零报告"制度，全力做好疫情防控工作。

一级带着一级干，一级做给一级看。无论是在武汉出入境边防检查站，还是三峡机场出入境边防检查站，任何困难都不会让守护荆楚国门的卫士退却。在总站党委统一部署下，口岸现场勤务组织有序，各环节衔接顺畅，先后完成包括多名发热症状旅客在内的数十批次出入境航班查验任务。

武汉战"疫"，市公安机关出入境管理部门一刻未停歇！面对疫情防控严峻复杂形势，他们秉承"疫情当前、鄂警不退"的思想，领导干部率先垂范、深入一线，全警上线、齐心协力，及时掌握在汉外国人涉疫情况，为防疫抗疫工作抢得先机、赢得主动。

严防境外疫情输入，口岸边境是第一道防线，也是最重要的一道防线。全国移民管理机构全面加强组织领导，采取更加坚决、更加有力、更加严密的口岸边境管控措施，全力防控境外疫情通过口岸边境输入。

3月10日零时，首都机场T3-D涉疫重点航班处置专区启用。"第一国门"下，北京出入境边防检查总站以最高等级应急机制应对外防输入工作，及时成立T3-D专区边检执勤一至三大队临时党委，并充实精干警力，切实担负起抗击疫情的艰巨使命。

位于改革开放前沿阵地，深圳湾出入境边防检查站党委委员挂点支部，教育引导全体民警提高政治站位；主要领导值守执勤一线，靠前指挥，加强勤务督导；统筹协调各站支援民警，优化勤务组织，形成战斗合力。

4月上旬，中俄边境，疫情防控形势严峻。一时间，边境小城绥芬河成为全国关注的焦点。绥芬河出入境边防检查站迅速以战时理念、战时机制、战时措施投入疫情防控工作，明确了站党委负总责，执勤现场带班领导靠前指挥，执勤队领导进战位、进一线，确保各项工作措施有效落实，坚决守住国门线，筑牢防疫墙。

前方冲锋战斗，后方保障有力。国家移民管理局后勤部门把保障好民警、职工生命安全和身体健康放在第一位，想尽一切办法、启动一切渠道，以经费保障打头阵、物资保障唱主角、应急采购做支撑，为各单位统筹供应防疫物资6大类200余万件（套），让战"疫"一线民警整装上阵、全力抗疫。

"兄弟同心，其利断金"
书写同舟共济携手战"疫"生动实践

万众一心，没有翻不过的山；心手相牵，没有跨不过的坎。

全国移民管理机构各级与相关单位同舟共济、风雨共担，以命运与共的信念、团结协作的行动抗击疫情，凝聚起强大正能量。

在国务院联防联控机制领导下，国家移民管理局及时通报境外疫情输入风险，先后9次参加国务院联防联控机制新闻发布会。同时，推动出台系列外防输入政策措施。

各级充分发挥移民管理职能作用，与海关、民航、交通运输及港澳出入境管理等部门密切配合，构建多层次、全链条、立体化防控体系，全力筑牢防范境外疫情输入防线。

同疫魔较量，合作至关重要。上海出入境边防检查总站发挥大数据排查优势，分析研判入境人员动态轨迹。截至目前，共向海关检疫部门推送预警涉疫信息8万余条，海关检疫部门从中发现核酸检测呈阳性旅客240余人。

与疫情战斗，你我守望相助。江苏出入境边防检查总站与省内外涉外防控单位建立联络员制度，强化联防联控和信息交流，建立风险会商研判机制，做好数据推送、分流航班勤务、海（江）港管控等工作，联手斩断疫情从口岸输入通道。

2月26日以来，全国移民管理机构严格落实"三提前、三共享"要求，通过大数据分析，第一时间向入境地海关检疫部门通报预警涉疫高风险入境人员。截至9月6日24时，累计预警高风险入境人员60余万人。经反馈，累计发现确诊病例720余人，占海外输入病例的28%。

依托党政军警民强边固防机制，主动作为、守土尽责、严守关口，凝聚起战胜疫情强大合力。沿边移民管理机构联合地方有关职能部门和群防群治组织，加强警力调整部署，对疫情防控力量相对薄弱地区，加大巡逻密度、管控力度，切实管好管严边境第一道防线。

在彩云之南，云南出入境边防检查总站部署所属120余个边境派出所，整合村干部、护边员、边境联防队员和专职辅警等群防群治力量，织密联防联控、群防群治、科学防疫网。

在天山脚下，新疆出入境边防检查总站强化党政军警兵民"六位一体"管边控边机制、建立防范疫情预警机制等16项措施，全面强化边境管控，防范境外疫情由边境输入。

习近平总书记强调，人类是一个命运共同体。战胜关乎各国人民安危的疫病，团结合作是最有力的武器。

3月13日，国家移民管理局参加中韩应对疫情联防联控合作机制视频会议，双方移民管理对口部门就加强疫情联防联控合作交流磋商，确保在维护双边人员往来的同时，有效阻断疫情跨境传播。

3月23日，国家移民管理局与日本驻华使馆领事部会谈，强调双方移民管理部门建立联系合作机制，加强信息共享，采取协调一致的口岸管控措施，对防范境外疫情通过出入境渠道传播产生积极作用。

全国移民管理机构牢固树立人类命运共同体理念，发挥涉外职能优势，加强与毗邻国家相关部门合作，共同构筑起阻止疫情跨境传播的坚固防线。

黑土地上书写合作抗疫故事。黑龙江出入境边防检查总站与俄罗斯阿穆尔州、哈巴罗夫斯克边疆区并犹太自治州、滨海边疆区三个边防管理局保持联系、加强配合、交换信息，协同强化口岸边境管控措施，共同维护中俄边境安全。

"风口国门"吹来合作抗疫暖风。阿拉山口出入境边防检查站与哈萨克斯坦多斯特克边检站建立良好的信息互通互享机制，保持信息互通高效顺畅。

……

陆地边境102个站级单位与11个毗邻国家206个口岸边境管理单位建立疫情通报机制，加强防疫经验交流共享，强化疫情期间口岸出入境检查，携手阻击疫情跨境传播。

"制之有衡，行之有度"
配合防疫抗疫大局助力经济社会发展

疫情发生后，无论是国内暴发阶段，还是国际扩散蔓延阶段，亦或国内进入常态化疫情防控阶段，国家移民管理局始终立足移民和出入境管理职能，制定相关政策、推出相关举措，有效配合防疫抗疫大局，助力经济社会发展。

疫情无情人有情，患难时刻见真情。疫情在国内暴发后，国家移民管理局及时发布出入境政策信息，疫情期间在华外国人停居留期限到期的可自动顺延两个月；推送多语种防疫抗疫知识提示和移民管理服务问题解答，汇编在华外国人需遵守的法律规定，依法维护保障中外人员合法权益的同时，指导各地依法查处外国人违反出入境管理和防疫管理规定的案(事)件。

按照国家移民管理局部署，全国公安机关出入境管理部门全力做好疫情防控期间出入境服务，阻止疫情通过出入境渠道传播蔓延，并为有紧急出境事由人员提供应急服务。

湖北省公安机关出入境管理部门多次开辟"绿色通道"，为一些国家和地区乘坐临时包机人员提供紧急办证服务。

北京市公安机关出入境管理部门为一名受某市外商投资企业协会委托的申请人加急办理普通护照，使其顺利前往韩国采购防疫物资支援疫情重点地区。

云南省公安机关出入境管理部门紧急协调为该省一公司40余名工程人员加急办证，确保其顺利出境前往缅甸参与承建的国家大型对外援助项目。

4月1日，国际移民组织驻华代表柯吉佩发文称赞中方在疫情防控期间的移民管理做法：国家移民管理局立足移民出入境管理职能，推出一系列措施且适时更新，确保面向外国人的服务正常提供和对特殊情况的处理……

世界卫生组织宣布新冠肺炎疫情为国际关注的突发公共卫生事件后，国家移民管理局迅速调整移民和出入境管理政策措施——

每日搜集整理各国家（地区）入境管制措施，紧急研发上线"出入境信息一键通"小程序，主动提供出入境信息查询服务；

从严出入境证件审批签发，暂停外国人持有效签证和居留许可入境，暂停全国口岸签证、24/72/144小时过境免签、海南入境免签、上海邮轮免签、港澳地区外国人组团入境广东144小时免签、东盟旅游团入境广西免签等政策；

多渠道提醒中国公民减少非必要出国出境活动，涉及2.58亿人次，防止疫情通过出入境渠道传播扩散；

指导各地科学有序开放公安出入境窗口，落实安全防护措施，全国3250个县级以上出入境窗口实现疫情零感染、零传播。

听，机器轰鸣声响起来了！进入常态化疫情防控阶段，社会生产生活秩序逐步恢复。

6月14日22时35分，载有30万吨原油的比利时籍油轮"阿基坦"轮抵达广东惠州港马鞭洲岛中海油原油码头。早已等候在此的惠州出入境边防检查站民警立即着手办理边检手续。船舶从停靠到卸货作业实现无缝对接，比平常缩短至少两个小时，为企业节约可观费用。

复工复产按下加速键，服务保障打响发令枪。2月27日，国家移民管理局迅速出台统筹推进疫情防控和经济社会发展的十项措施，有序恢复公安出入境窗口服务、积极为参与疫情防控的中外人员提供出入境便利、优先为进出口商品物资提供快捷通关、主动为中外人员提供出入境管理政策调整查询服务。在全力阻止疫情通过出入境渠道传播的同时，大力支持相关行业、企业复工复产，主动服务促进稳就业、稳外资、稳外贸，为统筹好经济社会发展提供出入境服务保障。

置身天府之国，尽显责任担当。四川省公安机关出入境管理部门主动协同科技、教育等部门，加强与涉外企业和在华工作外国人沟通联系，对复工复产涉外企业实现回访全覆盖，关注外国人日常工作生活，帮助解决实际困难。

鹏城有爱，服务贴心。深圳市公安机关出入境管理部门开通24小时咨询热线，为企业提供加急办理业务服务，助推复工复产。

全力克服疫情影响，一手服务复工复产，一手助力脱贫攻坚。

5月15日，厦门出入境边防检查总站联合厦门建发国际旅行社集团主办的广西三江文化旅游推介会，厦门、桂林两地旅行社通过"云平台"签订旅游战略合作协议，助推三江旅游市场复苏。

上海出入境边防检查总站以做好就业帮扶工作破题，主动协调对接用工单位，及时有序引导三江县定点帮扶地劳务人员赴沪务工，帮助企业解决复工复产用工需求和贫困户就业难题。

"因时而变，因势而动"
在化危为机中确保口岸边境安全稳定

"危和机总是同生并存的，克服了危即是机。"面对疫情防控带来的挑战，应准确识变、科学应变、主动求变，善于从眼前的危机、困难中捕捉、创造机遇。

在做好疫情防控工作的同时，全国移民管理机构持续强化口岸边境管控，这是主责主业，也是化危为机的实践考场。

在这个考场上，全国移民管理机构交出了满意答卷——

6月23日，3个集体、3名个人分别被表彰为全国禁毒工作先进集体、先进个人。

6月底，11个集体被公安部命名为新一轮"全国公安机关执法示范单位"。

在抗疫大考中化危为机，必须坚持强化边境通道封控、强化边境辖区稳控，坚决把疫情防在境外、堵在边境。

在西南边境，各级移民管理机构针对因界线走向、地理环境等难以有效抵边人力值守的地带，调整边境执勤点142个，日均投入警力1.5万余人次、车辆

1250辆次，强化巡逻拦截，坚决守住边境关口。

在东北边陲，黑龙江、吉林出入境边防检查总站全面清理界水上的非法渡船、浮桥，加强渔船民管理，严防非法接运人员入境。

结合"百万警进千万家"活动，沿边移民管理机构全面摸清边境辖区实有人口底数，加快抵边警务室和治安执勤点建设，建立抵边人员实名登记和定期报告制度，加强重点场所、重点人员排查，防范打击非法出入境或境外避疫人员。

在抗疫大考中化危为机，必须持续打击各类出入境违法犯罪活动，强化"三非"外国人治理，全力服务疫情防控大局。

高擎大数据利剑，北京、厦门、重庆等出入境边防检查总站利用边检大数据排查、强化检查询问等方式，发现790余名涉赌拟出境可疑人员，提前推送各地公安机关采取强制管控措施，并配合做好口岸现场审查、劝阻等工作。

坚持控源头、打团伙、摧网络、断通道，广西、云南出入境边防检查总站突出强化妨害国（边）境犯罪专案侦查打击，今年以来共打掉组织偷渡团伙208个，抓获组织、运送者2170名，有效震慑偷渡活动，全力阻断非法入境渠道，降低疫情输入风险。

打好"三非"外国人治理阻击战，山东省烟台市公安机关出入境管理部门坚持疫情防控与"三非"外国人治理并重，查获"三非"案件34起35人，有力维护了涉外治安秩序。

在抗疫大考中化危为机，不仅要严防境外疫情从陆地口岸和边境输入，还要杜绝境外疫情从海上通道输入。

东海之畔、黄渤海边、南海之滨，上海、山东、广州、海口出入境边防检查总站强化与海警、海事、港航等单位联动协作，加强对重点船舶监管，突出打击涉嫌走私非法入境船舶。

浙江出入境边防检查总站推进"净海"行动，对海上非法出入境行为进行全方位、全链条打击，严防疫情经海上输入。

福建省公安机关出入境管理部门利用大数据比对核查非法出入境线索，严防人员经水路非法入境。

"志之所趋,无远弗届"
党旗在防控疫情斗争第一线高高飘扬

"惊涛骇浪从容渡,越是艰险越向前。"这是共产党人应有的品质,也是必备的精神。

面对疫魔,全国移民管理机构各级党组织带领广大党员民警扬起鲜红的旗帜,坚定地喊出"我为党旗添光彩""我是党员我先上"的响亮口号,传递着必胜的信念,展示出必胜的信心,也道出了他们共同的心声:为人民而战,无惧无悔!

形势严峻,是什么引领他们冲锋在前?初心!使命!

任务艰巨,是什么鞭策他们坚守奉献?责任!担当!

危险重重,是什么激励他们义无反顾?信念!信心!

身在岗位的第一时间向组织递交请战书,在家休假的及时返回岗位,不能及时返岗的就地当起志愿者……正如积极投身家乡疫情防控工作、西藏出入境边防检查总站政治处民警陈志强所说的,"在哪儿不重要,能出一份力就行!"

奋战湖北主战场,湖北出入境边防检查总站党员民警迅速进入战时状态。武汉出入境边防检查站执勤二队党支部13名党员写下请战书,加入应急处置小组。除夕夜,面对全国口岸第一例输入性确诊病例,执勤二队党支部书记、副队长刘伟强主动请战,冒着危险和民警申奥一起为确诊旅客办理入境手续。刘伟强还及时将"最先直面疫情"化为工作优势,总结查验经验形成工作指引,后被国家移民管理局采纳下发各总站执行。

鏖战中,该总站涌现出带领"党员突击队"长途奔波600公里,只为接境外湖北籍同胞回家的民警王明伟;每天工作14个小时以上的"拼命三郎"温棋棋;疫情面前,使出"洪荒之力"的民警李霖;战时"快递员"、为一线送去"盔甲"的民警王俊杰……

"全体党员要当先锋、作表率!"深圳出入境边防检查总站党委发出号令,引导党员民警在疫情防控重点岗位、重要任务中打头阵、挑大梁。

2月19日晚上10点,该总站接到深圳市卫健委紧急通知,组建深圳市第二批援助湖北荆州新冠肺炎疫情防控医疗队。该总站医护人员迅速响应,仅用1个小时,就组建了17人的医疗队。

紧急关头冲前头，临危受命敢拼命。在医疗队临时党支部的带领下，队员们充分发挥党员先锋模范作用，日夜奋战30天，与疫魔较量、为生命接力，集中收治新冠肺炎危重及重症患者57人、处置轻症患者87人。

致敬了不起的她！医疗队队员、主治医师单雪，成为十名全国"公安抗疫巾帼先锋"之一。

哪有什么刀枪不入的英雄，只是穿上这身警服，该做什么就做什么。

在国务院联防联控机制新闻发布会上，面对记者提问，他条理清晰、数据明确，及时回应社会关切。他就是国家移民管理局边防检查管理司司长刘海涛，年逾半百依然全身心扑在抗疫工作岗位上，连续150余天坚持每日调度一线实战单位，克服睡眠严重不足、血压居高不下等困难，用实际行动践行一名党员的初心使命。

无独有偶，作为党员领导干部，国家移民管理局信息科技司司长陈永利5个多月来加班加点、持续作战。特别是进入外防输入关键阶段，他接连2个多月吃住在单位，夜以继日，与数据分析专班同志一道，攻坚克难，为辅助领导机关决策提供了大量及时准确的数据支持。

担负依法防控境外疫情输入重任，全国移民管理机构广大党员民警脚步不停歇、信念不松懈，把初心落在行动上、把使命担在肩膀上，毅然将党旗插在了依法防控境外疫情输入的战场。

3月10日至23日，在入境航班密集的这段时间里，北京出入境边防检查总站执勤三大队执勤二队民警王晶每次上勤都要身着全套防护装备连续工作10余个小时，汗流浃背、闷热头晕、喉咙干哑、脸和耳朵被勒得生疼……这些丝毫未影响她一丝不苟的工作状态。

王晶说："在这场疫情防控阻击战中，没有谁能置身事外。作为一名党员，我必须上！"这就是一名共产党员的担当！

绥芬河出入境边防检查站所有党员民警第一时间主动请战，28名突击队员以高昂的战斗姿态，冲锋在前、勇挑重担，只为打胜仗。

满洲里出入境边防检查站及时成立"验证突击队""应急处突突击队""监护突击队"3个专项勤务突击队，137名党员民警坚守战位，在国门一线筑起一道坚不可摧的疫情防线。

为家国大义、为黎民苍生,关键时刻挺身而出、英勇奋战。无论是坚守在繁华的都市里,还是偏僻的深山中;无论是奋战在南国的暖阳下,还是高原的严寒中;无论是奉献在浩瀚的大海边,还是荒芜的戈壁滩,一支支党员"突击队""战斗队"冲锋在最前沿,一对对"夫妻档""父子兵"并肩战斗在第一线,一声声"让我来""跟我上"彰显党员初心本色,一道道勒痕成为最美妆容,一滴滴汗水成为难忘记忆。

投身战场,他们在实践中增强了党性、磨炼了意志!

冲在前沿,他们在履责中积累了经验、增长了才干!

顶在一线,他们在践诺中砥砺了品质、提高了本领!

岁月静好,只因有人负重前行;稳若泰山,源于根基坚实如铁。全国移民管理机构有信心、有能力、有把握,坚决阻止境外疫情通过出入境渠道传播,为夺取疫情防控和经济社会发展双胜利贡献智慧与力量,为打赢脱贫攻坚战,如期全面建成小康社会保驾护航!

【《中国移民管理报》第00177期2020年9月8日1、2版】

"熟人"办证你敢信?

李 超 杨桂开

"熟人"神通广大,该不该相信?花钱办事,能不能如愿?坑蒙拐骗,会不会得手?近日,云南西双版纳边境管理支队勐腊边境派出所查办的杨某、依某、王某、程某诈骗案移交检察院审查起诉。

这起打着"熟人"办事旗号、以"土地证""药师证"等假证件骗取钱财的诈骗案,涉及犯罪嫌疑人4人、假证4本,涉案金额达40万余元。

事情要从今年4月说起。

4月11日11时许,家住勐腊县某农场的匡某来到勐腊边境派出所报案:"警官,我被骗了30多万,请你们帮忙调查。"

据匡某反映,4月10日,他在景洪办事时,顺便前往云建测绘公司查看自家房屋图纸。经向工作人员核实,"云建测绘"微信公众号及所测绘图纸、公章均系伪造,他才意识到先前向"熟人"依某等人支付的35万余元办证费用打了水漂。

鉴于案情重大,该所立即成立"4·11"专案组,并依法传唤具有重大作案嫌疑的依某。经查,匡某2017年在勐腊农场依某家宅基地上建造了一栋房子,因是违规建房,按照正常程序无法办理土地证。

去年6月,得知匡某要办理土地证,"热心"的依某表示可以找朋友帮忙,并将此事告诉了杨某。杨某将"匡某明"的微信名片推荐给依某,依某又将"匡某明"推荐给匡某。有了熟人介绍,匡某心里踏实多了。

添加为好友后,匡某和"匡某明"一来二去,渐渐熟络起来,开始商量办证事宜。为尽快把事办妥,匡某按照"匡某明"的说法,先后通过微信转账的方式,支付了办证经费共计7.66万元。

不久，一个微信名"麦田"的人又添加匡某为微信好友。"麦田"自称受"匡某明"之托，帮匡某办理土地证，但土地证上档案需要钱，自己这边有3个人，每人需要给6600元红包。经过一番讨价还价，匡某同意先给1个人6600元红包，上好后再补齐剩下的。

"麦田"称自己的微信账号未实名认证，不能收钱，让匡某将钱转给"黄某民"。此后，"黄某民"又以红包、缴税、签证费、印花费、入档费等诸多名目，陆续向匡某索要钱财共计23.72万元。

去年7月27日，匡某终于如愿收到"匡某明"寄来的土地证，但"匡某明"告诉匡某，办理好的土地证上没有图纸，还需做一宗地图。去年8月1日，"匡某明"称做图的人已找好，价钱也已谈妥，并向匡某收取了1.6万元，还把"云建测绘"的微信名片推荐给了匡某。为尽快拿到地图，匡某又陆续向"云建测绘"汇款4次共计1.82万元。

根据依某的交代，办案民警果断出击，将杨某抓捕归案。民警随即对相关信息进行核查，发现"匡某明""麦田""黄某民""云建测绘"4个微信名均是冒用他人身份信息注册，案件一时陷入僵局。

经过讨论分析，专案组及时调整侦查方向，发现依某、杨某有多笔转账记录存在疑点，随即对二人进行再次讯问。

讯问得知，"匡某明""麦田""黄某民""云建测绘"4个微信名均是杨某盗用他人身份信息注册。同时，杨某安排依某、王某分担不同角色，对匡某进行轮番诱骗，另一男子程某则负责制办假证，共同骗取钱财。

专案组紧追不舍，一举将王某、程某抓捕归案。至此，该诈骗团伙成员全部落网。

通过对同类型案件梳理分析、走访调查、综合研判，专案组发现，去年以来，以杨某为首的诈骗团伙先后以办理"土地证""药师证"为由，实施多起诈骗，涉案金额达40万余元。专案组马不停蹄，先后辗转勐海、勐腊、景洪3地，深入受害人家中调查取证，帮助受害人挽回经济损失。

令人啼笑皆非的是，直到专案组上门调查，部分受害人还未意识到上当受骗，仍将假证当作真证。

【《中国移民管理报》第00181期2020年9月22日4版】

| 通 讯 |

"在这里戍边,心里满是骄傲和自豪"

邱小平

10月4日凌晨4时30分,天还没亮,黑龙江佳木斯边境管理支队乌苏镇边境派出所民警再次发动警艇出发了。

他们来到乌苏里江0号航标处,例行巡逻检查。这里地处乌苏里江与黑龙江汇流处,是中国最东端。随着东方天空鱼肚白变成一道道金黄,太阳从山顶探出头,第一缕阳光照向祖国大地。

在此工作了12年的所长田阳说,每当看到太阳从山顶跃出的那一刻,他似乎听到了祖国的心跳,那一刻的光荣与自豪,任何东西都无法比拟。

开着警艇把太阳迎进祖国,乌苏镇边境派出所已经坚持了数十年,国庆期间也不例外。"只有大家平安才有小家幸福,用我们的坚守换来万家平安团圆,特别值!"田阳说。

"这几天风大,国旗要固定好。"10月4日一大早,黑河边境管理支队大黑河岛边境派出所派驻中俄黑龙江大桥的执勤民警孙志军和李俊,拿着铁丝和老虎钳,逐个固定大桥两侧的国旗。

中俄黑龙江大桥是中俄边境上第一座跨江公路大桥,还没正式开通。为严防偷越国(边)境案(事)件发生,防范境外疫情输入,今年4月15日,大黑河岛边境派出所民警进驻,成为"守桥人"。

固定好国旗之后,他们赶紧回到执勤方舱。突然,报警器响起。二人迅速到监控台前查找警报源,原来是数只江鸥掠过桥下江面,报警点聚焦在江鸥飞速移动的翅膀上,警情随即解除。

孙志军说,桥上的任何风吹草动都会引起报警感应。白天,他们可通过摄像头进行误响排除;夜间,就得拿着探照灯现场查看,一晚上要起来两三次。

"桥上气温比市区低十来度，晚上都到零下了，出去一趟挺遭罪。"李俊说，执勤方舱到桥头有一公里，车辆不允许上桥，每天取饭、如厕需要走下桥，来回得半个小时，风吹到脸上生疼。

在大桥执勤5个多月，孙志军和战友学会了苦中作乐："不在边境你永远都体会不到，天空是秀美的淡蓝，黑龙江是深邃的湛蓝，我最爱的还是国旗下的警服蓝，这是平安蓝、幸福蓝。"

孙志军说，"十一"期间，他拍摄最多的就是大桥栏杆上的国旗。"蓝天、白云、红旗，在我心里是最美的画面，在这里戍边，心里满是骄傲和自豪。"

这个中秋节，大兴安岭边境管理支队北极边境派出所民警褚福超和战友孙晓东、王旭东、郭辉是在巡查祖国的最北点中度过的。

乌苏里卡伦浅滩，中国地理意义上的最北点。10月4日上午9时，从北极边境派出所北红村警务室出发，经过两个多小时车程，民警们到达卡伦浅滩。此时，已有游客在网红打卡地"中国最北点"巨石前拍照。郭辉开始宣传边境政策法规，他说："多宣传，不但能减少我们的工作量，还能最大程度减少风险隐患。"

"今天还有一项任务，就是清点已经上岸的作业渔船。"孙晓东说，禁渔期是绝对不能下江的。

22岁的孙晓东是他们中年龄最小的，今年是他在边境度过的第4个中秋节。"虽然不能陪家人过节，但看到这么多人拿着国旗来到祖国最北点，我觉得坚守是有意义的。"孙晓东说。

【《中国移民管理报》第00185期2020年10月6日1版】

| 通 讯 |

厦门边检总站倡导厉行节约新风尚——
把"过紧日子"要求落到实处

张云波　丁际超　宋华龙

水费、电费、物业费同比分别降低54.5%、19%、41.1%，而差旅费、公务接待费、公务用车运行维护费的降幅更是分别达到74.4%、84.3%、46.1%……这是1至9月份，厦门出入境边防检查总站在"过紧日子"这一考场交出的答卷。

今年以来，该总站倡导厉行节约新风尚，持续紧思想、紧作风、紧行动，引领全省边检机关节经费、压开支、调结构、抓管理、提效能，实现了非急需非刚性支出大幅减少、预算约束更加有力、重点领域支出应保尽保，坚决落实"过紧日子"要求，为重点项目推进、重大部署落地和移民管理事业发展腾出更多财力空间。

扎紧制度"笼子"

4月，海沧出入境边防检查站将长年对外出租的办公楼附属楼收回，作为民警学习训练用房，同时坚持办公桌椅、净水器等生活设施设备利旧，有效盘活存量资金800余万元。案例的背后，是该总站完善制度的有力支撑。

随着该总站大部分单位转隶过渡，原先过渡期间适用的规章制度存在短板，配套管控措施不够完善。"牛栏关猫"关不住，制度的笼子仍有空隙。

"审批权限不够全面""审批流程不够明晰"……比对过渡期经费使用管理暂行规定等制度漏洞，该总站通堵点、疏痛点、消盲点、解难点，先后制定财务管理暂行办法、经费支出审批管理暂行规定、国有资产管理暂行办法，将"约束有力""厉行节约""讲求绩效"等"过紧日子"要求写入规定，以更加流畅明确的管理程序、权责分工和更为严厉的制度约束、监督检查，扎起以"过紧日子"为导向的用权管钱管物的制度"笼子"。

严密的制度带来了更为高效的运转。以往不同程度的支出进度缓慢、管理松散懈怠、使用低效无效等问题也纷纷得到解决。截至9月底，该总站综合预算执行进度达到81%，较同期相比增长15个百分点。同时，核减各级电脑、打印机等办公设备配置计划350余件，调剂闲置资产650余件，节省经费近200万元。通过自我革命、对内挖潜，该总站有效化存量为增量，向结构优化要空间增长，既做到提质增效，把钱用在刀刃上，又防止跑冒滴漏，为"过紧日子"运行降低行政成本。

制度是红线，更是警钟。今年5月起，该总站刀刃向内，采用购买服务的方式，区分总站、边检站、轮训大队、警务保障中心4个不同层级和类型单位，委托会计师事务所开展"解剖麻雀式"财务内控检查，累计查摆问题159个，并编制内部控制手册，实现对内控风险点的全面把握，使各岗位的责任得到明确界定，权力得到充分发挥，有效堵塞资金管理漏洞，确保将"过紧日子"要求"一竿子插到底"，落到实处。

抬高管控"标杆"

制度的生命力在于执行落实。在实际工作中，如何正确把握好经费投向投量，最大限度提高经费使用效益？

作为刚转隶的队伍，该总站不少单位把经费投入基层建设热情高、动力足，认为自身软硬件建设历史欠账多，要迎头赶上。面对各单位高涨的建设热情，该总站党委却有着冷静的思考判断，"预算编制要务实，要落实'过紧日子'要求，办大事、办急需的事、办有利长远发展的事。"在把关中，该总站紧贴战斗力建设标准，区分轻重缓急，细致论证、反复推导，最终审减全总站三年支出规划1.34亿元。

预算是经费管理的龙头，是经费投向投量的总闸门。该总站各级通过提高财务支出的标杆，规范预算管理秩序、守住财务安全底线、实现科学精准理财。在泉州出入境边防检查站会议室改造项目中，该总站严格区分会议室屏幕与指挥中心屏幕应用需求，将小间距LED全彩显示屏的像素间距指标从原来的1.2mm调整为1.5mm，让项目预算从100万元降将为60万元。

分毫之差，反映的是该总站提升预算调控标准、挤干预算多余"水分"的决心。该总站严把预算管理关，坚持实战实用、能调尽调的标准，先后调整超标准、超规模、超计划预算项目8个，进一步核减非必要预算1300余万元。

"水分"项目支出减下来，"硬核"项目支出加上去。为保障基层正常运转和基本民生，该总站强化财力下沉，做好资金调度，优化支出结构，真金白银"输血"各项重点项目，确保基本重点项目支出只增不减。今年，全总站77个重点项目支出6500余万元，较去年增长106%，增支3300余万元，占全总站重点项目支出增量近九成。

织密开支"篱笆"

落实"过紧日子"，就需要精打细算每一笔经费开支，把每一笔钱都用在刀刃上、紧要处。

东渡出入境边防检查站今年投入项目经费3.71万元，设计研发公务车辆智能管理系统，提高机关行管效率、简化车辆审批流程，实现无纸化绿色办公……通过数据化、科技化手段，该总站推进各类公务活动保障方式从分散式、粗放式的传统管理模式，向集约型、科学型、精细型的现代化保障转变，进一步提速升质、降本增效。

同时，该总站开展资产清查工作，通过数据化精细管理，登记到人、一物一卡，既有效解决历史积存的问题，又有效盘活利用已有资产，避免重复采购，造成浪费。福州机场出入境边防检查站后勤保障处处长闫伟介绍说："现在底数清、家底明，资产设备系统有了明细账，我们干起活来就有依有据了，这在无形中规范和节约一大笔经费支出。"

"报餐下粮、先算后吃，小碟分餐、少取勤拿，实施伙食精确化管理，能让大家吃得更好，还吃得更省。"从制止"舌尖上的浪费"开始，该总站下发通知，引导广大民警职工举一反三，从节约一度电、一滴水、一张纸做起，从修旧利废、勤俭节约、挖潜增效做起，践行"省下的就是赚下的"理念。

"过紧日子"要内化于心、外化于行，更要固化于制。福州机场边检站每台空调外机上都系上一条红带。原来，为了固化"过紧日子"思想，该站成立巡查队，通过红丝带判断民警是否人走断电，通过及时纠治、定期通报，以点带面引导民警将节约要求贯彻到公务活动各环节全过程。

此外，该总站还着眼于构建事前防范、事中监督、事后惩罚并重的长效约束机制，把相关标准纳入公共机构节能考核和节约型机关创建范围，形成了统一管理、一级抓一级、层层抓落实的两级节能管理网络和工作机制。

【《中国移民管理报》第00186期2020年10月9日2版】

| 通 讯 |

在世界级大港彰显边检作为
——穿山边检站服务口岸经济发展纪实

施建文　舒　波　于　雷

9月21日,国务院印发《关于北京、湖南、安徽自由贸易试验区总体方案及浙江自由贸易试验区扩展区域方案的通知》。穿山港作为浙江宁波舟山港的核心港区,占全省集装箱业务总量40%,是全省集装箱运输生产的主战场,也将是这次扩展后服务自贸区发展的主力军。

穿山出入境边防检查站,在这个世界级大港驻守已有12年之久,作为穿山港发展的亲历者和参与者,始终守护着港口的安全稳定,为口岸繁荣发展贡献边检力量。

上下同心,架起18公里国门防线

5座码头、18个执勤泊位和近18公里国门线,平均每天检查外轮20艘次、检查人员近400人次、全港区徒步巡逻3次以上,365天全天候不间断检查,民警一年下来巡逻距离与万里长征相当……这是该站50名一线执勤民警的工作状态。

方向确定,行动更有动力。该站牢固树立大公安、大移民理念,积极构建共治共享口岸治理格局,对各码头泊位实行"片警"式网格化管控模式,继续推行"三网一中心""X+1诚信管理体系"建设和重点船舶接送船、人证对照、船体检查3个100%要求,构筑口岸坚固防线。

同时,该站创新推行"情指行一体化"联勤联指联动体系,组建站级大数据研判中心,精准还原所有靠港船舶境外航行节点、船员换班和旅行轨迹,为实现关口前移和精准管控提供数据信息支撑。

"我们就是要让各类违法犯罪活动在穿山港区无处遁形,让不该进来的一个不能进，不该出去的一个不能出。"谈起该站布下的严密防控网，边检处处长刘晓剑脸上难掩自豪。

左右联动，建强口岸疫情防控机制

"'大洋洲'轮船体检查特殊勤务顺利完成……"前不久，来自疫情重点国家的"大洋洲"轮被系统判定为"高风险"。该站迅速启动口岸联防联控应急机制，有效排除非法出入境和境外疫情输入隐患。

"守牢境外疫情输入第一关，必须环环到位，不容丝毫马虎"已成为全站民警、职工的共识。早在3月份，该站党委就立足穿山口岸实际，梳理6个风险等级、9类工作生活场所和内外8种人员染疫风险，运用工程体系思维对防控境外疫情输入进行研讨和推演。

针对中国籍船员换班入境情况，该站与海关检疫部门、港区公安和驻地卫健委协调，实现船方自管、海关检疫、边检查验、信息通报、专车接送、定点隔离"六步规范法"，确保全程闭环管理。

与此同时，该站还通过"三红一蓝"党建共建机制，协同码头企业、海关等口岸联检单位，签署《穿山口岸疫情防输入联防联控机制》，将码头运营企业纳入疫情防控综合治理体系，实现群防群治制度优势向联防联控战略胜势转化。

截止目前，该站累计向海关推送涉疫船舶信息896艘次，排查经第三国登轮的疫情高发国家船员3017人次，推送涉疫提示人员信息500余条，成功处置全国海港首例涉疫船舶"古杰多马士基"轮勤务。

内外兼修，添足港区企业发展信心

穿山港区坐拥国内屈指可数的深水良港优势。2019年，该站查验的超大型船舶中，95%以上是超过1万标箱的"万箱船"。该站站长林华志介绍，创新推出"万箱船无障碍通道"后，平均每艘船作业时间缩短2小时以上，光是燃油消耗，每艘次就为航运企业省下8万元成本。

此外，针对上半年疫情期间口岸船舶待货多、停泊长、作业久的情况，该站先后推出"7+24"全天候服务、国际贸易"单一窗口"网上申报、"网窗"系统电子证件签发、入港手续"零跑腿"办理等多项举措，简化船舶进出港、等离泊审批流程，最大限度缩短船舶非作业滞港时间。今年前8个月，穿山干线船平均待港时间同比下降29.7%，这一成绩单在全国港口名列前茅。

【《中国移民管理报》第00187期2020年10月13日1版】

深圳边检总站四十载服务深圳经济特区全方位高水平对外开放——
在传唱"春天的故事"中谱写精彩篇章

刘姝梦

"深圳是改革开放后党和人民一手缔造的崭新城市,是中国特色社会主义在一张白纸上的精彩演绎。"10月14日,深圳经济特区建立40周年庆祝大会上,习近平总书记的重要讲话气势恢宏、铿锵有力。

南海之滨,东方风劲。驻守在深圳经济特区的深圳出入境边防检查总站在时代大潮中扬帆起航、奋楫前行,担当起服务深圳建设发展的历史使命,见证了"春天的故事"的传唱,参与了特区发展奇迹的创造。

将历史的镜头回放到40年前,深圳经济特区建立后,凭借其优惠的政策、良好的投资环境、特殊的地缘优势,吸引无数来此投资、经商、考察、观光、旅游的境内外人士。很快,旧有的口岸、落后的检查手段开始无法缓解出入境人员流量迅速增长带来的矛盾。时代呼唤着大口岸大通关的局面,呼唤着深圳边检的壮大发展!

1981年9月20日,蛇口港区正式开放。此后,沙头角、盐田、深圳机场、深圳湾、福田、大铲湾、广深港高铁西九龙站、莲塘等口岸如雨后春笋般接连开放,深圳逐渐形成陆海空全方位发展的对外开放格局。该总站以高度的政治觉悟和历史使命感,扩大队伍规模、强化业务培训,加大科技应用、优化查验手续,保障了一个个新口岸的顺利开通和高效运行。

为实现口岸出入境人员"大进大出""快进快出",深圳边检总站积极响应"深圳速度",走上了科技兴警的快车道。1988年,率先在罗湖口岸启用我国第一套边防检查涉外计算机查验系统;1999年,研发启用出入境车辆自动检查系统,检查时间比人工录入减少30秒,获得国家科技进步二等奖、公安部科技进步一等奖；2005年，研发启用旅客自助查验系统，旅客通关时间仅需6-8秒。截至日前，深圳边检总站共建成旅客自助通道598条、车辆自助通道124条。

深圳经济特区建立40年来，深圳边检总站共查验出入境人员44亿人次、查验出入境交通运输工具3.6亿辆（艘、架、列）次，为促进深港两地交流发展、推动经济特区建设作出了突出贡献。

2019年，《粤港澳大湾区发展规划纲要》和《关于支持深圳建设中国特色社会主义先行示范区的意见》出台，身处粤港澳大湾区战略要冲的深圳再次站在新的起跑线上。深圳边检总站全面深化"放管服"改革，主动融入深圳"双区"建设大局，努力推进移民管理治理体系和治理能力现代化。常态化设置"中国公民专用通道"，保障中国公民出入境通关排队不超过30分钟；实施跨境巴士"一站式自助查验"通关服务，启动一次性临时来往粤港小汽车通关业务；实施国际航行船舶网上申报边检手续便利措施，启用国际贸易"单一窗口"标准版，研发深圳边检流渔系统；实施广东省外国人144小时过境免签政策，设置"一带一路"沿线国家人员便利通道……通过出台一系列实招硬招，深圳边检总站有效提升粤港澳口岸通关能力和便利化水平，为推动深圳"双区"建设注入国门力量。

随着对外开放水平不断提升，人民群众对民主、法治、公平、正义的需求日益增长，提高边检管理服务精细化、人性化水平面临新挑战。深圳边检总站坚持以人民为中心的发展思想，创新设置中国公民"E家行"专用通道、长者优先自助通道、鲜活产品"绿色通道"，实施深港跨境学童电子标签查验，为有需要的旅客提供高效快捷的通关服务；坚持严格规范公正文明执法，倡导前台主动问候和有声服务，规范文明执勤用语，推进适时适度表达礼貌友善友好，努力让人民群众的获得感更足、幸福感更强、安全感更实。

"躬身入局，挺膺负责，乃有成事之可冀。"深圳边检人牢树"主人翁"意识，全力维护社会安宁稳定、积极投身深圳发展建设。1993年8月5日，深圳清水河安贸公司危险品仓库发生爆炸及特大火灾。深圳边检和兄弟单位紧密联合，迅速出动警力8400多人次，经过彻夜奋战，抢救转移地方伤员200多名，疏散群众3万多人，经受了生死考验。根植深圳"志愿者之城"的沃土，深圳边检总站围绕便民利民、关爱特殊群体、扶弱助学、绿色环保等内容，常态化、制度化开展志愿服务活动，构建和谐警民关系，助力打造共建共治共享的社会治理格局，推动深圳文明城市建设。

四十载波澜壮阔，新征程催人奋进。深圳边检总站将深入学习贯彻习近平总书记在深圳经济特区建立40周年庆祝大会上的重要讲话精神，忠实践行对党忠诚、服务人民、执法公正、纪律严明的总要求，以一往无前的奋斗姿态、风雨无阻的精神状态，锐意进取、真抓实干，积极为服务粤港澳大湾区和深圳先行示范区建设、护航改革开放伟业贡献边检智慧和力量。

【《中国移民管理报》第00188期2020年10月16日2版】

| 通 讯 |

有了这张"婆婆嘴",大事小事误不了

刘晓伟　黄金衔

"您有一条待办事项急需完成。"随着一阵清脆的手机提示音,10月9日,泰州出入境边防检查站民警查伟在国庆假期后上班第一天就收到来自督办专班的工作提醒。他一拍脑门,"哎呀,差点误事了!"于是赶紧行动起来,按照督办事项要求对节日期间码头巡查工作进行总结。在规定的时间内完成任务后,他感慨颇深,多亏督办这张"婆婆嘴",大事小事都耽误不了。

"开启边检之治,大事小事都要管在点子上。"这是泰州边检站党委一班人的共识。在贯彻执行十九届四中全会精神中,该站紧紧扭住工作督办这一关键,从制度设计的层面牢固确立督办工作的"抓手"地位,融入全局寻找突破点,制定《督办工作规定》,从督办范围、工作程序、反馈机制等16个方面,详细规定各项细节,做到抓大不放小,大到筹备全站工作会议,小到办公室物品摆放,督办事无巨细贯穿日常,成为各项工作开展的"助推器"。同时,他们将全年大项工作细分为11项重点任务55项具体工作120个子项目,逐一明确牵头领导、标准要求、完成时限和责任人,通过工作督办挂图作战、销号管理。

制度有了,落实是关键。该站全面规范流程管理,创新公开、通报、跟进"链条"工作法,确保督办事项稳步推进,不缺不漏。他们在站公安网页开辟"工作督办"专栏,创立发单、签收、办结"三步走"网上督办工作法,设置分色提醒功能:督办事项发布后,标题显示待签收蓝色;责任单位在留言区签收回复后,标题即转为待办理红色;直至事项办结,责任单位点击办结按钮后,该督办事项才转变为正常黑色标题,全过程公开接受全站民警监督。同时,建立周催办和月通报机制,汇总形成《日常督办事项》和《全年大项重点工作完成情况》在办公会进行通报,对按期完成的事项集中销号,对逾期事项责令整改。

不用扬鞭自奋蹄。民警们都说现在打开网页，督办工作最"吸睛"，全网唯一闪动红色标题及通报会上的表扬与批评，成为大家茶余饭后谈论的焦点，具体责任人会感受到切实的压力，千方百计尽早完成工作。

督办的目的在于解决问题。该站坚持"督办工作不止于通报"的原则，通过调动积极性、提升执行力，确保督办事项"件件有着落、事事有回音"。在督办工作立项前，充分考虑工作要求和责任单位意见，严格细化办结时间和目标要求，对督办周期大于10天的项目确保催办提醒1次以上；对逾期项目，安排专人深入责任单位了解情况，查明逾期原因并协助分析推进方案，加快工作进度。充分发挥督办专班的"桥梁"作用，针对需要各处室和基层单位协同配合的督办事项，定期组织召开项目协调会，推动督办任务落实由"各自为政"向"同频共振"转变，大家心往一处想、劲儿往一处使。此外，建立督办抽查机制，跟踪监督问效，切实提升民警的末端执行效能，有力推动了日常基础性工作高效落实落地。

今年以来，该站共督办专项工作17期，其中15期已办结，另外2项长期性工作在扎实推进。年度重点工作已全面启动并完成了42项，78项正在按时间节点稳步推进。

【《中国移民管理报》第00189期2020年10月20日2版】

| 通 讯 |

"女汉子"的铁骨柔情

王云龙

拱北口岸,连接珠澳,旅客验放量连续8年全国第一。穿越人海,四下张望,一个身影,撞入眼帘:一米七多的个头,全副武装,身姿笔挺,眼里放光,凛然生威。不细瞧,还以为是个汉子。

就是她!石淑亚,拱北出入境边防检查站处突队民警,站里唯一的女处突队员。处突队成立,她就在,一干17年有余。

如 雷

女人惜声,女汉子除外。

早上8点,入境通道。旅客通关,大包小包,行色匆匆。受疫情影响,通关人数不比从前,但珠澳往来密切,人流依旧密集。见到石淑亚,是在前沿岗,处突队9个执勤点之一。澳门入境珠海,先打此过。

"来啦!欢迎!"一个军礼划过发梢,热情中透着干练。寒暄两句,尚未熟络,石淑亚走开了。

"先生,请不要在口岸限定区域停留!"

"姑娘,看到那边没有,直走右转!"

……

熙攘人群,说话要靠喊。石淑亚不光喊,还爱打手势。走上前,给旅客比划着,动作十分脆生。当然,看谁不规矩,隔着老远,先吼一嗓。

"嚯!这嗓门。"我一怔。再一打听,石淑亚被人尊称"哑姐",不是说她生而沙哑,是喊而嘶哑。

现场维持秩序,别人都用喇叭,偏偏她不,全仗着有个大嗓门。这不,三喊两喊,喊出了声带结节,前两年,去医院挨了两刀。医生劝:以后少说话。

石淑亚略一思忖：奥！我尽量少喊。

"哑姐，用喇叭吧？"难！别人笑她痴，她说别人看不穿。"怎么说呢，就觉得擎着那玩意儿跟人说话，有距离感。"

"不过，咱有哨子。"歇息时，石淑亚从怀里掏出一把警哨，银光闪闪的。"现在很多人都不吹这个了。要不是疫情，我天天挂着。"

"跟您多久了？"我随口问。

"进处突队，就在用。"

揩拭警哨，往事在目：1990年春，石淑亚南下广东，参军入伍，在拱北边检站，当上了检查员。2003年春，处突队组建。起初招人，应者寥寥。口岸限定区域，上万平方米；单日通关量，动辄几十万。现场有个风吹草动，处突队就得上，辛苦不说，搞不好还得挂点彩，谁愿干？！石淑亚想也没想，蹦出俩字：我干！

俗话说，没有金刚钻，别揽瓷器活。警哨，成了石淑亚手里的金刚钻。"有个哨子好哇，镇得住场。"

早上6点，晨光熹微，一声长哨，跟着一记大嗓，"开闸！"

人流涌进，珠澳共此时。

如　电

女人爱美，女汉子也如此。

猛地一瞧，皮肤白皙，面色红润。嗯！保养得不错。

定睛一看，手臂"露了馅"：几处伤疤，长的、短的、横的、竖的，看得出，针没少缝。

"大姐，揭您伤疤了，讲讲呗。"我咧嘴一笑。

"喏，这儿，一女孩失恋，大厅寻短见，为了夺她那把伞，被戳了一下。"

"这儿，一醉酒老太，失去理智，见人就嚷，我上去就是一把抱，她上来就给了我一口。"

"这儿，磕的，也是一位女孩，精神失常，脱得一丝不挂。为了给她穿衣服，我俩缠在一起，滚了两层楼梯。"

……

毫发未伤，也有几回。一回，入境大厅，两拨人喝了酒，你推我搡，一场群殴,一触即发。处突队上前制止。不成想,一拨人肥了胆,见了警察,还敢造次。

控制!一个摁一个,分给石淑亚的,是个相对瘦小的。那小子看是女警,想比划两下。说时迟、那时快,别肘、压腕、带离,石淑亚没给他机会。"咋?还想练练?""哎哟,警官,不关我的事啊。"

还一回,三男一女,抄手缩脖,在出境大厅门口探头探脑。

"几位,准备去哪啊?"石淑亚走上前。

"呃……看看。"4人支支吾吾、面露怯色。

"请出示下证件。"石淑亚发现端倪,暗中安排警戒。

见状,一男子撒腿就跑,奔出几百米,被一只大手从后面给揪住了。咦,怎么还是她?"得!警官,我跟你走。"

一查,4人偷渡入境。顺藤摸瓜,打掉"蛇头",端掉一个20人的团伙。

如 水

女汉子,下手再狠,心还是软的。

跟石淑亚巡逻,一路总有人打招呼:"高妹,早晨!"我听得懂,是在跟她问好。可是,她不姓石吗?

旅客中间,石淑亚的大名,没多少人能叫得全,但一说"高妹",知名度就高了。"那大个子警官,人好好!"

先看两件事——

崔伯,澳门人,年近八旬,独自生活,早晨买菜,爱去珠海,正好凑石淑亚的班。

"老人家孤独啊,就想找人聊两句,我儿子啥时候大学毕业、在哪工作,他都知道。"说这话时,霹雳女警变得慢条斯理。

崔伯心脏搭过桥,脚步蹒跚,两步一喘,三步一歇。来了口岸,有两处专座,石淑亚给找的,供他歇脚。"一关两歇",传为佳话。

今年以来,没见老人,石淑亚直念叨:"真有点担心他。"

人一热心,就受欢迎,老少皆宜。

跨境学童,拱北特色,早上去澳门,下午返珠海。要是石淑亚值早班,你就看吧,她的身边站满了孩子。有家长托付的,有上去攀谈的,还有的就想过去喊个阿姨好。

前一段,小雪考试受挫,闷闷不乐,家长心急,想到石淑亚:高妹啊,明天早班吗?给劝劝,你说话,她听。

"这事也管?"我不解。

"话不能这样说,口岸无小事,珠澳深度融合,咱也是个桥梁。"石淑亚一套一套的。

再细数,700万珠宝、2000万欠条、10克拉钻戒,石淑亚让它们物归原主。旅客送来锦旗——"雷霆战队 雷锋警队"。

苦恼也有。旅客爱给高妹带东西,随手捎点点心,表表心意。高妹难为情:"哎呀呀,这哪行。"旅客坚持:"要的要的,我给你们领导说。"

如 初

岁月不饶人,女汉子也得服老。

石淑亚坦陈:"体力、身手赶不上年轻时候了,我尽力做到不掉队。"

处突技能,别人练一遍,她练十遍,回家再拿爱人当配手。咔!咔!一顿猛练,爱人直呼"淑亚,下手轻着点。"

这段时间,全国移民管理系统搞全警实战大练兵,石淑亚对证件研究着了迷。要转行?"干处突,不是说有个大傻个儿,站那儿就行了,要从业务中来。像一些护照的防伪特征,多学一点,巡查中用得上。"

结束一个班次的勤务,石淑亚打开手机,有个未接来电,是广东省退役军人事务厅打来的。回拨过去,电话那头,声音高起八度:"知道你在评'国门卫士',我们投票了,顶你!"

"一想到有这么多人在关注你,浑身有使不完的劲。"这话说得掏心窝。

工作30年,石淑亚头衔不少:全国优秀人民警察、全国模范退役军人、广东省三八红旗手……

年近半百,石淑亚初心不改:"只要眼里有活,永远不会停的!"

【《中国移民管理报》第00189期2020年10月20日4版】

| 通 讯 |

"师姐"钻进"钱眼"里

王 莹　傅斯雅　洪培鑫

"你好，我要换新版瑞士法郎，每种面额各一张，还要面额50的林吉特和面额1000的卢布……"11月5日，高崎出入境边防检查站民警李欣和往常一样来到厦门高崎国际机场外汇兑换处，她是这儿的熟客了。她爱钱，单位人尽皆知，勤务间隙，同事总能看见她对着纸钞眼睛发亮、爱不释手。

"你看，这纸币上是不是有一条MOTION安全线，这是世界上率先采用这项技术的纸币，而这个国家的护照也首发运用了这项技术。"勤务间隙，李欣正拿着一张瑞典克朗与新来的年轻同事讨论着。"这还有张墨西哥比索、巴拉圭瓜拉尼，你再观察一下。"说罢，李欣又从一沓五颜六色的纸钞中抽出两张，年轻同事看得眼睛发光。

"货币和出入境证件，看似不相关，其实在防伪技术上，它们却是一对亲兄弟。"原来，李欣之所以收集纸钞，是因为纸钞和证件上的防伪措施有异曲同工之妙，甚至很多新技术往往先运用于纸钞，如果能研究好纸钞，很多时候便能走在证件防伪的前沿。

这不，每当一有新钞，李欣总是第一时间带到单位，在文检仪下翻来覆去研究，同事们也喜欢围在一旁，跟着她学。长期下来，她凭借过硬的证研能力，被选为厦门出入境边防检查总站二级兼职教官，多篇研究成果被国家移民管理局证件研究网刊发，并被推送为热点信息。她也因带出一批又一批徒弟，被大家尊称为"师姐"。

如今，大家和"师姐"一样钻进了"钱眼"里。与其说大家爱上了钱，不如说是爱上了"师姐"那股执着劲儿。

【《中国移民管理报》第00195期2020年11月10日4版】

日照边检站敢于向问题矛盾叫板、向沉疴积弊开刀——
针针落在穴位上

牟国芳　贺涛

"这次教育整顿，犹如中医施治，针针落在穴位上！"11月9日，日照出入境边防检查站召开教育整顿交流大会，不少民警在见证教育整顿活动阶段性成果后，发出感慨。

作为山东出入境边防检查总站"坚持政治建警全面从严治警"教育整顿工作试点单位之一，日照边检站深入学习贯彻习近平总书记重要训词精神，坚持激浊扬清、正风肃纪、治病救人的主旋律，敢于向问题矛盾叫板，敢于向沉疴积弊开刀，队伍面貌焕然一新。

精准把脉找准"病灶"

活动伊始，少数民警对教育整顿存在模糊认识，查摆问题时泛泛而谈多、联系实际少，隔靴搔痒多、深挖根源少。要想教育整顿有实效，纠正思想偏差是关键。在机关干部大会上，该站站长王勇的话掷地有声："'四个不纯'的问题在每名民警、职工身上或多或少都存在，任何人都不能当'局外人'。"

为此，该站部署开展"大排查大剖析大整治"活动，围绕弄懂"怎么看"、明白"怎么办"、理清"怎么干"三个方面，从政治建警上找短板，从严教严管上找漏洞，从纪律作风上找原因。当梳理出的精神状态、纪律作风、廉洁自律等6方面38个问题被逐一通报时，不少民警、职工感觉"坐不住"了。

"不查不知道，一查吓一跳。"面对大家给自己提出的干事状态不振奋等问题，民警小徐着实脸红心跳。

集中会诊开准"药方"

摸清问题是基础，真抓实改是关键。为切实解决问题，该站结合"我为党委谏一策"活动，组织各支部研提意见建议，并制定《问题整改清单》，在站内集中公示，接受民警、职工监督。

然而一段时间后，该站纪检督察民警小王发现，一些问题还是"涛声依旧"，教育整顿似乎遇到"看不见"的阻力。

"我单独值班接电话时拉下一点口罩，被视频督察发现并要求作检讨，是不是有点不近人情了。"民警小常谈道。

一边是"人情"，一边是制度。全站民警大会上，教育整顿专班负责人周云龙明确表态："教育整顿是一项政治任务，必须较真碰硬。同时，也要积极做好民警、职工的思想工作。"

对此，该站党委委员分片包干，抓好各自分管领域内的教育整顿工作。一方面，压茬推进涉黄赌毒、职务违规违法、涉车涉酒、民警精力外移等"五大专项整治"活动，严查严管，动辄则咎；另一方面，按照"四个知道、四个跟上"的标准，全面细致摸排民警思想动态、生活困难和"八小时以外"活动情况，把隐患苗头防范在小、化解在先。

对症下药斩除"病根"

教育整顿初战告捷，全站上下新风扑面。可时隔不久，大家发现，机关干部向基层频繁要数据、要材料的现象有所抬头；两名民警上班迟到早退；机关处室沟通不足，工作计划出现"打架"现象……

为何刚见成效，一些不良苗头又"死灰复燃"？该站党委意识到，抓教育整顿不能靠"搞突击"，期盼"一蹴而就"，必须在建章立制上下功夫。

该站在深入调研、反复论证的基础上，陆续制定《民警日常考核管理办法》《财务管理暂行规定》等12项规章制度，应用"智慧党建"云平台、钉钉打卡考勤、随机视频抽点等硬核手段，全方位督促民警牢记初心、依法履职，永葆忠诚干净担当的政治本色。

教育整顿活动常态长效，该站建设也驶上了赶超跨越发展的"快车道"。10月份，该站民警体能达标率80%以上，先后有3个工作经验被上级推广。

【《中国移民管理报》第00196期2020年11月13日2版】

内蒙古锡林郭勒边境管理支队"马背警队"进牧区、进毡房——
把党的声音传到牧民心坎上

康国宁　任利勇

入冬之后，白雪飘飞，内蒙古锡林郭勒草原银装素裹，分外妖娆。

"党的十九届五中全会给农牧业发展带来新机遇，牧民参与中国梦建设积极性会更加高涨。"12月6日，锡林郭勒边境管理支队"马背警队"来到辖区党员中心户苏和家中，与附近党员一起学习五中全会精神。

"三十里串串门，一百里走朋友，这就是锡盟草原的真实现状。以前挨家挨户宣传党的政策方针，要用一个月才能详细地讲一遍。如今，我们先讲给党员中心户，再由他们传递给附近群众，仅用10天就把五中全会精神讲遍了辖区，这已经是第二遍了。"谈起"马背警队＋党员中心户"宣讲模式成效，东乌珠穆沁"马背警队"队长呼格吉勒巴乙拉如是说。

"我家冬营盘既挡风又暖和，唯一不足就是没有手机信号，卫星电视也看不了。"家住嘎达布其镇尚都嘎查的牧民吉雅图说。针对部分牧民冬营盘接收不到外界信息的实际情况，该支队"马背警队"主动走进牧户毡房，为群众送去最新的报纸、杂志等，把党的政策传到辖区"最后一公里"。

毡房外，雪簌簌而下。听着"马背警队"的宣讲，牧民哈斯激动地说："这些年，我们一家人享受到了免费体检、合作医疗等国家好政策，这次五中全会又提到了全面推进健康中国建设，让我们的健康有了更大保障，相信幸福的生活会越来越好。"

在"都贵楞"警务室，辖区党员和预备党员围坐在一起，听着"马背警队"队员讲解五中全会关于促进人与自然和谐共生的内容。

牧民包曙光听后说："现在家里的草场有补贴，家庭收入也很可观，我们老百姓的生态意识也越来越高，今后要更加尊重大自然，继续保护好草原生态。"

"我们来宣传五中全会精神,就是要了解农牧民心声,真正弄清他们在想什么、干什么、盼什么。""马背警队"队员阿其图说。这段时间,队员们走遍牧区的每个牧点,为牧民搭建起一个畅通党的声音的温情桥梁。

"这些年,我切身体会到了生活上的巨大变化。五中全会讲到全面实施乡村振兴战略,让我更加激动。现在的好日子离不开党和国家的长期扶持,也离不开'马背警队'真情帮助。"贺斯格乌拉苏木牧民朝克图说。

两年前,朝克图因为身体不好,靠着草场补贴和妻子的日夜劳作维持生活。"马背警队"队员走访时了解到这一情况,便联合驻地政府帮其申请贷款、引进种牛,并联合乌拉盖管理区养殖场兜底收购。现在,朝克图牛群翻了一倍,日子也富足起来。

五中全会召开后,该支队"马背警队"累计走访群众1100余户,发放宣传手册2000余份,切实把党的惠民利民政策传入牧民群众心中。

【《中国移民管理报》第00204期2020年12月11日3版】

上海机场边检站九队民警孙方雨奉献岗位——
愿做国门一块石

任 李 李 凌 石明明

"子弹怎么比申报数量少1发?"12月4日晚,一个穿着防护服的"大白"反复清点某入境航班携带枪支弹药数量。他询问机组人员,对方却一脸茫然:"可能申报时填错了。""大白"没说话,再次仔细清点枪支数量,最终在一把手枪弹夹里发现了那颗子弹。

这个严谨细致的"大白"就是上海机场出入境边防检查站九队民警孙方雨。继2019年、2020年连续两次荣立二等功后,孙方雨于12月2日又荣膺"上海市先进工作者"。同事们常叫他"孙大圣",他却说"我可不是大圣,我只是一块普普通通的石头"。那么,孙方雨是怎样的一块"石头"呢?

今年1月,浦东国际机场日均出入境数万人,面对传染性极强的新冠病毒,传统的防控经验不足以应对现有状况,奋战在一线的执勤民警只能"摸着石头过河"。

面对来势汹汹的疫情,原定大年初一和女儿、爱人回老家与亲人团聚的孙方雨,主动向组织请战:"让我上,我警校毕业,也是处突队员,我有经验!"

就这样,当疫情如洪水般肆虐侵袭时,孙方雨成为滚滚洪流中的一块"先锋石",一次次义无反顾冲到战"疫"最前沿,与疫情进行正面交锋。

1月27日,某航班载运一批涉疫人员入境。疫情即警情!孙方雨又一次主动请战。他迅速穿起防护服,带领突击队员前往梯口进行查验。直到凌晨3点,他们顺利完成5架次涉疫航班、20余名发热旅客及50余名密切接触旅客查验工作。那天夜里,孙方雨身上被汗水浸湿的衬衣干了湿、湿了干,却毫无怨言。

自3月29日零点民航局大幅缩减国际客运航班数量时起,浦东国际机场多家客运航空公司开启"客转货"运营新模式，出入境货机总量猛增。孙方雨便主动学习机组查验和"单一窗口"平台申报等新业务，带头申请执行机组查验任务。

根据岗位特点和防疫工作需要，孙方雨认真提炼总结"登机带离、人证对照、证件查验、监管移交"联合登临处置四步工作法，为一线执勤队伍突发事件处置、民警个人安全防护提供了可借鉴、可参考的经验，在口岸联防联控机制中发挥了积极作用。

"师傅，登机核查，对方要是咳嗽很厉害，我该怎么办？""海关检疫那边交接需要注意什么事项？"不久前，孙方雨身边多了一块"小石头"。面对徒弟的问题，他总是事无巨细一遍遍讲解，一边督促徒弟提升专业技能，一边将防疫要点分享给徒弟。

"小石头"崇拜地望着被防护服捂得严严实实的孙方雨说："师傅，你为什么不愿意当大圣，要当石头？"孙方雨停下脚步说："因为石头普通。我们都是凡人，都很普通，但只要这些石头凝聚起来，就能铺出一条坦途大道。"

战"疫"中，浦东国际机场移民管理警察队伍中还有很多像"孙石头"一样的"李石头""张石头""小石头"们，他们正以严防死守的战斗姿态和永不懈怠的斗争精神，默默坚守东方国门外防输入的"铜墙铁壁"，全力维护国家安全和人民生命健康安全。

【《中国移民管理报》第00206期2020年12月18日3版】

好风凭借力　扬帆再起航
——厦门出入境边防检查总站·服务海峡两岸融合发展

汪　桢

新时代奋斗为本，新目标奋斗以成。2019年，厦门出入境边防检查总站深入学习贯彻习近平新时代中国特色社会主义思想，对标新时代国家移民管理机构"构建三个体系、锻造一支队伍"奋斗目标，着眼把特殊政治要求变成特殊价值追求，把任务不可替代变成能力不可替代，把自身特色亮点变成品牌发展支点，突出对台，主动先行先试，全面助力福建台胞台企登陆第一家园建设。一年来，融合发展中的福建边检机关活力迸发、亮点频现，以一项项看得见、摸得着的实际行动，努力交出了一份满意答卷！

换脑筋，下好"先手棋"
勤调研、深思考，把特殊政治要求变成特殊价值追求

2019年12月6日，第三届"福建省十大法治人物"颁奖典礼在福建会堂举行。福州出入境边防检查站执勤三队作为同时担负两条对台客运航线边检工作的集体，因打造对台管理服务"第一窗口"品牌工作成绩突出，从60名候选人（集体）中脱颖而出获得提名奖。

一年来，从中央到地方，从大陆到台湾，从热心人士到普通民众，"海峡两岸融合发展"这个话题在反复催化、深入人心的同时，也在福建边检机关引发热烈反响，一次又一次点燃厦门边检总站推动移民管理服务提档升级、助力祖国和平统一大业的热血激情。

作为新时代对台工作前沿一线的国家力量，厦门边检总站既是直接服务两岸交流往来的重要队伍，又是唯一同时承担两岸"小三通""大三通"边检任务的总站级单位，最大的特点就是对台工作，最大的优势也是对台工作。

2019年2月，公安部副部长、国家移民管理局局长许甘露在闽调研慰问时专门指出，厦门边检总站既要把好国门安全、口岸稳定，更要服务国家经济社会发展，担负起便利两岸人员交流交往、促进祖国和平统一的政治责任。面对更高工作要求和全新发展机遇，如何才能前沿走前列、一线创一流？

"思想破冰，改革才能突围。"新总站成立伊始，该总站党委便清醒地认识到，称呼变化不等于思想观念变化，只有勤调研、深思考，把特殊政治要求变成特殊价值追求，才能下好对台工作的"先手棋"。

新总站成立首月，便派出由班子成员带队的工作组，分赴全省边检机关开展实地调研，重点了解全省边检机关40年来服务两岸交流往来的经验成果和对接新时代中央对台大政方针的思路举措。调研结束后，该总站又组织各部门通过连续6个半天的密集讨论、碰撞思想，研究出台一系列适应新时代对台工作要求、体现福建边检机关区位特点的工作举措。

习近平总书记参加十三届全国人大二次会议福建代表团审议并发表重要讲话后，该总站第一时间部署专题学习活动，组织民警职工围绕海峡两岸融合发展、建设台胞台企登陆的第一家园等主题，展开讨论交流，亮明自觉拥护支持中央对台大政方针的决心态度，激励大家尽快适应新体制、新职能、新使命。

第十一届海峡论坛期间，该总站借势组织两岸关系形势政策教育，联合省台港澳办赴基层一线单位开展对台工作专题调研，鼓励民警职工参与两岸融合发展"应通尽通"等与移民管理工作密切相关课题的研究探讨，进一步统一全省边检机关接力服务两岸交流往来的思想意志。

洗礼过后，凝聚的是力量，奋发的是精神，涵养的是底气。全省边检机关自上而下，对台工作一线的主角意识更加清晰，对接"建成台胞台企登陆第一家园"决策的行动自觉更加强烈，促进祖国和平统一大业的价值追求更加深植。

2019年12月23日，同益出入境边防检查站成立10周年。作为该总站因台而设的首个边检站级单位，10年来，该站见证了厦金航线的迅猛发展，服务了超过1900万人次往来两岸的出入境旅客。"习近平总书记强调，要对台湾同胞一视同仁，像为大陆百姓服务那样造福台湾同胞。这既是对我们工作的要求，更是对我们思想的鞭策。"该站执勤一队队长陈美玲表示，移民管理警察作为台胞抵港靠岸后见到的第一位大陆亲人，一定要把"亲情"这个关键词贯穿工作全程、植入思想深处，让台胞回家的路越走越宽。

转方式，干好"第一任"
固根基、强内功，把任务不可替代变成能力不可替代

鹭岛厦门，五通码头。每天往返36个班次的厦金航线，早已成为两岸同胞最熟悉、最便捷、也最满意的"亲情通道"。在这里，台湾同胞可以很自然地感受到"乡俗、乡情、乡音"服务，还可以灵活选择"合家欢"通道、"爱心通道"等特色服务，台胞们都说边检民警就是他们的"娘家人"。

当"乡俗、乡情、乡音"服务成为标配，"合家欢"通道、"爱心通道"等特色服务习以为常，福建边检机关如何以冲刺抢先的状态干好新时代移民管理工作"第一任"的问题，开始浮出水面，迫切需要解决。

"改革期不是'缓冲期'，更不是'放松期'，各项工作任务不是轻了，而是重了，工作标准不是低了，而是高了。"该总站党委深刻意识到，大家看似摸到了边检机关对台工作的"天花板"，但更要突破第一代移民管理警察能力素质的"天花板"。特别是新总站成立后，机关编制优化，成功"瘦身"，基层配置增加，功能更多。表面上"一加一减"的改变，呼唤的却是队伍能力深层次的"换代升级"，迫切需要领导干部和机关转变抓队伍强主业的思维理念和方式方法，把任务不可替代变成能力不可替代，找准新起点上改革发展的突破口。

"厦门是台湾水果销往大陆的最主要中转地，所占份额达85%，台湾水果采摘后，次日就可以运到厦门，且90%左右经过同益码头'登陆'。"担负同益码头边检任务的东渡边检站执勤一队队长刘铁斌对习近平总书记提出的海峡两岸融合发展理念深有感触，他表示。要用好用足"国际贸易单一窗口"平台，实时跟进船舶动态数据，提前为来靠船舶办理"预报预检"边检手续，确保船舶靠港即可装卸货物，实现直航船舶边检通关"零等待"。

无独有偶，同益码头东北120公里处的莆田罗屿港，是我国东南沿海最大的矿石码头。2019年7月26日，罗屿港铁矿石对台首航仪式隆重举行。现场执勤的莆田边检站执勤一队负责人刘吉明介绍，当天靠泊港口的中国台湾籍"通捷"轮装载2.75万吨铁矿石驶向台湾台中港后，罗屿港后续还开展了台湾中钢自购铁矿石中转、淡水河谷混配矿保税中转和冶金煤出口等多种项目合作，与台湾中钢实现了从新业务尝试到多元化、常态化合作的跨越式发展。罗屿港铁矿石对台首航以来，该站构建"马上就办"服务体系，民警24小时进驻港区，

实行"5+2""白 + 黑"制度服务对台海运航线，做到"即报即检、即靠即作、即检即离"，最大限度缩短台湾渔船停留时间。

与此同时，作为首批两岸直航的空港航点之一，2019年6月，高崎出入境边防检查站在当年春运全面推行设立自助通关人员信息采集备案点、建立服务两岸交流往来"专用通道"机制等对台服务6项措施的基础上，配套推出专属指引、专程陪同、专用通道、专业本语、专栏提示、专题活动等专享通行服务，大幅度提升台胞的通关体验。同样承担两岸直航查验任务的泉州边检站，利用泉金客运码头客货运业务兼具的特点，探索打造交旅检培训平台，实现全能型检查员培养实战化推进。

这是挥别昨日的华丽转身，更是超越自我的成功转型。2019年11月22日，在该总站召开的全警实战大练兵工作推进会上，强化主责意识、强化目标牵引、强化分层分类、强化基础攻坚、强化经验融合等6项推进措施正式公布，号召动员全省边检机关民警职工立足对台工作独特优势，配套制定具体练兵项目、练兵举措、练兵方法，实现上下同步、目标统一。整合后的福建边检机关，经过磨合、衔接、实践，各层关系逐步理顺，各种力量不断汇聚，各类资源有效整合，正对表中央对台工作部署，完善发展战略规划，全面提高新时代边检机关对台工作管控服务能力。

走新路，跑好"接力棒"
建机制、破瓶颈，把自身特色亮点变成品牌建设支点

2019年5月，漳州市人民政府制定出台《漳州市2019年对台工作要点》，漳州出入境边防检查站建立分级诚信管理体系、推进台湾渔船停泊点"五层递进式"管控体系建设、建设台湾渔船维修示范点和打造对台小额贸易"集散区"等管理服务举措被收录。

"没想到我也能尝到'放管服'的'果实'，获得感还真是挺强的！"福州出入境边防检查站管理的黄岐台湾渔船停泊点，民间交流频繁，小额贸易活跃，年均来靠船舶3000余艘次，人员4000余人次，业务量居福建省首位。谈及对该站管理服务情况的感受，台湾渔船船长陈述玉表示，现在办理各类边检手续更温馨了、更便捷了、心里更踏实了。

台胞的满意，源于优良传统的继承和经验做法的固化。2019年2月份，福

州边检站组织召开了台湾船舶从业人员代表座谈会,并主动走访市、县两级涉台职能部门,邀请相关职能部门开展现场调研,广泛征求台湾渔船管理工作意见建议25条,最终推动《台湾渔船停泊点"黄岐模式"建设实施方案》出台落地,迈出了台湾渔船停泊点长效机制建设的重要一步。

台湾渔船停泊点是中央实施对台工作的重要窗口,在促进两岸经济文化交流中发挥了积极作用。福建的台湾渔船停泊点边防管理工作已有40年积累,停泊点数量和来靠业务量均居全国首位,但随着停泊点管理业务划归国家移民管理机构,37个台湾渔船停泊点分布散、基础弱、条件参差不齐等现实问题也亟待解决。

一年来,该总站先后函商省人大明确延续法规,推动省台港澳办牵头调研出台意见,争取省级财政补助业务经费2600余万元,并研究制定《台湾渔船停泊点来往台湾渔船入境出境边防检查管理办法(试行)》,部署各地短时间内加大投入、完善硬件、建立机制,构建边检、公安、台办、商务、海事、渔政多部门联防严控体系,严密防范不法分子利用停泊点实施偷渡、走私、贩毒等违法犯罪活动,"有制度、有手段、有力量、有设施、体系化"的台湾渔船管理服务"福建模式"日益成熟,接续推动台湾渔船停泊点向上向好发展。

以台湾渔船停泊点建设为牵引,该总站牵头搭建整体布局、长期跟踪、集中攻关、统筹推进的福建边检对台研究工作新模式,一步步踩实推动两岸交流往来执法服务建设的边检步伐——

2019年4月,平潭出入境边防检查站联合平潭出入境管理部门,在全国首创台胞落地办证与查验"同窗服务、即办即通"和大陆赴台居民"现场加签、即办即通"的通关新模式。该模式实施8个月来,台胞入境通关耗时由原来的约25分钟压减至现在的5分钟左右,通关效率提升了80%。2019年9月,福建自贸试验区领导小组办公室、福建省公安厅等6部门联合发文,在全省推广这一经验做法。

2019年5月,同益边检站固化大技术手段运用机制,提升厦金(台)航线入境信息申报、查验数据核对、重点人员检查排查等管控措施的精确度和时效性,切实增强口岸预警效率和查堵控制能力。5月14日,查获首起变造电子大陆居民往来台湾通行证案件。严格执法与热情服务同轨推进,受到两岸同胞的广泛认可。

2019年12月，该总站台湾渔船停泊点边检管理服务系统在"八闽边检"微信公众号正式上线，成功实现备案申报、业务申报、申报查询、交流互动等四大功能"指尖"操作，台湾渔船管理创新机制体系进一步优化完善。上线首月，共有252名服务对象注册使用，累计办理出入境申报、人员登陆申报等业务651次，群众满意率100%，成功迈出台湾渔船管理信息化的重要一步。

"不负历史机遇、奋进伟大时代，是我们的光荣，更是我们的责任。"步入全面建成小康社会收官之年，该总站将始终突出加强对台研究，坚持思想上走在前列、战略上谋在前沿、责任上扛在前头，努力实现与中央对台工作决策部署的无缝对接，实现对国家移民管理局重点工作任务的精准落实，为推进移民治理体系和治理能力现代化勇探新路、再建新功！

【《中国出入境观察》杂志2020年第1期】

湖北，打赢一场艰苦卓绝的战"疫"

周泽方

这个春节，新冠肺炎疫情牵动着全国人民的心。

"武汉胜则湖北胜，湖北胜则全国胜。"湖北、武汉是疫情防控的重中之重，是打赢疫情防控阻击战的决胜之地。

面对疫情，每个人都是普通人，但每个人都可以成为战士。湖北出入境边防检查总站全体人员正在行动，同时间赛跑，与病魔较量，和所有坚守在抗疫一线的人们并肩作战，共同展开一场命运攸关的艰苦卓绝的斗争。

吹响集结号

1月20日，习近平总书记对防控新冠肺炎疫情作出重要指示，强调要把人民群众生命安全和身体健康放在第一位，坚决遏制疫情蔓延势头。

1月20日晚至21日凌晨，国家移民管理局多位领导致电湖北边检总站，了解情况，谆谆嘱托。

上午，该总站召开党委会，成立疫情防控指挥部，研究制定疫情防控总方案和4个子方案，明确7项战时纪律。"我们要迅速采取措施，制定预案，及时向上级报告情况，让组织放心，我们有能力有信心保证队伍内部和口岸的安全稳定。"总站长陈永智说。

不打无把握之仗，不漏无防控之地。针对疫情期间勤务特点，总站研究制订专项勤务工作方案，各单位组建疫情防控应急处置小组，根据口岸实际调整勤务安排，对接机、引导、验放等各个环节明确职责、细化分工。总站迅速与海关检疫、地方疾控、航空公司、机场运行指挥中心等单位建立信息通报协作机制，实时掌握通报的疑似患者信息，并在第一时间推送至一线执勤队。

"我们身上肩负着服务出入境旅客、维护口岸安全稳定的重任，我们的民警、职工、辅警身上担负着父母、儿女、丈夫、妻子的责任，绝不能让任何一位战友和家属受到疫情的侵袭……"当晚，总站党委发出致全体民警、职工、辅警和家属的慰问信，激励各级领导干部要靠前指挥，做出表率，全体民警职工要勇担使命、守土尽责，同时争取广大家属的理解支持。

一场阻击非常疫情的非常战役在湖北打响！

越是艰险越向前

"武汉是英雄的城市，湖北人民、武汉人民是英雄的人民，历史上从来没有被艰难险阻压垮过，只要同志们同心协力、英勇奋斗、共克时艰，我们一定能取得疫情防控斗争的全面胜利。"

习近平总书记发出号召，鼓舞英雄城的英雄人民不断向前。

1月23日，武汉封城，武汉天河国际机场逐步取消全部定期航班，出入境航班均改为不定期包机，均被安排在夜间。这些特殊时期的特殊航班，运来救援物资，送回中国旅客，撤走外籍人员，因出入境人员成分复杂，"潜入潜出"风险大，查验流程增多，勤务压力相比平时只增不减，单警每小时最多查验20名旅客，每趟勤务往往要持续一个通宵。

任何困难，都不会让守护荆楚国门的卫士退却。1月23日晚，武汉边检站94名党员民警主动请缨加入党员突击队，留在单位备勤；25人（含4名女警）写下请战书，申请加入应急处置组，成为抗击疫情的先锋力量。

因为相信点滴付出终将汇聚成抗击疫情的洪流，他们选择留下。

除夕这天，一架来自土耳其的急救包机即将于凌晨抵达武汉天河国际机场。机上载有一名新冠肺炎确诊患者，由于病情较重、行动不便，需要民警尽快登机完成查验，第一时间送医救治。面对病毒感染的风险，作为党员突击小组成员，武汉边检站民警申奥第一个请战——由他一人登机检查，其余组员在后方配合。

凌晨3时，在焦急的等待中，晚点航班终于抵达。虽然穿着防护服的申奥略显笨拙，但丝毫不影响他熟练、顺畅地执行边防检查任务。申奥说，"刚开始心里还是有些恐惧，但舱门一打开，就完全忘了这回事，只想着尽快完成查验，要争分夺秒救人。"

2月6日晚至7日早上，两架外国包机从武汉天河国际机场出境，接走滞留在武汉的300余名外籍人员。

此次查验任务十分特殊，国家移民管理局相关领导专门批示，提出了具体细致的要求。边防检查管理司查控处通过视频监控全程参与、指导帮扶；总站长陈永智参与起草、审定专项工作方案，对边检手续前、中、后三道管控防线作出周密部署；武汉边检站全警动员，坚决捍卫国门口岸安全，严防不法分子趁机蒙混出境。

6日晚，陈永智赶赴机场，与一线民警并肩作战。值机区域、执勤现场、候机大厅、机坪等关键区域，依次实地检查，确保安全无虞；警力安排、人员分工，突发情况处置预案，反复推敲，确保科学合理。

这是一场硬仗！历经十几个小时，全体人员接续奋战，现场勤务组织有序，各环节衔接顺畅，任务圆满完成。事后，许甘露副部长专门批示，对坚守岗位不退缩的全体民警职工致以最高敬意。

对于三峡机场边检站而言，任务同样艰巨。

1月26日，宜昌国际旅行社一领队发朋友圈求助："我们团178个人还滞留在泰国，还能不能回国，从哪里回国啊！"几天前，他们刚从恩施机场出境，突然暴发的新冠肺炎疫情打乱了一切行程。三峡机场边检站迅速联系恩施机场公司和联检单位，表明愿意承担风险、迎接旅客回国的决心。

自去年6月起，该站一直承担着三峡机场、恩施机场"双场"边检勤务，民警一般搭乘动车执行任务。现在，城市交通管制，动车停运，该站党员突击队遂改乘汽车往返两地执勤。单程280公里，耗时4小时，到达恩施后，往往顾不上吃饭、休息，民警立即紧锣密鼓地开展工作，先后完成包括多名发热症状旅客在内的多批次查验任务。

自2019年12月31日至2020年2月21日，全省对外开放口岸共查验出入境交通工具1595架（艘）次，人员242423人次；共发现并处置新冠肺炎确诊人员30人次，疑似感染人员3人次；共迎接13批次救援物资、千余名湖北同胞入境。每一个数字背后，都记录着民警的坚守和付出，凝结着战胜疫情的决心和勇气。

筑牢"红色防线"

疫情在哪里，党旗就飘扬在哪里。

一场阻击战，就是一块"试金石"，既是对各级党组织组织力、战斗力的考验，也是对广大党员作风、状态、能力的检验。

2月4日，在武汉边检站"党员之家"，举行了一场特别的入党仪式：3名90后入党积极分子"火线入党"，正式以预备党员身份加入战"疫"一线。

在他们再次递交的入党申请书中，一笔一画，认认真真，写下了自己对党和人民的承诺，对战胜疫情的勇气和决心。

"我有的是精力，要是谁累了，我随时顶上。"民警姜莱写道。和他一样，陈帅在入党申请书中写道："虽然脱下了军装，但是'一声到，一生到'，如果这个时候我不上，我就是逃兵！"民警许云鹏在单位改制前是部队驾驶员，这段时期各项任务繁重，常常是上勤、出车连轴转。勤务需要时，密不透风的防护服，一穿就是8小时；公务用车时，他有时一晚上出车十来趟，第二天依旧精神抖擞地工作。

他们是这支队伍的缩影，危难时刻冲锋在前，是他们的使命。

当晚，陈永智和总站政治处主任林旭到武汉边检站一线，为4名立功民警送奖到战位。截至2月6日，该总站记个人三等功5名，各级送奖到一线2次，发布记功嘉奖命令3份，15名个人获嘉奖，通报表扬30名民警。

他们当中，有面对急难勤务，无惧病毒感染风险，率先请战的一线执勤民警；有主动放弃与家人团聚，日夜坚守岗位的勤务协调人员；有奔走于防疫一线，全力保障物资供给的后勤保障人员……岗位分工虽不同，却同属于一个光荣的集体，为战"疫"胜利这同一个目标而努力。

战"疫"复杂艰巨，战时政治工作发挥着不可替代的作用。

湖北边检总站坚决落实"不出门、少聚集"要求，创新党组织生活形式，各级党组织纷纷通过电话、微信等渠道学习传达上级指示要求，部署工作举措。以支部为单位，支委会、党小组分头召开视频电话会议，随时掌握党员思想状况，做到隔离病毒不隔离管理。

既是战"疫"，就要拿出战斗姿态、展现战斗作风、严明战时纪律。这段时期，该总站多次开展专项督察，采取线上线下相结合、暗访与明察相结合、8小时内与8小时外相结合等方式，对人员管控、值班备勤、内部秩序、安全工作、车辆管理等重难点开展全方位督导检查。

总站党委班子成员多次深入勤务最重、疫情防控压力最大的武汉边检站一线执勤现场开展督察慰问，4次召开视频调度会进行远程督导。

一切行动听指挥，不讲条件，不计得失，以铁的纪律确保铁的战斗力，他们做到了！

爱警惠警的阳光，能够刺透疫情笼罩下的阴霾；正面宣传的暖流，可以汇聚成持续战斗的磅礴力量。战时政治工作，让该总站的战"疫"有力度更有温度。

总站始终将民警职工的身心健康放在首位，及时教育灌输防护知识，跟进线上心理疏导，为家属解决"封城"后带来的生活困难，解决民警职工后顾之忧。与此同时，发布《关于启动战时宣传工作的动员令》，成立宣传突击队，凡出警必有宣传骨干随同作战，用镜头、纸笔记录民警职工抗击疫情、勇敢逆行的感人事迹。

"湖北边检""武汉边检"微信公众号顺势开通，连日来，各类微信推文、H5链接、短视频等作品在朋友圈、微博刷屏式传播，民警职业荣誉感、自豪感显著提升。

后勤保障冲在前

三军未动，粮草先行。要想打赢这场疫情防控阻击战，后勤保障工作必须冲在前面。

早在12月底，新冠肺炎病例初步报道，湖北边检总站后勤保障处即着手采购防疫物资，为接下来的工作打下了坚实基础。"我们跟地方主管机构、医疗供货商一直保持联系，还加了很多医疗用品采购微信群，又在京东开通惠采账户，可以得到优先保障。"该总站后勤保障处民警李丹说。

岂曰无衣，与子同袍。众志成城，战无不胜。

武汉"封城"后，口罩等防疫物资十分紧缺，国家移民管理局后勤保障司立即拨款100万元，并从应急仓库（湖北库）和深圳边检总站医院调拨两批物资驰援该总站。新疆边检总站紧急援助的2000个医用口罩，内蒙古边检总站慰问的40箱牛羊肉，湖南边检总站帮助采购的物资，均于2月初送抵武汉。各兄弟总站纷纷发来慰问信、制作新媒体推文、致敬海报等，为该总站加油鼓劲。

截至2月14日，湖北边检总站累计筹措N系口罩4500余个，一次性医用口罩60700余个、防护服1080余套、护目镜800余副、手套16600余双、消毒液及酒精3700余瓶、洗手液500余瓶和一批药品。为确保物资精准调配，优先保障执勤一线，该总站建立防疫物资出入库台账，指定专人负责物资分发，坚持每天对物资消耗情况进行盘点，掌握物资流向流量。

在执勤现场、食堂餐厅、宿舍、卫生间等重点区域，每日安排专人进行卫生消毒；落实民警、家属日常体温测量每日报告制度和人员进出营门体温测量制度，确保"早发现、早诊断、早隔离、早治疗"；下发疫情防控工作手册，实行民警错峰领餐用餐，最大限度减少人员接触……

阻击疫情，绝不是一个人、一个部门的单独战斗。在做好本单位后勤保障工作的同时，民警也力所能及地为驻地城市防疫工作贡献力量。

"他们就是帮我送物资的边检警察，真的非常感谢！"2月1日，"湖北边检"微博收到一名网友发来的信息。

原来，这天，武汉边检站后勤保障处民警王俊杰受命前往湖北仙桃为单位领取防疫物资。他了解到，武汉多家医院和环卫部门有69箱物资无法及时运回，于是他和同事主动伸出援手，当起了"快递员"，及时将物资送达相关单位。

面对严峻的防疫形势，民警正以背水一战的决心，与这座城市共同战斗。

家属与民警并肩同行

面对疫情，医务人员是奉献最多、承担风险最大的群体。截至2月11日24时，全国范围内共报告医务人员确诊病例1716例，其中有6人死亡。

该总站多位民警家属，即是在一线英勇奋战的白衣天使。

"老公，我报名参加志愿者了，这次不管发生什么，你要做好心理准备。"

"我支持你去，这一次，换我做你坚强的后盾！"

汉口边检站民警晏杰的妻子是武汉大学中南医院的护士，前段时间，她因感冒隔离在家，"不能跟同事并肩作战，心里特别难受"。感冒好了，她立即向医院报名，准备重返工作岗位。

"穿这一身衣服，就有一份责任，各行各业都是这样。"晏杰说，入职以来，自己一直在基层科队，单位远在阳逻，家里孩子才一岁多，常常照应不到，但妻子都能理解。现在，是妻子最需要温暖和关爱的时候，他一定要给她最大支持，让她更加坚强。

胡晗是武汉边检站民警，他的妈妈是鄂州中心医院的医生，和"非典"那年一样，现在她每天吃、住都在医院，24小时在发热门诊值班接诊。爸爸是市场监管人员，经常早出晚归到市面上做调查、组织调配。这个春节，他们分别坚守在自己的岗位，一家人抽空视频，报个平安，就是过年的"团聚"。

武汉边检站民警赵亮亮是辽宁本溪人，姐姐是当地一家医院的护士，疫情发生后，她向医院申请，要求来汉支援。"这次我没被选上，医院派了另外3人过来，我还会继续申请的！"电话里，姐姐很激动。"姐你放心，我会照顾好自己，别挂念！"赵亮亮说，他为姐姐感到骄傲。

没有什么困难不可战胜，没有一个春天不会到来。风雨同舟，并肩战斗，这是民警和家属共同的信念。

【《中国出入境观察》杂志2020年第2期】

| 通 讯 |

抗疫洪流的五朵"浪花"

张 霄

团圆是春节永恒的主题。当火红的灯笼挂起,当吉祥的春联贴好,人们都希望回到家的港湾。然而,在事关人民群众生命安全和身体健康的防疫斗争面前,逆行的背影构成了守望相助最浓的"年味"。珠海出入境边防检查总站拱北出入境边防检查站就有这样一群"逆行者",他们面对严峻的疫情形势,积极响应战斗号角,义无反顾离家返岗、毫不言苦连续作战、无私奉献坚守一线……在党旗的引领下,他们扛起责任、冲锋在前,用行动和坚守共同描绘出一幅幅口岸最美"逆行"画像。

口岸战"疫"前线的"最美同框"

"一个在瑟瑟寒风中收发健康申明卡,一个在口岸大厅里查验出入境旅客,你们过年,我们帮你过关。你们闲得无聊的家,却是我们难得回去的家。" 2月1日下午,刚刚结束8个小时高强度工作的拱北边检站民警霍绯,在朋友圈里发出了这样一段文字,并配上自己和丈夫在拱北口岸的合影。

一时间,这条动态在亲友间炸开了锅,有朋友点赞称他们的合影是"最美同框"。

受疫情影响,本来在春节能正常轮休的霍绯,积极响应战斗号召,第一时间返岗投入口岸防疫工作。她的丈夫是闸口海关关员,春节假期被派往一线执勤。夫妻俩的班次刚好相反,一个上班、一个下班,怕打扰彼此休息,就分了两个卧室睡觉。时间和班次的错开导致整个春节期间两人见不着面,家里的两个小孩也只能让年迈的父母照顾,本以为只有等疫情结束才能见面,没想到居然在口岸相遇。

当天下午,值中班的霍绯正忙碌在出入境查验工作中,她的丈夫则在大厅外收发健康卡。勤务间隙时,他们通过微信聊天得知彼此都在拱北口岸,于是"忍不住"趁忙碌间隙在口岸来了个"约会"。在共同工作的拱北口岸出境大厅匆匆见了一面,短暂说了几句问候的话,嘱咐彼此好好工作、注意身体,就又去忙各自的工作了。临分别时,从不爱出镜拍照的丈夫,破天荒地让同事为他们拍下一张合影,以纪念夫妻俩鼠年新年收获的第一份"幸福"。

"心理咨询师"黄俊铁

"黄老师,上午经您开导后,我情绪真的好了很多,中午也吃了一些东西……"1月29日晚21点,一名在珠海被居家隔离的群众向拱北边检站民警黄俊铁诚挚道谢,感谢民警帮助他们一家人走出了"无助"的困境。黄俊铁在对他表示祝贺后,嘱咐了几句,终于长舒了一口气,放下心来。这已经是他今天成功帮助的第2个有轻微心理问题的患者。

疫情暴发以后,53岁的黄俊铁就开启了人民警察和职业心理咨询师的"双重待机模式"。在工作中,黄俊铁以一个边检民警的身份坚守口岸防疫一线,和同事们一起冲锋在前、保证通关。而在工作之余,他又担负起了一名职业心理咨询师所应尽的社会责任。

作为心理咨询师,黄俊铁经常会接到陌生群众的电话和微信好友添加请求,近期大家求助最多的也是因疫情而产生的一些负面情绪。黄俊铁一直耐心劝说,用自己的专业知识为求助群众疏导情绪、解决问题,贡献自己的社会力量。

在单位内部,他又主动担负起拱北边检站疫情防控心理健康服务小组"点对点"心理咨询服务工作,线上编写《每日心理健康服务手札》,线下为有需要的民警提供心理咨询服务,并将自己的手机设为"24小时热线",为同事加油鼓劲。截至目前,他已成功救助3名群众,帮助2个居家隔离家庭走出困境,为站内民警累计提供4次心理咨询服务。

身为老党员,关键时刻,黄俊铁在力所能及的两个阵地,冲锋在前,乐此不疲。

"我是党员,我请战"

1月29日,珠海的天气和前几天比起来又冷了一些,但拱北边检站执勤一队的工作群却热火朝天。党员民警们的请战书不断刷屏,让人热血沸腾。

"我是党员，我请战，报名党员突击队！"
"我是党员，请战抗疫一线！报名！"
"党员冲锋在一线，我报名！"
"擦亮党徽，逆风前行，我报名！"
……

在这样的氛围中，拱北边检站执勤一队党员突击队成立了。党员民警们纷纷佩戴上了闪亮党徽，志愿申请奋战前线。

1月30日一早，突击队老党员朱拥华就自告奋勇申请人工查验通道党员先锋岗包台；青年党员田甜、龚亚荣、何敏主动申请担负咨询台等需要面对面接触旅客的执勤岗位；2月2日，突击队"95后"成员岑大印主动请缨验放一名新型冠状病毒感染的肺炎疑似病患……

在疫情形势严峻、防控任务艰巨的关键时刻，拱北边检站执勤一队用率先垂范、敢为人先的优秀品质和啃硬骨头、攻硬堡垒的战斗意志，为口岸防疫贡献着坚实力量。

"初生牛犊不怕虎"

1月24日，除夕夜。本该是阖家团圆时刻，但对拱北边检站执勤二队民警林卓营来说，却别有一番滋味。今年他依旧选择在岗过年。

"妈，我在这边挺好的，照顾好自己，不用担心我。"在与家人简短的视频后，他再次戴上口罩手套参加执勤。此时珠海已确诊多例患者，作为连接内地与澳门的重要口岸，拱北口岸人员密集、流动性大，疫情防控形势极其严峻。

晚上11点左右，两位女士急匆匆地跑到督导台求助。经了解得知，有一批新型冠状病毒检测试剂盒需紧急出境送至澳门。时间就是生命，接到任务的林卓营二话不说开通"绿色通道"，为其提供密闭场地，并与澳门卫生局人员迅速进行物品清点，办理交接手续，将物资安全护送至澳门关闸口岸。

分别时，工作人员对他连声道谢，"辛苦了警官，辛苦你了！"

这是他入警的第二年，也是第二年春节在岗。疫情汹涌来袭，口岸一线形势严峻，但"95后"林卓营没有太多畏避情绪，一直坚持工作在口岸防疫最前沿。"可能是'初生牛犊不怕虎'，也可能是我在警校4年练了不少胆吧。"每当别人问起他怎么这么"胆大"，林卓营总是如此笑着回答。

像父亲一样战斗

1月30日早上，拱北口岸出境大厅4号通道和往常有些不一样，不仅是因为前几天这里刚刚被设立为"党员先锋岗"，还因为今天的验证台上，坐了两个检查员。

一名民警看着年纪稍大，正在熟练地操作电脑、验放证件；另一名年龄稍小的民警一直不停用手上的笔记录，不时问些问题。

这个正在学习记录的年轻民警，叫龚瑶，是拱北边检站今年刚入警的新警。别看现在的她整个人精神奕奕，学习热情很高，就在前一天晚上，她还是心事重重。

那时，刚刚和父亲视频通完话的龚瑶，接到队里微信群发出的组建党员突击队的号召。看到师兄师姐们踊跃报名，身为共青团员的她看在眼里，急在心里。想了一晚上，第二天她还是耐不住，找到了队长徐锁成，"队长，我也想参与到党员突击队的工作中，虽然我还没入党，不过我是积极分子！"

但徐锁成考虑到她是新警，很多工作还不能独立开展，并没同意。龚瑶却"犟"了起来，"徐队，你就让我加入吧，就算不行，让我跟在师兄师姐旁边学习也行。"一番"拉锯"，最终龚瑶还是赢了，不过她只能以"实习生"的身份，跟在执行任务的师兄师姐身旁学习，即便这样，龚瑶还是开心不已。

对于为什么一定要参与到党员突击队的工作中，龚瑶也有着属于自己的"秘密"。原来，她的父亲龚国辉也是一名人民警察，而且还是一名获得过省"抗洪模范先进个人"荣誉称号、先后9次荣立三等功的公安"老先进"。今年春节疫情暴发，龚瑶这么多年第一次没有回家过年。大年初四，她在父亲单位的微信公众号上看到了父亲奔赴疫情一线抗疫的消息。在得知父亲自告奋勇担任疫情防控突击队队长，带领突击队员日夜奋战在省际公安检查站，帮扶群众、疏导交通、转移发热病人后，龚瑶担心之余，对父亲充满了钦佩，也萌发了和父亲一起勇敢战斗的坚定想法，因此她的态度才如此坚决。

现在，龚瑶的"小梦想"实现了。虽然不能成为党员突击队的正式一员，但以一名"学习者"的身份加入到了拱北口岸疫情防控战斗最前沿，和父亲一起在同一战场上并肩战斗，她感觉浑身充满了干劲。

这是属于拱北边检站民警战"疫"的5个小故事，是该站全力打赢这场疫情防控阻击战的缩影。虽然,在这场全国参与的战斗中,拱北口岸只是偌大战场中小小的一角,拱北边检人也只是奔涌向前的战"疫"洪流中的一朵浪花,但在这股洪流中,每一朵浪花都是"逆行者"。他们坚守在一线、奋斗在一线,尽力拼搏、勇敢前行,并且心中始终坚信:我们能赢!

【*《中国出入境观察》杂志2020年第2期*】

沸腾的边关暖暖的心

张 佳

跨越千山万水的团聚

"太好啦，要去看爸爸喽！"春节前夕，家住河北高碑店的8岁男孩孙屹阳和妈妈张永慧接到国家移民管理局"边关年·家国情"活动邀请——去帕米尔高原陪爸爸一起过年。

孙屹阳的爸爸孙超是新疆红其拉甫边检站一名见习民警，已经在高原坚守24年。从地理上看，红其拉甫与高碑店几乎在同一纬度，两者间的距离是4306.1公里，在比例尺为1:1000的地图上，长度不过几厘米，就是这一点距离，成为阻隔父子见面的鸿沟，孙屹阳出生至今与爸爸相见超不过10次。

从河北高碑店乘车北上大兴机场，乘机飞抵乌鲁木齐，短暂停留后转机喀什、再换乘汽车。历时三天两夜，奔波4306.1公里，越河北、晋中平原和河西走廊，翻太行、祁连、天山山脉，最后还要穿越400多公里喀喇昆仑公路。

抵达目的地红其拉甫，是腊月二十七晚上9时30分。车门刚一打开，孙屹阳顾不上旅途疲惫和高原逼人的寒气，第一个蹦下车，与爸爸拥抱在一起。

跨越千山万水，只为了一次团聚。孙屹阳和妈妈是第一批抵达新疆、第一个实现团聚的家庭，他们当时还不知道，在新疆边检总站，和他们一样受到邀请的还有另外140多名家属，将在随后的几天内从全国各地陆续抵达，在乌鲁木齐集中之后再一起乘坐火车前往南疆喀什。

在此之前，新疆边检总站专门向当地铁路部门申请了由乌鲁木齐至喀什的"西行专列"，为家属提供舒适安全的旅途保障；组织专人对家属即将入住宾馆的每一个房间都进行了布置，并精心准备了食谱，让每一位来疆家属都感受到浓浓年味和家的温暖。

相比张永慧，另一位警嫂郑菊梅在团聚途中既兴奋又忐忑，她的爱人欧宇是新疆克州边境管理支队巴音库鲁提边境检查站的一名民警。兴奋，是因为这是郑菊梅第一次带儿子欧一晟来新疆，一家人终于可以团聚了；忐忑，则是因为儿子出生4年多来，跟欧宇一直聚少离多，担心儿子见面后不认识爸爸。

不出郑菊梅所料，1月23日，大年二十九，家属们乘坐的专列抵达喀什，与部分在此等待的民警团聚。欧宇看到妻子和孩子，几步跨上前，一只手接过妻子手中的行李，一只手伸出去想抱儿子，小家伙却转身躲在妈妈身后。

"晟晟不怕，这是爸爸，叫爸爸。"郑菊梅蹲下身，轻声对儿子说。在她的反复劝说下，欧一晟终于怯生生地喊了声"爸爸"。"哎！"欧宇眼中泛着泪花，一把将儿子抱起来，紧紧揽在怀里，一家人第一次在距离家乡成都4000多公里的地方团聚。

在同一时间段，还有另外500多趟团圆之旅正在同时进行。按照国家移民管理局统一部署，除新疆边检总站外，"边关年·家国情"活动还在内蒙古、西藏、云南、黑龙江、吉林、广西等8个边检总站同步开展，667个家庭、1400余名家属受邀请，在春节期间前往边疆，与坚守岗位的民警团聚共度新年。各单位在做好来队民警家属接待保障工作的同时，还通过举行欢迎仪式、举办联欢会等形式，让广大民警家属感受到融融暖意。

你守护国门，我守着你

1月23日，云南高黎贡山深处，云南边检总站独龙江边境派出所院内，民警张礼慧正在向远道而来看望自己的女友王晶求婚。

"王晶，我们从相识相恋到现在，感谢你一直以来对我的陪伴，你愿意嫁给我吗？""我愿意！"求婚成功，战友们围拢过来欢呼祝贺。至此，一场历经三年的"异地恋"终于有了结果。

张礼慧所在的独龙江边境派出所地处高黎贡山深处、中缅边境，一代代民警在艰苦边远的环境下守护着边境辖区和独龙族群众的安宁，先后有8名民警为之献出宝贵的生命。2019年获评全国首批"枫桥式公安派出所"。

山东女孩王晶2017年与张礼慧相恋，一直分处两地。由于工作原因，张礼慧不能像其他情侣一样陪伴在王晶身边。一旦遇上他执行边境巡逻任务，连电话都很难打通，这一度让王晶难以理解。

这次"边关年·家国情"活动,王晶作为受邀对象前往独龙江畔。从山东到云南,最后一段旅程从贡山县城上山,要经过749道弯,王晶因为晕车和高原反应,呕吐了三次,还遇上大雪封山。艰难的旅途中,王晶逐渐体会到男友在这里坚守的不易和奉献的意义。

几经辗转之后,终于见到张礼慧,王晶一下扑进男友怀里,所有的委屈化为泪水。

在独龙江的日子,王晶听人讲述习近平总书记给独龙族群众回信的故事,耳闻目睹这里警民情深、共守家园的情景,了解边境派出所一代代民警为守护边疆、建设边疆所做的牺牲奉献,加深了对张礼慧的爱,也更坚定了选择。

"从此以后,边关由我守护,我们的小家交给你守护。"求婚成功后,张礼慧上前拥抱恋人。雪山之下,独龙江畔,两个年轻人幸福的身影被定格为永恒。

与王晶一样,还有更多民警家属通过边关之行,对民警在边疆的坚守与奉献有了更深的感受,同时通过参观民警所在单位警史馆、驻地历史人文遗迹,加深了对边疆的了解,凝聚起对守关戍边事业最大的支持。

就在张礼慧与恋人团聚几天前,距离高黎贡山万里之外的吉林长白山南麓,清水河边境检查站民警刘斐等来了盼望已久的亲人。

刘斐家在辽宁本溪,与单位相距1000多公里,但自从他2009年到检查站工作后,就很少回去陪家人过年。2017年,刘斐的父亲去世,每到过年,母亲刘云总盼着儿子能回来。"看着别人家孩子能回来,我儿子回不来,虽然也理解,可心里总觉得难受。"刘云说,每年春节她都要偷偷抹几回眼泪。

得知这一情况,检查站决定邀请刘云来参加"边关年家国情"活动。接到邀请,刘云刚开始还不相信,当从儿子那里核实之后,她赶紧把这个好消息告诉儿媳妇和孙子。收拾好行李,带上儿子最爱吃的家乡特产"粘火勺",一家人出发了。

一路辗转颠簸,抵达清水河边境检查站已经是1月17日下午,恰逢刘斐从执勤岗位下来,刚刚卸下装备,看到车上下来几个熟悉的身影,他大步冲过去,一家人在寒风中紧紧拥抱在一起。

接下来的几天,刘斐带母亲和妻儿参观了单位,实地了解了辖区情况以及战友们为维护边疆稳定所做的贡献。在单位举行的春节联欢会上，刘斐上台唱了一首《烛光里的妈妈》，一曲未罢，台下的母亲早已经泪如雨下。

"家是最小国，国是千万家。"刘云说，孩子们守边疆不容易，我们会做他们最坚强的后盾。

"把儿子交给这样的组织，放心！"

"长期以来，国家移民管理局始终把一线民警的冷暖疾苦放在心上，出台了一系列从优待警政策。"1月21日，在新疆边检总站机关，140多名民警家属正参观在这里举行的"国家移民管理局改革政策成果展"。

通过工作人员的讲解和图文并茂的内容展示，家属们对国家移民管理局一年来的从优待警政策有了系统的了解，从戍边公寓房、备勤宿舍建设，到保障民警就医吃水、取暖用电，从子女入学入托、父母安养就医，到异地帮扶、荣归计划，从建立特困民警家庭补助机制，到常态开展警地青年联谊活动，一项项惠警政策、暖心举措让家属们看得心情激动。

"把儿子交给这样的组织，咱放心！"克州边境管理支队库祖边境检查站民警侯林的父亲侯东凡说，以前他并不十分支持儿子留在新疆工作，但这次边关之行看到"国家给了这么好的政策"，他改变了主意，"支持儿子留下，没啥说的！"

在另一块反映戍边公寓房建设相关情况的展板前，警嫂陈彩萍抱着孩子停下脚步。她的爱人张怡泓是新疆吐尔尕特边检站民警，2015年两人刚结婚时，她曾专门从贵州老家来新疆陪伴爱人，但因为当时单位住宿条件有限，她只能在边检站附近租了一间房子居住。

陈彩萍通过展览内容了解到，就在她抵达新疆一周前，国家移民管理局在新疆喀什首批900余套戍边公寓房已经开建。新的公寓房距离吐尔尕特边检站仅60多公里，按照计划，近千名民警和家属将在未来两年内陆续住上新房。"现在政策太好了，如果我们当时能赶上，说不定就陪他留在这里了。"陈彩萍说。

相比之下，其他几位来队民警的母亲则更关心儿子的婚恋问题，新疆喀什边境管理支队红其拉甫边境派出所民警李杨睿的母亲杨文松就是其中之一。

红其拉甫边境派出所地处帕米尔高原，是新疆边检总站海拔最高、位置最偏远的派出所之一，辖区以塔吉克族牧民为主，单身民警找对象困难，已经29岁的李杨睿至今还单身，这成了杨文松的一块"心病"，她甚至想劝儿子离开高原。

"阿姨，您放心，您担心的问题我们总站早就想到了。"现场的工作人员仔细向杨文松讲解，按照国家移民管理局关于解决大龄民警婚恋难题的相关要求，新疆边检总站在2019年先后联合地方团委、妇联等部门，举办了数十场警地青年联谊会，累计有200多名民警与地方青年牵手成功，下一步，该总站还将继续在解决艰苦边远地区民警婚恋难题上下功夫。

听了工作人员的讲解，杨文松又再三询问了解后，终于舒了一口气。她说：单位对孩子（民警）们，吃的、住的，还有找对象，方方面面都考虑到了，我们还有啥不放心的！

1月22日，在由乌鲁木齐开往喀什的"西行专列"上，新疆边检总站随行工作人员组织开展了精彩的文艺节目表演，帮助家属缓解旅途疲劳，期间邀请家属代表上台表演。

经杨文松提议，几位民警的妈妈合唱了一首《精忠报国》，声情并茂，博得阵阵掌声。杨文松说，这首歌代表着她们的心声，也是对孩子的期望。

一曲未罢，观众席上的家属们纷纷掏出手机，将眼前一幕录了下来，通过微信发给自己的孩子或爱人。歌声瞬间被传递到国门之下、验证台外、边境辖区，在万里边关汇聚成一股暖流，鼓舞和温暖着每一名坚守岗位的民警。

车窗外纷纷扬扬飘起了雪花，列车载着这股暖流在风雪中向西疾驰，一路驶向团圆。

一天之后，随着"西行专列"抵达喀什，参加"边关年·家国情"活动的家属全部抵达目的地。从驻守祖国最北端的北极边境派出所，到中越边境的友谊关口岸；从海拔最高的红其拉甫边检站前哨班，到中俄最大的陆路通道满洲里口岸，667个幸福的家庭团聚在一起，以戍边守关人独有的方式迎接鼠年春节的到来。

【《中国出入境观察》杂志2020年第2期】

| 通 讯 |

"互联网+移民政务":移民管理进入云时代

王云龙

"互联网+移民政务",堪称"高大上"。

说"高","政务服务""出入境证件身份认证服务""边检行政许可网上办理"三大平台高起点、高标准、高质量建成;

说"大",大数据、云计算、AI人工智能等技术手段,赋予新时代移民管理事业发展"最强大脑";

说"取法乎上",移民管理服务从线下走到线上,从指尖滑向了云端。

2019年以来,国家移民管理局加快实施移民管理信息化智能化战略,推动"互联网+"与移民政务服务深度融合,用科技信息化之利剑,破解移民和出入境领域"放管服"改革难题,解决了多年想解决而没能解决的大事、难事、百姓身边事,网聚起党心民意正能量。

"24小时不打烊"的政务服务平台

办证不用"回乡跑"了!

2019年4月1日,一项旨在全面取消地域、城乡和人群限制的出入境证件"全国通办"新政重磅推出:内地居民可在全国任一出入境管理窗口申办出入境证件。千里迢迢返乡办证,从此成为过去时。

然而,"全国通办"改变的不仅仅是距离。

通办、通办,关键要通。地域之间要通,线上线下的场域也要通。加强科技应用,拓展网上办理事项,同样是新政的题中应有之义。

当然,这也是被现实逼出来的。新政实施前,全国有1亿多潜在受益对象,大多集中在长三角、珠三角和京津地区,当地出入境管理部门面临不小的办证压力。同时,群众办证诉求日益多元化,对服务供给的针对性、精准性要求越来越高,既希望异地办、就近办,更希望网上办、自助办。

由"全国通办"引路,国家移民管理局政务服务平台于2019年4月1日同步上线。用户注册登录绑定身份之后,可通过网站、"移民局"APP和微信、支付宝第三方平台小程序,办理证件预约申请、往来港澳台旅游签注、证件申办进度查询、证件信息查询、出入境记录查询、办事指引查询等业务。

国家移民管理局信息科技司司长陈永利介绍,平台依托大数据、云计算、移动互联网等技术,打通了网上全流程办理环节,实现线上线下功能互补、联动衔接,为群众提供多样性、多渠道、便利化服务。以证件预约服务为例,群众可在线挑地点、选时间,来到窗口即到即办,摆脱排长队的烦恼。

"全市办证网点、位置导航、办事指引等信息尽在掌中,动动手指就可完成预约申请。去哪办,何时办,自己说了算!"成都市民张成算了笔时间账,"如果没有在线服务,算上咨询、排队的时间,至少要打半天的谱;现在约好了按点来,全流程下来,不到半个钟头。"

"让数据多跑路、让群众少跑腿"的平台建设初衷还体现在"一次不用跑"上。以前查询出入境记录,跑大厅是少不了的环节。如今,用户按照指引操作,就可在手机等移动终端查询本人出入境记录,并生成经国家移民管理局认证的电子文件,与盖有公章的同类纸质文件效力相同。

服务"上了网",用户信息安全和个人隐私如何保障?据介绍,用户在政务服务平台办理相关事项需要进行实名注册,同时在办理往来港澳台旅游签注、查询出入境记录和证件信息等事项时,还需刷脸进行实人认证。

此外,政务服务平台还实现了与全国一体化在线政务服务平台对接,目前门户网站、移动端已跻身"国家队",出入境政务服务事项全部纳入国家政务服务平台事项库,群众办事真正实现了"一网通办"。

统计数据显示,截至2019年底,平台注册用户达1049万人次,用户登录1.02亿人次,证件信息查询2888万人次、签注有效次数查询2166万人次、出入境记录查询415万人次、预约申请123万人次。

"抹去乡愁"的出入境证件身份认证服务平台

如今,出门不带钱包早已不是什么新鲜事,但对南方医科大学澳门籍学生李林而言,"想掏出手机买个蛋挞都难!"

遭遇困惑的，还有王羽，3年前毕业于暨南大学计算机专业，一技傍身外加名校加持，想谋个营生却连遭碰壁。一听是华侨，不少企业老板面露难色。

症结在"证"上。

一头儿，线上不识别。互联网服务依托内地居民身份证识读系统，而出入境证件采用国际民航组织标准，两者无法兼容，出入境证件不能作为有效身份证件在网上注册登记和使用。"注册都成问题，甭提服务了。"李林说得实在，"人回乡了，证没回乡。"

另一头儿，线下识别难。不少部门平日跟身份证、户口本打交道多，冷不丁碰上出入境证件，感到无所适从。人工识别验证慢、提交证明材料多、办事流程周期长等问题更是普遍存在。"单就办社保这一项，用工单位为提交身份证明材料，就要跑好几趟。人家不愁招不到人，凭啥为你浪费工夫。"王羽苦笑。

症结又不单在"证"上。

近年来，随着我国对外开放和"一带一路"建设深入推进，港澳居民、海外华侨与祖国内地的联系日益紧密，每年入出境达2亿多人次，占中国公民出入境总量的40%，占中外出入境人员总量的34%。人走动得勤了，对公共产品和公共服务的诉求自然"水涨船高"。

目前，内地自助服务、"互联网+"服务模式已在交通运输、金融、保险、教育、电信、财产登记等领域广泛应用，然而因为证件标准不同、终端服务设备不支持，港澳居民、海外华侨难以享受网上办理、自助办理等服务便利，内地居民办起来"轻松加愉快"的事，在他们看来"费心又费力"。

一句话：进了一家门，怎么证明是一家人？

"推动出入境证件便利化应用，让广大港澳居民和华侨享受与内地居民一样的生活便利。"国家移民管理局成立伊始，就铁了心要解决"认证"的难题。

证由谁认？

2018年8月，国家移民管理局启动专项调研，用便利化"尺子"把出入境证件应用场景"打量一遍"，集中在住宿、交通、金融、电信等十余个行业的证件识别难、手续繁等问题相继浮现。

"国家移民管理局牵头，积极协调15个部门制定《关于推动出入境证件便利化应用的工作方案》，推动行业主管部门梳理列出《出入境证件便利化应用重点事项清单》，将重点工作任务分解成涉及政务服务、公共服务、互联网应用3个领域的35个具体事项，证件谁来认、在哪些领域可认、如何联网认的问题清楚了。"国家移民管理局公民出入境管理司往来港澳台管理处副处长王艳说。

证在哪认？

卡脖子的环节在信息的认证上。怎么知道"你是谁"，如何证明"你就是你"？出入境证件身份认证服务平台因应而生。国家移民管理局信息科技司发展指导处仪新宇介绍，该平台由国家移民管理局依托公安部第一研究所"互联网+"可信身份认证平台建设，通过云计算、大数据、人工智能等现代信息技术，向政府部门、企事业单位、社会服务机构提供港澳居民、华侨身份信息真实性、有效性、同一性的认证服务。用户单位可根据自身业务量及成本考量，自由选择与平台的接入方式。

证如何认？

"主要有实名、实人和证件电子信息识读三种认证方式。实名认证是对业务办理人身份信息的认证，证明'你是你'；实人认证是对办理人活体状态的认证，证明系本人办理；实证认证是对办理人所持出入境证件的核验，证明证件真实有效。"国家移民管理局出入境管理信息技术研究所宋世伟介绍，如此一来，出入境证件将成为各类政务服务平台、公共服务平台及互联网应用端注册登记和使用的有效身份证件选项。

成本如何控制？国家移民管理局出入境管理信息技术研究所副所长包勇强表示，为解决前台识读设备连接认证平台造价高的问题，国家移民管理局出入境管理信息技术研究所开发了出入境证件电子信息识读认证软件，用户单位可在各大软件市场免费下载使用，无需配备专用设备，也无需复杂的后台支持，就可实现认证。

数据实现了共享，个人隐私信息如何保护，各类管理风险如何防控？

国家移民管理局公民出入境管理司司长彭玲表示，实名、实人认证采用接口访问方式，平台仅向用户单位返回"是"或者"否"的结果，并不反馈照片等个人信息。同时，《出入境证件身份认证管理办法（试行）》配套出台，规范了使用单位的接入条件，专门对使用单位的信息保护、系统安全、管理制度、检查监督等作出具体规定，对违反规定的可以采取警示纠正、暂停服务、终止服务等惩戒措施，直至追究法律责任。

截至2019年底，各省级政务服务平台已全部申请开通出入境证件身份认证服务，257家企事业单位在出入境证件身份认证用户管理系统完成注册，出入境证件身份认证服务平台累计提供认证服务438万人次。

四两拨千斤，小平台撬动了大棋局，普惠均等、便捷高效、智能精准，这些昔日出入境证件缺少的应用元素，正在一一补齐，蛰伏已久的改革发展红利在港澳居民和华侨中充分释放。

在政务服务领域，港澳居民、华侨可以凭出入境证件登录全国一体化在线政务服务平台，办理社会保险登记、社保卡申领、公安交管业务、公安联网备案、企业登记注册、新生儿申领出生医学证明等11项服务，实现"一次登录、全网漫游"。

在公共服务领域，持出入境证件可享受电信业务入网、银行开户、火车站自助取票、旅馆住宿登记、网上预约诊疗、网上购买保险等服务。以铁路运输服务为例，目前12306网站及手机客户已经实现了出入境证件信息的联网核验功能，注册、购票等流程与内地居民一样均可在网上自助办理。

在互联网应用领域，港澳居民和华侨无需提供内地银行卡，就可在微信、支付宝开通网上移动支付，网上购物、娱乐、社交正成为"新标配"。

目前，35个便利化服务事项总体上实现落地应用，800余万港澳居民和海外华侨享受到了便利。

眼下，对生活在广东的港澳居民和华侨来说，"便利化"更是当仁不让的热词。

"我的生活也能'轻松扫'。"虽然李林对便利化政策说不太清，但中国式支付给她带去了实实在在的获得感。

定居美国的赵峰最近完成了一笔"跨国业务"，"利用护照进行微警认证，验证通过后，就可以办理公司营业执照了。当然，都是网上搞定的！"

便利化应用政策的春风在民生领域掀起春潮时，也在商界激起阵阵涟漪。

"政策有效降低了企业运营风险，进一步扩大了客户群。"在支付宝相关负责人看来，证件便利化政策俨然成为一片充满商机的蓝海。

不仅如此，从信息沉睡到数据互联互通，从跳出"一亩三分地"再到守好

"一亩三分地",改变的还有政府治理能力和治理水平。

"出入境证件身份认证平台所提供的出入境证件身份认证服务,使我国自然人身份认证服务体系更加完整,能够有效防范不法分子利用虚假身份或假证件注册、登记、办理各项业务逃避法律监管、获取非法利益等问题,有效避免政府机构和企事业单位因此造成的损失和不良影响。"国家移民管理局副局长尹成基说。

"一次不跑"的边检行政许可网上办理平台

1月17日,湖北武汉市民黄珊珊发了条微信朋友圈:"边检速度,暖心!"引来许多点赞。

如果你知道黄珊珊这些年的经历,会更理解这句话。

"爱人跑船11年多,相聚大多在船上,船停到哪,咱就追到哪。过去办登轮证,麻烦!备齐各种材料不说,还要提前两天在当地住下,就怕材料提交不全再'返工'。"黄珊珊感慨,"现在好了,一趟不用跑,上午申请,下午出证。"

偌大反差,皆因一个网上平台。1月15日,边检行政许可网上办理平台在全国上线启用,上下外国船舶、搭靠外轮等港口边检行政许可实现了网上申请、无纸签发、电子查验。申请人通过网页或微信小程序就可完成申办手续,全程实现"网上办""掌上办"。

从"奔波腿脚"到"划动指尖",折射出边检"放管服"改革的点滴之功。

2018年8月,成立不到半年的国家移民管理局出台《关于加快推进移民和出入境领域"放管服"改革的实施意见》,把"建设边检行政许可网上办证平台和手机终端"作为22条具体举措之一,向社会公布。

不到20个字,意涵深远:深化"放管服"改革要靠"智慧"!

经过调研、论证、研发、测试,2019年6月1日,边检行政许可网上办理平台在广东南沙、东莞、黄埔边检站试点运行。试运行第一个月,一组数据惹人注目:3个边检站受理上下外国船舶许可4740份,环比增长298.32%,线上受理率达90.80%;受理船舶搭靠外轮许可98份,环比增长53.12%,线上受理率达71.42%。

参与平台建设的民警叶文星认为,平台的高利用率源自实现了"三个无需":"一是无需前来现场,服务对象可直接通过微信小程序或网站向边检机关提交申请信息,平台依托大数据技术进行自动人脸识别和身份校验,服务对象无需再到边检窗口核验。二是无需重复登记，用户只需在平台上登记一次，就可申请全国范围内任一边检机关的相关许可。三是无需打印证件，通过边检机关审批后，服务对象会收到自动生成的电子证件，使用效力同纸质证件相同。"

简政不是减政，放权更不是放任，既要放得下，也要接得住、管得好。认真思考"放"和"管"这道辩证题，更能看清平台之于"放管服"改革的意义所在。

安全系数高了，勤务模式变革如影随形。调研发现，不少边检站正依托平台系统和数据资源，建设应用"电子闸门"，实现申请、审批、查验三端闭合，进一步节约警力投入。

国家移民管理局边防检查管理司边防检查处副处长杨阳认为，借助该平台，可实现船方自管、码头协管、边检监管三方互动，从单纯的政府监管向多元的协调治理转变。

有专家表示，此举通过体制创新与"互联网+"融合，促进审批服务便民化，实现了"事前管标准、事中管检查、事后管处罚、信用管终身"，推动审批服务理念、制度、作风全方位深层次变革。

…… ……

"互联网+移民政务"研究的是移民政务云建设的部门命题，更是探寻数字政府、服务型政府建设的国家命题。经过一年多的探索实践，以"互联网+"为主要特征的信息技术变革正在移民管理领域产生溢出效应，推动移民管理工作加速实现动力变革、质量变革、效率变革。

不过，新一代信息技术方兴未艾，"互联网+移民政务"才刚刚破题。互联网政务服务事项能否更加丰富？技术保障与业务政策调整如何更加紧密结合？政务数据挖掘和分析能力如何提升？信息安全防控的篱笆如何越织越密？这些都是全新的命题和考验。公安部副部长、国家移民管理局局长许甘露指出，"要在扩大服务、提高质量的同时，强化业务支撑，在更高水平上推进管理现代化。"

未来可期，一个更加普惠、高效、人本、安全的移民管理云时代正向我们走来……

（文中李林、王羽、赵峰为化名）

【《中国出入境观察》杂志2020年第3期】

三朵警花竞芳菲

李 俊　李煜锋　都 超

从青春校园到绿色警营，她们投笔从戎，矢志卫国；从边防警察到移民警花，她们藏蓝加身，铿锵依旧；从改革转制到定岗落编，她们笃定前行，不负韶华。她们是来自盐城机场出入境边防检查站唯有的三朵警花，在国家移民管理体制改革元年全都荣立三等功。

三朵警花为何同时灿烂绽放？是机缘巧合还是使命驱然？

在三八国际劳动妇女节之际，让我们一起追寻她们的足迹，揭开她们"默契"背后的答案……

许秋雯：心如针细 眼如鹰利

2010年，许秋雯从厦门大学毕业入警后，一直战斗在执勤一线。小小三尺验证台，成了她事业发展的起点，也见证了她守卫国门的成就！

刚参加工作，许秋雯因为一口流利的英语，一下子便成了口岸的"香饽饽"，前台询问需要她，台外引导需要她，执法办案需要她，甚至海关、国检的员工培训也需要她……小小学生妹整日穿梭在口岸查验现场担任"临时翻译"，俨然一只不知疲倦的"小陀螺"。

一次，一名菲律宾船员因"临时入境许可"丢失，暂时无法出境。看到船员焦急的神情，秋雯还是想着为他做点什么。她主动与船员"搭讪"，用流利的英语，详细了解了船员的作业船舶、航线、载运货物以及入境时间、港口等相关信息，从而认定证件确实丢失。在科领导的帮助下，她联系了船员入境的海港边检站，帮助补办了临时入境许可。看到外籍友人走出国门的那一刻，许秋雯第一次领略到"专业"服务的畅快。

提起"专业"服务，同事小林曾打趣道，"秋雯，你太有'心计'了，为了

'偷懒'不辅导我们，竟然'偷偷'梳理了前台、台外等全部工作岗位中的常用英语，让我们自学！"小林说的就是许秋雯编制的《前台询问系列用语》手册，一直如获至宝般抱在怀里。正是许秋雯编写的边检查验常用英语系列手册，帮助像小林一样的民警摆脱了"开口难"的尴尬。

许秋雯表面看起来很文静，可内心始终充满着不服输的较真劲儿，特别是她铜铃般的大眼睛，仿佛一对灵动的"雷达"扫视着国门口岸的一切。

"当时我正要提交盖章，突然被雯姐叫停了，她把护照拿去一翻，果真发现缺了两页！"新任检查员苏航，每每回想起查获盐城空港首起变造证件案的场景，难免有些尴尬，可又很庆幸。

那天秋雯担任台外引导，"一进大厅，那人就左顾右盼，走到验证台前，眼睛紧盯着护照，神色也有些紧张，便印证了我的猜想。"说起当时的场景，秋雯露出了自信的笑容。可固定证据的过程并不容易，这名旅客一直以"不知道，不清楚，可能是小孩弄的"等理由搪塞。细心的秋雯并没有刻意想快速找到答案，而是通过询问最近去了哪些国家、家庭贵重物品谁来保管等，打乱了对方的思维，让对方逐渐露出"马脚"，不得不承认隐瞒行程、变造证件的违法事实。

小小验证台，承载大责任。许秋雯心如针细，眼如鹰利，走上检查员岗位后，共查获违法违规案事件68起，在实战中总结的前台查验"望闻问切"四步战法屡屡见效，结合盐城空港创设的边检服务"family"法，得到了出入境旅客的高度赞誉。

作为全队唯一的女民警，许秋雯乐观自信，责任心强。今年春节，疫情暴发，已3年没回福建老家过年的秋雯主动退了票，毅然战斗在国门抗疫一线。"坚守岗位就是对抗疫的最好驰援。"她说。

许秋雯的丈夫是一名现役军人，他们相识9年，异地7年，现如今仍过着聚少离多的两地分居生活。2018年，她作为盐城现役军嫂的优秀代表，被授予盐城市"三八红旗手"称号。2019年，她又因工作出色，拿到了一枚沉甸甸的三等功勋章。

刘晓燕：初心在方寸 咫尺在匠心

2017年，因为在基层表现出色，刘晓燕被选拔到机关任政工干事，负责组织、干部工作。初来乍到的她虽然还搞不清"政工"到底意味着什么,可她凭借着坚毅和执着,在这条路上慢慢成长起来。

2018年,盐城空港口岸党建联创联建活动由边检部门轮值,接到通知后,刘晓燕主动受领任务。"我想试一下,办法总比困难多!"一连几个星期钻研党建业务,不会就到网上查资料,向前辈请教学习。功夫不负有心人。同年5月,在盐城空港口岸党建联创联建第二次联席会议上,晓燕创造性地提出了"党建+"的工作理念,坚持"党建促业务、业务强根基、根基育党建"的工作思路,并结合盐城空港实际情况,开展"共筑盐城空港红色堡垒"活动,形成了"资源共享、优势互补、区域联动、共同提高"的党建堡垒经验做法,得到了与会领导的普遍认同。

初心在方寸,咫尺在匠心。晓燕就这样一步一个脚印,从一名"业务小白"成长为党建领域的"行家里手"。"她就是这样,人长得漂亮,事也办得漂漂亮亮,到机关两年来一心扑在工作上。"同事林辉将晓燕比作办公室里的顶梁柱,"现在是大事小事离不开她,我们的小燕子终于羽翼丰满啦。"

改革过渡期,任务重,缺少基础,再加上领导要求高,加班成了刘晓燕的"家常便饭"。特别是在建立民警档案的那段时间,全站民警的数据都需要她一个个地录入电脑,每天工作到半夜才离开办公室。

"不在苦中熬,而在苦中干。"对于干工作,刘晓燕也有自己的"秘诀","去年是打基础的一年,除了整理档案资料,好多规章制度都需要重新建立,虽然辛苦,但看到自己的成果一件件得到落实,心里还是美滋滋的。"说完,她从柜子里拿出厚厚的一摞文件,得意地展示着她的"战果",也展示了她因此而获得的三等功奖章。

春节前,突如其来的疫情让全国人民猝不及防。全站民警很长一段时间都处于高负荷运转状态,思想包袱很重。作为全站唯一的国家级心理咨询师,晓燕主动承担起心理疏导的重任。

杨亮是站里工勤编制的卫生员,疫情发生后,他负责营区卫生消毒。一天,晓燕在楼梯遇到正在喷洒消毒水的杨亮,发现他手里的药水喷枪有点"找不着北",上楼梯的脚步也是有气无力。直觉告诉她,杨亮肯定是有心事。探寻原因,杨亮觉得每天喷药水实在没意思,想去执勤一线跟大家并肩战"疫"。

"抗击疫情,是一场没有硝烟的战争,人人都是主角,个个都有责任,哪里都是一线,处处都是前方……"晓燕的一席话,很快让杨亮卸下了心理包袱,内心敞亮了许多。

"这段时间很多民警都是连轴转,思想上有点情绪也很正常,这个时候就需要真正走进他们心里,解开他们的心结。"晓燕谈起自己的工作心得,自信满满。

疫情防控以来,她为站里的每名民警职工都建立了心理健康动态档案,全面掌握民警职工各阶段的心理状况,还利用警营小广播开办"心灵之声"栏目,及时为大家展开心理诊疗。

朱紫彤:甘当"老黄牛"默默去耕耘

提起朱紫彤,大家普遍会认为她是头"老黄牛",工作兢兢业业,任劳任怨,还有一股子"倔劲"。

2019年8月14日,朱紫彤在入境现场办理一名韩国籍旅客的手续时发现,该旅客所持签证与入境事由不符。询问中,该旅客一直以自己听不懂中文和英文为由胡搅蛮缠、不愿配合。情急之下,朱紫彤"牛脾气"也上来了,再次翻遍了该旅客的护照和所有出入境记录,通过翻译器一字一句向对方了解行程、来华目的、在华住址等详细情况,最后认定这名旅客是在中国非法务工的外国人,果断提交队领导。果不其然,经深入核查,确定这名旅客正如她所判断,作阻止入境处理。

这是新中国成立70周年大庆安保期间,朱紫彤查获的第2起违法违规案件。凭借着从警9年来练就的"火眼金睛"和事无巨细的坚持,她前后5次查获违法违规案事件,个人成绩创下口岸多项纪录。因成绩突出,被总站表彰为国庆70周年安保成绩突出个人。拿着人生第二枚三等功奖章,朱紫彤说:"感觉肩上的担子更重了。"

责任和专业是对岗位最好的告白,紫彤热爱验证台。

盐城与韩国隔海相望,"空中走廊"便捷,近1000家韩资企业坐落于中韩盐城产业园区,韩国已成为盐城最大的外资来源国和贸易伙伴国。盐城空港口岸承担着服务盐城外向型经济发展的第一前沿枢纽的重任,透过边检大厅的窗户,一架架推动两地经济飞跃发展的飞机起起落落。"工作在服务经济发展的最前沿，没有扎实的业务知识，就不能驾驭自己热爱的岗位。"紫彤时刻感到本领恐慌。

朱紫彤有个习惯，每次去执勤现场，勤务包里总带着一个笔记本，随时记录自己在执勤过程中遇到的业务问题，等到勤务间隙再向老同志们请教。工作9年来，笔记本整整塞满了她办公桌的两大抽屉，"我记性不好，老忘事，这种笨办法更有效。"

2018年，总站开展"全能型检查员"考试，大家争着抢着复印她的笔记本。为了节省大家的学习时间，她花了整整一个通宵，把20多本笔记本一页页拍成照片，整理成电子学习资料分享给大家。

"每个人都是战士，小媛子，你也是哟！"今年疫情防控期间，紫彤再次用电话安慰着女儿，而此时，她已在口岸战"疫"一线上连续奋战了整整7天。

"平时陪伴女儿太少了，这次又这么多天不见面，觉得有点对不起她。"新冠肺炎疫情的突袭，让紫彤对女儿的承诺再次"食言"。紫彤本不想那么执拗，非要争着抢着一直待在一线。但想到当前严峻的疫情形势，她觉得必须留下。好几次她对男民警说："我是女同志，测温、消毒比你们细心。""细心"成了她留下来的"合理借口"，也成了她和女儿久久不能团聚的"美丽谎言"。

当然，紫彤认为自己愧对女儿还有更深层次的原因。"如果那天他没有出去执行任务……"时间定格在2016年11月12日，她的爱人在外出执勤期间，突发疾病，因公牺牲，那时的她刚刚出"月子"十多天。

独自抚养女儿长大，其中的辛酸，只有她自己知道。在2017年十九大边防安保期间，她母亲被查出患有恶性肺部肿瘤，女儿的先天性婴儿血管瘤也一直没有治愈。面对亲情和使命，她没有怨天尤人，而将生活中的压力硬生生压在心底，继续埋头耕耘。

生命以痛吻我，我将报之以歌。面对家庭多重困难和打击，朱紫彤没有妥协，而是默默工作，彰显着一头"老黄牛"的奉献与担当。

【《中国出入境观察》杂志2020年第3期】

| 通 讯 |

花季青春　诗意人生
——访《中国诗词大会》第五季选手、
天河出入境边防检查站任多

张成斌　雨　田

"黄沙百战穿金甲，不破楼兰终不还。大家好！我叫任多，是一位移民管理警察。身着藏蓝警服，驻守国门一线，那些潜藏在口岸的危险与罪恶，就是我们心中必须攻克的'楼兰'……"

——任多参加《中国诗词大会》开场白

今年春节，如果您看过《中国诗词大会》第五季节目，您一定会感到非常惊喜和自豪，参赛选手中竟然有2位移民管理警察，为观众们献上了精彩纷呈的对决，被称为"边检姐妹花"。她们就是来自广州出入境边防检查总站天河出入境边防检查站的任多、白云出入境边防检查站的芦冰。

"诗词，就是我生活里的盐。"任多这样形容她对诗词的喜爱。品读诗词、爱上诗词，她和诗词有着什么样的邂逅？参加《中国诗词大会》有哪些别样的故事？她又是如何用诗词来点缀多彩的人生？三八国际劳动妇女节来临之际，本刊专访了任多。

记者： 在《中国诗词大会》第五季的宣传片中，你说"诗词，让我的人生永远面朝大海，一望无际。"你是什么时候开始接触诗词的？

任多： 其实诗词一直陪伴着我成长，不过真正喜欢上诗词是在读高中时。小时候，爸爸妈妈就教我背诗词，背过《声律启蒙》《笠翁对韵》等等，但根本不知道什么意思，只是单纯地背下来。到了高中，随着人文历史知识的积累，心智慢慢成熟起来，才开始真正理解诗词、品读诗词。

记者： 最初让你对诗词产生浓厚兴趣的，缘起哪一首诗词？

任多：记得高中时，老师讲解李白的《独坐敬亭山》。他问大家："李白明明说是独坐，那么诗句中的'相看'，是谁与谁相看呢？"我有点懵：这首诗开头两句是"众鸟高飞尽，孤云独去闲。"此时山顶上连飞鸟都没有，只有片片孤云，那李白与谁相看呢？……我突然悟到了这首诗的妙处：所谓'相看'，便是李白看山、山看李白！一瞬间眼前浮现这样的画卷：诗仙李白把酒独坐，衣袂飘飘，看着眼前的高山，而那绵亘磅礴、云雾缭绕的高山仿佛在与李白对望。

如此独坐无人之境，与高山平视，是何其洒脱超然，又是何其孤独寂寞。"相看两不厌"短短五个字，让山水也有了灵性和情感。如此妙笔，怎能不让人拍案叫绝？从那以后，我真正爱上诗词，养成了一有时间就品读诗词的习惯。

记者：在你看来，中国诗词有哪些吸引你的独特魅力？

任多：我觉得中国古代诗词的魅力来自于我们的语言，更来自于泱泱中华五千年的深厚历史文化积淀。诗词本身就是一个个故事、一条条纽带，透过它们能看到文辞之美、韵律之美，还能走进一段历史、品味一种人生。我觉得有时候品读诗词，就像站在高山之上远眺浩瀚汪洋，时而风雷涌动，吞吐巨澜；时而阳光明媚，风戏柔波，从中感受到百年风雨、千般滋味、万种风情……所以我说，诗词让我的人生永远面朝大海，一望无际。

记者：前段时间，浙江之声广播电台携手全国著名朗诵艺术家、百城百台主持人，公益发起为战"疫"发声、为中国加油的全民朗诵接力节目《客厅朗读大会》，还邀请你参加了是吗？

任多：是的，我参加的是2月20日的接力朗读，朗读的是刘桢的诗《赠从弟其二》，我想把这首诗献给奋战在抗击疫情最前线的医护工作者，感谢他（她）们如亭亭松柏傲然严冬，为我们遮挡风霜。

亭亭山上松，瑟瑟谷中风。

风声一何盛，松枝一何劲！

冰霜正惨凄，终岁常端正；

岂不罹凝寒？松柏有本性。

记者：了解到你的爱人是一名消防员，节假日也经常奋战在一线，平时有没有朗诵过诗词给他听？

任多： 哈哈哈，也有朗诵过，不过还是手写的多。有一次我外出旅游，随手把李煜的一阙《长相思》写在明信片上，寄给了爱人。直到现在，他还把这张明信片放在办公桌上。

一重山，两重山，山远天高烟水寒，相思枫叶丹。

菊花开，菊花残，塞雁高飞人未还，一帘风月闲。

记者： 你自己创作过诗词吗，可否挑一两首讲讲？

任多： 创作不敢当，偶尔会尝试一下，写过几首"打油诗"。旧体诗词讲究平仄格律，规矩颇多，有点像带着镣铐舞蹈。去年元旦，小词《鹧鸪天·国门迎新年》，很激动地刊发在《中国移民管理报》4版。

休叹伶仃横渡难，长桥威震万古澜。

寰宇汹涌风雷动，国有猛士戍雄关。

星斗换，旧岁迁，转蓬走马复年年。

纵然白首也无悔，国有盛世万民安。

今年3月1日也写了一首《无题》，想通过它表达一种心境——

莲移晓露风吹去，鹊寄昏枝树不留。

玉盏浮新春叶苦，竹心怀旧念清秋。

时光无情，一切美好终将转瞬即逝，唯有珍惜当下。而今春天来了，疫情却仍未过去，原本甘美的新茶，却因心中的愁绪，喝出了丝丝苦涩。

记者： 了解到你还担任中国科学院华南植物园的科普讲解员？

任多： 是的，其实是诗词激发了我生活中的一些其他爱好。比如研究植物学，唐诗中有"娉娉袅袅十三余，豆蔻梢头二月初"，《诗经》中有"采采芣苢，薄言采之"，《九歌》中有"若有人兮山之阿，被薜荔兮带女萝"。我一边读一边开始关注身边的植物，以诗词为起点，探索奇妙的植物王国。后来成了华南植物园的志愿者，我会利用休息时间给游客和学生们做科普讲解。讲解过程中，也经常会引用一些诗词，让讲解更有诗意。与植物的邂逅，是诗词带给我的美好礼物。

记者： 为什么会参加《中国诗词大会》，是不是一直以来的心愿？

任多： 其实纯属偶然。此前每一季我都看过，跟选手同步答题，大部分都能答对。去年看到《中国诗词大会》微信公众号招募百人团选手，我爱人就跟我说，要不你报个名呗。没想到，初试、面试都过了，还遇到一起参赛的同事芦冰和林舜跃。当时根本就没奢望过能进百人团，没想到导演组竟然邀请我和我爱人一同参加！遗憾的是我爱人由于工作任务繁忙无法参加。

当得知自己要穿着警服上场，总觉得积累不够，生怕成绩不好，给移民管理警察丢脸。

记者： 其实你和芦冰的表现非常出色，你获得了场上个人追逐赛第一名，而芦冰则在场下获得了百人团答题第一名，尤其是你俩间的精彩PK，成了节目的一大看点。这次参加《中国诗词大会》的最大收获是什么？

任多： 收获之一就是结识了几位好朋友。首先就是芦冰，虽属于同个边检总站，但之前我们并不认识。我们真正相熟是在第五场比赛中，芦冰与我争夺攻擂资格。"飞花令"环节，我不敌芦冰，芦冰顺利晋级擂主争霸赛，可惜后来以微弱差距不敌对手。这场比赛后，我们就有了"边检姐妹花"的称号，也因为这次交锋，我俩成了好朋友。芦冰是一个"外冷内暖"的宝藏女孩，除了诗词，她还擅长篆刻、书法、武术，和我有许多共同爱好，而且性格爽朗、风趣幽默，走到哪里都能带去阵阵欢笑。我还结识了其他几位好朋友，冠军彭敏、"百里挑一"选手熊隽和家庭团选手蒲琛苇，后来我们4人还应邀以"两种动物""两种植物""含有人名"3个主题，表演了在线"飞花令"，网络点击量很高。

记者： 战友们在《中国诗词大会》上看到你，有什么反响？

任多： 宣传片播出后，陆续有战友打电话给我，赞扬我为移民管理系统作了一个大大的宣传和广告。上台答题那天晚上，微信一下子收到上千条信息，微博的粉丝量也翻倍了。

当时真觉得自己被全世界爱着，哈哈哈。

记者： 能否用一句诗词来寄语2020年？

任多： 希望自己好好工作，多出成绩，多看书，多写文章。2020年，我希望是苏轼的"且将新火试新茶，诗酒趁年华"。

【《中国出入境观察》杂志2020年第3期】

| 通 讯 |

证研"梦工厂"的成长协奏曲

于 雷 王云龙

"证研?就是研究证件呗。"不久前,我们探访北京出入境边防检查总站证件研究室,一行人不甚了了、望文生义。

"证研,仅仅是研究证件吗?"走着,且看!

防与攻

"什么是理想的安全防伪技术?就是告诉你是什么样的,你却做不出来。"

一间斗室,不足40平,目光所及,满眼陌生。PH计、分析天平、高精度显微镜、静电压痕仪、厚度检测仪,一水儿的专业仪器。不经讲解,莫识一二。门口招牌——理化实验室。

什么!证研这行当还需做实验?我们着实惊讶。

"理化实验室始建于2012年,参照国家级实验室建设标准,主要用于出入境证件的有损检验、造假方法模拟、材料理化分析、防伪技术研究。"证件研究室主任叶兴介绍说,这在全国移民管理系统还是独一家。

"出入境印章印文识别实战教学法"就孵化于此。教学法首创人叫池尚琨,证件研究室警务技术一级主管,业界公认的伪假证件鉴别专家。

当年,他对验讫章真伪研究着了迷,冷不丁冒出一个点子:要不咱做个假章子试试?知己知彼,百战不殆嘛。

自己出资,网淘设备,三试两试,果真鼓捣出了名堂。出自他手的验讫章,印文逼真,但李鬼终究不是李逵。像在哪?假在哪?何以辨别?工科出身的池尚琨长于归纳、善于提炼,不仅总结出真伪识别要点,还把"造假"过程设计成教学培训实验课程。上级部门看了说好,给立了项,专门批了8万元,让继续搞研究培训。

灵感虽属偶发，底蕴却很深厚。"证件研究是一个隐形的战场。造假者无时无刻不在研究你、模仿你，我们为什么不能反其道而行之呢？"池尚琨说，"亲身体验整个造假过程，会更好地发现他们的破绽，更有针对性地进行防范。"

岂止一个理化实验室，再看一个文检实验室。不同款式的文检设备摆放得整齐，有不少是全球新款。显眼处，几台设备白袍加身，惹人注目。

"新的？"有人问。

"退役的。"叶兴说。

"为啥不放仓库里？"

"这里面有全国第一台文检仪，靠它们鉴别查获了上万本伪假护照证件，个个都是功臣，都是无声的战友。"

"我们现在用的是最新一代证件阅读机。"科长孙振兴接过话头，走到一台叫"诺君安I600"机器前，边演示边讲解，"与只有读取功能的阅读机不同，这款产品增设了真伪识别功能，并能标示出伪假证件在紫外光、红外光下反应异常的部位，供前台检查人员对比参考。"

"过去检查员是眼看、手摸，现在好比引入了一名机器人专家，会给一个直观的判断，有错儿还会提示你。"孙振兴说。

据了解，在对全球主流产品进行功能测试和安全论证后，2016年北京边检总站在全国率先引入该设备，发挥其防伪点识别准确率高、检索速度快、后台样本数据全之所长，实战中多有斩获。

行动上早一步，源于理念上高一头。伪造技术高了，单靠肉眼识别难了，引入"证件真伪自动识别理念"，靠技防筛查、人防把关，风险小了、效率高了，碰上假证，直接秒杀。

魔高一尺，道高一丈。这一丈高在哪？光有盾不够，还要有矛。矛者，防伪技术也。

"安全防伪技术是证件防伪的核心，我们正在开展新型安全防伪技术研究，取得了阶段性成果。"叶兴带我们进入了证件样本采集室。闭常光，开紫外光，白纸瞬间变彩纸，孩童的笑靥、孔雀的羽毛、荷叶上的露珠，跃然纸上，宛在目前。

这能安全防伪？"别小瞧这一张纸，背后是数百次的数模推算、十余次的车间大型设备印刷测试，正在申请国家专利。"证件研究室副主任刘卓介绍说，这叫荧彩紫外荧光图像防伪技术，制作工艺复杂、技术门槛高，难以伪造，综合防伪性能国际领先，可应用于出入境证件和钞票等高等级防伪产品，有效防止造假者对紫外荧光防伪技术的伪造。

技术研发带头人叫何守卫，印刷工程专业研究生，入警前，干过印刷厂厂长，是世界500强企业高级主管级别的。"这些年一直在考虑一件事，就是把我们的防伪技术研究得更好，使证件造假更难，不给不法分子可乘之机。"

如今，何守卫团队制作出了模拟证件，应用的都是具备自主知识产权的防伪技术。下一步，针对模拟证件的攻防测试即将展开，通过破坏性实验，检验防伪效果。

"什么是理想的安全防伪技术？就是告诉你是什么样的，你却做不出来。"何守卫说。

识与用

"吃技术这碗饭的，要坐得住冷板凳。"

"高、精、尖、特、专。"甫一落座，叶兴就给自己的团队画了像。座谈交流会，也从队伍建设上开了头。

叶兴先摆了一组数据：24人的队伍，1人拿到了西班牙知名学府文检学硕士学位，2人取得澳大利亚法庭科学文件检验专业资格证书，22人取得公安机关鉴定人资格证书，自证件研究室成立以来，对内鉴别了2万余本（份）证件，对外鉴定了70多起案件共200多份证件。

介绍麾下爱将，叶兴底气十足："这是研究印刷技术的，这是研究防伪材料的，那是研究生物特征识别的。还有研究芯片和笔迹的，搞培训去了。"

科长王玉一旁补充，"这些年，不管谁参加国际交流，就没找过翻译。"

"春笋"遍地，难离"沃土良田"。考虑到证研岗位专业性强，这几年，国家公务员招考，北京边检总站都会招几个相关专业的。人招来了，先别急着用，统统从检查员干起，过个一年两载的，是不是这块料，能观察个差不多。

论识才辨才，长期负责培训工作的徐娟颇有心得：勾出相关专业的新警，纳入视野；深入一线掌握德才表现，划定范围；借来实习个把月，实操甄选；提交名单，上会研究。四步走完了，可以开口要人了。

"金疙瘩"人家舍得放？

"都支持着呢！能从自己部门走出个证研苗子，说明教导有方。"从徐娟的话里话外，听出了一点"取之于民、用之于民"的意思。

正在实习的民警李玉玲，哈尔滨工业大学化学硕士，职场新人，面含羞涩，谈起工作，眼里放光。"来这第一天就琢磨怎样把自己的专业用上，于是向老师们提出了通过分析油墨化学成分来鉴别证件真假的想法，立马就得到了支持。"

"当然，很多时候是双向选择，我们抛出的橄榄枝，不见得都愿接。有人觉得管理岗位更适合自己的发展。"徐娟说得实在，"吃技术这碗饭的，要坐得住冷板凳。"

刘卓举了个例子，"就拿采集证件样本最基础的工作来说，为追求最理想的翻拍效果，需要不停地调试打光角度、证件摆放角度及拍照角度，拍好一张图片，往往要尝试拍几十张。完整采集一本证件，一个人啥事不干，要用一天半时间，我们采集了上千本证件，没点耐性咋能干得来。"

"1个人还要当3个人用。"刘卓笑言，"首都国际机场2个执勤点24小时执勤任务需要人，全国证研的教学培训也要有人做，同时每个民警手里还有研究课题。苦，大家已经尝遍了；但干起工作来，又特别容易忘记苦。"

这一点，叶兴感触尤深。"8年前，我们这支队伍的平均年龄是31岁，现在是37岁，不年轻喽。这些年，新人在进，但老人也不敢放，毕竟证研这项工作，经验是块宝啊。"

苦干不是苦熬。如何突破人才成长的天花板，让新人有干头、有奔头，让老人有劲头、有盼头，"叶兴们"动了不少脑筋。

队伍建设，道阻且长，但打紧处往往就是那几步，关键性的一步发生在2019年年初。历时3年半的推动，出入境证件鉴别专业纳入警务技术序列。首次评定，15人评上了副高级任职资格。

叶兴说："这是具有里程碑意义的一大步。一方面，证研人进入了法庭科学文件检验的专业圈子，学科建设大有可为；另一方面，为人才成长进步预置了更大的空间，进一步稳定了证研骨干队伍。"

眼下，老中青搭档，比学赶帮超，工作干劲噌噌地往外冒。

独与众

"扭住北京这一个点，带动全国证研整个面。"

拉长历史的镜头，更能看清当下的意义。

"过去辨别证件真伪，多是靠片面的几个识别点，而且都是老同志口口相传，有时候造假花样翻新了，单靠记住几个点就不那么管用了。说白了，还是缺少体系化的知识，知道证件不真，但它假在哪、有无规律可循、背后造假技术是怎样的，就说不太清了。"

坐在午后的暖阳里，刘卓回忆起他刚入警的时候，那是2000年，痕迹检验专业毕业的他，没两年就走上了证研岗位。彼时，证研工作刚起步，用他的话讲，手头连一本专业书籍都摸不到。

北京这个点上的问题，带出了全国面上的问题。

过去，全国口岸在出入境证件辨别上，尺度不一、标准不同、民警技能参差不齐，推行标准化工作流程，减少个人主观因素干预，变得越来越迫切。

为解决好这个问题，2014年以来，证件研究室捺住性子走了三步：一是组织编写近10万字证研培训讲义和53个教学课件，培训教材、课件、考核标准实现全国大一统；二是出台证件真伪认定和样本采集两个规范，把经验之谈上升为科学规范；三是举办全国性证研培训，再让科学规范入脑入心。"三部曲"唱了6年，陆续向全国培养了近千名证研人才。

扭住北京这一个点，又带动了全国证研整个面。

"请给这篇文章的作者颁奖，这得下多大功夫啊！"

"厉害了！今天拿到护照，完全印证了文中的观点。"

……

这些话摘自国家移民管理局证件研究网。

这个由证件研究室建设和维护的证件研究交流平台功德有三：其一成就了一批证研"网红"，各路高手"你方唱罢我登场"，金点子、好经验、新思路不断涌现，就看谁的点赞多；其二提供了课堂，各种证件鉴别方法包罗万象，前台查验的也好，后台鉴别的也罢，只有你想不到的，没有你找不到的；其三还能服务实战，各口岸24小时内上传案件动态，经常是"张家"查获的案件通报到网上,"李家"过不了几日也查到了同一类型案件,预警功能可见一斑。

数据最有说服力。目前,证研网发布专业文章2万余篇,注册用户2.2万余人,总点击量超过1100万次,在移民管理机构网站中使用点击人数位居前列。

都知道辨别真伪需要样本,可样本从哪来?基因库就在证件研究室。

一头在线下。实物证件有1.7万余本(份),国内最大出入境证件档案库,当之无愧。这些年,向各地借出去了500多回,有1.5万本次之多。

一头在线上。自主研发的样本数据库,打破了中国边检机关长期购买国外样本数据库的局面,存储了206个国家和地区近3500份证件样本,4年的时间走完了西方国家需要20年走完的路。

有了样本还不知所措,咋办?别着急!证件研究室来帮你。开发联网鉴别系统,兄弟单位有啥疑难证件,尽管网上吩咐,提供24小时在线鉴别支持。

若证件实在难缠,走一趟也无妨。2018年有一回,南方某边检站碰上了涉假证件,伪造手法隐蔽、迷惑性强。接到求助,在珠海出差的何守卫即刻赶赴现场,一番鉴别,隐藏的细微伪假痕迹无处遁形。假的!一锤定音。

从"异军突起"到"抱团发展",从"独行快"到"众行远",一个全国证研起势腾飞的故事正在上演。

学与教

"通过安全防伪证件为世界每一个角落、每一个人增加一份安全。"

给西方国家证研专家授课?以前,没多少人有把握。

根源在哪?一个对比,耐人寻味:西方国家证研工作发轫于19世纪末,到了20世纪80年代,大多有了专业化研究机构;相比之下,中国证研发展不过20年,起步晚、起点低、底子薄,甭管哪方面,先得从学生做起。

"做学生,就没得挑。人家派谁来,你管不着。人家讲啥,你只能听啥。"王玉回忆过去,"对方派来的,多是一线人员,讲的也是些基础性的辨别知识。讲点前沿的?觉得你用不上。"

转变发生在2017年。那一年,王玉、何守卫走上了中欧警务合作项目证件鉴别培训班的讲台,台下坐的是欧洲一等一的证研专家。该项目成立以来,第一次有了中国教员的名字。

首次亮相,表现不俗。下得台来,德国联邦警察局资深专家克里斯托弗拉住王、何二人，竖起大拇哥，"咱们水平是一致的。"

2019年，刘卓代表中国证研人第一次登上了世界证卡票签安全技术高峰论坛演讲台，主题发言《出入境证件防伪设计与查验》，"圈粉"无数。外国同行赞叹：中国证研发展速度惊人！

同年，澳大利亚证研专家杰夫·哈瑞尔来了。与以往身份不同，这一次，不当先生，当学生。"先生"向"学生"学习，学什么？杰夫一言以蔽之：理念、思路和技术。看过中国自主研发的证件样本库，杰夫当场表示：中国的样本库技术、标准比较高，样本丰富，希望中方参与全球知名埃迪森样本库系统的建设，澳方全力支持。

从学到教，从跟跑到超车，其中的变化，王玉感受强烈，"现在是内行听内行，真专家还是假专家，一听就知道，蒙不住我们。"

名气大了，想合作的就多。当前，经上级批准，证件研究室与澳大利亚、德国等7个国家和地区建立了双边合作机制，每月互通证研信息，在口岸管控中发挥了重要作用。

当然，交流有时也暗藏交锋，某国际知名证件阅读机生产公司就为此折过面。卖给证件研究室产品，却想在服务上留一手，哪想碰上一群爱琢磨的人。"哟，你们都研究透了！"公司理亏，"有的我都给！"

听说"邻居家"搞出了名堂，周边国家派来的访问团一波接一波，外警培训邀请也是一次又一次。

为啥不找西方国家？

王玉说，"咱一不推销产品，二无政治附加条件，给的全是实实在在的干货，你说他选谁？"

在世界证卡票签安全技术高峰论坛上，刘卓有段精彩说辞："通过安全防伪证件为世界每一个角落、每一个人增加一份安全。"中国在期待，世界也在期待。

研与产

"我们已经准备好了，只要国家需要，我们就上！"

产学研结合，很热的话题；如何实现产学研结合，很难的课题。

困难、困难，有人担当，就不难。叶兴说："证研仪器设备的研发生产，要靠权威部门来背书，我们已经准备好了，只要国家需要，我们就上！"

斗志是被6年前一个"爆款"产品激出来的。那会儿，证件研究室寻思换台新的证件采集仪，具备一键采集功能的。找遍市场，无一中意。找来国际知名公司，提出需求，用他技术，量身定制。PD2000证件采集仪横空出世，博得业界青睐。买它，证件研究室花了大几十万；卖它，公司赚了1个多亿。

创意与创新，一字之差，让中国证研人尝到了"有发现没发明"的辛酸。证研这条路走向何方？"研发，是华山一条道。"叶兴说。

心一横，脚一跺，说干就干。2016年，何守卫出手，打开一个缺口。他带领团队研发了一款便携式文检仪，学名叫"多光谱电子检测鼠"，一举拿下了实用新型专利不说，还打破了国外厂商多年的价格垄断，愣是把国外同类产品的市场价格压低了1000多元。

"关键是更好用了。"叶兴认为它实现了3项突破，"一是采用了液晶屏幕，使用时眼睛无需零距离接触仪器；二是内置操作软件，光源切换更方便；三是带有照片存储功能，可用于后期分析比对。"

有一线检查员感慨：用了它，头不晕了，眼不花了，便捷、雅观更实用。西方多国证研专家到证件研究室交流，一眼就相中了，上来就问：卖不？

证件研究室正盘算着下一桩"婚事"：突破关键核心技术，联合中国企业研发具有自主知识产权的"硬核"设备。这不，他们瞄上了新一代具有证件真伪自动识别功能的国产证件阅读机。

叶兴比喻："研发实战产品，就好比生孩子、养孩子，光靠我们不行，光靠公司也不行。我们替公司催产，孩子才能生下来；我们不断向公司提供技术和数据更新支持，孩子才能长大。"

"要紧紧牵住核心技术自主创新这个'牛鼻子'，加快推进国产自主可控替代计划，构建安全可控的信息技术体系。"习近平总书记的这句话，叶兴领会深刻。

…… ……

有反恐专家曾说，对恐怖分子而言，护照和武器一样重要。

此言不虚。有些问题，我们走了一路，思考了一路，他们仅仅是在研究"证"吗？关键是认清证件后面那个人；他们仅仅是在维护口岸安全吗？更重要的是守护国家的总体安全。从他们眼神中读懂了什么？那分明是一种枕戈待旦的危机意识、志在安邦的责任意识和时不我待的奋进意识。

【《中国出入境观察》杂志2020年第4期】

马攸桥，梦里梦外都是你

贺烈烈

"我不走，我要留在马攸桥！"2019年12月22日，王宇结束了在四川南充老家的探亲假，刚到单位就听到了可能要被调走的消息。王宇反应激烈，行李一扔，就找到站领导"说情"。

那天晚上，王宇辗转反侧无法入睡，他心里只有一个念头："我要留下来。"

王宇像阿里无人区的一棵树那样稀奇

呼吸特困难、吃不下东西、头阵阵发疼，晚上睡不着，第二天刚起床就流鼻血，过了五六分钟才止住。

2010年6月5日，王宇从驻地海拔3700多米的原西藏阿里边防支队札达边防大队，调到了海拔4960米的马攸桥边境检查站。报到第一天，就出现严重的高原反应，直到一周后才缓解。

马攸桥边境检查站是进入西藏阿里地区的门户之一，位于普兰县霍尔乡境内219国道旁，坐落在马攸木拉山脚下。年平均气温零下11摄氏度，方圆200多公里为无人区，人烟稀少、高寒缺氧、气候多变，自然环境十分恶劣，素有"鬼门关"之称。

从营门口放眼望去，检查站被四周光秃秃的大山环绕，仲夏6月却看不见任何绿植。王宇那时候就想，怎么会有环境这么恶劣的地方，待到什么时候能离开？

而让王宇意想不到的是，2020年是他坚守马攸桥的第10年。

"今年他都34岁了，还没成家。换个好点的地方，如在城里买套房子，婚姻也好解决了。"该站教导员马振东说。王宇休假时相过几次亲，对方一听说工作在阿里无人区，就没有了下文。

"调走我也想过，况且在这里工作3年就可以申请换单位，但我觉得，再艰苦的地方也要有人守，这里的人也需要医疗服务，这正是体现一个人价值的地方。"2007年4月，王宇作为原西藏边防总队的上等兵，在西藏大学医学院参加了为期半年的卫生员专业培训。此后，王宇不仅仅是戍守边关的一名战士，更是行走在高山峡谷的"医务官"。

检查站方圆几百里没有一棵树，能看到三两株灌木就很稀奇。"马攸桥环境恶劣，很少有学医的人愿意来，虽然我的医术不高，但救治一个人跌打损伤、头痛发热，就能体现出我的价值。"无论上岗执勤还是医疗救助，藏青色的警服永远是王宇最炫酷的"铠甲"，而穿上白大褂便是最美的"战袍"，尤其在海拔这么高的无人区，他觉得自己是一棵树，能利用浅薄的医术为战友为群众挡住病痛的风沙，一切都值得。

2019年，西藏出入境边防检查总站针对边境地区海拔高、环境恶劣等实际情况，推出"从优待警为基层办好十件实事"，其中就包括推动民警在机关与基层、高低海拔、不同岗位之间有序交流，相继制订出台《总站民警职工高低海拔交流轮岗意见》《干部交流调动工作暂行办法》等文件。王宇符合交流到低海拔地区工作的条件。

"尊敬的支队领导，我是马攸桥边境检查站见习警员（原四级警士长）王宇，听闻组织欲将我调离，我不想走……"那天晚上，王宇在被窝里用手机编辑短信再次发给支队领导，他在辗转反侧中等到天亮。

高原上的"生命救助站"

由于马攸桥距县城上百公里，以及无人区独特的地理环境、气候，过往旅客、辖区牧民经常遇到紧急医疗救助的需要，有时突然一场暴风雪，更让人猝不及防。

2012年1月，阿里地区普降大雪，该站附近的积雪量更是达到了90厘米，检查路段滞留车辆120余辆、人员500多人。

王宇作为站里唯一的卫生员，连续为有冻伤、高原反应症状的旅客提供帮助，几乎两天没合眼。

为不让滞留旅客挨饿、受冻，王宇和同事们将他们迎进站里，提供基本的需求保障，并腾出民警宿舍，安排150多名老弱病残孕的旅客休息。

"师傅你下车吧,身体健康最重要。"

"不行,熄了火,温度太低,车肯定打不燃了。"

拉巴次仁是位货车司机,感冒咳嗽加上高反头疼,病情越来越糟,但又不肯到站里休息。

王宇给他送去药品,"你下来,我给你戴上口罩,这样舒服点。"口罩可以湿润空气,止咳,这是王宇多年医治高原咳嗽患者的经验。

拉巴次仁不为所动,一直摇头。"你下来吧……我给你戴口罩。"王宇又说了3遍。车门开了,拉巴次仁下车领了药。王宇凑近帮他戴上口罩,发现这名高大魁梧的藏族汉子流泪了。

"为避免类似情况,只要山上下大雪,我们都提前协调交警部门封路。"王宇说,马攸桥的天气有时变化较大,遇上几百人被阻隔,我们也束手无策,但最危险的还是海拔太高,容易造成旅客严重的高原反应,甚至出现生命危险。

2013年12月20日凌晨5时,一辆大巴车到达检查站后,一名藏族旅客向检查站奔跑而来,大喊着"救救我的孩子"。正在执勤的王宇,立即迎了上去。

经检查,一对8个月大的双胞胎发生严重的高原反应,其中一名婴儿已经没有了呼吸,身体冰冷;另一名孩子呼吸微弱。母亲抱着孩子不停地哭泣。

王宇立即让值班民警顿多从岗亭里取出制氧机,给孩子吸上氧气。如何救治婴儿?该采取什么措施?王宇心里没有底,只能一边输氧一边把脉、听诊观察情况。

"孩子太小,目前情况不明。你们带上制氧机快去阿里救治,回头让班车司机捎回即可。"看着大巴车远离了视线,王宇哭了,他恨自己没有能力救治孩子。

除了救助过往旅客,王宇和同事们经常到牧区开展巡诊,为群众送医、送药,牧民看在眼里,记在心上。

2017年8月的一天清晨,一位牧民为感谢检查站民警的恩情,将一只羊拴在营门旁后悄然离开。后来,王宇和司务长逐户寻找送羊的牧民,将羊送回了扎西索朗家。

扎西索朗说,之前家里的小孩发高烧,王宇一直守着照看治疗,直到孩子脱离危险。他就想送只羊表达感谢,却未能如愿。王宇和司务长离开时,扎西索朗还站在门口唠叨:"藏族和汉族是同一个妈妈的儿女,你们为什么不把我当成一家人……"

"无能为力"的自责像一块石头

第一次救治战友,是在2011年9月13日。民警米建华从重庆休假返回单位后,感觉身体极其不舒服,王宇就给他提供了氧气、红景天和感冒药品,情况当时得以好转。

"我好难受,快来……"第二天凌晨时分,米建华喘着粗气从电话里不断呼唤。王宇迅速赶过去,发现他咳粉红色泡沫状痰、嘴唇发紫、脸色苍白、呼吸困难——急发高原肺水肿,若病情迅速恶化,数小时内就会导致人昏迷,甚至死亡。

持续供氧、用氨茶碱、加葡萄糖、缓慢静注……王宇说,当时救治了2个多小时,但仅仅控制了病情,站里医疗设备有限,当时挺紧张的,恨自己医术不高,怕辜负了战友,"无能为力的焦急,就像一块石头压在胸口!"

"折磨"王宇最狠的一次,是救助副站长徐俊的一次意外受伤。

2016年8月6日,王宇从对讲机里听到呼叫"有人受伤,需赶紧止血!"跑到现场,王宇看到一名战友靠在墙边,面部血肉模糊,伤口的血仍在外涌,顺着执勤服不断往下流。若不通过体型判断,根本就认不出是徐俊。

原来徐俊执勤时,被一块坠落的玻璃砸中。此时流血量已超过400毫升,情况十分危急。

由于缺乏缝合伤口工具,站里也没有做手术的条件。王宇使用压迫法止住血,经过简易的包扎后,立即将徐俊送往阿里地区人民医院。

王宇一直陪护着徐俊,自责"无能为力",但徐俊安慰王宇说没事,等两天消了炎就不疼了。

"边疆人民是心中的牵挂,夜晚的村庄灯火阑珊,叫我怎能不想念远方妈妈,可儿是一名边防警察……"为了减轻疼痛,徐俊点开了歌曲《我是一名边防警察》,来转移自己的注意力。听着听着,王宇流泪了,后来病房里的人都流泪了。

从无人区到热带雨林

最终,王宇还是调走了。

离队的前三天，王宇一直下厨帮忙。他也从抖音 APP 上学了几个新花样，想做些好吃的和兄弟们好好聚聚。

离开那天，下着雪，战友们都挤在营门处岗亭里送别王宇，等待着早班客运大巴的到来。直到中午12时10分才等来班车，战友们纷纷向王宇献上洁白的哈达，一一相拥道别。

由于牧场冬季转移，送别的群众只有欧珠一人，他在检查站对面经营小卖部，那是马攸桥唯一的商店。

"我在马攸桥待了十多年，和王宇已相处成亲兄弟。"欧珠提了满满一大兜吃的喝的送给王宇，推搡了半天，王宇还是没有收下。

班车发动了，战友们集体向王宇敬礼。车窗外雪花飞扬，王宇的泪水瞬间模糊了双眼。

一个月后，王宇被分配到林芝边境管理支队墨脱边境管理大队背崩边境派出所。墨脱在藏语中的意思是"隐藏着的莲花"，而背崩乡位于雅鲁藏布大峡谷的最深处，辖区分布在雅鲁藏布江两岸，最低处海拔仅400米，两岸唯一的通道——解放大桥，距派出所约300米。

从世界屋脊的雪域高原，到地球最北端的热带雨林。这里有会飞的横纹树蛙、恐龙时代的娑罗树、成片的野芭蕉林……辖区面朝雅江，背倚青山，如同世外桃源。

王宇一下子到了"天堂"，有点不适应。

勤务之余，王宇有时站在桥边，眺望世界最深的峡谷——雅鲁藏布大峡谷，看云雾聚散，或俯览脚下滚滚江水，奔流远方。

"解放大桥往上游约2000公里就是马攸桥，也许我能从这里洄游到马攸桥。"王宇有时会蹦出这样的幻想。

王宇一直通过微信关注着马攸桥的战友。"马攸桥的兄弟们，我好想你们。"2020年春节前夕，王宇通过微信转发了一张马攸桥边境检查站民警踏雪巡逻的照片。那群熟悉的战友，把随身携带的应急棍插进雪中作"船桨"，支撑着身体在雪海上爬行。那个画面让王宇热血沸腾。

【《中国出入境观察》杂志2020年第4期】

| 通 讯 |

筑牢防范打击非法出入境的钢铁长城

李远平　冯国梁

2010年至2020年，中国—东盟自由贸易区经历了从无到有，再到高速发展的辉煌历程。据悉，2019年，东盟与我国进出口总值4.43万亿元，超越与美国进出口总值3.37万亿元。2020年一季度，东盟正式超越欧盟成为我国第一大贸易伙伴。

广西作为我国唯一与东盟国家既有陆地接壤又有海上通道的省区，成为自由贸易区建设的"桥头堡"，且发挥越来越明显的作用。机遇与挑战并存，繁华的经贸往来下面也同样涌动着暗流，许多不法分子内外勾结，企图利用广西便捷的地理环境非法出入境，从事非法务工乃至贩毒、走私等违法犯罪活动，给边境社会稳定和国家安全带来了隐患。

新挑战需要新担当，作为驻守广西口岸边境的一支防范打击非法出入境活动的重要执法力量，改制不到两年的广西出入境边防检查总站能扛起这个艰巨的使命吗？

事实胜于雄辩，该总站交出了这样一份成绩单：2019年，查获"三非"人员11636人，查获量、遣返数、立案侦办、刑事拘留及接收内地公安机关移送人员取得"四升一降"的显著成效。进入2020年，截至5月12日，该总站共查获"三非"人员4368人，先后受到国家移民管理局、自治区公安厅8次通报表扬批示。

数据背后凝聚着开拓者、奋斗者的辛勤汗水。请跟随记者一起了解该总站打击整治非法出入境，筑牢边疆屏障，服务保障地方经济建设发展的奋斗历程。

全面布局，科技助力，磨砺斩"蛇"利剑

执法办案中心无疑是该总站基础建设的一个亮点工程。崭新的办案场所，智能化的办案设施，闭环的办案流程，集约化的办案模式……走进广西边境管理系统首个执法办案中心——凭祥边境管理大队执法办案中心，处处让记者耳目一新。

崇左边境管理支队凭祥边境管理大队大队长叶石坤介绍，执法办案中心广泛运用信息化科技设备，打造科学、规范、高效的执法监督体系，实现对"人、案、物"的全要素、全流程、全领域管理和"闭环式"全覆盖管控，构建起系统完备、运行高效、服务基层的执法办案工作模式。

记者采访期间，执法办案中心刚好协助基层派出所办理了一起非法入境案件。从犯罪嫌疑人入门登记到人身检查、信息采集、审查讯问及案件网上流转、审批、文书制作、案卷装订等，整个流程下来，3个小时就完成了。

"办案中心启用之后，大大减轻了我们的办案压力。我们有更多的时间下去走访，摸排线索。"谈及执法办案中心给基层民警带来的变化，凭祥边境管理大队那艾边境派出所民警何朝伟体会深刻。

新机构带来了新机遇。记者了解到，一年多来，该总站根据国家移民管理局关于加强边境管控体系建设部署，按照"人随事走"原则打破固有编制，科学统筹运用警力资源，连续出台《关于推进边境管理勤务改革工作的意见》等5个规范性文件，在体系建设上不断创新，实现了工作效率倍增。特别针对疫情期间防范打击非法出入境工作的严峻形势，为提高统筹作战效能，今年总站更是在管控力量体系建设方面下足了功夫。

为实现边境管控由"部门治理"向"综合治理"转变，该总站协调当地党委政府建立议边机制和枪毒私、偷渡问题突出地区挂牌整治制度，落实边境管理支队、大队、边境派出所一名主官进入同级公安机关或乡（镇、街道）领导班子；协调与解放军、武警部队建立协作机制，与铁路、民航、客运部门建立实名购票信息推送预警机制，压紧压实职能部门协作配合。

为实现力量体系由"专职防控"向"社会联控"转变，建立机关处室、轮训机构与基层所站"定点结对帮扶"机制，根据形势和任务需要，组织机关民警下沉基层助勤；边检站、分站与对应边境管理支队、大队建立应急反应机制，实行动态支援用警；推动自治区将边境管理辅警队伍扩充至2000人。

有为才有位。4月11日，广西壮族自治区党委书记鹿心社在总站构建"五位一体"管控格局,全面完成边境非法便道封堵工作简报上作出批示:"措施有力,行动迅速。这是加强边境管控防输入的关键举措。"

科技强警则是该总站边境管控体系建设中的又一张王牌。总站信息化科技处负责人卜云介绍,2019年1月,全国移民管理工作会议提出向科技要警力、要战斗力、要管理能力的口号,总站积极响应号召,围绕"数字边境、智慧边境"建设要求,深入推进信息化建设,推动自治区人防和边海防办公室完成边海防公共视频设施建设任务;同时,不断优化人工智能、人脸识别和大数据应用手段,形成多维度立体化防控体系。据悉,2019年以来,该总站依托出入境综合数据应用平台及自建数据库,先后在口岸依法查处近3000余名入境目的与签证种类不符人员。

重拳出击,力破大案,形成强力威慑

近年来,随着边境管理部门管控力度的不断加大,自发性地非法出入境行为得逞的几率愈来愈小。而境内外"蛇头"相互勾结,有组织、有计划的团伙性非法出入境活动的情况却日益增多。为此,该总站坚持控源头、打团伙、摧网络、断通道,注重抓好案情研判、专案侦查等重点环节,全面、系统、持续有力推进专案侦查打击工作,斩断非法出入境活动的"链条"。

2019年1月底,百色边境管理支队民警在工作中掌握,一名外籍男子欲从边境地区组织一批外籍人员借道百色非法入境务工,民警随即开展摸排核查,经过十几天的排查侦控,一个以杭某华、崇某家为首的外籍组织偷渡团伙和一个以陶某良、王某明、张某洪为首的运送他人非法进入我国内地务工的团伙逐渐显露出来。2月19日上午9时许,支队民警在靖西市公安局安德派出所的大力协助下,成功在靖西市高速公路某段当场抓获2名外籍组织者、3名运送者,查获46名非法入境外籍人员,查扣涉案车辆3辆。至此,一个长期盘踞在中越边境一线组织运送外籍人员偷渡入境前往内地务工的团伙被连"根"拔起,斩断了一条从边境非法入境借道百色的偷渡通道。

2019年底,广西防城港边境管理支队东兴边境派出所民警工作中发现,在东兴市边境互市贸易区内有人涉嫌组织外籍人员偷越国(边)境,并迅速成立专案组立案侦查。经过仔细跟踪摸排,民警迅速摸清了嫌疑人的活动规律。2月23日,开展收网行动,在东兴市河洲路某出租房抓获犯罪嫌疑人阮某和6名

非法入境外籍人员。随后，民警顺藤摸瓜，在防城港市防城区某路段附近抓获用小汽车接送非法入境外籍犯罪嫌疑人廖某。

该总站调查处负责人告诉记者，疫情之下，总站坚持打小案与破大案并举，串并侦查，深挖拓线，在此基础上，突出跨境、跨省区大要案件侦办，创新战法，逐点逐段突破，取得显著成效。

2019年底，崇左边境管理支队获悉一个组织他人偷越国（边）境的犯罪团伙，在崇左边境辖区从事组织外籍人员非法入境的勾当，企图前往广东等沿海地区非法务工。该支队迅速组织精兵强将组建专案组，深入辖区开展线索追查。2020年1月14日，专案组在南宁市横县某路口以及该县城某停车区第一次开展收网行动，一次性抓获组织运送者4人，非法入境外籍人员74人。

案件远没有结束，专案组深入挖掘发现，以黄某为首的组织运送偷越边境团伙长期盘踞在广西崇左边境一带。经过2个月的追踪，3月11日，专案组分别在南宁市、崇左宁明县、罗白乡等地同时收网，成功捣毁该系列团伙分支，抓获组织运送者5人，查获非法入境外籍人员17人。3月12日，又在南宁市某收费站以及附近国道成功抓获组织运送者6人，查获非法入境外籍人员18人。至此，该系列组织他人偷越国（边）境案成功告破，成为今年以来破获的最大一起系列偷渡案件。

据了解，一年多来，该总站破获公安部督办重特大组织偷渡案件7起，有效遏制不法分子的嚣张气焰。

全线设防，重点整治，密织网格"防控圈"

一辆辆满载水果、商品的大货车排着长长的队伍出入境，引擎声此起彼伏、不绝于耳；而在口岸两翼，一道边境铁丝网沿着山脊而立，安置在各个卡口的摄像头不停地转动，一列正在巡逻的移民管理警察队伍隐隐约约地显现在山里的边境小道上。这是记者在友谊关口岸看到的一幕。

记者了解到，当前，广西边境口岸已经从新冠肺炎疫情的阴影中苏醒，逐步恢复到了往日的繁忙景象，同样，一些不法分子也开始蠢蠢欲动，企图从事非法出入境的勾当。非常时期采取非常举措，该总站迅速启动战时响应机制，整合边境管理支队、陆地边检站和海港、空港边检站警力，采取"三道防线和一个辅助"举措，构建"三个联防"边境管控新格局，筑牢防范疫情输入和非法出入境的防线。

2020年3月17日中午，百色边境管理支队百南边境派出所执勤巡逻民警，在距离中越边境592号界碑约800米处的一个隐蔽山洞中查获13名可疑人员。经查，该批可疑人员系16日晚从592号界碑附近偷渡入境，企图前往广东、福建等地务工。由于边境地区各个路口都设立卡点，管控严密，一直没有找到机会离开，最终被移民管理警察逮个正着。

无论战"疫"特殊时期，还是平常时刻，扎紧"铁栅栏"，全面织密边境地区防护网，始终是该总站非法出入境治理工作的重要策略。该总站要求各边检站严守信息排查预警、入境审查、口岸巡查"三个环节"，强化边境口岸管控。一年多来，摸排发现并查处逾期居留超2000人。

各边境管理支队以"常态专项治理"为抓手，紧盯上级关注、群众关心的涉边违法犯罪活动，通过重拳整治、雷霆打击，压茬推进专项治理行动，全面铲除违法犯罪活动滋生土壤。仅2019年，拆除非法收费、望风窝棚180余个，打击处理"黑摩的""黑出租""黑导游""黑摆渡"等"四黑"人员150余人，排查界河船舶（竹排）2600余艘，拆解"三无"船舶、竹排560余艘（筏）。

警民联防，协同作战，凝聚联控合力

"发现他人涉嫌非法出入境的，请向我们举报，举报经查实后给予举报人奖励。"今年3月以来，该总站各沿边单位推动落实群众举报奖励制度，通过各种渠道向社会公开举报有奖的信息。

警力有限，民力无穷。为形成"村村是堡垒，家家是哨所，人人是卫兵"的防控格局，该总站积极推动警民联防工作，按照"屯有守边户、路有护边员"的标准，在抵边屯物建守边户进行值守，重点便道、码头物建护边员实施盯防；并参考枫桥派出所"红枫义警"经验做法，探索建立具有边境特点、本地特色的群防组织，不断壮大发展护边力量。特别是新冠肺炎疫情暴发后，该总站发动抵边村民、民兵、护边员、联防队员等4400余名干部群众，对边境便道进行24小时驻点封控；组织1480名干部群众在148个抵边抵海村（屯）成立148支护村队，对边境村屯实施闭环式管理，强化对本地村屯的驻点值守和巡逻盘查力度；推动党委政府在边境辖区非抵边的274个村屯、边境县域57个乡镇，实行分片包干、责任到人、全民值守的网格化管理；推动各地逐步提高举报奖励经费，其中凭祥和靖西市将举报1名"三非"人员的奖励提高至1000元，激发了群众主动性和积极性，效果立竿见影。两个月以来，总站各级争取党委政府支持用于奖励举报"三非"人员经费近69万元，根据群众举报查获"三非"外国人640余人。

单丝不成线，独木不成林。多领域、多部门协同合作是总站边境联防联控的重要手段之一。该总站推动落实与武警广西总队、南部战区陆军签署边境管控合作协议，常态实施边境前沿巡逻、堵卡、打击联勤联动工作；主动与运管、铁路及民航部门建立协作机制，加强与政保、治安、刑侦、出入境、反恐、交管等警种的反恐反偷渡合作，务实推进对越国际执法合作，切实增强边境管控合力，共同维护边境安全稳定。

2019年12月10日至20日，百色边境管理支队经过数月的侦查，彻底摸清边境组织偷渡团伙及广东方向"蛇头"、外籍务工人员基本情况，专案组立即通报广东警方，在广东警方的配合下，先后在佛山、揭阳、江门、惠州等地抓获中国籍"蛇头"黄某强、外国籍"蛇头"3人及外籍偷渡者12人。随后专案组通过加强审讯、深挖线索，2020年1月3日，在靖西市新靖镇捣毁2个卖淫窝点，抓获组织卖淫犯罪嫌疑人2名，查获外籍卖淫女7人，外籍"望风"人员1人。至此，一个长期盘踞在中越边境，组织外籍人员偷渡入境前往广东从事非法活动的团伙宣告覆灭。

攥紧拳头才有力量。该总站不断强化多警协同作战，2020年，推动自治区公安厅印发《推进广西边境地区人车查缉深化"三非"外国人治理工作措施》，部署全区公安机关开展"亮剑·2020"打击非法入境违法犯罪专项行动，协调区公安厅、检察院、法院召开协调会，成立两级"公检法"案件联合督办小组，实行案件快审快判和从严从重审判。

2019年12月，防城港边境管理支队东兴边境派出所执勤民警在一辆轿车上查获3名非法入境外国人，中国籍司机陈某锋被依法立案调查。随后，支队成立侦查工作专班，组织精干力量推进案件快侦快办，并与东兴市人民检察院就提前介入、补充侦查、案件会商等办案环节加强协作，确保更加精准高效地打击涉边刑事犯罪。

【《中国出入境观察》杂志2020年第5期】

| 通 讯 |

走进春天的派出所

刘茂杰

庚子年四月第十日，晨阳和煦，天空蔚蓝。

从丹东踏上去往宽甸满族自治县振江镇浑江村的路，既打怵又激动。打怵的是，这段路程虽然只有270多公里，除去130公里高速，剩下的都是九曲十八弯的山路，开车最快也要3个多小时，也会被左拐右绕的山路晃晕；激动的是，从去年11月至今，由于年底工作繁杂和新冠肺炎疫情影响，我已经有5个多月没有到振江边境派出所看看工作生活在那里的可敬可爱的战友了。

吉普车在宽甸满族自治县牛毛坞高速收费站下道后，直接进入了蜿蜒崎岖的山林之中。虽然时至4月中旬，但山里的温度并不高，残雪仍然藏在北麓山坡上热恋着冬季，柳树刚刚发出嫩黄的枝芽，迎春花悄悄地从花苞里钻出来，山间的小溪清澈可见水中苔藓，寂静的山谷里能听到溪水潺潺流淌。在经过了太平哨、步达远、下露河三个乡镇之后，我便到达了浑江村浑江口。

浑江口是辽宁省的最东端，也是振江边境派出所管辖地界的东端起点，因浑江在这里与鸭绿江交汇融合，历史便把朝鲜楚山郡、吉林集安市和辽宁宽甸县依两江进行了划分，神奇般地形成了"两国两省两江交汇处"，国、省、江举目可望。

从振江边境派出所开车到浑江执勤点需要近两个小时的车程，在去往振江边境派出所的路上，所长闫立国如数家珍给我介绍派出所最近一段时间的工作情况。在他滔滔不绝的讲述中，能感受到这是一个很有智慧的派出所。

今年的春天跟以往不同，新冠肺炎疫情的防控气氛也笼罩着这一座座大山。疫情期间，在这条山路上，派出所民警差不多每个星期都要开车完整地走上两三个来回，为辖区群众送上生活必需品，开展防疫宣传。这样的工作，看似增加了派出所的工作量，实则是把工作做到了位。在农村，小卖铺是人们最喜欢扎堆闲聊的地方，民警们急中生智，临时加开了"快递专线"，把群众急需的生活用品送到了百姓家里，一来解决了群众不会再去小卖铺扎堆的问题，二来也顺便做好了防疫教育宣传工作。

群众利益无小事。振江镇万宝、西江、浑江三个村，分别有三、四、五个小学生。今年初，派出所第一时间找到了镇中心小学校长，介绍了派出所的民警绝大部分是大学毕业生，自愿利用民警驻村的机会给这些孩子当义务教师，校长乐得合不拢嘴。现在，这些孩子已经在警务室听民警们给他们上辅导课了。

除此之外，派出所还想出了很多既方便群众生活又可以避免人直接接触人的办公方法，比如办理身份证、居住证和开具各种证明等，群众只要给派出所打个电话，或者向管片儿民警发个微信，经过核实信息准确无误，派出所很快就能办理。而那些只需派出所打印盖章的证明，民警基本上会直接送到村民家中。今年以来，派出所为老百姓实行了8项"零跑腿"代办服务事项，开展了300余次上门服务。

民警做事儿想着群众，群众自然爱戴这里的民警。为了感谢派出所民警的辛苦付出，振江镇的村民也经常会包些饺子、煮些咸鸭蛋送给执勤一线的民警。在他们眼里，这只是一些小事，却温暖着民警的心，加深着警民之间的情。

闫立国介绍起情况，时而从容淡定，时而热泪盈眶。"'衙斋卧听萧萧竹，疑是民间疾苦声'，我对百姓的冷暖安危感同身受。振江边境派出所民警们不畏病毒，不畏艰苦，为百姓解决一件件小事、一件件实事、一件件难事，给这里的百姓带来了春天的希望。"

"山重水复疑无路，柳暗花明又一村。"绕山跨谷，越岭过河，车行至绿江村的"小天池"，我们下车休息了片刻。鸟瞰绿江整个村落，500多户居民星罗棋布地散落在大山里的沟沟岔岔。据说数百年前，当地村民从朝鲜半岛移居到这里，延续着淳朴的民风，路不拾遗、夜不闭户，直到今天，这里仍是辽宁地区朝鲜族传统文化和民俗风情保留最完整的一个古村落。再过几日，这里便是青山环绕，绿波荡漾，渔歌唱晚，鸟语花香，如人间秘境，因此，这里也被美誉为"中国东北的香格里拉""北方小江南""东北第一村"。

鸭绿江的水一路逶迤，沿途续写着美，引得我时不时会用手机拍摄记录，而在有的路段却发现信号时有时无，不禁感概"这里要是有点啥事儿，还真是不太方便"。闫立国立刻给我调出存在手机里的几张照片，说："这个就是前段时间'警民 E 家'联防报警系统发挥作用，快速处置的一起火灾警情。要是放在以前，就算派出所民警赶到现场，估计房子也都烧没了。这里的山路实在是太难走了，想快都快不起来。"

"警民 E 家"联防报警系统，又是浓缩振江边境派出所智慧的一个体现。它是一个依托手机客户端、无线联防报警装置、语音应答程序，自主研发的一个集打、防、管、控、服务为一体的警民应急联动系统。这个应急联动系统以家庭住户为单位，10户成一组，当一户家庭遇到紧急情况时，只要按下报警器上"火灾""医疗""治安"任意按钮，其余9户人家、村委会干部及驻村民警、派出所接报警平台，都会同步收到相应求助信息，进而以实时图文传送的方式显示具体报警人的位置和周围处境情况，从而有效缩短出警时间，实现村民住户"居家互守、邻里互帮、治安互防"的先期处置预警目标，有效解决了部分农村老人儿童不会报警、家中遇有急事无人照看的难题，为110、119、120的支援救助赢得了宝贵时间。当地群众都亲切地称这个报警器为"炕头上的110"。截至目前，振江镇已有2584户人家安装了"警民 E 家"联防报警装置，实现了辖区全覆盖。今年以来，振江边境派出所通过这个平台成功受理接报警求助信息8条，挽回直接经济损失20余万元，救助7名遇险群众。老百姓每每提到这个报警装置都会伸出大拇指，这是老百姓真真正正尝到甜头的由衷赞美。

警力有限，民力无穷。实现百姓和谐、社会稳定的既定目标，矛盾纠纷排查化解显然是派出所的一项重要工作。为了及时有效地化解各类矛盾纠纷，振江边境派出所把各类矛盾纠纷进行了大排查大化解，因人因事建立了"三法四长五老"三级矛盾纠纷调解组织。"三法"是指法律事务所、太平哨法庭、宽甸县法院，"四长"是指镇长、派出所所长、司法所所长、行政村村主任，"五老"是指老干部、老支书、老党员、老民警、老司法工作者。何为"三级"？就是一般矛盾纠纷由社区民警和"五老"组织介入调解，复杂矛盾纠纷由"四长"介入调解，疑难矛盾纠纷由社区民警延伸到"三法"协助予以调解。开展这项工作，单靠派出所是很难实现目标和达到目的的，把"招法"想出来，就得"弯腰"落下去。派出所紧紧依靠地方党委政府，加强请示汇报和沟通协调，镇政府的高度重视是组建调解组织机构的重要保障。这样一来，由政府牵头，充分发动和依靠各级化解矛盾纠纷，自然而然地就达到了"大事化小、小事化了"的目的。

"世上无难事，只要肯登攀。"那么，对于96公里的边境线、管辖6个行政村的振江边境派出所，到底以什么样的警务模式才能更加有效地做好警务工作呢？振江边境派出所智慧的大脑始终在高速运转，他们正以勃勃姿态不负韶光。

用"点对点""网格化"概括总结，是振江边境派出所全新的警务模式，"三岗四区五点六站"是他们的具体方法。"三岗"即浑江口、石柱子、西江三个警务查缉岗；"四区"即绿石柱村、西江村等4个警务工作区；"五点"即绿江浪头哨所勤务点、绿江南尖头勤务点等5个勤务点；"六站"即浑江村、绿江村等6个"便民服务站"。实施警务区区长负责制，每区调配一定数量的民警、护边员和民兵以固定、轮岗相结合的方式开展警务工作。这样的岗、区、点、站警务模式，使振江边境派出所辖区警务全覆盖、无死角，老百姓安全感和满意度得到了极大提升。就拿"便民服务站"来说，快递公司把快件发到振江镇，派出所驻村民警把快件运到各自"便民服务站"，民警通过电话或者微信通知村民，村民只需到"便民服务站"取件即可，无论是对于快递公司还是老百姓，都是省时省力省心。

车子仍然在峰峦叠嶂的大山里千回百转。摇下车窗，大山里的春天别有一番生机盎然、朝气蓬勃的景象。往来的农用车与派出所的执勤车相遇，相互鸣笛致敬；往来的行人与派出所的民警相遇，相互热情摆手。这细节把山路十八弯点缀得格外温馨而饶有情致。

到了振江边境派出所，闫立国向我介绍了他们结合辖区自身特点自制的社区警务工作台账簿册，有的是指导民警怎样开展群众工作的，有的是要求民警每天制定哪些计划、完成哪些任务的，涵盖的内容很多，要求民警需要注意的细节很全，尤其"建立一套台账、拥有一支队伍、交实一批朋友、保卫一方平安、完成一份清单、创建一个品牌"这"六个一"民警工作标准，是振江边境派出所的"内功"，更加明确了每名民警的岗位职责和工作任务，使他们在实际工作中，有规可依，有矩可循。

细究起来，振江边境派出所的工作理念、工作方式、工作方法既不深奥也不肤浅，既不超前也不落后，而是"很实"！

很实的是，当地党委政府高度重视边境管理工作很实，派出所想法到位、汇报到位，当地党委政府领导得就到位，这算是重要前提；很实的是，人民群众的理解支持促使警务工作很实，派出所辖区的老百姓认知提升，警民鱼水情更浓，这算是根基牢固；很实的是，全所民警的工作理念很实，"一切依靠群众""一切为了群众"，从实际出发，理性务实，不做虚功，这算是策略精准；很实的是，全所民警的责任担当意识体现出的工作作风很实，跋山涉水、走村串户，他们耐得住寂寞，舍得吃苦，默默无闻、无私奉献、高产高效，这算是根本保证。

有耕耘就有收获。一个耕耘者只要踏踏实实地劳动，一定会有果实可收，也定能得到人们的爱戴。"收获辞霜渚，分明在夕岑。"我相信，振江边境派出所的这些实事，在经历过春天的萌芽和夏天的雨露之后，一定会在秋天丰收的季节里结出硕大的果实。

山水相融的景色最美，警民护边的样子可敬。一名民警、一个民兵、一名护边员、一辆执勤车、一个执勤板房，就是他们执勤点的全部。执勤地点相对简陋，可是从与派出所民警的交流中丝毫感觉不到懈怠，就像这个所民警写的一首歌一样："我们是路边的一朵小花，盛开在荒凉的大山脚下，不怕艰苦和寂寞考验，根落在哪，哪就是我的家。"

疫情日渐好转，很多地方生活生产秩序已经渐渐恢复，然而我们的民警还是默默坚守奉献在一线，春节至今，振江边境派出所还有5名同志没有回过家。望着峰峦如聚的群山，我的心头划过一丝丝沉重。

这里有江望不到江的入海口，这里有山望不到山的另一头。"明月出天山，苍茫云海间……戍客望边邑，思归多苦颜。"结束了对振江边境派出所的调研，临走时只看到了所长和教导员等4名民警，其他战友们都在各自执勤点，遗憾未能全部见到他们。

这就是振江边境派出所,一个有智慧的派出所,一个有朝气的派出所,一个有担当的派出所,一个春天里的派出所!

"芳林新叶催陈叶,流水前波让后波。"在丹东边境管理支队,像这样充满春天生机的派出所和基层民警还有很多……我愿随着春天的脚步一个个走进,抱有期许,播种未来,一起迎接属于中华民族伟大复兴的春天!

【《中国出入境观察》杂志2020年第5期】

| 通 讯 |

高擎战毒利刃　奏响禁毒凯歌
——云南边检总站坚决打赢新时代禁毒人民战争纪实

杨佳林　谢丽勋

走进云南出入境边防检查总站,"云岭雄关"四个红色大字庄严肃穆。从曾经的边防军人到如今的移民管理警察,体制转了,服装换了,身份变了,但职责和使命从未改变。如何继续扛起"云岭雄关"大旗,在禁毒战场上再奏凯歌?

"对于总站全体民警而言,改革不意味着禁毒工作就停下脚步,坚守初心再出发,每天都是战斗日。"云南边检总站党委书记、总站长孙鸿滨说。

"确保禁毒目标实现'稳中有升'。"2月21日,云南边检总站党委在2020年度工作会议上立下军令状。云南边检总站民警带着未洗的征尘,迅即投身缉毒战场,吹响了新一轮禁毒会战的冲锋号。

"真实的缉毒现场,远比电影更惊心动魄"

3月28日,夜幕低垂,震天的枪声打破了边城的宁静。中缅边境一线,一场场惊心动魄的"猎枭"行动正在上演……

"有人将分批携带大量毒品入境。"3月初,保山边境管理支队腾冲边境管理大队接到情报后,立即成立专案组,对线索进行摸排研判。

"今晚将有一批毒品入境。"3月18日,腾冲边境管理大队接到线索后,立即组织设伏拦截。当日23时许,专案组民警发现两辆可疑摩托车,前后相距3公里朝设伏点驶来。经分析研判,专案组民警决定放行第一辆车,对第二辆车实施拦截检查。驾驶第二辆摩托车的熊某见状,一脚油门冲卡意欲逃避检查。专案组民警迅速驾车追击,经两小时鏖战,在草丛中将嫌疑人熊某抓获,并在其摩托车货架上查获鸦片26.425千克。

10天后,该大队办案民警再次获悉线索,并及时在腾冲县至德宏傣族景颇族自治州某公路进行设伏。

3月28日22时许,一辆白色轿车驶入临时查缉点时,突然加足马力倒车逃窜。专案组民警果断鸣枪示警,另一组民警立即驱车逼停,上前将车上3名嫌疑人控制住。当场从车辆后备厢内查获海洛因、甲基苯丙胺8.532千克。

"逼停瞬间,两辆车的安全气囊都弹出来了,稍不注意就有生命危险。"回忆当晚的抓捕工作,全国禁毒工作先进个人、一等功臣、保山边境管理支队执法调查队副队长安晓华说,"真实的缉毒现场,远比电影更惊心动魄。"

只有更好地了解毒情形势,才能更精准地实施打击。

面对当前复杂多变的毒情,云南边检总站始终把情报工作作为打击毒品犯罪的重要抓手,着力完善人力情报、技术情报、计算机信息管理"三结合"的情报工作机制,认真分析毒品流向、毒品贩运路线、毒品运输人群、运毒高发时段、藏毒方式等特点,一张"情报线索主导,点、线、面结合,查、堵、截并举"的立体禁毒网络应运而生。

一次,临沧边境管理支队侦查员获取一份重要情报:有毒贩从境外贩运一批毒品伺机入境。

一张大网随即悄无声息地张开。

由临沧边境管理支队精干力量组成的专案组,秘密赶赴边境一线,经过近半个月的缜密侦查,逐步掌握案件相关线索,最终锁定嫌疑人白某。

"目标车辆入境了,准备抓捕。"专案组根据情报,在指定地点进行设伏堵截,嫌疑人白某驾车刚入境就被截停。经检查,发现车上只有两副棺材,而棺材里面却是空空如也。

嫌疑人为什么要从境外拉两副棺材入境呢?是情报有误,还是另有玄机?

侦查员随后将嫌疑车辆带至指定地点作进一步细致检查,发现棺材底部夹层有红色粉末物体,并闻到一股疑似冰毒的味道。

里面可能藏有毒品。侦查员请来木匠将棺材慢慢拆开,当场从底部夹层内查获冰毒330包、净重61.57千克。

"只有在专案侦破、目标案件侦查、延伸侦办上下功夫,坚持情报线索主导,灵活运用战术战法,强化对毒品犯罪的主动发现、精准打击能力,才能更好地将毒品犯罪扼杀在边境线上。"安晓华说。

"只有源头干净,才能截断物流寄递'暗道'"

随着"互联网+"、电子商务的快速发展,物流寄递行业已深入各行各业、走进千家万户。而这,也为毒贩提供了"便利",禁毒工作面临着新形势新挑战。

据相关数据显示,今年以来,云南边检总站通过物流快递查获毒品案件317起,缴获毒品数989.1千克,较去年同期增长3.8%和4.9%。2015年以来,通过物流快递查获的毒品案件逐年递增,境内外不法分子,利用物流寄递渠道贩运毒品日益猖獗,尤以边境重点地区向内地省份邮寄毒品最盛。

在边境地区,每天都有大量的物流快递经过二线边境检查站运往内地。据临沧边境管理支队军赛边境检查站站长李彦永介绍,平均每天经过检查站前往内地的物流快递车辆多达20余辆,运送物流包裹多达上千件。每逢"6·18电商节""双11"等网购促销日,从边境运往内陆的快递数量更是剧增,不法分子往往看中这个时机,伺机将毒品混杂在物流快递中进行贩运。

同时,毒贩往往比较狡猾,邮寄时虚报物品名称,不写发货人、收货人的真实姓名和地址;对毒品改换包装、精心隐藏在合法货物之中;联络使用隐语、暗语,采用网络在线支付方式,从而实现人毒分离、钱货分离,一旦中间出现意外,"卖家"和"买家"立即消失,给打击此类毒品犯罪增加了不小的难度。

为此,该总站制定了边境检查站过卡必查、边境派出所时时巡查、流动查缉点不定时抽查和覆盖陆、邮、互联网的立体查缉体系,依托"禁毒+大数据"工作模式,对相关人员信息认真筛查,全面摸排梳理物流寄递渠道涉毒犯罪线索,通过分析研判、延伸打击、协同作战,不断提升打击效能。

"物流查缉中队、物流园区警务室等一批新兴禁毒队伍应势而生。"李彦永介绍,他们已成为斩断物流寄递贩毒通道、深挖幕后黑手的生力军。

2019年10月,临沧边境管理支队辗转广东、湖南、广西多地,破获了一起特大跨境贩毒案,成功铲除了一条从缅甸老街途经云南,辐射内地多省,利用物流寄递贩毒的网络,先后抓获犯罪嫌疑人8名,缴获各类毒品33.93千克,毒资150万元。

"只有源头干净,才能截断物流寄递'暗道'。"常年战斗在缉毒一线的民警周鹏说道。

那么,源头在哪?

源头在企业,动能在群众;警民警企携手联动,才是打击的关键。

多年来,云南边检总站持续加强对边境地区物流寄递企业的联管联控,严格督促辖区物流寄递企业健全内部安全管理制度,确保三个"100%"(即百分百收寄验视、百分百实名收寄、百分百过机安检)制度落到实处,有效防范、及时发现涉毒犯罪。同时,建立健全奖励机制,定期组织快递从业人员开展业务技能培训,介绍毒品知识,不断提高物流寄递行业从业人员识毒、辨毒能力,更好地配合公开查缉,实现收寄与查缉的深度融合。

2019年8月5日,一边境派出所接到辖区某快递营业点工作人员举报称:"有人在我们这邮寄了两袋床上用品,比较可疑。"

随后,民警前往该快递营业点对包裹进行详细检查,当场从该批床上用品中查获毒品海洛因27块,重达9.48千克。

在边境地区,密切的警民警企关系也为打击毒品犯罪发挥着至关重要的作用。

"大数据运用,是禁毒斗争的主流趋势"

大数据对当今社会的影响已经扩展到各领域,警务模式也面临着新的要求和挑战。以"精确打击"为目标,实行"情报主导警务、扁平化指挥、优化整合、实时联动"的效率化作战模式,是现代化实战的需要。

从蛛丝马迹中寻找重要情报,由此追踪幕后贩毒黑手,这是德宏边境管理支队大数据研判中心每天的任务。有时,一个电话、一条住宿记录、一张快递单,都可能是一桩惊天大案的关键线索。作为云南边检总站率先成立的大数据研判中心,自2017年以来,该研判中心指导一线处置单元破获一大批重特大毒品案件,缴获各类毒品逾3吨。

在一间被民警戏称为"网吧"的办公室里,十多台计算机正在工作。办公室对面的墙上有一台巨大的电子显示屏,可以和电脑屏幕连接,直观呈现案情。研判中心负责人冯彬从电脑上调出一起典型案例,重要信息一一呈现,就像一张隐形的禁毒网络。每天,海量的数据进入中心后,经过分类筛选、归纳,确定重点人员及车辆,然后派侦查员跟进。

"研判中心像个'神经中枢',各基层单位处置单元就是末梢神经,这张网络覆盖着德宏边境一线的各个角落。在缉毒斗争中,有了信息,就有了无数双明亮的眼睛。"冯彬告诉记者,大数据不仅能更准确、更全面、更及时、更完整地记录信息,还能做到更快捷。

2019年5月12日深夜,研判中心民警从大屏幕上密密麻麻的通关数据中发现,两辆摩托车一天内往返边境7次,但并没有运输什么货物,形迹十分可疑。民警立即将情况通知一线单位,连夜组织重兵在边境重点路段布控堵截。

当晚23时许,在夜色的掩护下,两名可疑男子驾驶摩托车越过边境,驶向查缉点。见此情景,民警迅速拦截目标车辆,当场从摩托车上查获鸦片35.29千克、冰毒5.97千克。类似这样的案件只是德宏边境管理支队广泛运用网上追踪、网上碰撞、网上比对、轨迹分析等信息化手段破获毒品案件的一个缩影。

据该支队负责人介绍,大数据研判中心探索了"网上+网下"缉毒模式,深化与公安、网安、海关等合成作战,可以有力提高精确打击效能,让大数据在禁毒斗争中成为最有力的武器。

"大数据运用,应该是禁毒斗争的主流趋势。大数据情报研判中心的成立,给很多跨区域作战、联合作战提供了极大的胜算。"冯彬说。

"禁毒没有区域、国界之分"

3月16日,由清水河出入境边防检查站、临沧边境管理支队、重庆市渝北区禁毒支队组成的跨警种、跨地区执法合作机制正式启动,一张无形的禁毒铁网正悄然张开。

3月10日,清水河边检站查获一批运往重庆市渝北区的毒品,通过研判和反馈,发现与重庆市渝北区禁毒支队侦办的公安部目标案件"刘某某团伙贩毒案"系同源。经协商,双方成立联合专案组,将两案作并案侦查。

通过近10天的摸排,发现该批毒品将由嫌疑人尹某前往接取,刘某某负责接应。"嫌疑人出现,准备收网!"3月21日17时,专案组分别在重庆市南岸区某地下停车场、某公路边将嫌疑人尹某、刘某某抓获,缴获毒品海洛因29.9千克。至此,一条从境外延伸至我国内地的贩毒链条被成功斩断。

这是云南边检总站深化与公安禁毒、网安等部门执法合作及与解放军相关部门禁毒协作,实现"拔钉摧网"打击的一个缩影。

另据有关数据显示，这些年98%的毒品来源于境外。

如何解决"毒源"在外这一难题？

"毒源在外，给我们打击毒品违法犯罪带来很大困难。在这些年的禁毒斗争中，我们始终发挥守边、管边、控边优势，把工作触角延伸到境外，努力从源头上铲除毒品滋生蔓延的土壤。"有着20多年禁毒工作经验的云南边检总站副总站长李勇说，"禁毒没有区域、国界之分，通过开展禁毒执法合作，从源头上铲除毒品内流，才是治根的办法。"

3月中旬，德宏边境管理支队获悉：近期，有人将从境外走私大批毒品入境，贩往内地牟取暴利。

经过半个多月的专案侦查、循线深挖，一个以跨境旅游、经商为掩饰，组织严密、分工明确、涉案人员较多的特大跨境贩毒团伙浮出水面。

随后，专案组经过精心布控、果断出击，成功打掉一个境内外勾结、盘踞在边境地区的特大贩毒团伙，缴获毒品冰毒139千克，抓获犯罪嫌疑人13人。

近年来，云南边检总站依托云南省7个边境禁毒联络官办公室，加强与缅甸、老挝、越南、泰国等周边国家和地区禁毒机构的禁毒合作机制建设。同时，积极参与中老缅泰柬越六国"平安航道"联合扫毒行动，各边境州（市）不断开辟堵源截流境外战场，持续加强边境执法合作，推进境外追逃"拔钉子"，将打击锋芒直指境外毒枭毒贩。

"禁毒路上，从来都不是一个人在战斗"

"警官，我们村有人吸贩毒。"今年初，怒江边境管理支队民警接到群众举报，后经80余天缜密侦查，出动警力480余人次，成功摧毁一个长期盘踞在当地的吸贩毒网络，抓获犯罪嫌疑人7人，吸毒人员42人，扣押涉案车辆2辆，冻结毒资24万余元。

"禁毒路上，从来都不是一个人在战斗。"孙鸿滨说。

云南毗邻世界毒源地"金三角"，边境一线村寨长年受到毒品侵害，"毒品村"屡见不鲜。

如何治理好边境吸贩毒乱象，还边境一片净土？云南边检总站探索出了一条独具云南特色的治理之路。

2019年，云南边检总站联合云南省司法厅在全省启动"法治宣传固边防"

活动，开展禁毒法律法规进校园、进单位、进社区、进农村、进家庭、进场所的"六进"宣传教育活动，运用微博、微信、抖音APP短视频等新媒体平台，扩大禁毒宣传教育覆盖面，提高群众识毒、防毒、拒毒能力。同时与重点单位场所和重点人员签订《禁毒倡议书》，积极发动和鼓励群众举报吸毒人员、提供毒品案件线索，及时按照标准对举报群众实施奖励，构建起"横向到边、纵向到底、不留死角"的禁毒宣传网络。

拉祜寨是中越边境的一个拉祜族村寨。由于久居大山、思想愚昧和缺医少药，有的村民逐渐开始把鸦片当作药品来吸食，毒品阴云一时笼罩村寨，一度成为边境特困区、民族"直过区"、毒品重灾区"三区重合"的典型贫困村。

2017年5月，原云南省公安边防总队红河边防支队绿春边防大队平河边防派出所民警进村入户逐一进行尿检，168人中竟有103人的尿液检测呈阳性。

为彻底改变拉祜寨的风气，红河边境管理支队平河边境派出所民警确立了"民警监管、群众自治、就地戒毒、发展生产"工作思路，一手抓禁毒、一手抓扶贫，派出3名民警、辅警24小时驻村工作，发动组建了8人的护村队，实时掌握吸毒回归人员动态，防止复吸。

同时，村民还自发成立了"村歌小队"，将法律法规编成脍炙人口的山歌，传唱给村民听，引起村民极大兴趣。经过3年多的努力，如今的拉祜寨是美丽乡村的典范，经几次尿液检测，全村168人均为阴性（合格），从前94%的吸毒率已成功归零。

"要加强党的领导，充分发挥政治优势和制度优势，完善治理体系，压实工作责任，广泛发动群众，走中国特色的毒品问题治理之路，坚决打赢新时代禁毒人民战争。"习近平总书记的这句话，孙鸿滨体会深刻。

…… ……

电视剧《破冰行动》里有一句话：禁毒跟刑侦不一样，毒品案件不会有人来主动报案，得靠缉毒民警主动侦查。

的确如此。细细想来，他们接受的是最危险的任务，他们面对的是最暴戾的亡命之徒，他们常怀"功在当代，利在千秋"的责任意识，拼尽全力，唯愿天下无毒。

我们理应记住，有这样一群隐姓埋名的"潜伏者"。

我们理应记住，有这样一群出生入死的"破冰者"。

【《中国出入境观察》杂志2020年第6期】

| 通 讯 |

万山之州：见证千年丝路兴衰变迁的西部圣地

张 佳

世人每谈及新疆，往往为表象所惑，总以为贫瘠荒芜之地，尤以南疆为甚。但实际上，荒凉的外表下掩藏着丰富的内核。

作为古丝绸之路的必经之地，这里除了各种矿藏资源，还有着厚重的历史和人文沉淀，戈壁上不起眼的土堆、群山之中不知名的山口，背后都有着惊心动魄的故事，见证着千年丝路的兴衰变迁。

2019年冬，笔者来到被称为"万山之州"的克孜勒苏柯尔克孜自治州，沿中、吉（吉尔吉斯斯坦）边境对丝路北道上的一段做了粗略访问。

丝路风云

沿塔克拉玛干沙漠两侧绿洲，古丝绸之路分成南北两道。笔者此次所经区域，从阿克苏与克州交界处的阿合奇县（别迭里地区），一路西行到乌恰县方向的伊尔克什坦和吐尔尕特两个口岸，正是丝路北道上最重要的区域。

隆冬季节，走在这条举世闻名的通道上，满目的荒凉肃杀，偶有残存的烽燧、路牌上标识的古遗址，无声地诉说着这里曾经的辉煌。

我们今天说起丝绸之路，总觉得充满诗情画意和浪漫情怀，自张骞凿空西域开辟出这条通道，东西方贸易、文化、宗教经此实现沟通融合。但实际上，驼铃声声、商贾往来的背后，总是伴随着烽火狼烟。

笔者所走路线，正是历史上历届中原政权出兵讨伐强寇、扫灭叛匪的主要战场。西汉"贰师将军"李广利讨伐大宛、陈汤诛灭匈奴郅支单于，唐朝大将高仙芝阻击阿拉伯帝国东扩，大军都是经此出关。盛世之下埋葬多少忠魂，由此可以想见。

清乾隆时期，兆惠将军受命平定大小和卓叛乱，转战天山南北。最后的生死之战，清军由乌什县经阿合奇，最后兵锋直逼叶尔羌，在今莎车县附近剿灭叛军。此战之后，天山南北约190万平方公里的疆土得到全面巩固，朝廷将"西域"改称"新疆"，这便是"新疆"的最初由来。兆惠也因此被誉为"中国反疆独第一人"，名垂青史。

丝绸之路的兴盛与没落，还是中原政权兴衰的晴雨表。比如汉唐两朝，声威远播、国力显赫，丝绸之路就兴盛畅通；赵宋羸弱废弛，大部分时间都被北方游牧民族摁在地上摩擦，势力从未越过玉门关；到了近现代，满清末年至民国，政权腐朽不堪、外部强寇环伺，疆土安全尚且不保，更遑论顾及丝路畅通。

直到新中国成立后，丝绸之路逐渐复兴，并在北疆开辟出阿拉山口、霍尔果斯等新的通道。近年来，中国政府提出"一带一路"倡议，海陆并进，建立起涵盖亚、欧、非等大洲的"朋友圈"，沉寂多年的丝路古道随之重新焕发勃勃生机，其规模也进一步扩大和延伸。

当然，这个兴起过程，必然要伴随许多许多惊心动魄的博弈。

阿合奇夜谈

访问期间笔者夜宿阿合奇，遇到一名年轻的维吾尔族干部，其貌不扬，一番交谈之后才深感人不可貌相。

他对本民族的文化历史有着系统的研究，从骨力裴罗到庞特勤、从回鹘汗国到喀喇汗国，他都如数家珍。随后又讲到十万黠戛斯铁骑攻灭回鹘汗国，由此牵出维吾尔族与柯尔克孜族的千年渊源纠葛。他的观点：历史已成过去，现在理应齐心协力为国守好边疆。

再说到本民族历史上的宗教信仰，从萨满教、佛教到伊斯兰教，从他的讲述中笔者才知道，真正奠定伊斯兰教在新疆乃至在中亚地位的，并不是今日信奉伊斯兰教的诸民族，而是由蒙古人占主导的察合台汗国。

随后，他还谈起历史上的民族政策，从汉帝国的恩威并济、怀柔远人，到清王朝联姻蒙古、边缘其他民族的"愚民政策"，再到民国时有名无实的"五族共和"，他边谈边评，见识很是不俗。

一番畅谈之后，他又借鉴前人得失道出自己的观点：无论哪种政策，有一条内核不能变，那就是加强爱国主义教育，让家国理念深入人心，这才是边疆永固的根本。

不觉间已到深夜，因为第二日要早起前往阿图什，不得不在意犹未尽中结束夜谈。

日暮乡关

由阿合奇到阿图什，途中除了南天山山势险峻，其他路段大都在茫茫戈壁中穿行，地势舒缓，一望无际。

直到夕阳西下，云天在远方渐渐合为一体，戈壁尽头，高的雪山连绵起伏，低的山丘匍匐延续，有越野车在戈壁上远远驶过，卷起漫天黄沙，王维"大漠孤烟直，长河落日圆"，又或王昌龄"青海长云暗雪山，孤城遥望玉门关"，意境大抵如此。

日暮时分，经过一处村庄，临河而立、阡陌纵横，村庄四周白杨环绕，上空炊烟袅袅，村头红柳丛旁，牧人正赶着牲畜归来，牛羊在公路上闲庭信步、呼朋唤友，并不太理会往来车辆。

同属边疆，这里却并不肃杀，反有点中原气象，让人绝难想到边塞还有这般去处，"日暮乡关何处是，烟波江上使人愁"，此刻很能体会诗人崔颢当时的心境。

这座不知名的村庄是阿合奇地理的缩影。在全县境内，发源于吉尔吉斯斯坦的托什干河蜿蜒而过，水量充足，清澈甘洌，为全县农牧业生产提供取用之不竭的水源。若不是受温带大陆性气候和戈壁特殊地质限制，其富饶程度当不输于中原。

但边地苦寒，如此丰富的水资源，并不能增加植物的种类，在托什干河沿岸，常见植物不过高原白杨、戈壁红柳、硬叶榆、骆驼刺等几种，都是生命力极顽强的物种，既能适应严酷环境，又耐得住边疆漫无边际的寂寞。

人同物理，在这里，除了柯尔克孜族农牧民和戍边人，很难见到其他人。柯尔克孜族世代生活在此，已经适应了边地环境，戍边人则主要有三类：一为解放军官兵，二为移民管理警察（前身为武警边防官兵），三为援疆干部，他们均来自玉门关内，因为种种机缘来到边疆，肩负起神圣使命，将人生最好的年华奉献于边疆。

这些人背井离乡来到塞外，将满腔热忱付予家国，在戍守、建设边疆的同时，事实上还在扮演着本职以外的多重角色：包括为闭塞的边疆带来现代文明，促进不同民族间的沟通融合等，对边疆的安宁稳固发挥了不可估量的作用。

历史上，中央政府为增强边疆驻防力量，曾采取过包括免税、赐爵、边防军轮换、鼓励移民实边等在内的多项政策。经过一路探访，笔者认为这些经验做法以不同形式在边疆得以延续传承。

吉根！吉根！

从阿合奇向西到阿图什，再向西数十公里抵达乌恰县，然后继续驱车西行约3小时，抵达吉根乡。这里地处中吉边境，是中国大陆最后一缕阳光落下的地方，因此有"西陲第一乡"之称。

不过相比"西陲第一乡"的名号，吉根乡最为人熟知的要数布茹玛汗·毛勒朵大妈，她本是一名普通柯尔克孜族牧民，多年来一边放牧，一边在边境的石头上刻"中国"，一刻就是一辈子。

据说，在当地边境，由大妈亲手刻下的"中国石"不计其数。这看似寻常的举动，对维护和宣示主权有着特殊意义，大妈的事迹由此受到各级媒体和社会各界广泛关注。

2019年新中国成立70周年庆典上，在北京人民大会堂，大妈与黄旭华老人等一同获得"人民楷模"国家荣誉称号，成为全州乃至全族之楷模。

布茹玛汗·毛勒朵以白丁之身，穷一生时光，以最淳朴情怀、最平凡举动，在边地树立起爱国爱疆、守望家园的标杆，必将为后人所铭记。

由吉根乡再向西约40公里，抵达中吉伊尔克什坦口岸，中吉77号界碑就矗立在口岸西侧两国交界处。

界碑背后一道峡谷是两国天然分界，正西约一箭之地，在吉国境内有一片废弃的土屋，屋顶都已坍圮，唯留断壁残垣在塞风中兀自挺立，轮廓清晰可见。

一位边防战士说，那曾是中国戍边人的营房。笔者听闻很感疑惑，中方营房为何会在异国境内？再追问遗址的年代、来由，皆不可细知。

笔者由此想起多年来在边疆见闻，其实不止中吉边境，类似情况在中哈、中塔边境都有存在，缘由则要从150多年前说起。

晚清后期，帝国没落，沙俄趁机入寇，先后侵吞中国数百万平方公里土地，面积比2个新疆还要大，其中就包括以上诸国境内大片领土。中苏交好时期，曾一度承诺归还所占土地，但最终并未兑现。苏联解体后，独联体诸国各按地缘继承了原有领土，最终形成今日中亚版图格局。

世事沧海桑田，山川未曾稍改。站在界碑前，遥望远处莽莽群山，不由想到汉唐时代，一批又一批大好男儿远赴边塞，为帝国开疆辟土，多少人洒血异域、喋血疆场，方有后来中华基本之版图。以史为鉴，可知兴替，我们必将铭记历史，为守我中华疆土无虞奋发拼搏。

天山与昆仑

从乌恰县出发前往吉根乡，沿途均是最具南疆特点的荒山。山势险峻雄奇、磅礴沧桑，山体棱角分明、线条粗犷，山脊上怪石耸立，地势低处则遍布沟壑，那是洪水在大地上撕开的口子。

初望满目荒芜落魄，实则在骨子里透着一股子孤傲冷峻。途中偶尔有牛羊、骆驼在其间觅食，给这亘古荒凉的土地增添些许生机。

其中两座山头，一驼色、一青黛，山势低伏舒缓，在茫茫群山中看起来毫不起眼，经同行人员指点，方知这是天山和昆仑山的交汇处。下车细看，除了远处立着的一块纪念碑，仍看不出有何特别之处。

谁能想到，这两大举世闻名的世界级山系，竟发轫于如此其貌不扬的小山丘！他们由此一路绵延攀升，始终保持向上向前的英姿，不知要经历多少地理上的曲折、阻挠，还有其他山脉在空间上的挤压，最终跻身世界名山序列，靠的是脚踏实地的态度、百折不挠的意志和坚韧不拔的品质。

世间人事，大抵类此。

西部开发

笔者自小在内地成长，中原富足、边疆贫瘠已成刻板成见，但这一路走来，耳闻目睹边疆社会风貌、人民生活状态，其安稳富足并不输中原。

边疆之富足，一受益于国家富强，二是政府为民谋利，三则是对外开放，根源还要从"西部大开发"说起。

早在20世纪30年代，当时的国民政府就提出开发西部，并实实在在推行过，可惜未能成功。直到60多年后的2000年，中国政府提出西部大开发战略，拉开全面开发和建设中西部的序幕。

20世纪30年代，正是倭寇侵华时期，日本人在华北和东部沿海步步蚕食紧逼，让中国本就薄弱得可怜的工业、金融基础更加岌岌可危。国民政府当时决定开发西部，既是从宏观上调整经济重心，建立抗战后方，又是为了扩大国防纵深。

再看本世纪之初的西部大开发。20世纪90年代中期，当时的中国政府审时度势，再度将西部开发提到议事日程，重点是开发利用中西部丰富的自然资源，促进东西部平衡发展。

在中央政府的支持下，政策、资金、物力、人力等不断向西部倾斜。在此期间，作为中国大陆面积最大、占领土总面积六分之一、含有丰富自然资源的省级行政区，新疆在占尽天时地利的情况下，吸引越来越多的资金、技术和人才，实现了飞速发展，不断缩小与中东部兄弟省区之间的差距。

在此基础上，2013年，中国政府提出"一带一路"倡议，其中丝绸之路经济带以新疆为重要支点，被称为21世纪的战略能源和资源基地。该区域虽然经济发展水平较为滞后，但依托得天独厚的优势，实现了各项事业的长足发展，并持续将中国的朋友圈扩大至中亚、西亚，欧洲及非洲，吸引力、凝聚力不断扩大。

时至今日，当年历史事件中的许多人物已经退出历史舞台，有的人彻底成为"历史"，而西部大开发战略仍在深化，其成果已经惠及万千百姓。

在边疆这些年，笔者亲历这里的发展变化。这里虽然有困难和挫折，但前进的步伐从未停歇。这吸引了越来越多有远见卓识、心怀抱负的青年人，从内地来到边疆，投身这片热土，为建设和守卫边疆奉献自己的才智。

若干年后，史书上，必将留下属于他们的记录。

【《中国出入境观察》杂志2020年第6期】

| 通 讯 |

"103岗": 从国门到家门的枢纽

邱小平

黑龙江省卫健委5月22日对外发布,现有的最后1例无症状感染者,解除隔离医学观察,黑龙江省无症状感染者"清零"。截至当日,全省累计报告境外输入确诊病例386例已全部治愈出院。

消息传来,绥芬河出入境边防检查站执勤二队的民警难掩内心的激动,回忆起坚守103岗的日日夜夜,那些与病毒决战国境线的点点滴滴仿佛就在眼前。

103岗,位于黑龙江省绥芬河公路口岸国门到入境大厅之间,是边检监护区,也是海关检疫部门的方舱流调区。考虑到工作方便,绥芬河出入境边防检查站将这个岗命名为"103"。这里是同入境旅客接触最密切的岗位,也是最危险的岗位。所有入境旅客都要在这里进行流行病学调查、核酸检测和咽拭子检测,重症和确诊患者经边检民警人证对照,协助办理通关手续后被专用救护车送至指定医院;普通旅客由民警引导至待检区。在旅客眼里,103只是一个序号、代码、数字;但对坚守的边检民警来说,103是一份特殊时刻的印记,记载着他们的英勇与决心。

向"红区"挺进

4月1日10时44分,由俄罗斯符拉迪沃斯托克(海参崴)到绥芬河的国际客运班车到达绥芬河公路口岸,执勤二队负责入境检查勤务。

从3月26日绥芬河市第一起境外输入病例确诊开始,入境口岸就成为当地群众口中的"红区"。

在103岗带班的副队长董金海瞟了一眼墙上的电子显示牌:最高气温5摄氏度,最低气温零下4摄氏度。

11时03分,对讲机中传来了501岗的呼叫:"旅客已经过了国境线,在我方一侧等候,请带到边检监护区。"

董金海迅速带领民警刘可心、王铭泽前去。车上有47名旅客,大部分神色疲惫,但掩饰不住踏上祖国领土的兴奋。

民警王铭泽发现一名旅客离队伍远远的,他立即走上前询问:"为什么不排队?"

"我又没发热,我不能跟他们在一起走,万一传染了怎么办?"

"大家都隔着一两米的距离,都戴着口罩,前边两个还穿了防护服,能有效隔离病毒,请跟上队伍,希望你能配合。"

经过王铭泽的劝说,这名旅客总算是跟上了队伍。

"在边检监护区,始终有一种恐惧情绪伴随着旅客,他们担心自己检出发热,还担心被同车的人传染。"董金海说。

这样的情况,每天都有好几起。他印象比较深刻的是4月2日遇到3名旅客,询问发现,前一天回国的一名确诊患者是他们的室友,4人同吃同住了一个多月。室友一确诊,这3人非常紧张,赶紧回国。

王铭泽说:"很多人不能接受自己被感染的事实,为了维护好现场秩序,我们就要不停与他们对话,通过沟通安抚旅客情绪。"

"他们也的确辛苦,从莫斯科到海参崴要飞行近10个小时,到了海参崴还要转车,坐几个小时的大巴。回国了,还要进行检测、隔离,有些妇女和孩子到转运区就睡着了,我们看着都心疼。"教导员刘井奇说。

董金海记得一件事,4月4日,一名中国妇女带着1岁多的孩子,需要热水给孩子冲奶粉,但是由于入境旅客多,热水已经用完。董金海就安排外勤人员烧好水后送到指定地点,由她单独去取,解了燃眉之急。

有时候,旅客的恐惧情绪还会传染。

4月5日,对讲机里传出命令:"迅速到501岗转运病人。"

董金海再次带着李峰、王铭泽到达转运地点。俄罗斯的救护车门已经打开,患者是一个确诊病例,戴着口罩一直在咳嗽。对方转运人员都穿戴着防毒装具,王铭泽走上前,把病人护照消毒后进行了人证对照,确认无误后,帮助医护人员将患者转到我方救护车上,随即运到指定医院。

"现场气氛太压抑了,看到对方夸张的装备,拿起护照那一刻,我感觉都有点喘不上气来。"王铭泽说,回岗后,大家赶紧用酒精把自己里里外外喷了好几遍。

旅途时间长,检测程序多,旅客的急躁,民警都很理解。他们把自己的矿泉水拿给旅客喝,遇到有人不戴口罩,及时提醒戴上,安排旅客分开休息,保持安全距离,对旅客的情绪进行安抚与疏导。互动中,民警与旅客的距离也在拉近。

这么危险的地方,民警到底怕不怕?

民警蔺勇达说:"怕,怕被感染!但我们更怕工作出错。疫情期间启用了新的勤务方案,上勤之前站里组织了培训,但站在岗位的那一刻,还是怕哪个环节出现纰漏,造成不可挽回的后果。"

蔺勇达的观点得到李峰的认同。他说,"我们的任务是监护和管控,对疑似病例进行登记和人证对照,如果执勤中出现一名旅客漏检,将造成勤务事故。"

民警必须紧盯每一名旅客,一个都不能漏掉。而难点在于,做核酸检测并不固定在一个地方,有时在室内,有时在室外。所以,室内室外都必须反复核对人数,确保没有旅客漏检,这是一份考验责任与耐心的工作,必须细之又细。

"你看这长宽都不到200米的边检监护区,我们的手机每天都显示走了3万多步,雄霸微信运动榜前列。"民警刘可心说。

由于核酸检测第二天才能出结果,等待的时间也是大家最害怕、最担心的。

王铭泽说,有一名旅客让他印象深刻。"她是我的老乡,很年轻,才20多岁,在莫斯科打工。检查时我还跟她聊了几句。没想到她的名字也出现在确诊名单上。我相信,那是一记重击。"

"当你从媒体发布的确诊患者名单中,看到大多数都曾出现在自己的登记本上,那种恐惧真是无法形容。""90后"民警魏小淞是第一次接触这样的高危勤务,一直有些紧张,但一走上103岗就不怕了,"因为在岗位上,你是顾不上害怕的,没有多余时间思考,只想做好工作,保证不出差错!"

关于防护服的故事

防护服,是民警与新冠肺炎作战的"盔甲"。得到这层"盔甲"保护的同时，也要承受"盔甲"之重。

民警王楚琦说："防护服、护目镜确实对证件检查造成了一定的困扰，戴护目镜、防护面屏会产生很多雾气，这对前台检查来说非常不方便。一旦产生雾气无法直接擦拭，因为手套接触过护照，虽然进行了免洗酒精凝胶的消毒，但是也不能触碰皮肤。"

防护服带来的困扰远不止冷热这么简单。民警刘玉峰说，身着二级防护装备，距离在一米以上就听不清说话了，在核对证件的时候只能近距离接触，面对面问话和登记，还得大声喊，而喊话导致喉咙发痒，"但是我们不敢咳嗽，怕给旅客造成恐慌，只能忍着，特别难受。"

戴着近视眼镜的徐鹏宇深有体会："像我这样戴着近视眼镜、口罩，再戴护目镜，耳朵特别疼，晚上回家洗澡时都得小心，睡觉尽量平躺不压着耳朵。"

面对种种困扰，民警们纷纷集智攻坚。听医生说用碘伏擦拭面屏和护目镜内侧，可以阻止起雾，副队长陈斌便去采购了一些，效果确实挺好，但碘伏散发的刺激性气味也让人非常难受。一些同志担心穿着防护装备不方便如厕，上班前就穿上了纸尿裤。

有些问题可以解决，有些问题只能硬扛。

防护服在室内验证台上穿着还好，最多就是热得像蒸桑拿一样，走出室外冻一会儿就好了。辛苦的是室外执勤的民警，防护服里面没办法穿大衣，恰好4月初那几天气温低，还下着雪，进到屋里面又马上出汗，简直是冰火两重天。

民警胡杨深有体会。4月4日，大雪骤降，他穿着防护服在103岗执勤，没办法穿大衣，查车的时候"感觉就像刀尖往骨头上戳"。

对民警李猛义来说，穿防护服最难受的是手。他给笔者伸出了双手——10个指肚的皮全磨没了，一碰针扎似地疼。

教导员刘井奇说，手套不透气，有滑石粉，戴的时间长了就不舒服，再加上用酒精洗手液反复搓手，磨破皮是常事，好多女民警的手都磨破了。

刘井奇自己也出过一次状况，脱防护服的时候，密封太好，胶带粘得太紧，找不到拉锁，实在喘不上气了，就一把将防护服撕开，好在有惊无险。董金海脱防护服下来，脸都变形了，大家看他又想笑，又想哭。

"防护装备就是我们的'盔甲'，绝对不能出问题。"董金海说。一次勤务中，他突然发现徐鹏宇的外手套磨破了，立即提醒他更换。他的防护服也破了个洞，陈斌发现了，及时提醒他，避免了风险。

想拍一张全家福

民警吕政凯说，在103岗一站，民族自豪感扑面而来，这是在验证台无法体会到的。

让吕政凯印象最深刻的事发生在4月2日。他第一次上勤，在对发热旅客进行人证对照的时候，一名看起来年近50岁的大叔，自言自语地说："还是祖国好，进了这个门，就回家了。"

吕政凯心里为之一震："是啊，在海外游子眼里，这里就是家。"

藏辉也有类似的感受，但他的感受有些区别。4月4日，他在103岗执勤时，遇到一个"狠"人，在排队接受检测时不听从指挥，推推搡搡，嗓门特别大。藏辉上前淡淡地问一句："你在国外也这样吗？回家了，身边有亲人了，就不守规矩了？"那人默默地低下了头。藏辉说："大家都知道，不管什么时候，祖国才是自己永远的家。"

通过103岗的日日夜夜，民警对工作的认同感也极大地提高。

刘可心结束旅检勤务之后，进行了核酸检测，阴性。在单位隔离了14天，他穿着警服回家了，车上挂着口岸通行证。社区工作人员测完体温说："老弟，你比我们辛苦，一定要注意安全。"这让他觉得"自己的工作特别有意义"。

4月4日，刘可心和同事李达监护拟转运到定点医院的发热旅客。当天下着雪，五六个发烧的旅客都坐在车里，李达、刘可心在车门站着。后来，救护车把他们拉走了，一名旅客对他们喊了句"加油"。他俩感到特别贴心。

通过这场"硬仗"，执勤二队也发生了很多变化，支部一班人的向心力更强了，队伍也更团结了。

4月4日勤务结束后，董金海送蔺勇达回单位隔离点，告诉他当天103岗一共转运了10名发热旅客，叮嘱他务必做好消毒、好好洗个澡。

蔺勇达回答说太累了，躺下就睡着，不想洗了。

董金海突然严肃起来："如果因为疏忽大意造成非战斗减员，我绝不原谅！这次疫情，我希望大家都能好好的。"

蔺勇达顿觉眼眶湿润。

"4月初的那几天，入境人数一直不降，确诊人员名单也越来越长，主流媒体天天报道，全国人民都在关心，从国家移民管理局到总站，时刻关注着我们，站里还组织了28人的党员模范先锋队来支援我们。如果干不好，我们没法交代。"刘井奇说，"在这期间，队里的这帮年轻人给了我最多感动，他们在疫情中迅速成长，奉献精神和担当意识令人钦佩。"

4月4日，绥芬河公路口岸迎来了入境高峰，勤务一直到零点才结束。由于连续几日加班，民警都很疲惫，副队长陈斌排班时有些为难。这时，队里年纪最小的女民警、24岁的林子琦主动请缨："我年轻，明天的班我继续上。"4月6日晚，一天的勤务结束后，25岁的张佳旭向同班的执勤二队党支部书记刘井奇，火线递交了入党申请书。

民警徐鹏宇的爱人彭舒婷是执勤三队民警。这次公路口岸吃紧，她看到爱人那边人手紧张，主动申请加入了党员先锋模范队，被站里抽调支援公路口岸，夫妻俩一起并肩战斗在国门一线。

因为不确定自己是否被感染，担心传染给家人，很多民警都把孩子送到父母家、亲戚家。根据勤务安排，民警吃住都在口岸大楼的隔离点。董金海说："我们全队都做到了临危不惧，一往无前。"

在公路口岸旅检通道临时关闭之后，执勤二队28名民警统一做了核酸检测。看到都是阴性结果的那一刻，3位队领导硬是没憋住，任凭泪水打湿了眼眶："终于把兄弟姐妹们都平安带回来了。"

根据黑龙江省卫健委通报，截至5月22日，累计报告境外输入确诊病例386例已全部治愈出院，这386人每一个人都经过了103岗的检查。在这场防范境外疫情输入的战斗中，绥芬河边检站无一起闯关漏检，无一起勤务事故，检查员无一例感染，口岸出入境秩序井然，圆满完成了出入境边防检查和监护任务。

"我有个愿望，想在合适的时候，召集执勤二队全体民警在103岗照张全家福，这是一辈子都不能忘却的地方！"刘井奇说。

103岗，不仅仅是连接国门与家门的枢纽，还有太多让人刻骨铭心的记忆。它承载的，是一个有关家国、奉献、担当的故事。

| 通 讯 |

【采访手记】

后浪奔涌　未来可期

这场疫情让万千年轻人一夜长大,在这场防范境外疫情输入的战斗中,我看到了"90后"的勇敢,也看到了"90后"的奋斗。

4月1日,绥芬河边检站执勤二队开始接手入境勤务。带领这支半数是90后、平均年龄只有30.8岁队伍的人是教导员刘井奇。他直言:"真正的考验来了!"

是的,考验来了,只是这个考验来得有点猛。

确诊的人数每天都在增加,面对确诊患者的几率每天都在增大。采访中,"第一次面对如此危险的勤务"是每一名民警的心声。

于是我知道了,第一次穿着防护服走上验证台,女民警几乎无法移动;第一次从国外救护车上转运确诊患者,男民警的恐惧无以言表,这些都是真实的存在。

面对考验,要么扼住命运的咽喉,要么被命运扼住咽喉,所以,你不能后退、不能屈服,而要起身战斗。你当然会疼痛,甚至会受伤,但绝不会让自己后悔,因为你懂得,考验如火,正在淬炼真金。

当然,我也看到了,在队领导的鼓励下,24岁的女民警林子琦勇敢地走上了验证台,"90后"的达斡尔姑娘金敏伊兰一天接触了7名确诊患者,25岁的张佳旭、吕政凯从国境线上转运确诊患者,一次又一次。

风雷之上的激荡,日常之中的厮磨,不会被历史风尘所掩盖,只会成为不可磨灭的永恒记忆。你面对考验的抉择、你挺身而出的担当、你的用力与坚守、你的恐惧和勇敢,它们连成你的人生轨迹,造就你的真实存在。

在最为危险的103岗,我们真切地感受,"90后"的集体心跳成为大家一线奋战的宣言。

凡是过往,皆为序章。每一粒熬过冬天的种子,都有一个关于春天的梦想。5月22日,当黑龙江宣布全省无症状感染者清零时,我们为这个阶段性胜利而欢呼。我们扎根于这个伟大的国度，我们坚守在国门的第一线，我们无畏一切艰难险阻的考验。

如果说什么精神值得永远传承下去，"奋斗"一定是最重要的之一，这正是移民管理警察显著的品质。国门前后浪奔涌，移民管理事业未来可期。

【《中国出入境观察》杂志2020年第6期】

| 通 讯 |

不会颠勺的驾驶员不是好摄影师

殷卓骏　刘　钊

印象中，能在某个领域做得出色的人，一定是个守一不移的人，可老徐班长颠覆了笔者的认识。

老徐班长叫徐志东，公安边防部队转隶前，是一级警士长、名副其实的兵王。在吉林出入境边防检查总站，都知道老徐班长摄影技术高超，别人眼中的边关美景、戍边战友的勃发英姿都能在他那里成为永恒。翻看他的摄影作品，不禁让人感叹：兵王就是兵王！而熟悉老徐班长历史的人，则说，不会颠勺的驾驶员不是优秀的摄影师。

原来，有着30年军旅生涯的老徐班长，并不是个"专一"的人，从普通士兵到高级士官，支撑他不断突破的并非摄影技术，而是车辆维修技术，而让他走上驾驶维修岗位的却是他出众的厨艺。

"见一行爱一行"和"干一行钻一行"

年少时的徐志东没有实现大学梦，在职业选择上也是"见一个爱一个"。

初中毕业后，没事儿做的徐志东常到父亲朋友的餐馆后厨帮忙，父亲发现这小子不为赚钱，只为偷学后厨师傅的颠勺功夫，于是徐志东被送到了职业学校学厨师。他头脑灵活又肯吃苦，厨艺上进步飞快，毕业时拿到了三级厨师资格证书。

父亲本以为学成归来的儿子，会找份工作或者开个餐馆好好过日子，殊不知这小子又有了新目标。

一次到邻居家串门，正赶上当武警的邻家哥哥回家探亲。年少的徐志东看着那身军装两眼发直。回想起当时的情节，徐志东记忆犹新，"比看见了肉还馋，心里满是羡慕和仰慕！"于是在1989年春天，他如愿穿上了军装。

带着技术入伍的徐志东自然有用武之地。新兵连结束后他被分配到原通化边防支队招待所工作，梦想和技能的高度吻合，家人都觉得他一定会安稳下来，可徐志东就是不按套路出牌。

招待所的院子里，常常有司机班的战友修车，徐志东干完了手头的活就跑去看，看来看去看出了兴趣也看出了门道，有时候帮忙出门买配件，时不时也上手修一修。"志东，你别做饭了，跟我们干得了！"徐志东听后正中下怀，于是又放弃了招待所的美差，报名参加了驾驶和汽修培训班。

青春的迷茫让徐志东有些"花心"，可自从和车辆打上交道，他不仅握紧了人生的"方向盘"，更挂上了事业的"前进挡"。

从事维修和驾驶岗位后，徐志东拿出了超乎常人的劲头。纸上得来终觉浅，他就先后5次到大型汽修厂跟班学习，维修技术日渐高超的他，也走上了"领导"岗位——支队机关车队队长。这个岗位不仅要管车，更要管人，车的脾气他上去开两把甚至听声音就能摸透，可那些驾驶员的脾气秉性可没那么容易摸清，但无论干什么，徐志东做事都让人服。

2000年春节前，徐志东率领车队到吉林省最偏远的边境地区长白县慰问。冬天开车去长白是驾驶员的噩梦，雪大路滑不说，而且全是"胳膊肘子"弯。徐志东亲自选人，亲打头阵。

返程时，路过一个弯道，一位年轻驾驶员一脚重刹后，车辆跑偏直接撞上了路边的石砟子。虽没有受伤，但驾驶员明显受到了惊吓。看到徐班长跑来，更紧张了，不停地咽着口水。"兄弟，这不怪你，你开我那个，这个车交给我！"良言一句三冬暖，驾驶员平复了许多。

徐志东命令车队先行，他驾驶受损车辆慢慢行驶。当行驶到长白山无人区路段时，方向盘突然失灵，车又滑到路边沟里。无人区里没人没车没信号，徐志东只能下车跑步往前进。跑了一个多小时后，终于遇到一台车，这才脱险。

从1990年开始，徐志东在车辆维修、驾驶、管理岗位上干了二十几年，维修技术从初级到高级，警衔从初级士官升到高级士官，其间他执行过几十次重大任务，为单位节省了近百万元经费，培养了几百名优秀驾驶员，成为名副其实的兵王。

"偶然相遇"和"长相厮守"

说起对摄影的理解，老徐班长说摄影是一种情感的记录；说起和摄影的缘分，他说是一次偶然。

1993年，徐志东被抽调到原公安部边防管理局技术通信处担任驾驶员，兼任通信技术器材库管理员。

徐志东第一次走进通信器材库，遇见了人生中的第一台照相机——"海鸥DF300"。那时照相机不常见，摄影人才更稀缺。看着他爱不释手的样子，同事便请示领导，帮他申请了胶卷，让他学习摄影。

徐志东兴奋得整晚没睡着，抱着相机翻来覆去地琢磨，看着机器上天书般的字母，猜测着按键的功能，他想按下去，又怕弄坏了机器。纠结许久，徐志东勇敢地按下了快门，"咔嚓"，那短促清脆的声音为徐志东打开了一扇通向"新世界"的大门。

从那时起，他便成了铁杆摄影迷、相机发烧友。攒钱买相机、学摄影成为他的一大乐趣。摄影是个烧钱的爱好，徐志东掰着手指仰着头算了算，他买设备器材已经花了30多万，远远超出了给家人买礼物的花销。老徐班长说："一个月看不见媳妇可以，一天不拿相机不行。"从什么都不懂的小白，到同事眼中的大师，徐志东在碰壁与失败中执着地追求着，记录部队发展、展现戍边人吃苦奉献的梦想越来越强烈。

2010年，已是高级士官、年逾不惑的徐志东再一次转行，成了宣传战线的一员。光阴十余载，初心未曾变。其间，他无数次深入吉林边境"两江一线"采访拍摄，从人迹罕至的双目峰，到人群熙攘的圈河口岸，他用镜头记录普通民警的内心独白，也拍摄过全警实战大练兵的超燃场面，帧帧画面、张张照片，构成了徐志东从警的心路历程。

"幕后的担当"和"昨天的荣誉"

穿林海、踏雪原，苍茫的边关稀释了城市的霓虹。徐志东更加明白：摄影需要技术，宣传工作更需要情感和情怀。所以，他的镜头常常对准边境线上那一个个跃动身影和警徽之下一颗颗滚烫的初心。他清楚作为一个摄影人的责任，更时刻铭记自己戍边卫士的担当。

2017年8月，图们江下游遭遇特大洪水，徐志东随警赴抗洪一线采访。

浑黄的江水拍击岸边，溅起的水花打湿战友们年轻的脸庞，留下了粒粒沙土。徐志东刚到一线，指挥部就接到消息，20名群众被困一栋楼房顶已经一天一夜，需要立即前往救援。徐志东一听，扛起摄像机就要登船，救援组负责人抬手拦住，"徐班长，你就别去了，太危险！""我也是战士咋不能去！98年我就抗过洪，这种情况怎么能少了我，赶紧的吧，老百姓还等着呢。"

途中，冲锋舟在穿越被洪水淹没的稻田时，螺旋桨绞进了杂草，发动机无法运转。徐志东带头跳进水里推船，几人一起顶着风浪把船推上了一块土堆，但此处距离被困群众仍有五六百米，前方看似水浅，却不知水下是何情形，远处的群众岌岌可危。"游过去！"负责救援的同志向被困群众慢慢接近，徐志东打开摄像机，紧随其后一步步走到没过脖子的深水中，然后将摄像机高高举起，拍摄了战友们救人的珍贵画面。撤离时，徐志东为拍摄完整坚持最后一批撤退。

当这段救援画面出现在新闻联播时，所有参与救援的同志都清晰可见，唯独不见站在洪水中举起摄像机的老徐班长。后来，因在抗洪救援任务中表现突出，徐志东被吉林省政府授予个人一等功。

2018年12月，还有3个月就可退休享受生活的徐志东选择和战友们一同转隶。从军数十载，两鬓已泛白，徐志东卸下了3条粗拐的肩章，换上了和所有转隶民警一样的两拐警衔。老徐班长说，戴上这个警衔我找到了一名新兵的感觉，一切从头再来。

【《中国出入境观察》杂志2020年第6期】

| 通 讯 |

科摩罗：穿越4亿年，只为"鱼"你相见

任 多

今年2月10日，一则"科摩罗人民为中国抗击新冠肺炎疫情捐款100欧元（约合人民币761元），现金（两张50欧元）已经交到当地大使手里"的消息，让科摩罗这个名不见经传的印度洋岛国走进了中国网友的视野。

科摩罗到底是一个怎样的国家呢？科摩罗伊斯兰联邦共和国（简称科摩罗）是印度洋上的一个岛国，位于非洲东侧莫桑比克海峡北端入口处。"Comoros"在阿拉伯语中是月亮的意思，所以科摩罗也被称为"月亮之国"。虽然科摩罗有一个浪漫的名字，却是世界上最不发达的国家之一。科摩罗工业基础非常薄弱，只有香料种植业比较发达。2019年，该国人均国内生产总值仅853美元，GDP在非洲国家中排名倒数第三位。网络资料显示，时至今日，科摩罗全国仍有45%人口处于极端贫困中，普通工人日薪甚至低于10元人民币。如果按照这个数据计算，这次科摩罗人民捐助我国的100欧元相当于一个普通科摩罗工人近80天的工资，正应了中国那句老话——礼轻情意重。

今天，笔者就蹭一蹭科摩罗的热度，给大家讲一个关于科摩罗的小故事。就在20世纪50年代，科摩罗见证了近代动物学史上一次伟大的溯源。科摩罗人民将这个故事记录在本国公民的电子普通护照上。我们只需打开紫光灯，就能开启一段通往远古时代的往事。

若将护照的资料页置于紫光灯下，就能看到右上方的鱼形荧光图案。如果仔细观察，我们就会发现画中的鱼与常见鱼类有很大的区别——它的脊椎一直延续到尾尖，尾巴没有上下分叶的尾鳍，胸鳍、腹鳍也明显比一般的鱼更加粗壮。这些特征足以证明它特殊的身份——腔棘鱼。

关于腔棘鱼的故事，得从3.5亿至4亿年前的泥盆纪说起。那时候，陆地上

还没有脊椎动物，连我们最熟悉的古生物恐龙都没出现。人们从化石中发现，当时地球上广泛分布着一类腔棘鱼。它们形态特殊，鱼鳍内部有着和陆生脊椎动物四肢相似的骨骼结构，这样的鱼鳍被称为"肢状鳍"。

有科学家推测，大约在泥盆纪，其中一支腔棘鱼正是凭借强壮的肢状鳍爬上陆地，经过一段时间的挣扎，它们越来越适应陆地生活，最终进化成为真正的四足动物。也就是说，古腔棘鱼是哺乳类、爬行类、鸟类、两栖类等所有陆生脊椎动物的祖先，当然也包括我们人类。可奇怪的是，近代科学家一直没有发现白垩纪后期的腔棘鱼化石，于是人们相信，在距今6500万年前的白垩纪后期，腔棘鱼突然从地球上销声匿迹，至此灭绝。

时至1938年12月22日，一艘在科摩罗群岛附近水域作业的渔船网住了一条奇怪的大鱼，它坚硬的鱼鳞闪着蓝莹莹的幽光，鱼鳍特别健壮，而脊椎骨竟然一直延续到尾尖。虽然这条鱼长得怪模怪样，但并没有引起船员的重视，大伙只是将它与各种捕获的海鲜堆放在一起。当这艘渔船停靠在南非东伦敦港口时，当地博物馆的管理员拉蒂迈女士例行检查渔获，希望从中找到特殊物种扩充馆藏。她一眼就从海鲜堆里认出了这条气质出众的鱼，这条鱼的特征告诉拉蒂迈女士，它很可能是已于6500万年前灭绝的腔棘鱼。

虽然拉蒂迈女士知道这条鱼的重要性，可是12月正值南半球的盛夏，鱼已经开始腐烂，而当时博物馆没有条件存储这样一条1.6米长的大鱼。于是拉蒂迈小姐赶紧给生物学家史密斯教授发了一封电报，还给他寄了这条鱼的素描图。十多天后，当史密斯教授看到电报时，他惊呆了——如果素描图正确，这条鱼就是幸存的腔棘鱼，这将是20世纪最重要的发现之一。他立即回复拉蒂迈小姐："无论如何请保留好这条鱼！"但是这个时候，鱼已经高度腐烂。

第二年2月，史密斯教授终于见到了这条奇迹般的鱼，此时这条鱼只有鱼皮和头骨被保存了下来。史密斯教授采用双命名法将鱼命名为"latimeria chalumnae"——用发现者拉蒂迈的姓"Latimer"作为鱼的种名，而以当地河流名称查鲁姆纳河（Chalumna）为种名，所以至今仍有人将腔棘鱼称为"拉蒂迈鱼"。

发现腔棘鱼的消息在学术界引起了轰动，可是此后人们再也没发现第二条腔棘鱼。由于第一条腔棘鱼只留下残缺的标本，人们无法对这种鱼做进一步研究，腔棘鱼给人们带来的一连串问题也无法解决——它到底生活在哪片水域？

它会是这个族群的最后一条腔棘鱼吗？这种堪称"万物之祖"的鱼类，内脏结构有什么特殊之处呢？

为了解开这些谜团，史密斯教授开始在非洲悬赏寻找第二条腔棘鱼。虽然进行了大量的搜索工作，甚至动用了南非总理的私人飞机，可是茫茫大洋中再也没有找到腔棘鱼的身影。很快，第二次世界大战的硝烟侵扰了非洲大地，史密斯教授的搜索工作被迫中断。14年后，就在史密斯教授即将放弃搜寻时，一封电报让他喜出望外——"刚刚捕获一条长五英尺的腔棘鱼，鱼体已注射福尔马林……"发报地点正是科摩罗群岛的藻德齐。就这样，在岛国科摩罗，人们得到了第一个完整的腔棘鱼标本。自此之后，在科摩罗群岛的大科摩罗岛、昂儒昂岛都陆续捕获了腔棘鱼。科学家们这才知道，原来在登陆过程中屡受挫折未能成功进化的那一支腔棘鱼，已经重新返回大海，在海洋中寻找到一个安静的角落默默地延续种族，与陆地彻底告别。

科摩罗捕获的腔棘鱼，外观与化石中远古时代的腔棘鱼高度相似，科学家从它们的脑部找到了和脊椎动物登陆相关的重要特征。它是生物进化史上一个标志性的物种，也是我们人类与远古祖先的联结点。看到这条鱼，我们便知道自己从何而来，我们在演变的过程中又经历了什么。因此，腔棘鱼的发现被誉为二十世纪最伟大的动物学发现之一。腔棘鱼是科摩罗的骄傲，至今，科摩罗人民也一直为全人类保护着这个堪称"万兽之祖"的珍贵物种——虽然科摩罗人民生活并不富裕，但他们却非常珍惜上天赋予的自然环境，严格执行各种环保措施，甚至捕获的海鲜都要挨个量尺寸，达标才会进入市场。也许正是因为科摩罗人民对环境的爱护，才让"万兽之祖"腔棘鱼选择在这里安家，并最终与人类相遇。

腔棘鱼在亘古的大洋中遨游4亿年，最终与人类在科摩罗重逢，将解锁生命密码的钥匙交到我们的手中。同时，它也"游"进科摩罗护照，诉说着护照的特殊意义。护照不仅是一本出入境证件，每个国家都努力把最具标志性的元素融入护照设计中，将护照打造成展示本国风采的特殊名片。在未来的工作中，我们不妨花些时间认真研究护照里的装饰图案，探索它们背后的科学文化内涵，让护照成为我们移民管理警察了解世界的钥匙。

【《中国出入境观察》杂志2020年第6期】

壮志凌云七十载　鲲鹏展翅翱九霄

徐殿伟　刘姝梦

碧海蓝天间，烟波无际，水鸟翻飞，一座跨海大桥横亘于碧波之上，远处的高楼鳞次栉比、气势恢宏……在深圳湾畔举目眺望，一座现代化滨海城市的神韵跃然眼中。

回望70年前，当1950年罗湖口岸成为国家对外开放口岸之时，这里只是边陲小镇、荒凉渔村。如今，有鹏城之誉的深圳已经拥有2000万人口、人均GDP突破2万美元，像一只展翅高飞的大鹏，在粤港澳大湾区和深圳先行示范区建设的征途中，搏击风云、遨游长空。

岁月如歌，沧海桑田。驻守在祖国南大门、经济特区的深圳出入境边防检查总站，历经七十载风雨兼程、奋楫前行，从组建之初仅有罗湖、文锦渡两个检查大队，到如今辖有18个边检站，担负23个一类口岸、15个二类口岸、85个码头、15个出入境渔船执勤点以及福田保税区的出入境边防检查工作和沙头角边境特别管理区管理任务，成为海陆空业务齐全、全国出入境人员与交通运输工具查验量最大的边检总站。七十载峥嵘岁月，深圳边检总站的发展史是党领导边检队伍不断前行的历史，是移民管理事业发展腾飞的历史，是一代代深圳边检人励精图治、矢志不渝的历史。

大鹏一日同风起，扶摇直上九万里。聚焦今日的深圳边检总站，一个个坚守的身影凝成最美风景、一座座庄严的关口铸成钢铁长城，在时代浪潮中为维护国家安全稳定、助推地方经济社会发展、护航改革开放伟业积聚了磅礴力量。

红旗猎猎映国门——这是一部用生命镌刻的壮丽史诗

北溟有鱼，其名为鲲。化成大鹏，质凝胚浑。燀赫乎宇宙，凭陵乎昆仑。

五岳为之震荡，百川为之崩奔……在诗人眼中，大鹏是极尽雄浑壮阔的化身，位于深圳东部的大鹏所城便是这样一个坚固无比的海防军事要塞，有着600多年抵御外侮的历史，曾涌现赖恩爵、刘黑仔等一批杰出民族英雄。深圳又名"鹏城"即源于此。

新中国成立后，当历史再次将守国卫边的重任交到深圳手中，续写这部英雄史诗的正是一代代前赴后继、奋勇拼搏的深圳边检人。

创业："忆往昔峥嵘岁月稠"

在广东南部一隅，有一条源自梧桐山蜿蜒西流的小河——明溪。自古以来，深圳、香港隔河共处，血脉相连。1840年鸦片战争爆发，英帝国主义先后通过《中英南京条约》《北京条约》《展拓香港界址专条》三个不平等条约，强占强租整个香港地区。明溪往昔的宁静被遽然打破，从此更名深圳河，成为英国租借香港新界的界河。横亘于深圳河之上的罗湖桥，从中国人自由往来的通道，屈辱地成为外国列强把持的"国界"关口。

1949年10月17日，人民解放军在东江游击纵队配合下解放深圳。由于边防对敌斗争尖锐复杂，大批潜留特务、土匪和小股反动武装不断袭扰边防。1950年7月1日，人民解放军41军50团和广东公安学校抽调70余名骨干，正式组建成立深圳公安检查站，隶属广东省公安厅边防局领导。从此，一道坚固的雄关便矗立在中国南部边陲——深圳。

建站初期，执勤和生活条件极为艰苦，边检官兵顶着风吹日晒露天执勤，区区70余人要负责罗湖、文锦渡两个边境通道的检查验证和巡逻任务；粮食储运靠官兵轮流到7公里外的粮站背回，宿舍由祠堂改造而成，经常"床头屋漏无干处，雨脚如麻未断绝"。就在这样艰苦卓绝的条件下，边检官兵坚定信念，吃苦耐劳，自力更生，从无到有一点一点夯实深圳边检事业的基石。

由于当时边防管理制度不严，边检官兵检查出入境人员手段以分辨口音和查验行李物品为主，旅客来往香港频繁，国内反革命分子大批逃窜香港。1951年2月15日，广东省公安厅实行出入境人员检查签证、登记制度，中国公民须由对外开放口岸持公安机关签发的《入出通行证》通行。同年8月2日，公安部发布《关于管理往来港、澳旅客的规定》，深圳边检据此建立验证制度，中国边防检查工作由此揭开崭新的一页。

进入60年代，国内外反华势力加紧渗透破坏，频繁在口岸制造紧张气氛和流血事件，深圳口岸成为殊死博弈的战场。据统计，1960年至1962年在入境邮件中查获反动传单7600多份，查获特务间谍1600余人，仅1962年就查获炸药、炸弹、爆破器材案件10起。

1962年8月29日上午8时30分，罗湖口岸刚刚开闸，国民党特务黄炳照企图携带炸弹入境到内地进行破坏活动，当检查组组长陈治文对其手提箱实施检查时，黄恐阴谋败露，突然引爆炸弹。陈治文不幸以身殉职，牺牲时年仅29岁。

为粉碎敌人的破坏行动，1962年10月，深圳边防检查站成立40人的安全检查小组，在罗湖桥头对旅客携带的行李物品实施行李随人、逐个检查的办法；增设X光机，对行李进行X光透视检查；对入境列车实行分段包干，以边进边查的方法争取提前发现爆破物品；扩大邮包的检查力度，对托运入境的行李物品严加检查。

在外患内敌的形势下，深圳边检官兵以捍卫共和国大厦基石、维护国家主权、保卫边关为己任，坚定立场、严阵以待，用鲜血和生命坚决保卫着南疆国门，书写下忠诚守国的铮铮誓言。

崛起："天地间荡起滚滚春潮"

"1992年，又是一个春天，有一位老人，在中国的南海边写下诗篇……"当改革开放总设计师邓小平同志乘专列抵达深圳视察工作时，一系列振聋发聩的重要讲话为改革开放大业指明了前进方向。1月19日，邓小平同志来到皇岗口岸，在听取完情况汇报后，独自一人站在落马洲桥头分界线，深情眺望香港，足有八九分钟。

作为中国改革开放以来建立的第一个经济特区，与香港一水之隔的深圳，成为连接内地与香港乃至世界各国和地区的"中介地"。深圳口岸成为中国走向世界、世界了解中国的窗口，见证了深港两地的飞速发展和唇齿与共，每年经由深圳经贸往来、旅游观光、文化交流、回乡探亲的人数与改革开放相伴相生，呈现爆炸性增长。

为提高口岸通关效率，深圳边防检查站增加通道数量，1980年10月，罗湖口岸从最初入出境共6张验证台增加到34张，大幅提高证件检查的速度；简化检查手续，将验证、复验、盖章等手续合而为一，取消出境验放卡制度，对入出境列车、汽车的检查由普遍检查改为重点抽查，放宽私家车随员限制等；延长通关时间，深圳口岸最初通关时间不足10小时，后于1982年、1984年、1986年等多次延长关闸时间，为深港两地居民往来提供极大便利。

和谐顺畅的出入境通关秩序，离不开紧密高效的深港合作机制。1981年7月8日，深港边境联络直通电话正式开通。根据双方协议，直通电话试行24小时值班，主要用于协调处理口岸和边境日常事务，重大事件通过边境会谈会晤解决。截至1998年，深港双方电话联系3万余次，处理各类问题1万余件。经过几十年探索，深圳与香港之间的边防会谈和交流，从最初的谨慎摸索，逐步发展到如今的紧密合作，成功构筑一个解决两地出入境事宜的联络协商平台。

改革开放后，部分不法分子企图利用对外开放后的通关便利从事破坏活动，口岸偷引渡和走私活动一度猖獗。深圳边防检查站正确处理"服务"与"管理""放"与"防"的关系，"以放为主、防管结合"，保持打击不法分子的高压态势，坚决维护国家主权利益，坚决保卫改革开放成果。

1987年6月20日，惠阳地区5万多名群众听信"香港总督新上任，边境开放三天"的谣言，纷纷涌向深圳企图偷渡。在外流事件突发之际，深圳边防检查站联同兄弟部队紧急出动，采取劝退、堵截、巡逻、警戒等措施，及时加强深圳边境一线和特区管理线的堵截防范工作，同时，派员深入惠阳地区各边防县、镇，做好宣传辟谣工作，这起逃港事件终于平息。

1997年7月1日，中华人民共和国正式对香港地区恢复行使主权，香港重新回到祖国的怀抱。肩负着保障口岸畅通使命的深圳边防检查总站，开足通道、优检快验，见证驻港部队彰显国威的铁流疾进。回归后，在"一国两制"前提下，深圳边防检查总站继续承担对口岸出入境人员、交通运输工具的边防检查和监护职能。

振兴："直挂云帆济沧海"

乘职改东风，绘日月新天。1997年，根据国务院和公安部关于边防检查职业化改革试点精神，深圳边防检查系统实现历史性变革和整编，由现役制武装警察改为职业制人民警察。12月30日，深圳出入境边防检查总站正式挂牌成立，隶属公安部出入境管理局。由此，深圳地区边防检查汇集一统，百舸争流。

职业化改革后，深圳边检总站党委根据人员结构发生的新变化，围绕队伍正规化、基础信息化、警务实战化、执法规范化"四项建设"，坚持以"守正"为基础，始终保持正确政治方向和战略定力，以"创新"为关键，不断增强发展动力和队伍活力，励精图治、改革创新、真抓实干，充分展现了边检机关的政治本色和担当作为。

为积极应对深圳口岸客流"大进大出""快进快出"的特点，深圳边检总站不断优化勤务组织，由各边检站自成体系、执勤队固定班次的模式，逐步转变为根据客流情况叠加执勤、跨建制队、跨场地、跨边检站支援的勤务调度模式，现场勤务组织效率不断提升。同时，健全优化便民举措，实行了旅客蛇形排队候检、网上报检、"蓝色提速线"措施、24小时咨询服务热线、"深港走读学童电子标签查验"模式、完善口岸引导标识和通关隔离设施，引入义工、社工等社会力量等一系列举措，营造了安全、便捷、高效的出入境通关环境。

通过狠抓执勤执法规范落实，强化口岸安全管控，深圳边检总站圆满完成了北京奥运会、深圳大运会等重大活动以及各个敏感节点期间的边防检查工作任务，全力维护口岸安全，为内地与香港社会的繁荣稳定保驾护航。建站70年来，深圳边检总站共查验出入境人员45亿人次、交通运输工具3.64亿辆（艘、架、列）次，查处各类违法犯罪分子20余万人次，年查验出入境人员数量从1950年的25万到如今的2.5亿，增长了近1000倍。

2018年4月2日，国家移民管理局正式挂牌成立，移民管理事业踏上全新征程。同年12月31日，深圳边检总站根据国家移民管理局统一部署，完成并入、划转以及整合等机构改革工作。2019年1月1日，新组建的深圳边检总站挂牌成立，下辖18个出入境边防边检站，执勤范围跨越广东省7个城市。

从历史走来，深圳边检总站经历了公安、解放军、现役制武装警察、职业制人民警察等多次体制变革，从"军事边防"到"政治边防"再到"对外开放"，一代代边检官兵、民警职工攻坚克难、戍边守关，在激情岁月中谱写了宏伟壮丽的凯歌，留下了历史铭刻的足迹。

云帆高张昼夜驰，勇立潮头御风行。站在新的历史起点，深圳边检总站认真践行对党忠诚、服务人民、执法公正、纪律严明总要求，抓住粤港澳大湾区和深圳先行示范区建设的重大历史机遇，加快推进移民和出入境领域"放管服"改革，坚持严格规范公正文明执法，让人民群众在出入境过程中感受法治文明开放的获得感、幸福感、安全感，努力打造展示中国风范中国形象的"国门名片"。

铁血丹心铸忠魂——这是一支用忠诚锻造的威武之师

不忘初心，七十年矢志不渝；牢记使命，守担当筑梦前行。

打开历史的画卷，深圳出入境边防检查总站走过的70年，既是党领导的边防检查事业取得辉煌成就的70年，也是党领导的边防检查队伍持续推进自我革新、铸造忠诚铁军的70年。在一代代深圳边检人的接续奋斗中，对党忠诚的基因永远赓续绵延、历久弥新。

坚持党建引领，让党徽在口岸熠熠闪光

"我志愿加入中国共产党，拥护党的纲领，遵守党的章程，履行党员义务，执行党的决定……"2020年6月16日，深圳边检总站机关党委组织开展党员过"政治生日"主题党日活动，在鲜艳的党旗下，党员干部们重温入党誓词、回顾入党初心。

翻开深圳边检总站党员名册，6个党总支部、222个党支部、4950余名党员，现如今庞大的党员队伍规模，在70年前老一辈边检人眼中简直超乎想象。1950年，刚刚建立的深圳公安检查站在广东省公安厅边防局领导下成立党总支部，下设秘书股、总务股和罗湖、文锦渡检查大队4个党支部，共有党员70余名，占总人数90%以上。

当时的深圳与新生的共和国一样，一穷二白。30岁出头的站长李浩然率领着同样年轻的党总支部成员们，怀着对共产主义事业忠贞不渝的信仰，克服衣食住行等重重困难，从搭建木板营房到修建锡纸检查棚，从缉私反特到建立验证制度，一点一滴夯实着边防检查事业的基石。

1959年，深圳边防检查站进行体制机构改革，集体转业为人民武装警察，成立站党委和团工委，共有党员180名、团员100名。队伍大了，党员和青年的思想面临多元化挑战。站党委结合工作和队伍实际，不断加强经常性思想教育和反敌情斗争观念教育，通过开展"五好干警"和"比、学、赶、帮、超"等革命竞赛活动，进一步提高队伍思想政治觉悟和履职尽责能力。

治国安邦重在基层，管党治党重在基础。通过深入调查研究，深圳边防检查站党委认识到，必须持续加强基层党组织和党员队伍建设，才能确保队伍绝对纯洁稳定。90年代伊始，站党委提出"抓党建、促全面，抓试点、带一片，抓两防、保安全"口号，充分发挥各基层党支部作用，加大对队伍教育管理力度，着重解决基层组织不健全、制度不落实、党管干部不严、领导不坚强、党务工作者不懂不会等问题，推动基层党建全面进步、全面过硬。

随着深圳边检党组织的凝聚力、战斗力逐渐增强，一系列先进基层党组织和党员代表不断涌现。据统计，1986年至1995年间共有46个党支部被上级评为先进党支部，583名党员被评为优秀共产党员，1989年罗湖边检站五科被中央组织部评为"全国先进基层党组织"。

领导班子作为党组织的"领军者""脑中枢"，是夯实党执政组织基础的关键。1998年2月，深圳边检总站召开职业化改革后第一次党员代表大会，选举产生总站党委领导班子。根据公安部党委关于"抓班子、带队伍、促工作、保平安"工作思路，总站党委聚焦信念过硬、政治过硬、责任过硬、能力过硬、作风过硬，加强政治理论学习，开展体制机制建设，密切联系基层，推动党委班子建设不断深入。随着党员队伍的不断壮大，总站党委坚持把基层党建工作放在突出位置，通过完善发展党员工作规程、配强党务干部队伍、开展基层党建工作试点、举办优秀党课评选观摩、机关基层结对共建等举措，以点带面逐步强化基层党建规范化建设，推动基层党建工作水平整体提升。

2019年5月19日，深圳边检总站新一届党委班子成立，以新机构新编成新形象，再次站在新的历史起点上。总站党委坚持以习近平新时代中国特色社会主义思想为指引，在公安部党委和国家移民管理局党组的坚强领导下，增强"四个意识"、坚定"四个自信"、做到"两个维护"，围绕"四个铁一般"标准，锚定"六个标杆"建设，坚持稳中求进、谋战打赢，率领全体民警职工较好完成了改革转隶、安保维稳、疫情防控、"放管服"改革等各项重大工作任务，推动总站移民管理事业迈上新的台阶。

加强思想教育，以坚定的理想信念筑牢精神之基

习近平总书记指出："只有理想信念坚定的人，才能始终不渝、百折不挠，不论风吹雨打，不怕千难万险，坚定不移为实现既定目标而奋斗。"这正是70

年来深圳边检人忠诚履职、笃志坚守的真实写照。

"边防之鹰"、一等功臣李梓惠曾回忆道:"我刚来深圳的时候才16岁,住的地方连床板都没有,晚上大伙儿就背着《钢铁是怎样炼成的》书中的名言在地上潮湿的被褥上入睡。条件越苦我们越觉得光荣,因为党和人民把守边卫关的神圣重任交给自己,就算脱皮掉肉也无怨无悔。"

越是艰难险阻,越要凝神聚魂。为激发队伍的凝聚力、战斗力,深圳边检大力开展思想政治教育,积极响应全国开展的社会主义、共产主义教育,组织党的基本路线、组织纪律、道德品质、劳动观念等教育,开展活学活用毛泽东思想、尊干爱警、"忆苦思甜"、学英模等运动和"为人民服务,树公安新风""创一流边检站""便民、为民、让人民群众满意""升华民警职业精神"等一系列教育活动,队伍始终保持高度纯洁稳定,各项出入境边防检查工作扎实有序开展。

2018年6月29日,深圳边检总站七一表彰暨"以青春之我、奋斗之我,做新时代忠诚国门卫士"主题党建经验交流分享会举行。会议包括总站党委书记讲专题党课、党建经验介绍、先进事迹报告、读书体会分享,形式丰富多样、内容催人奋进,取得良好效果。

党的十八大以来,针对新时代边检工作的新形势新要求,深圳边检总站坚持以习近平新时代中国特色社会主义思想为指导,组织开展了"牢记使命,争优创先""坚定理想信念,建设法治边检""以青春之我、奋斗之我,做新时代忠诚国门卫士"等专题教育活动,着力引导广大民警职工增强党性修养,打造忠诚、干净、担当的边检队伍。

一颗初心,一生信仰。2019年,在中国共产党执政第70个年头,"不忘初心、牢记使命"主题教育在全国如火如荼地展开。深圳边检总站紧跟上级部署,把学懂弄通做实习近平新时代中国特色社会主义思想贯穿主题教育始终,总站党委成员带头为党员干部上专题党课,先后16次召开党委会和党委中心组学习会;深入检视问题、强化整改落实,共梳理汇总797项问题,制定整改措施1229条,切实把主题教育成效转化为广大党员干部践悟初心、践行使命的强大动力。

"其实当时我根本没有时间多想,只知道自己是一名共产党员,哪里有危险,哪里有需要,哪里就有我们共产党员的身影。"2020年6月29日,曾独自验放"歌诗达·威尼斯"号邮轮发热旅客的民警李强正在讲述他的初心故事。在当天举行的深圳边检总站"牢记初心使命、永葆忠诚本色"主题党建经验先进事迹交流分享会上,总站党委书记、总站长李长友围绕提高贯彻民主集中制的质量水平讲授专题党课,来自8个基层单位的先进党支部代表和典型民警作主题交流分享。

此次会议是深圳边检总站今年4月起组织开展的"牢记初心使命、永葆忠诚本色"教育活动的一项重要内容。为增强队伍职业荣誉感、认同感、尊崇感,总站围绕职业精神、政治忠诚、光荣传统、形势政策教育,策划思想政治教育公开课、"最佳深圳边检人"评选、主题微征文等形式多样的活动,教育引导广大民警职工坚定理想信念、铸牢忠诚警魂,为奋力争创新时代全国边检新标杆、打造展示中国风范中国形象的"国门名片"作出积极贡献。

强化正风肃纪,全面贯彻从严治党从严治警要求

改革开放以后,深圳经济飞速发展,军地生活水平反差越来越大,国际形势也发生深刻变化,腐蚀与反腐蚀、渗透与反渗透、和平演变与反和平演变的斗争异常尖锐复杂。1979年,深圳边防检查站成立纪委,正式建立起机构完备、人员齐全的纪检监察工作体系。

为加强队伍纪检教育,站纪委积极开展"整纪刹风""正规化建设""防事故、防案件""精兵严治""我为鹏城添光彩""纪律教育学习月"等一系列教育整顿活动,营造风清气正的良好氛围;同时,加强法律法规和党纪规定学习教育,组织广大党员干部学习《党章》《党内政治生活若干准则》《刑法》《民法》《人民警察法》等内容,确保党纪法规内化于心、外化于行。

没有规矩,不成方圆。职业化改革后,深圳边检总站党委、纪委根据形势发展需要,围绕纪检监察工作的职责任务,统筹推进各领域、各层面、各环节的体制机制建设,逐步探索健全涵盖约谈、重大事项报告、信访举报、案件查办和审理等一系列纪检监察工作制度体系,进一步提升纪检工作的规范化、科学化水平。为保证制度规定的贯彻落实,总站纪委充分发挥督察职能作用,采取普遍督察和专项督察、明察和暗访相结合的办法,以执勤一线为重点,派出督察人员对执法执勤和遵守纪律情况进行全方位督察,形成重点问题"反复督"、难点问题"坚持督"、热点问题"及时督"的监督工作新格局。

习近平总书记指出："从严治警一刻都不能放松。"为促进全面从严管党治警向纵深发展，锻造一支让党中央放心、人民群众满意的"四个铁一般"高素质过硬移民管理队伍，深圳边检总站严格贯彻落实上级决策部署，以旗帜鲜明的态度和持之以恒的决心，突出政治巡视巡查，持续抓好执纪监督，着力构建惩防体系，精准运用监督执纪"四种形态"，强化对领导干部权力运行的监督制约，持续加强审计监督力度，确保各级领导干部严格按照纪律规定办事、用权，逐步形成执纪必严、违纪必究的工作常态。

作风建设永远在路上，从严治党没有完成时。深圳边检总站将始终坚持以习近平新时代中国特色社会主义思想为指导，按照全面从严管党治警要求，深入贯彻落实"两个责任"，大力强化监督执纪问责，以最高的标准、最严的纪律，不断加强和改进党风廉政建设和队伍管理各项工作，为确保当前口岸疫情防控、边境管控和队伍管理万无一失提供坚实的组织纪律保证。

勇担使命助腾飞——这是一曲用实干谱写的服务赞歌

奋斗创造历史，实干成就未来。

自组建以来，深圳边检与共和国风雨同行，始终坚持从维护国家安全稳定、服务经济社会发展的大局研究谋划工作，牢固树立大局意识和战略思维，充分发挥边检机关职能优势，以时不我待、只争朝夕的精神状态，以攻坚克难、拼搏奋进的行动姿态，以敢想、敢闯、敢拼的实际行动，为维护社会和谐稳定、助力地方经济发展、保障人民群众安居乐业贡献边检智慧和边检力量。

精准施力激发经济活力

深圳毗邻香港，与新界仅一河之隔，新中国成立前曾以"走私乐园"著称。从罗湖桥过境人员中，有的倒卖黄金药材，有的走私古画古玩，还有许多敌特潜入潜出，进行破坏暴乱活动，情况十分复杂。新中国成立后，百废待兴，和谐稳定的深港出入境环境成为国家经济发展的重要条件之一。

1950年7月，广东省人民政府公安厅边防局深圳检查站应运而生，接管深圳口岸的边防检查和巡逻警戒任务，深圳边检服务经济社会发展的大幕就此拉开。

当时，罗湖桥是连接新中国与世界唯一的陆路通道，成为众多海外侨胞回归新中国大家庭的第一道大门。1955年10月8日，罗湖桥上熙熙攘攘的人群中，出现了一家四口的身影。在边检人员的指引下，夫妻二人牵着儿女的手，步履坚定地走向祖国。他们就是著名科学家钱学森和夫人蒋英，他们冲破重重障碍，千辛万苦辗转取道香港，经由罗湖桥返回中国。在此前后，邓稼先、李四光、钱三强等数十位知名人士和一批批海外归国侨胞、港澳同胞，也纷纷想方设法，走过罗湖桥回到祖国，投身新中国建设。深圳边防检查站在把守国门的同时，代表国家向这些爱国赤子敞开了温暖怀抱，不断简化边检查验手续，在口岸设置服务窗口和专用通道，给予他们热情的接待和崇高的礼遇。

1978年12月，党的十一届三中全会胜利召开。深圳经济特区担起改革开放试验田的历史重任，凭借优惠的政策、良好的投资环境、特殊的地缘优势，吸引无数境内外人士来此投资、经商、考察、观光、旅游。很快，原有的口岸、落后的检查手段远远不能满足迅速增长的出入境人员对口岸通关的客观需求，制约了特区经济乃至全国经济的发展。时代呼唤着大口岸大通关的局面，呼唤着深圳边检的壮大发展！

1979年1月20日，经国务院批准，文锦渡口岸正式对外开放，与香港直通货运汽车，真正揭开了开放国门的序幕。此后，蛇口、赤湾、沙头角、东角头、妈湾、盐田、福永、深圳机场、深圳湾、福田、大铲湾、广深港高铁西九龙站等口岸如雨后春笋般接连开放，深圳逐渐形成了陆、海、空全方位发展的对外开放格局。深圳边检总站以高度的政治觉悟和历史使命感，不断扩大队伍规模、强化业务培训，加大科技应用、优化查验手续，保障了一个个新口岸的顺利开通和高效运行。

改革开放40年来，深圳边检总站共查验出入境人员44亿人次、查验出入境交通运输工具3.6亿辆（艘、架、列）次，为促进深港两地交流发展、推动改革开放事业作出了突出贡献。

2019年2月18日，中共中央、国务院印发《粤港澳大湾区发展规划纲要》，从全局高度为粤港澳大湾区擘画蓝图；时隔半年，《关于支持深圳建设中国特色社会主义先行示范区的意见》出台，进一步明确深圳定位，增强深圳在粤港澳大湾区建设的核心引擎功能。

"功崇惟志，业广惟勤。"面对新形势新任务新挑战，深圳边检总站认真贯彻落实国家移民管理局关于加快推进移民和出入境领域"放管服"改革工作的决策部署,将总站工作主动融入粤港澳大湾区和深圳先行示范区建设大局,努力推进移民治理体系和治理能力现代化,常态化设置"中国公民专用通道",强化执勤现场勤务指挥调度,大力推进口岸自助通关模式,保障中国公民出入境通关排队不超过30分钟;实施跨境巴士"一站式自助查验"通关服务,启动一次性临时来往粤港小汽车通关业务,积极促进"双区"交通互联互通;实施国际航行船舶网上申报边检手续便利措施,启用国际贸易"单一窗口"标准版,研发"深圳边检流渔系统",提升港口通关效率;实施广东省外国人144小时过境免签政策,设置"一带一路"沿线国家人员便利通道,实行公务机预约式查验模式,优化空港边检管理服务……

通过出台一系列实招硬招,深圳边检总站有效提升粤港澳口岸通关能力和便利化水平,为促进粤港澳大湾区互联、互通、互融,推动"双区"建设注入边检力量。

春风十里不如情暖人心

1988年农历大年三十凌晨4点,罗湖桥上一片宁静,深港双方的出入境闸门紧闭着,离开闸时间还有3个多小时。一名孕妇挺着大肚子,步履维艰、眉头紧蹙地走来。

边检执勤人员发现后,赶紧上前询问情况,得知其为福建籍旅客,手持单程前往港澳通行证准备回港与亲人团聚,没想到孩子要提前出生,便匆匆赶到口岸。按照规定,如果这名女子在内地分娩,孩子不能过境,必须回福建重新办理孩子到香港定居的手续,短期内很难办好。

边检执勤人员立即报告上级领导,获准为其特批办理出境手续。可是香港的闸门依然紧闭,女子的产前阵痛已经开始。事不宜迟,深圳边防检查站立即与港方联系,要求港方开特殊闸门,提前接收旅客。时间一分一秒过去,躺在产床上的孕妇阵痛加剧,不断呻吟,孩子就要生出来了!

正在此时,香港闸门打开,六七名检查员和军医用百米冲刺的速度将孕妇抬到罗湖桥分界线处,香港警察将女子接了过去。终于,孩子顺利出生,洪亮的啼哭声传来,点亮所有人的脸庞。一天后,女子家属的感谢信送到深圳边防检查站,"衷心感谢你们的热心帮助!你们都是好心人!"

国门,既是边检人员代表国家行使出入境边防检查权力的地方,也是向中外旅客展现中华民族精神风貌的窗口。组建以来,深圳边检在确保出入境检查安全畅通的同时,始终将旅客需求放在第一位,通过成立便民服务小组,设立便民咨询台,设置蓝色提示线、高峰疏导线等措施,把最优质的服务贯穿于边防检查的各个环节,做到想旅客所想、急旅客所急,为旅客排忧解难。执勤规范、处事文明、解答耐心、有难必帮,成为一种风尚传遍口岸。

2010年5月29日,落马洲大桥上演了惊险一幕。当晚19时10分,恰逢皇岗口岸出境客流、车流高峰时段,三辆120急救车风驰电掣般驶入口岸限定区域。巡逻的民警立即上前了解情况。原来,车上分别有一位股骨胫骨骨折的85岁高龄老人、一位心肺功能衰竭危重病人和一位中风病人,均为香港居民,急需返港救治。

获悉情况后,民警一边通过对讲机向队领导报告,一边熟练地为三辆急救车开道走捷径前往出境检查车道。皇岗边检站迅速启动应急预案,调派执勤经验丰富的民警开启"绿色生命健康通道",优先为患病者办妥边检查验手续,并及时与港方联系,派救护车到落马洲大桥分界线处接应。

不到5分钟,民警迅速完成三辆急救车车体检查、监护、登记表填写、证件资料录入及人证对照等工作,以最快速度为急救车通关办理手续,为病人赢得宝贵的返港救治时间。

随着对外开放水平不断提升,人民群众对民主、法治、公平、正义的需求日益增长,提高边检管理服务精细化、人性化水平面临新挑战。

2019年1月4日,全国首条中国公民"E家行"专用通道正式在广深港高铁西九龙站口岸开通。专用通道由相邻的一条人工验放通道和一条自助通道组成,专门设置粉红色的标识标牌,着眼于解决节假日期间偕行7岁以下儿童不能使用自助通道的问题,提高自助通道使用率,降低旅客候检时间。

据统计,仅元旦假期试用期间,经"E家行"专用通道通关的旅客超过1500人。目前,"E家行"专用通道主要在内地公众假期及寒暑假等客流高峰时段启用,通行人员范围为偕行3至7周岁儿童的中国旅客,极大便利旅客安全通关。

躬身力行彰显社会担当

"今天的签约,标志着我们在广西三江县同乐乡产业扶贫的道路上又迈进了一步！"2020年4月24日，在深圳边检总站产业扶贫项目——三江县乐闻生态文旅茶园和三江县侗富茶油公司项目签约仪式上，国家移民管理局扶贫顾问张其武和深圳边检总站党委副书记、副总站长苟高荣致贺词。

广西三江侗族自治县同乐苗族乡地处桂北山区，是侗族、苗族、瑶族少数民族聚居区，由于历史、地理等多方面原因，是国家深度贫困县中贫困程度最深的乡镇。按照公安部和国家移民管理局部署安排，2019年深圳边检总站承担了定点扶贫同乐乡7个贫困村的脱贫攻坚任务。

扶贫开发成败系于精准，要真正扶到点上、扶到根上。领受任务后，深圳边检总站深入同乐乡实地调研，研究构建了以党建为引领，产业、教育、就业、医疗等7大帮扶为支撑的扶贫体系。扶贫工作开展以来，深圳边检总站共部署11个基层党支部与7个贫困村结对联创，全员捐款219万元助力贫困村各项基础建设，引入社会爱心资金、物资900万元建设图书阅览室、电教室、篮球场等项目70多个，引进企业规划投资7000余万元参与三江旅游开发、茶叶种植等产业，提供就业岗位1300多个，兜底帮销三江县因新冠肺炎疫情滞销春茶5800多斤160余万元，捐款96万余元结对帮扶355名贫困学生，开展医疗健康帮扶诊治患病群众1300余人。截至6月，总站帮扶的桂书、孟寨、七团、同乐4个村如期脱贫摘帽，7个村贫困户总量从1275户降至202户，脱贫攻坚阶段性工作顺利完成。

深圳边检总站脱贫攻坚的战果为全面建成小康社会、实现中华民族伟大复兴写下属于自己的注脚，而历史也记录下深圳边检人牢树"主人翁"意识，积极投身地方发展建设、保障社会安宁稳定的奋斗足迹。

在深圳市区有一条沿海绿色长廊——福田红树林自然保护区，是全国面积最小的国家级自然保护区。很少有人知道，这一片片茂密的红树林，不少由深圳边检人亲手种下。

1984年，福田红树林自然保护区正式创建。深圳边防检查站官兵们从繁忙的边防执勤任务中抽出时间，来到深圳西南的车公庙海堤，进行义务植树劳动。他们卷起衣袖裤腿，挖坑、植苗、培土……争先恐后，挥汗如雨。几天后，光秃秃的海堤上植满红树，到处洋溢着生命和青春的气息。几年间，边检官兵在深圳的土地上、边防线上种植了几十万棵树，每一棵都倾注了深圳边检人对建设美好深圳的赤诚之心，象征着深圳边检护航地方建设发展的使命担当。

积善成德，明德惟馨。深圳边检人无私奉献、团结奋进的精神品质，与"奉献、友爱、互助、进步"的志愿服务精神不谋而合。

2016年12月，文锦渡边检站庄奕鹏和同事们共同打造的公益阅读项目——"喜阅屋"在河源东源县石岗小学投入使用。项目以打造"留守儿童圆梦、跨境学童分享、携手共同成长"的友爱平台为主旨，形成可持续、可推广、可复制的志愿服务新模式，吸引了十余家单位和组织参与其中，目前已在广东、广西、云南等地建成7间。2017年，"喜阅屋"项目获评深圳市直机关工委"十佳志愿服务项目"。2020年，庄奕鹏获评第十七届深圳关爱行动"十佳爱心人物"。

"来了就是深圳人，来了就做志愿者。"根植深圳"志愿者之城"的沃土，深圳边检总站秉承为民服务宗旨，围绕便民利民、关爱特殊群体、扶弱助学、绿色环保等内容，常态化、制度化开展志愿服务活动，积极构建和谐警民关系，为打造共建共治共享的社会治理格局、推动文明城市建设贡献了积极力量。

科技护航新征程——这是一份用创新书写的时代答卷

科技兴则民族兴，科技强则国家强。从新中国成立初期吹响向科学进军的号角，到改革开放提出科学技术是第一生产力的论断，再到确立创新是引领发展的第一动力，一代代科技工作者敢为人先、攻坚克难，创造了一系列举世瞩目的科技奇迹，助推中国经济社会发展取得前所未有的辉煌成就。

70年来，深圳出入境边防检查总站的科技信息化建设伴随着中国科技事业的飞速发展，经历了从无到有、由简入繁、从弱变强的过程，实现了出入境边防检查工作的集约化、电子化、智能化管理模式，为移民管理事业增速换挡、提质增效发挥了重要的支撑保障作用，成功走出了一条富有特色的自主创新之路。

出入境通关进入"秒放时代"

建站初期，深圳乃至全国边检查验手段主要为分辨口音和查验行李物品，采取行李随人、逐个问话、逐个检查的方法进行。1951年8月2日，深圳边检正式建立证件检查制度，查验出入境证件时，检查员先把证件拿到验证室进行手工登记，再发还本人。

"由于当时掌握资料内容少、查验方法落后，旅客等候时间往往很长，从罗湖桥至深圳火车站一段经常被挤得水泄不通。"曾被誉为"边防雏鹰"的孙桂秋老人记忆犹新，"最高峰的时候，当天查的旅客是从前一天开始排队等候的。"

为解决出入境通关"肠梗阻"，深圳边检不断简化查验手续，提升工作效率，但面对每年呈几何级上涨的出入境人数，边检执勤任务不断增多，人力却严重不足，执勤人员长期超负荷工作。山重水复疑无路，柳暗花明又一村。深圳边检大胆创新突破，走上了科技兴警的快车道。

20世纪80年代，面对科技发展和边检工作的客观要求，新的科学技术及装备已开始出现并应用于口岸。1982年，深圳边防检查站在罗湖口岸检查现场安装了8台ZSS系统M-150电脑终端设备。1988年10月，深圳边防检查站率先在罗湖口岸港澳旅客检查科启用我国第一套边防检查涉外计算机查验系统。1993年，经多年研究开发的非港澳旅客电脑验证系统终于在罗湖口岸面世。从此，手工检查在罗湖口岸成为历史。很快，皇岗、蛇口、文锦渡、沙头角边检站陆续在各相关口岸旅检、货检现场安装了边防检查涉外计算机查验系统。

2006年6月，第四代边防检查信息系统在全国全面使用，实现全国所有边检口岸、边防总站（队）、部局三级联动，出入境旅客的通关时间从过去的几分钟缩短至不超过45秒，港澳旅客的通关时间缩短至15秒。因系统开发地点设在深圳市大梅沙，故又称"梅沙系统"。

"2001年，我们组织研发了出入境边防检查综合管理系统，并在全总站范围内推广应用，取得很好效果。"参与该系统研发的总站信息科技处副处长张汉杰说，"后来，我们受原公安部出入境管理局委托，在此系统基础上研发出了梅沙系统，直到现在，我们都一直负责全国边检查验系统的技术支持及维护任务，并研发部署了梅沙系统智能化应急、梅沙4G智能名单更新等系统，打造了一个独具边检特色的智能化运维模式。"

积沙成塔，积水成渊。梅沙系统的研发及推广，是深圳边检总站总结继承前几代查验系统先进经验、凝聚数代边防检查科技工作人员心血的科技成果，也是全国边防检查机关几十年来的智慧结晶。

1999年，深圳边检总站自主研发的"出入境车辆自动检查系统"（简称"快捷通"）面世，使边防检查工作方式在此迎来全新突破。该系统作为检查工具代替检查员直接面向出入境人员，检查时间比人工录入减少30秒，获得国家科技进步二等奖、公安部科技进步一等奖。2005年旅客自助查验系统应用，将该检查模式的应用推向新的高峰，旅客通关时间仅需6~8秒。截至2020年7月，深圳边检总站共有旅客自助通道550条、车辆"快捷通"通道102条，出入境人员自助通关率达76%。

以车辆"快捷通"和旅客自助查验系统为代表的自动查验系统，均与梅沙系统连接，这两个系统的成功应用极大提高了边检工作的自动化程度，为实现口岸出入境人员"大进大出""快进快出"提供了强有力的科技支撑，为促进深港两地人员、货物等要素自由流动，推动地方经济社会发展发挥了至关重要的作用。

"科技盾牌"战场见真招出奇效

1958年，当深圳边防检查站执勤官兵使用陈虎英同志发明的"电光反射镜"，成功查获敌特分子藏在火车底部的炸药包时，既避免了一起重大爆炸事件发生，也正式宣告着深圳边检科技应用翻开崭新篇章。这款被称作"照妖镜"的设备于当年1月1日正式启用，在边检对敌斗争中发挥了重要作用。

不过，全面运用科技手段守卫国门的时代远未到来。20世纪80年代以前，出入境边防检查技术装备主要以辅助工具的形式出现。如放大镜、紫光灯主要用于出入境的证件真伪鉴别，电话、电台、对讲机主要用于内部指挥调度，X光机主要用于检查出入境行李物品或邮件……

1985年，深圳边防检查站从美国计算机公司引进TOWER小型计算机两台，并由中山大学协助开发证件计算机查验模式，从手工检查过渡到电脑检查，取消查四角号码的原始检查方式。1988年，全国第一套边防检查涉外计算机查验系统在罗湖口岸启用，实现了证件电脑查验设备从后台推向前台，运用先验后放的检查程序，使管控工作更加准确、及时。

随着一代代出入境边防检查系统上线运行，边检查验工作越来越安全高效，深圳边检科技研发也逐渐走上正轨，并开始在全国边检机关大放异彩。

2014年，公安边检技术研发支持（深圳）中心（简称深圳边检研发中心）

成立，主要承担全国出入境边检机关智能化查验类信息系统研发、全国重点领域信息化应用的技术支撑和服务保障工作。至此，深圳边检总站技术研发创新工作正式迈向新时代，进入快车道。

"2017年，我们研发出前台录入校验系统，此后检查员的录入差错持续保持百万分之四的历史低位。"该总站信息科技处民警李佳介绍，差错率降低将极大提高管控精准度，在便利前台民警查验操作的同时，加强关联信息辅助，提升查验质量。

前台录入校验系统的成功，只是深圳边检总站铸造"科技盾牌"的一个缩影。近年来，深圳边检总站审时度势、精准出招，以全时全域高清视频监控系统为依托，结合大数据及生物识别技术配套应用系统，推广使用口岸限定区域员工自助查验模式、智能化全息成像系统、证件查验辨伪软件系统、前后台文检设备，研发部署车底反偷渡、查验通道管控、海港电子门禁、出入境综合数据应用平台视频监控、双胞胎自动识别系统等一系列智能化系统，实现了"精密管控、精准打击"。自此，陆海空一体化防控局面初步形成。

2020年，新冠肺炎疫情暴发，深圳各口岸成为防范境外疫情输入的第一道关口。深圳边检总站将大数据与疫情防控工作深度结合，自主搭建跨部门、多警种的亿人级出入境信息分析大数据平台。平台通过对入境交通工具和人员信息进行分析研判，提前发现疫情输入高风险人员并进行预警，有针对性地将重点信息直接推送给具体查验的前台检查员，为一线边防检查工作提供及时可靠的数据支持。

在此基础上，深圳边检总站还建立了整合涉重点疫区旅客出入境基础数据、实时统计模型算法等功能的12个口岸疫情数据研判模型，在确保出入境旅客个人信息安全的前提下，加强推进区域信息资源的共享运用。疫情发生以来，深圳边检总站累计排查出入境人员记录1.2亿余条，协助核查涉疫重点人员信息12万余条，向海关卫生检疫部门预警通报疫情高风险入境数据7.3万余条，向省、市疫情防控指挥部推送有国外旅居史的入境人员信息2.8万余条，为追踪涉疫情人员和实施闭环管理提供全面、精准的大数据支撑。

"智慧边检"大有可为、大有作为

2020年6月15日，在深圳边检总站技术研发支持中心，技术保障队队长刘卫和同事们在自助通道模型间穿梭忙碌着，对全国出入境边防检查领域首创的"合作查验、一次放行"自助查验系统进行第215次设备测试。

这支队伍就是"刘卫劳模创新工作室"，由"广东省五一劳动奖章"获得者刘卫带领，负责深圳边检总站技术研发和保障支持工作，曾顺利完成旅客出入境记录自助查询打印机、邮轮3D人脸核对仪等20余项系统研发任务，获得公安部、省市等十余项奖项。

2014年，深港跨境学童专用查验系统上线运行，参与研发工作的刘卫看着一个个穿着鲜艳校服的学童使用电子标签顺利通关，脸上露出灿烂的笑容。他知道，这份成功来之不易。

深港跨境学生从20世纪90年代开始出现，起初只有数百人。近年来，深港两地加快融合发展，跨境学生数量连续上升。由于他们年龄较小，拿证递证都不方便，刘卫从高速公路电子车牌技术受到启发，带领同事针对20余种电子卡开展数千次的模拟测试，历时半个月最终突破解决了学童掏证不便、人证对照难的问题，研发了"深港跨境学童专用查验系统"。

学生出入境时，该系统通过感应器非接触式读取标签并自动关联调取资料进行查验，民警同时进行人像比对后放行，整个过程持续时间只需要2~3秒，较传统模式节约4~5秒。此外，由于该系统可使用移动查验终端，总站在皇岗、沙头角口岸实施免下车查验服务，学生只需坐在跨境大巴上，由民警登车进行查验。

"以前学生们要排长队过关，许多小孩到处乱跑、嬉笑打闹，挺危险的。"负责跨境学生验放的沙头角边检站"小天使服务队"民警周妮莎感慨道，"使用新系统后，学生即到即放，再也不用排长队了。验放越高效便捷，求学之路就越安全畅通。"

果然，"深港跨境学童专用查验系统"一经推出，便受到学生家长、香港学校和大巴运输公司的一致好评，并荣获全国公安机关改革创新大赛铜奖、深圳市"百佳市民满意项目"。

由慢变快、由繁变简、由被动变主动服务，一直以来，科技创新都是深圳边检事业发展的助推器。2004年，深圳边检总站在全国海港边检站率先启用国际航行船舶网上报检系统，建立国际航行船舶入境抵港前24小时的预检制度，所有国际航行船舶均可通过互联网进行预申报，船舶抵达后即可上下作业、装卸货物。深化"互联网+"边检移动服务应用，实现船舶预报预检等网上服务功能，出入境边检工作效率和服务质效得到显著提高。

2008年在全国率先启用口岸通关信息自动查询系统，该系统通过对深圳各口岸的地理位置、出入境客流、边检查验通道开通数量等数据进行研判，依托互联网平台，发布各口岸的通关状态，实现出入境旅客选择通关口岸的全景化、数字化。

古人云：善谋者行远，实干者乃成。站在实现"两个一百年"奋斗目标的历史交汇点上，深圳边检总站主动跟进粤港澳大湾区和深圳先行示范区建设战略，坚持把新科技作为培育战斗力生成的新增长点，积极引进量子通讯、3D人脸、虹膜识别、步态侦测、镭射指引等最新技术，完成港珠澳大桥口岸"合作查验，一次放行"新型自助通道系统研发任务，部署深圳湾口岸粤港澳三地车牌智能识别系统，建成粤港澳出入境车辆电子批文数据交互平台等，为"双区"建设注入边检力量；此外，通过微信小程序、手机APP等平台，受理预约通关、往来港澳小型船舶备案申报等网上业务，加大"掌上通"4G、"E家行"等便利通关模式的推广应用，为出入境旅客提供真正"零距离"贴心服务。

"让科技迸发无穷魅力、让信息化助力公安工作是时代赋予的新任务。接下来，我们还要继续加大港澳居民'刷脸'自助通关等通关查验新模式研究应用，推广实施自助通关信息前置采集备案和'快捷通'采集备案全网点通办，不断研发高新科技，为口岸通关提速增能。"谈及未来工作规划，刘卫已然成竹在胸。

延伸阅读：数说深圳边检70年巨变

一、查验出入境人员数量（人次）

1950年25万。

1978年311万。

2018年2.5亿。

建站70年，查验出入境人员总数为45亿人次，年查验出入境人员数量最高增长了近1000倍。

2019年，总站查验出入境人员总数为2.42亿余人次，占全国出入境人员总数36%，居全国移民管理系统首位。

2019年4月5日，总站共查验出入境人员100.5万人次，创下单日查验出入境人员历史最高纪录。

二、查验出入境交通运输工具数量（辆、艘、架、列次）

1978年9.9万。

2017年1600万。

建站70年，查验出入境交通运输工具总数为3.64亿辆（艘、架、列）次、年查验出入境交通运输工具数量最高增长了160倍。2019年，总站查验出入境交通运输工具数量总数为1457.7万辆（艘、架、列）次，占全国交通运输工具总数40%，居全国移民管理系统首位。

2019年，皇岗、深圳湾口岸出入境车辆验放量分别排名全国第一、二位，蛇口、盐田口岸出入境船舶验放量分别排名全国第一、二位。

三、通关效率

1988年10月，深圳边防检查站率先在罗湖口岸启用我国第一套边防检查涉外计算机查验系统。

2006年，总站研发第四代边防检查信息系统——"梅沙系统"，实现了全国所有边检口岸、边检总站（边防总队）、局三级联动，出入境旅客的通关时间从过去的几分钟缩短至不超过45秒，港澳旅客的通关时间缩短至15秒。

1999年7月，总站启用自主研发的"出入境车辆自动检查系统"（简称"快捷通"），车辆检查时间比人工录入检查时间减少30秒。2005年10月，启用"旅客自助查验系统"，旅客通关时间仅需6~8秒。

截至2020年7月，总站共有旅客自助通道550条、车辆"快捷通"通道102条，出入境人员自助通关率达76%。

亲历者说

　　孙桂秋，曾任深圳边防检查站检查员，先后查获敌特分子20余名，9次受到嘉奖，3次荣立个人三等功，被共青团中央授予"模范共青团员"称号，被中国人民解放军授予"边防雏鹰"称号。

1958年，21岁的我入伍到深圳边防检查站。那时候缉反擒特是我们的重要任务，每名检查员都要熟练掌握港澳等地的特务机关和组织情况，了解各行各业人员特点、生活习惯。在与敌人斗智斗勇的过程中，我和战友们始终把祖国和人民置于心中最高位置，用鲜血和生命誓死守卫着国门安全。几十年风风雨雨，我见证了深圳边检事业的发展壮大，看着一代代年轻边检人担当起国门卫士的重任，心里感到特别欣慰。

　　黄平，深圳边检总站深圳湾边检站四级高级警长，从事边检工作38年，先后5次荣立个人三等功，4次获评"总站文明使者"，2次获评"模范边防检查员"，曾获总站"三十年突出奉献奖"，2019年获评全国"最美基层民警"。

我是一名1982年入伍的边检老兵，经历了边防武警、现役制、职业制等十多次体制变革。从历史悠久的罗湖口岸一路来到现代化、科技化的深圳湾口岸，深切感受到，无论是在环境恶劣、风云变幻的非常时期，还是在改革开放、和平发展的经济建设时代，一代代深圳边检人始终牢记历史使命，恪尽职守、无私奉献。再过几年我就要退休了，但只要还穿着这身警服，就要倍加珍惜荣誉，不忘初心、牢记使命，不辜负祖国和人民的期望。岁月悠悠征途远，但求日日有新天。在深圳边检组建70周年之际，衷心祝福这支钢铁队伍能够不断呼应国家所需、人民所盼，顺应时代所求、历史所向，为全力维护国门安全、服务经济社会发展作出新的卓越贡献。

　　厉璐，深圳边检总站皇岗边检站三级警长。先后3次荣立个人三等功，2018年获评国家移民管理局首届"优秀共产党员"，连续

2年获评深圳市"扫黄打非先进个人"。

每次听队里老大哥讲起陈治文烈士和"边防三鹰"的故事，都特别激动，自然地想起二十世纪五六十年代的深圳边防检查站。那时查验场地极为简陋，没有高科技设备，是老一辈边检人靠着赤胆热血，把危险挡在国门之外，捍卫着国家和人民的安全。70年风雨兼程，时代不断发展变化，永恒不变的是边检人对祖国的无比忠诚、对边检事业的执着追求，薪火相传的是勇于担当、甘于奉献的崇高精神。作为新一代移民管理警察，我会把深圳边检的光荣历史和革命传统作为强大的精神动力，传承接力老一辈边检人的初心，带着他们的期许，坚守信念、忠诚履职，为擦亮展示中国风范中国形象的"国门名片"贡献自己的力量。

彭裕强，香港市民、退休商人，经常由罗湖口岸往来深港两地，近10年来坚持向罗湖边检站民警赠送其创作的爱国文学与书法作品，结下深厚友谊。

改革开放后，由于生意需要，我经常在深港两地之间跑，是罗湖口岸的"老面孔"。每次过关时，边检执勤民警都会和我笑着打招呼。40多年间，我亲身体验了内地出入境边防检查方式的更迭换代，感受到口岸通关越来越便利化、智能化、人性化，更被罗湖边检站民警的专业规范、热情友好所深深打动。为表达感谢与祝福，10年前我开始向他们赠送自己创作的书法作品，最近几年每到传统佳节，我都会带上作品送到罗湖口岸执勤民警手中，向他们节日坚守岗位表达敬意。作为一名爱国爱港的香港人，看着改革开放以来深圳的华丽蜕变，目睹着祖国各项事业的蓬勃发展，我真的特别自豪。在此，衷心祝福我们的伟大祖国繁荣昌盛、国泰民安，也祝福我的移民管理警察朋友们工作顺利、万事如意！

【《中国出入境观察》杂志2020年第7期】

| 通 讯 |

三十而"丽"
——看最美"证件样本"小姐姐"乘风破浪"

王 皓

九年前的夏天,当时入警3年的崔拓"光荣登上"证件样本。此后她的证件照更是频繁出现在各类出入境证件样本上。优雅大方的气质、黄金比例的五官,让她获封"最美'证件样本'小姐姐"。

这个头衔并没有让崔拓自我满足验放。相反,她一直以此为激励,在工作生活中努力"乘风破浪":60余万人次旅客量,连续24个月无错录无差错无投诉,冲锋T3-D处置专区战"疫"一线,获得三等功、"总站长特别奖"、首都机场"中国服务之星","空降乐队"键盘手兼主唱、手绘达人……她用实力证明北京出入境边防检查总站的最美"国门名片"有着不一样的精彩。

从"证件样本"到"国门名片",并非一帆风顺。12年光阴里,崔拓不断打磨自己。如今,摘掉神秘面纱的她,展现出的是岁月沉积后的三十而"丽"。

机缘巧合:既是肯定,也是压力

2010年,北京边检总站汇集形象好、气质佳的年轻民警拍摄形象照,制作总站挂历。正是这一套挂历,打开了崔拓的"证件样本"之路。

2011年,原公安部出入境管理局要更换证件样本照片。当时的负责人无意间看到北京边检总站的挂历,对齐耳短发、面容清秀的崔拓印象深刻,便主动联系北京总站,提出让崔拓试镜的想法。

接到通知后,崔拓激动不已,但候选人众多,她并没有抱太大希望。抱着"长见识、开眼界"的想法,试镜当天崔拓也只是化了淡妆,简单收拾一下就前往照相馆。没承想,清爽大方的她最终登上"证件样本"。

证件样本公布后的一段时间里,崔拓手机每天都能收到许多家人朋友同事的信息,千篇一律都是夸奖;总站宣传片、年终总结片等影音邀约更是不断;

面向大众的《出入境指南》视频系列也伸出橄榄枝……一时间，崔拓的生活似乎发生了很大变化，年轻的她沉浸在这些突如其来的"肯定"中。

逆袭之路：痛定思痛，破茧成蝶

精力分散，就容易出错。发生几起错录后，崔拓瞬间清醒——作为国家出入境形象的代表，不能仅依靠外表，实力才是最大的能力。

梳理业务知识，虚心求教"录入能手"，重新养成录入习惯……她像新警一样从头学起。"逆袭之路让我找回了学生时期的热情和冲劲，整个人也变得年轻了。"说起那段日子，崔拓眼中星光闪闪。

打好理论基础的同时，她还积极投身实践。民警王硕说："崔拓就像长在了检查台里，大夜班通宵苦干8小时，也从来没懈怠过。"崔拓不仅能下苦工夫，更会练巧劲儿：认真总结各国各类证件易错录点，挨个儿字母核对，总结自己的录入心得……

"卧薪尝胆"一个月，崔拓终于获得了久违的"执勤标兵"。她笑着回忆道，每次打开核查平台心都跳得很厉害，就怕录错，最高兴的事，就是看着办理的旅客量一点点增多。

一个月、半年、一年……只有90多斤的她不是"柔弱"人设，再累都咬牙坚持着。崔拓再也没有错录过，且每年验放5万人次以上，相当于一个小型口岸近一年的旅客量。

在总站2019年度总结表彰会上，崔拓获得"总站长特别奖"并且荣立三等功。30多岁的她，再次用努力迎来事业上的新生。

战"疫"冲锋：舍小为大，以苦为乐

新冠肺炎疫情暴发后，北京口岸战"疫"压力与日俱增。与同在北京边检总站的丈夫张铁商量后，崔拓毅然放弃休假，并把女儿送回老家。

勤务间隙时，崔拓就找个角落与女儿视频。看到女儿因想念而哭闹，崔拓总是笑着鼓励安慰，挂断视频，却独自流泪。因工作繁忙，崔拓与张铁很少见面。"虽然无法见面，但心灵相通。这次经历让我们更加敬佩对方，也更懂得互相珍惜。"聊起丈夫，崔拓满脸自豪，"他一直都很优秀，立过功、得过很多奖。我最理想的婚姻状态就是和他并肩作战，共同前进。"

3月初，境外疫情输入风险持续增大，首都机场启用T3-D处置专区，专门负责国际、港澳台方向入境航班及人员手续办理,北京总站各单位组织突击队驰援专区勤务。

"队长,我请战!"得知消息后,崔拓没有犹豫,立即报名。

每次验证都要坚持4个小时,而且滴水不沾,累了就找个角落站一会儿,夜班通宵就在现场的椅子上躺着……高强度的工作没有压倒崔拓。每班13个小时,缺氧、闷热、超负荷,脸上满是勒痕、褶皱,她也从未皱过眉头。只要坐在检查台里,眼中总包含笑意。她认为,旅客长途跋涉,紧张、疲惫,边检民警能给他们最大的安慰,就是耐心、暖心。

因战"疫"表现突出,今年6月,崔拓获评首都机场第十届"中国服务之星"。

文青妈妈:心向暖阳,才情横溢

有了宝宝以后的女民警,就要以家庭为圆心,以琐事为半径,自我圈定?

崔拓给出了不一样的答案。

她朋友圈的背景图,是一张水彩画:一位戴着围裙、满身油彩的姑娘,迎光坐在画布前,阳光洒在她身上,影子在背后被拉长。这张图片就是崔拓日常生活的写照。

崔拓家中有一个小橱柜,里面摆满了手绘作品。放眼看去,画中大多是家人同事,有合影也有单人特写,每一张都栩栩如生。最痴迷的时候,她开了一个微信公众号,免费用画笔帮别人记录美好瞬间。当时,崔拓把作品放在里面,许多人慕名而来。收到手绘后,他们都会装裱起来摆在显眼位置。这让她很有成就感。

崔拓的文艺不止于此,钢琴、声乐也是她的爱好和特长。除平时辅导女儿萌萌外,她还加入了北京总站的"空降乐队",担任键盘手兼主唱。今年"五四"青年节,崔拓与其他乐队成员一起唱响原创歌曲《站在第一国门前》,为连续抗疫120余天的战友们送去慰问鼓励。

"站在聚光灯下,我看不清观众的脸。但台下整齐挥舞的手和响亮的歌声,让我觉得我们的心是连在一起的。"回忆演出情景,崔拓眼眶微微泛红,"那一刻,千言万语,都融在了歌声里。"

最让崔拓欣慰的,是女儿萌萌看到录制的演出视频后,依偎在她怀里说:

"妈妈好棒。长大以后,我也要变成妈妈一样的人。"像其他母亲一样,崔拓会利用各种碎片时间陪伴女儿,但她也有自己独特的育儿心得:"作为母亲,我很珍惜陪伴孩子成长的每一秒。但陪伴不等于迷失自我。我必须以身作则,努力变得更好、更强大,给她树立好榜样。"

12载时光沉淀,褪去青涩的崔拓正在"第一国门"精彩绽放。

【《中国出入境观察》杂志2020年第7期】

珠江潮平两岸阔　风劲扬帆正当时

魏东伟　陈兰芳

古代海上丝绸之路的发源地，18、19世纪珠江之畔的黄埔古港，是当时世界航海地图上一座熠熠生辉的灯塔。这里桅杆林立、千帆竞发，各国商贾云集于此，将古老中国的文明富庶带向全球。

千帆过尽，时移世易，如今的黄埔港沿袭了黄埔古港的命脉，已由旧时钢板桩顺岸式码头发展成了华南地区最大的综合性港口，航线连通世界49个国家（地区）208个港口城市。

风劲帆悬，卫士护航！黄埔出入境边防检查站，作为担负黄埔港83海里37个码头出入境边防检查任务的执法力量，始终守护着黄埔港的安全稳定和繁荣发展，与这座外贸海港，一起站在变革重塑的时代潮头，奋勇搏击。

勤务革新：打造智能警务模式

在港口航运"大进大出，快进快出"的发展趋势下，黄埔边检站所辖的老港码头、新港码头、新沙码头等广州港主要港区"塞港""压港"问题严峻，船舶量不断增加和警力不足的矛盾日益突出，"每船必检"的传统人工勤务模式，已难以适应新形势下的港口发展，深化港口边检管理改革工作迫在眉睫。

今年1月15日，由广州边检总站研发的港口边检综合管理信息系统，在国家移民管理系统全面推广启用，这个系统因在黄埔后勤基地研发，还有另外一个名字——"黄埔系统"。

黄埔边检站是港口边检综合管理信息系统的首个试点单位。该系统的运行，打破了信息孤岛，通过全国统一的风险指标和大数据融合应用，对船舶、码头、代理三方进行风险评估和诚信评定，对出入境船舶实现差异化监管与服务，优化了警力配置，规范了勤务运转。

2018年1月，巴拿马籍"未来1号"轮在该站启动"黄埔系统"试点工作后首次入境新沙港，让船员疑惑的是，船舶抵港时并没有见到在岸边等候接船的边检民警。

原来，根据预报信息，该船经"黄埔系统"评估为"低风险"，勤务实施由改革前的人工接送船、登轮检查、送达纸质告知书、每4~6小时人工巡查1次等诸多环节，简化为正常情况下仅需电子接送船和在港期间人工抽查1次。"以前民警都要上船点名和查证，现在我们只要把证件交给代理，就可以忙我们的工作了，节省了很多时间。"船长不禁感叹道。

"这个系统带来的最直接效果是管控重点更加突出，勤务开展更加高效。"该站有关负责同志介绍，若系统评估结果为低风险，将派发"电子接船"等比较省时的勤务工单，反之，派发的则是比较费时的"人工接船"，实现了"漫天撒网"式的粗放管控向"有的放矢"的精细管控转型。

"黄埔系统"同样倒逼船舶、码头和代理不断提升自我管控能力。一旦船舶出现违法违规等问题，将连续两年被评定为高风险等级，这意味边检民警会加强对船方和码头的管理，船舶在港时间势必延长，经济成本也就随之增大。

"黄埔系统"自运行以来，在口岸日常管理中发挥了重要作用。特别是疫情期间，黄埔边检站利用"黄埔系统"升级添加的"途疫排查"预警功能，对来自或途经疫情防控重点国家的涉疫风险船舶进行自动排查和推送提醒。其间，共排查发现涉疫风险船舶200余艘次、船员4000余名，在海港疫情防控工作中，充分发挥了数字探路、数据引导的作用。

靠前服务：深化"放管服"改革

在群众"最盼"的问题上动脑筋，在群众"最需"的事情上做文章，在群众"最急"的工作上下工夫，这是黄埔边检站在深化出入境"放管服"改革中一以贯之坚持的。

"以前香港籍'东悦'轮在广州老港、新港、新沙三个港区走一圈共要办理6次边检出入境手续，现在出、入境各只需办理一次，为我们节省了很多时间和金钱。"这是广州港中联国际船务代理员邓铭，在黄埔边检站实施港口边检改革以来的切身体验。

由于历史原因，黄埔口岸因港区分布存在老港、新港、新沙三个口岸代码，致使外籍船舶在黄埔口岸三个港区间移泊需要办理多次出入港手续，船方耗费大量时间和停靠费用。

对此，黄埔边检站研究对策，逐级请示报批，对辖区内三个不同港区口岸代码进行了整合，外籍船舶在这三个港区移泊，只需在第一次入境和最后出境时办理手续即可。"算下来，一条外籍船舶减免了4次出入港手续，节省等候通关时间约8小时，节省锚泊费用近10万元，同类船舶一年达600余艘次，规模效益极其可观！"该站有关负责同志感慨道。

怎么减轻企业经营成本？怎么推动政策落实？黄埔边检站给出了答案。

根据该站改革中建立的分级分类管理制度，黄埔港99%的中低风险船舶边检手续办理得以简化，通关效率明显提升。在此基础上，该站牢固树立"权为民所用"的工作理念，进一步厘清权力边界，在行政许可办理、船舶出入港查验等环节上删繁就简，压减、取消不必要的审批、监管措施，切实为船舶出入境提供便利。

珠江航道水域锚地分布较多，由于需办理海关报验、船舶引航、港口泊位费用缴纳等手续，等待潮位，年均1000多艘次的出入境船舶需在锚地停靠。这些锚地远离陆地，视频监控也无法覆盖。距离最远的，边检民警须从广州驱车2小时到珠海，再由珠海乘船4小时方能到达进行查验，地理条件导致日常勤务工作面临不少困难。

想民之所需，急民之所想。针对锚地船舶通关需求和监管难题，黄埔边检站成立广州边检总站第一支水上执勤队，负责锚地船舶的管控和服务，对确需在锚地办理出入境手续的船舶，利用"黄埔系统"和后台核查系统进行风险评估，在安全管控的基础上，为船舶提供便利通关服务。

此外，该站还推行候泊船舶直靠目的港办理边检手续，即临时停靠在锚地的船舶，可直接在目的港办理出入境手续，免去在锚地办理带来的不便。自2017年此项措施实施以来，该站累计为1200余艘次候泊锚地船舶提供便利，免除办理出入境手续2400余次，为船方企业节约了大量运营成本。

积极探索：创新边检工作新思路

高质量发展离不开高效能治理，为此，黄埔边检站创新发展"枫桥经验"，积极协调地方政府、船方代理、港航企业等口岸主体发挥职能优势，推动构建共建、共治、共享的口岸治理新格局。

近几年来，黄埔边检站主动融入地方政府主导的安全防控体系，定期分析报告口岸出入境管理态势，积极在维护安全稳定、扩大口岸开放、促进跨境贸易等工作中提供决策建议和边检方案，获得了地方党委政府对边检工作的支持和重视。2019年，广州市和黄埔区两级政府专门划拨600多万经费用以黄埔边检站视频安全接入链路、勤务指挥系统、口岸视频监控等设施建设，并将珠江口外锚地视频监控站建设纳入"十四五"海防建设项目。

船舶出入境申报工作是口岸通关管理的基础环节，直接影响口岸安全管控、船舶通关效率。但工作中由于部分代理责任心不强、追责规定缺位等原因，时常发生申报差错。

针对这一问题，黄埔边检站不断加大代理诚信评估和结果运用，创新实施了代理申报差错登记管理制度，即对代理申报实行"每错必登""节点容错""事后督导"等办法，并根据差错性质和造成后果对应采取通报船方、约谈公司、收紧便利等管理措施。

自2019年7月代理申报差错登记管理制度实施以来，黄埔边检站共收集船舶申报差错196艘次，对19家代理单位实施通报船方，对9家代理单位进行约谈，对6家代理单位收紧便利，加大了对代理履职尽责的压力传导，船舶出入境申报质量得到提升。

今年5月，警务责任区民警开展日常登轮巡查，在与船员"聊天"中了解到，珠江口夜间常有可疑快艇结队活动。结合疫情期间陆路客运口岸通关受限、"水客"带货活动受阻的实际，警务责任区民警初步判断可疑快艇可能涉嫌走私、偷渡。随后，联合海上执法部门开展了走私快艇专项打击行动，顺利破获一起利用快艇从香港走私冻品案件。

道阻且长，行则将至。站在"两个一百年"奋斗目标历史交汇点上，黄埔边检站定将勇立潮头，以更强的改革自觉补短板强弱项，以更多的改革硬招增动力激活力，以更大的改革定力抓落实求实效，为口岸安全稳定和驻地经济发展献上边检力量。

【《中国出入境观察》杂志2020年第8期】

| 通 讯 |

擦亮"重要窗口"边检执法名片

李 翔

编者按： 2015年5月25日，习近平总书记来到浙江舟山长宏国际船舶修造有限公司，登上30万吨级船坞平台，察看造船作业，他对舟山的定位之一就是：船舶工业要建设成为全国重要的修船造船基地。今年，习近平总书记再次视察宁波舟山港，赋予了浙江"努力成为新时代全面展示中国特色社会主义制度优越性的重要窗口"的新目标新定位。如今舟山，正展示以鱼山岛绿色石化为标志亮点的世界级炼化一体化基地，展示以浙江自贸试验区油气全产业链为标志性亮点的国家战略，展示以甬舟高铁为标志性亮点的世界第一跨海大桥群，展示以宁波舟山港、洋山深水港为标志亮点的世界一流港口，展示以世界百年渔港为标志性亮点的现代渔业，展示以优良生态、宜居宜业、美丽千岛为标志性亮点的海上花园城市，展示以平安舟山为标志性亮点的社会治理舟山样本……这其中，舟山出入境边防检查站在执法领域，全力打造的一颗颗明珠，精心绘制的一幅幅工笔画，也成为重要窗口里绚丽夺目的风景线。

在刚刚结束的舟山市委第七届九次全体（扩大）会议上，舟山市公布：今年上半年全市GDP增长11.9%，外贸进出口增长48.8%，舟山港吞吐量增长7.1%。舟山成为上半年全国为数不多经济社会发展指标强势增长的地级市。对此，舟山市委副书记、市长何中伟这样评价舟山出入境边防检查站从中作出的贡献："你们在口岸疫情防控、助力复工复产等方面成效显著，守牢了国门。"

疫情期间，舟山边检站共检查出入境（港）船舶6500余艘次，出入境人员10万余人次，分别同比增长11.2%和19.4%，查处口岸违法违规案件40余起，所有离船上岸船员均开展核酸检测，确保舟山港始终未停工停产，既保障了生产建设，又有效防控了境外疫情输入，取得阶段性战果。7月29日，笔者来到这个全国独具"开放区域广、执勤点位散、业务类型全、在港船舶多"四大特点的边检站，采访记录"重要窗口"海岛边检风景线。

最美风景线：海上执法的明珠

今年，舟山边检站被公安部命名为新一批"全国公安机关执法示范单位"。历数荣誉，硕果累累。舟山边检站是原公安边防部队执法规范化建设先进集体，曾被浙江省政府授予"守卫群岛边关 服务海洋经济"模范边防检查站称号。

"虽然相对于地方公安机关，我们执法办案数量不多，但是边检执法涉及国家主权、安全和外交事务等特殊属性，在执法规范化方面有着更高、更严要求。"舟山边检站站长汪伟介绍，该站执法规范化建设起步早、标准高、推进快，着力协调解决执法主体、制度体系、执法保障、监督管理等全方位、一体化的改革工作。

沿着舟山沈家门渔港行驶，跨越一座欧式古典、双塔悬索结构的大桥，笔者来到舟山边检站执勤七队驻地小干岛。去年，浙江边检总站制定了《执法办案场所办案区建设指引》，七队在小干岛建设了一个100余平方米"小而全、专而精"富有边检执法特色的办案场所，检查室、询问室、辨认室、等候区等"标配"一应俱全，而最为独特的是他们将检查室分为船员行李物品检查室和当场盘问检查室。

"这是我们根据边检执法特点首创的。核查船员携带的违禁违法物品是一项重要边检职能，单独设立船员行李物品检查室有助于依法核查和收缴。"七队副队长杨卓说，场所里还加入了网上视讯、可隐藏式手铐和电子签名模块等功能的询问桌椅，这些都是边检定制专用的，目的是提升人性化、智能化执法水平。

舟山边检站执法办案不仅硬件过硬，软件同样过硬。近年来，他们先后研究出台了《海港常见边检行政案件处置规范》《港区锚地管控工作细则》《海港边检执法办案积分制》等规章制度，以及巡查检查、锚地出警、装备携带、执法音视频取证、人身行李物品检查等27项现场执法标准，明确了13类边检行政违法行为88项具体情形的裁量标准，细化了5大类34小项执法奖惩举措，落实案件办理一案一报、一案一审，形成了一条从执法行为，到行政决定，再到案卷审查的全过程监督体系。

最赞风景线：平安口岸的门将

近日，舟山边检站查获一起重大海上毒品案件，缴获毒品190余公斤，目前案件正联合相关部门共同侦查。仅2019年，舟山边检站就查处220余艘涉案船舶，参与处置了十余起涉敏感国家船舶等口岸突发案事件。统计近3年数据，该站查处海上案件数量年均增长70%以上。

"放眼全国，舟山边检站兼具开放区域广、执勤点位散、业务类型全、在港船舶多等特点，绝无仅有。"舟山边检站政委郑立安介绍，该站目前负责1300多平方公里开放区域、11个锚地、163个泊位、40座船坞、203个执勤点的边防检查任务，其中，国际修船造船基地和国家重大战略物资中转储备是两大支柱产业。

欲穷千里目，更上一层楼。这样的执法环境驱动舟山边检站全力提升执法"视野"的高度和广度。7月29日正午，笔者跟随七队检查员前往小干岛万邦永跃船厂"制高点"，我们坐吊机至半山腰，步行一段近60度的斜坡后到达边检锚地雷达站。在海岛紫外线的炙烤下，检查员迅速对设备进行了维护和升级，半个小时、短短100米的山路让所有人的脸颊和双臂都晒出了"高原红"。

"开展外轮维修维护业务的万邦永跃船厂，是我们队最主要的执勤点。"杨卓介绍，现在所有外轮进船坞维修维护后，我们可以通过雷达站传输的视频掌握人员上下船舶情况，实时了解整个船厂的作业情况，既保障了边检执法执勤全覆盖，也解放了部分巡逻监护警力，确保国门口岸安全无虞。

其实，这个雷达站除了掌握港口内的船舶动态外，还有更加"神奇"的用途：所有船舶在舟山港海域的行驶轨迹也都一览无余。"举个例子，当检查员发现中国船舶未经批准搭靠外国船舶，以前赶到现场时违规搭靠的船舶可能已经不见踪影，现在通过雷达我们就可以预先保存证据，再进行核查处理。"杨卓说。

近年来，舟山边检站根据海上锚地船舶生产作业规律，在秀山、岱山、嵊泗等外岛都建设了这样的雷达站和 AIS 基站，一个个海上"高清电子望远镜"应运而生，实现了船舶轨迹核查精确化和违法违规可视化。同时，该站还首创锚地管控预警系统，摸索出一套"四类船舶重点管、偏远锚地拉近管、供油船舶集中管"的监控技战术，配套打造"边检艇＋执勤队"的海上移动警务室，确保了案件的精准定位、快速打击、依法处置。

最亮风景线：窗口服务的标杆

时至傍晚，笔者告别海岛执勤队，来到舟山行政服务通关中心边检执勤一队。他们是唯一驻守舟山市区的边检执勤队，也是通关中心里唯一实现24小时业务办理的机构。该站每年要办理1.1万余艘次船舶和25万余人次人员的通关手续，先后被中国（浙江）自由贸易试验区管委会、舟山市政府评为"青年文明号"和"群众满意基层站所（服务窗口）"。

"这是一支平均年龄只有26岁的年轻队伍，先后获评'青年文明号''口岸优质服务单位'等荣誉。"舟山边检站政治处主任熊大勇介绍，正是因为有了这样一支想干、善谋、能为的队伍，舟山边检站执法和服务工作才能成为"并蒂芙蓉"。

郑煜是中国舟山外轮代理有限公司的一名船舶代理人员，负责老塘山码头大豆卸货船。晚上21点左右，他从通关中心唯一敞开的大门径直走向边检窗口，顺利办理了通关手续。"我负责的船舶经常需要夜间临时作业，所以成了边检窗口的常客。"郑煜说，这么多年接触了许许多多边检民警，最佩服的就是他们敢于"较真"，无论白天还是夜间，服务效率和执法质量从不打折。

其实，窗口服务也是边检执法的一部分，无论是执法还是服务都要有法治的理念、为民的情怀和严谨的态度。今年，一队在保障顺利通关的同时，查获各类非法出入境案件11起，占舟山边检站案件查获总数的27%。

受新冠肺炎疫情影响，有少数中国籍船员有效出入境证件过期前未能返回中国，这种情况是否应该按照有关"载运不准出境入境人员入境"的规定进行处罚，部分检查员提出了异议。最终，结合法律法规，在上级法制部门的综合评判下，决定免于处罚，彰显了依法行政和人文关怀的统一。

结束一天的采访，夜晚的海岛繁星布满天空，格外亮丽。这份亮丽来源于月光的映衬、群星的闪耀和黑夜的衬托，这份亮丽不是孤独的。就像窗口服务一样，绝不是一个微笑、一个好评、一次点赞就能形成一道亮丽风景线，它需要长久的坚守和积累。对私权利来说，"法无禁止即可为"；对公权力来说，"法无授权即禁止"。建站33年来，舟山边检站秉持这一理念，按照权力清单行驶权力，尊重公民每一份权利，为创造法治化、便捷化的营商环境贡献力量，社会执法监督评议年年优秀，实现了零执法事故、零有效投诉、未发生行政复议、诉讼，维护了国门执法的权威和尊严。

【《中国出入境观察》杂志2020年第8期】

标点符号里的练兵密码

邓亚运　费伯俊

工欲善其事，必先利其器。

改制转隶以来，江苏出入境边防检查总站对照移民管理事业发展需求，全警参与、全员练兵，从标点符号里破解练兵密码，掀起了全警实战大练兵热潮，努力练就过硬本领、培养过硬素质、锤炼过硬作风，全力锻造革命化、正规化、专业化、职业化的高素质移民管理队伍。

思想先导，拉直民警心中"问号"

"随着部队集体转隶，我们的工作从一阵子延长到一辈子，我们的身份从现役军人转变为职业警察，就必须敢于正视改革潮流中折射出的队伍职业制发展与民警专业化能力不匹配的主要矛盾。全警实战大练兵，正是实现全警能力素质精准'脱贫'的'牛鼻子'……"6月19日，江苏边检总站机关组织的一次演讲比赛中，政治处民警李高龙对大练兵活动认识的阐述，引起了台下观众和评委的强烈共鸣，顺利斩获一等奖。

全警实战大练兵，为什么练兵？为谁而练？练什么？怎么练？练兵成果怎么用？

思想是行动的先导，练兵就要先练思想。面对民警的困惑，在大练兵活动部署之初，该总站就把解答这些问题作为全省边检民警的第一课，着力拉直民警头脑中的问号。总站各级深入开展大讨论活动，帮助全体民警弄清"为什么练""为谁练"，引导民警树立本领恐慌和能力危机意识，进一步提高民警思想认识，激发练兵热情，催生内在动力。

"与全国大的边检总站相比，我们业务量偏小，复杂棘手问题处理得少，很多民警还存在素质不够全面、业务不够精通、实战技能不够熟练、执法执勤不够规范等短板。"江苏边检总站总站长何伟分析说。

全省各边检站把大练兵活动作为"党委工程""主官工程"，瞄准锻造"铁一般的理想信念、铁一般的责任担当、铁一般的过硬本领、铁一般的纪律作风"的高素质过硬公安队伍目标，高起点谋划、高标准推进，着力调动广大民警练兵积极性、自觉性。

为进一步深化民警对大练兵工作重要性、必要性的认识，该总站部署开展"边检职业文化大讨论"活动，通过专题授课、主题讨论、演讲比赛、撰写心得体会等形式，引导民警充分认清能力素质和职业化要求的差距，实现从"要我练"向"我要练"转变。

"大练兵工作是一场事关边检队伍建设发展、民警职工素质提升、边检事业兴旺发达的重大战役，更是全面适应改革转隶新要求的迫切需要。"常州边检站民警段然在工作体会中写道。

认识提高了，思想统一了，方向明确了。镇江、张家港等多个边检站民警纷纷向党支部递交倡议书、决心书、挑战书，誓言放下包袱、抛弃惰性、自我加压、勇往直前，以饱满的热情投入到全警实战大练兵中，用每个人的本领提升，实现江苏边检队伍整体素质的飞跃。常州机场边检站执勤一队副队长沈维官主动学习，通过了司法考试，考取了注册会计师，并自学考上了南京大学在职研究生。

瞄准实战，画圆全警练兵"句号"

"梅沙系统一直报错！"6月22日下午，盐城南洋国际机场边检通关现场出现险情：边检查验系统出现故障，无法验放出入境旅客。

盐城机场边检站前台检查员立即上报情况，值班室按要求启动应急预案：执勤人员管好现场，通信技术人员对故障进行研判后，迅速启用梅沙系统单机版。6分钟后，执勤现场恢复正常通关秩序。这虽是一场演练，但给全站民警留下了"网络中断怎么办""现场停电怎么办"等思考。

瞄准实战需求、创新练兵方法、丰富练兵平台。江苏边检总站坚持补短板、提素质、强能力，努力画圆全警练兵的句号，确保练兵取得实效。

练兵先练长，考核先考官；机关先行训，领导带头练。该总站各级领导干部紧紧围绕"政治信仰、岗位技能、职业素养、基础体能、文化素质"五项练兵内容，以身作则、立身为旗，带头调研思考、带头出操训练、带头参加考试，以先带头、先过关、先过硬的态度，向全警叫响"向我看齐"，努力发挥"头雁效应"。

7月下旬开始，该总站举办两期总站机关警务实战练兵集训班。总站党委委员和其他民警职工一起，警容严整、装备齐全，头顶烈日，全员参训。他们围绕警务实战理论、警械使用、实弹射击、体能训练、战伤急救等重点内容开展训练，着力提升机关民警的实战意识、警务技能和基础体能，进一步树立从严练兵、以上率下的鲜明导向。

总站机关各处室纷纷拟定具体方案，加强练兵。办公室在全省边检机关开展主题征文，围绕"如何做好办公室工作""如何发挥办公室作用"等课题展开讨论、寻求思路。边防检查处分片组织一线民警，开展边检业务岗位技能网上拉练。政治处设立"留营学习日"，组织民警开展理论学习、品读经典、读书分享活动，同时开展政工面对面、政工论坛等座谈交流活动。后勤保障处制定每周后勤知识学习计划，依托"welink"平台，见缝插针开展每月业务对抗，努力提升全省边检后勤业务水平……

机关先行，基层纷纷响应。

"Immigration这个单词，'I'可以看作一个人，'m'可看作一个城门，我们可以利用单词的造型进行记忆。"7月6日晚，镇江边检站机关会议室内，不时传来阵阵朗读声。讲台上，女辅警吕晴正带着民警学习英语。

吕晴毕业于常州工学院，英语专业八级，曾在某教育集团担任英语教学组组长，在校期间通过了上海中级口译并取得相关证书。全警实战大练兵活动中，吕晴主动发挥个人特长，担任站里民警的英语"小教员"。该站还在营区内建起了"英语角"，围绕执法执勤、前台检查、宣传告知等不同场景，设置实用的英语对话训练，大大提升了一线民警"开口守国门"能力。江苏省副省长、省公安厅厅长刘旸在该站调研时，对他们的练兵方法给予充分肯定。

为了克服新冠肺炎疫情的影响，保证练兵人员、时间、内容、效果的落实，该总站各级主动思变求新，调整练兵模式，积极开展"四小"练兵活动，挤出"小段时间"、利用"小块场地"、使用"小型器材"、开展"小型训练"。同时运用信息化手段，搭建教育训练学习平台，研发网上考试软件，增强练兵实效性。

该总站还鼓励民警"走出去",与北京、上海、广州等边检总站建立合作交流机制,选送优秀民警实地调研和交流,学习原职改站在基础业务、勤务组织、边检治理等方面上的做法,找准差距、明确目标。大练兵开展以来,全省边检机关先后组织18批次1600多人次赴原职改站、地方公安机关和各警种部门参观见学,92名法制员到公安机关跟班轮训。

人人谈练兵,蔚然成风;时时抓练兵,轰轰烈烈。全省各边检站认真对照国家移民管理机构民警《练兵大纲》《练兵手册》,创新方法和平台,迅速掀起实战练兵热潮。

淮安边检站把疫情期间勤务减少的"空档期"转化为民警综合素质提升的"充电期",开展学理论、学业务、学外语"三学"活动,突出证件鉴别、装备使用、外语交流、应急处突、核查办案五种实战技能,落实每日一学习一测试、每周一考核一通报、每月一总结一讲评的"六个一"业务考评机制,全面提升民警业务素质。

南通边检站推行以老带新"一对一""二帮一"的方式,传授练兵工作方法和经验,新警业务练兵成效明显。在总站6月份业务练兵中,该站4名转改民警取得了3科以上满分的优异成绩。

尹晨东是无锡边检站的一名转改民警,在经过总站转改士兵教育培训和业务练兵后,在全站第一个通过了拿章考核,目前已经验放了2000多名出入境旅客。他说,因为实战大练兵的淬炼,他的业务能力和综合素养才有了大的提升。

连云港边检站执勤一队民警蒋娴,为帮助同事更好地理解掌握证件鉴别方法,利用2周时间逐题查阅相关资料,完成证件鉴别1000题的注解工作。在"拼命三郎"蒋娴的带领下,全站民警刻苦训练,不断进取。6月24日,在江苏边检业务技能练兵网上拉练中,该站取得了全省第一的好成绩。7月底,蒋娴获评公安部全警实战大练兵"标兵个人"。

"大练兵不仅要练体能、练业务,还要练思想、练作风。"江苏边检总站政治处主任司志健介绍,他们在加强基础体能、岗位技能练兵的基础上,重点突出政治信仰、职业素养、文化素质的锤炼,做到练身也炼心,练出精气神、练出新风貌、练出战斗力。

大练兵活动开展以来,该总站先后邀请江苏省委党校、南京大学、东南大学等院校知名专家走进警营,举办十九届四中全会精神、全国"两会"精神、国家安全形势、文化建设等专题辅导授课,帮助民警更好地提高政治站位、理清工作思路,做到学思用贯通、知信行统一。

奖优罚劣,激活持续练兵"感叹号"

扬州边检站执勤四队民警刘军,从原中队主官转至业务岗位,业务基础相对薄弱。他积极利用勤务间隙开展业务技能练兵,通过自学自考、上机模拟、难点研讨等方式,不断夯实业务基础、增强业务能力。在该站"学习突击月""巩固攻坚月"活动中,他连续5次取得边检业务考试满分的优异成绩。6月中旬,他被江苏边检总站评为"练兵之星"。

为鼓励先进、鞭策后进,该总站每周组织一次"练兵之星"评选,获评人员在全省范围内通报表扬,并优先参与总站年度练兵典型评选,如今已有21名同志荣登"光荣榜"。

奖优罚劣、奖勤罚懒、真奖真罚,激活持续练兵的"感叹号",让每个人都练有动力、练有激情。江苏边检总站政委冯兰昌在全省大练兵工作推进会上强调,"对大练兵当中涌现出来的先进单位、练兵尖子,该记功的记功、该嘉奖的嘉奖;对于考核指标未完成的单位,年终不得评为优秀;对考核不合格的民警职工,集中回炉重练,仍不合格的,暂缓提拔晋升……"

该总站树立鲜明的练兵导向,避免走过场,杜绝"练与不练一个样""练好练差一个样",确保全体民警职工练有方向、练有压力、练有动力。

各边检站将日常练兵成绩与民警考核考评挂钩,在各处室和执勤队间营造"比、学、赶、帮、超"的氛围,定期公示练兵"红黑榜",将练兵工作质量与考评结果列为支部、个人年度述职考评重要内容,强化实战大练兵结果运用。

南京港边检站锚定基础训练、专业训练、实战训练三大目标,紧盯队伍能力短板和训练薄弱环节,明确民警基础体能达标率不低于90%、警务实战技能战术合格率不低于85%的整体目标,签订练兵责任状,形成党委主责、主官主抓、机关合力、齐抓共管的良好局面。

7月初,镇江边检站二季度练兵考核中,4名执勤队支部班子成员未能全项过关。该站政委吴锋代表站党委对其进行约谈,明确提出要求,同时对未达标人员进行分片包干、分组帮扶、分时抽点,确保按期过关。

坚持动真碰硬,狠抓整改落实,基层民警既感受到了练兵压力,又增强了练兵动力。"一天不练就有落后感,三天不练就有内疚感。"徐州边检站民警张婷感慨地说。

建章立制,画好长远练兵"破折号"

今年2月至5月,南京边检站执勤一队民警石丹雯"上挂"到机关政治处跟班实习。从最初的慌乱到后来的得心应手,石丹雯办文办会和统筹协调能力迅速提高。回到执勤队后,她把在机关学到的本领和作风带到基层、运用到工作中,解决了少数同事原先不会做、不愿做的问题。

"石丹雯和同事的变化,体现了'泥鳅效应',有效激活了'一池春水'。"南京边检站政委郭晓卫介绍说,"这一可喜的局面,得益于站里'上挂下派'轮岗练兵机制。"

拳不离手,曲不离口。江苏边检总站各级充分认识到,全警实战练兵是一项经常性工作,久久为功方能行稳致远。他们着力破除民警心中练兵一阵子的错误想法,画好长远练兵"破折号",建立健全实战练兵长效机制,构建响应需求、适应实战、全面发展的素质能力培养体系,努力筑牢边检职业化队伍建设的"四梁八柱"。

该总站以人才库、网上考试平台、网上展示平台"一库两平台"为抓手,建立了"周理论夜读、月处长讲堂、季专家授课、半年主官论坛"学习机制。全省各边检站纷纷建立"周自测、月抽考、季普考"练兵考核机制,定期对练兵成绩进行分析,实现职能部门对练兵实情的精准掌控和对练兵成效的客观评价,确保能够及时调整练兵重点、准确修正练兵方向。

太仓边检站制定《全警实战大练兵量化管理制度》,月初一张"任务表",月末一张"成绩单",细化统训、分训、自训目标任务,为进一步强化练兵项目管理,有序推进练兵计划落地提供了制度保障。南京港边检站强化顶层设计,制定出台《2019-2022年全警实战大练兵实施方案》和"十二项细化落实举措",为锻造高素质过硬边检队伍提供坚强保证。

实战大练兵中涌现出的各类人才骨干,为履行好职责使命、打赢疫情防控阻击战提供了有力支撑。今年以来,江苏省委书记娄勤俭、省长吴政隆等省市领导70余次批示肯定边检工作,全省边检系统11个集体、38名民警获表彰奖励,1名同志获评公安部全警实战大练兵"标兵个人"。

如何补上现役转改边检站专家型、国际型骨干人才紧缺的短板?司志健介绍了总站的规划:"紧盯港口业务走前列、空港业务争上游、职业化建设全面突破目标,我们将加强与省内'双一流'高校的沟通协调,选送民警到名校一流专业开展学习培训,组织优秀骨干人才攻读硕士博士学位,努力培养一批专家型、复合型领军人才,全面提升民警能力素质,让本领跟上时代发展步伐。"

勤学苦练,实战实练。当前可胜,未来可期。

【《中国出入境观察》杂志2020年第8期】

| 通 讯 |

一声"想你" 一生想你

魏振军　韩　瑞　张　浩

7月30日上午,合肥市殡仪馆1号厅,白色雏菊拼成12X111902,这是烈士陈陆的消防编号。7月22日,作为合肥市庐江县消防救援大队政治教导员的他,在抗洪一线搜救被困群众时,因突遇破圩决口后的激流漩涡,被洪水冲走,英勇牺牲,年仅36岁。

"陈陆,我会好好把孩子带大,特别特别好地带大。"追悼会上,陈陆的爱人、安徽出入境边防检查总站民警王璇颤抖的声音,令无数人泪目。当她喊出"陈陆,我想你"时,所有人都为之心碎。她眼含热泪地举起颤抖的手,向爱人敬礼,与爱人作最后一次道别。

从相识到相恋

今年是陈陆与王璇结婚第10年。

2009年,王璇作为入警大学生,分配至黄山边检站,那时的陈陆,是合肥消防支队的一名基层中队指挥员。

也是在这一年,两人经王璇的老领导、原黄山边检站政委何建立介绍相识。"陈陆的父亲是我的老战友,有边防情结,希望找一个边防的儿媳妇。想着这两个年轻人都很优秀,我就撮合了他们。"回忆起当时的场景,何建立说道。

两人第一次见面是在合肥,平日里不怎么爱说话的陈陆,见到王璇非常紧张,说话有些结巴,笑起来总习惯摸自己的耳垂。看着憨憨的他,王璇觉得挺踏实。而开朗大方的王璇,也走进了陈陆的心里。

"他俩恋爱期间,我和王璇都在黄山轮训,王璇会在周末请假坐5个多小时大巴去合肥见陈陆。每次见到他,最喜欢的就是让陈陆带着她一起去吃麻辣烫。"回想起十余年前的场景，王璇的闺蜜、同批入警的原合肥边检站转业干部金威威记忆犹新，"结婚生子后，两人有空还会一起去恋爱时常去的那家店"。

2011年2月22日，两人走进了婚姻的殿堂。上级机关考虑到双军人家庭两地分居的实际情况，不久将王璇调至了合肥边检站工作。

陈陆长期都是在基层中队、大队任职，值班加班是常事，而王璇在检查员岗位。结婚以来，两人聚少离多，婚后多年一直没有孩子。

幸福的一家三口

直至4年前，夫妻俩才有了儿子小金伦。临盆前一天，王璇阵痛强烈被推进产房，但当时陈陆仍在辖区救火。由于没有直系亲属签字，王璇无痛分娩针都无法注射。

孩子出生后，因呛羊水直接被送到了保温箱，夫妻俩每天只能通过医院拍的10秒钟小视频看看宝宝。

孩子还没有出院，陈陆只在医院照顾了王璇3天就回到单位，而当时王璇也赶上安保，产假没有休完，就返回岗位。

"这一对就是天作之合"，谈到陈陆英勇牺牲的事情，王璇的同事、合肥边检站民警何洁的话语间充满惋惜。

在她的眼里，两人感情特别好，十分珍惜为数不多的相聚时光。每次朋友们一起聚餐时，陈陆看王璇的眼神都充满着宠溺，而王璇也喜欢拿陈陆"开涮"，时不时爆出"小陆子"的"糗事"。热情开朗的王璇，是单位有名的"开心果"，而陈陆稍显内向，两人性格刚好互补。

面对年幼的小金伦，陈陆也是"言听计从"。"听璇姐说，每次爸爸回家时，都是小金伦最开心的时候。"何洁说。

他在抗洪，她在战"疫"

今年春节前夕，疫情发生，王璇大年初二一大早就返回单位，连日值守，平均每天工作12个小时以上，制定方案、筹措物资、防疫培训、营区消杀、伙食管理……尽心尽力为民警做好后勤保障和安全防护。

疫情初期，安徽边检总站累计从合肥市疫情防控指挥部及江苏、浙江等地多渠道筹措医用口罩、防护服等各类防疫物资9.59万件（套），保证了总站各级3个多月的物资供应，在相关物资价格飞涨的情况下，单位节约近20万元，这其中，王璇功不可没。

后来，尽管疫情进入常态化防控阶段，但王璇的工作压力并没有减少，了解她的人都知道，让她闲，她也闲不住。

7月以来，由于汛情形势持续严峻，陈陆一次又一次地走上抗洪一线。

7月18日，因短时强降雨，庐江县城发生内涝，盛桥镇、白湖镇、石头镇都有群众被困，消防队的接警电话响个不停；7月22日，石大圩决口，周边4个行政村被淹……从18日到22日，陈陆和队员们连续奋战96小时，出警400余次，辗转5个乡镇，跋涉600余公里，解救和疏散群众2600余人……

在陈陆抗洪的这段时间，王璇除了忙单位工作，还独自照顾公婆和小金伦。夜深人静时，她觉得累，最盼望的就是洪水早日退去，丈夫能够回来。这些年，陈陆经历了大大小小的火情洪灾，王璇都祈求他平安归来。

然而，洪水渐渐退去，天空悄然放晴，英雄却再也没有回来。

忠诚信仰早已融入血脉

"我们全家希望，消防队领导把主要精力放在当前防汛抗洪的大局上，不要为陈陆的后事牵扯太多精力。请支队领导放心，我们是一个传承红色基因的家庭，有觉悟正确对待和处理此事。我们相信，也唯有这样才能真正告慰陈陆的在天之灵！"陈陆确认牺牲后的第3天，王璇和家人给合肥市消防救援支队写了一封亲笔信。

陈陆的外公是抗美援朝老兵，父亲是第一代安徽边防军人。2018年武警部队体制改革，夫妻俩从"橄榄绿"分别蜕变为"火焰蓝"和"藏青蓝"。他们的家庭，经历了安徽边检从无到有、从现役体制到人民警察体制的历史演变，忠诚的信仰早已融入血脉。

事实上，原本瘦弱的王璇，这些天已经暴瘦了10斤。家中的老人一夜白头，年仅4岁的小金伦还不知道父亲已经离开的事实，天天问"爸爸什么时候回家"。已经悲伤到静默的她，必须强撑着不能倒下；只有在夜里，看着熟睡中的孩子，偷偷流泪，靠着安眠药勉强入眠。虽然，一家老小面对"父母失去儿子、妻子失去丈夫、幼子失去父亲"的强烈悲恸，却依然保持了军人家庭的忠诚底色。

英雄已去，丰碑永立；仰望崇高，砥砺前行。

【《中国出入境观察》杂志2020年第8期】

新横琴口岸：琴澳同心奋进的新舞台

张子恒　朱金辉　朱　炳

"在一个大厅、排一次队、接受一次检查，完成内地、澳门双方出入境手续。"8月18日，粤港澳大湾区互联互通的标志性项目——新横琴口岸正式开通启用。

口岸共有出入境查验通道69条，人均通关时间缩短到约30秒，日通关能力达到22万人次，年通关能力可达8000万人次。口岸的启用，标志着珠海出入境边防检查总站"合作查验、一次放行"的边检查验模式在口岸全面落地，为服务推进粤港澳大湾区融合发展迈出坚实的步伐。

"当前，特别要做好珠澳合作开发横琴这篇文章，为澳门长远发展开辟广阔空间、注入新动力。"习近平主席在出席庆祝澳门回归祖国20周年大会暨澳门特别行政区第五届政府就职典礼时发表重要讲话时指出。

横空出世，琴鸣湾区。与澳门隔江相望，总面积是澳门面积3倍多的横琴岛，20年来，蕉林滩涂筑新城，演绎着时代发展的奇迹。尤其是2009年国务院通过《横琴总体发展规划》，横琴被定位为"一国两制"下探索粤港澳合作新模式的示范区、被设为中国第三个国家级新区，琴澳两地携手共进、相亲相助、深化合作、融合发展，向世界展示着"一国两制"的成功实践。

这里不仅是改革开放的最前沿，更是澳门与祖国交心交融、协同发展的示范区。驻守在这里的珠海边检总站及所属的横琴出入境边防检查站，坚决落实党中央、国务院的决策部署，忠实执行"一国两制"伟大方针，推动惠澳政策措施落地，为支持粤港澳大湾区和横琴自贸片区建设，维护澳门长期繁荣稳定贡献着智慧和力量。

以莲花为名：一座大桥牵起琴澳"佳缘"

濠江奔流、岁月为证。20年来，横琴口岸历经四代变迁，一路见证了珠澳两地守望相助、携手并进的发展历程。

1999年，作为迎接澳门回归的献礼工程，莲花大桥正式落成。它像一枝长长的莲花叶茎，横跨濠江两岸，将澳门这朵美丽的莲花与大陆紧紧相连。同时又像一把钥匙，打开了"一国两制"伟大实践的通道，也开启了横琴开放发展的大门。

站在莲花大桥上，东望澳门，是金碧辉煌的酒店建筑群；回首西眺，新横琴口岸傲立桥头，与澳门路环岛隔海相望。2000年3月28日，经国务院批准，横琴口岸正式对外开放。此后根据发展规划和两地人员通关需求，先后两次重建。2016年12月21日，总投资260亿元的新横琴口岸及综合交通枢纽开发工程正式启动，联检大楼总建筑面积达45万平方米，相当于63个足球场。

如今，第四代横琴口岸以崭新姿态再次盛装绽放，傲然屹立濠江之畔，将澳门和横琴新区紧密相连，见证两地发展繁荣。驻守莲花桥头的珠海边检人秉承光荣传统，立足区位优势，主动担当作为，坚持科技创新，全面支持将横琴新区建设成为粤澳深度合作示范区、澳门经济多元化的创新窗口和"一带一路"的重要支点，切实肩负起展示"一国两制"成功实践的重要使命，在服务推进粤港澳大湾区建设中，发出新时代移民管理机构的奋进强音。

创新通关模式：从"40分钟"到"30秒"

"真的好快，很开心，感觉很便捷。"8月18日15时02分，澳门居民杨小姐通过新口岸入境大厅自助查验通道，成为新口岸启用后首位从澳门到横琴的旅客。从澳门到珠海，她仅用时26秒。白天横琴上班、晚上澳门休息，这样的双城生活已成为许多澳门居民的日常，新横琴口岸为他们架起了一道便捷桥、连心桥。

以往旅客从横琴口岸通关，需要在莲花大桥两头分别接受内地和澳门两方检查，中间还要乘坐摆渡车通过莲花大桥，至少要花40分钟左右才能完成通关。在横琴工作的澳门居民更是深有体会，虽然横琴和澳门只隔了一座桥，但时常要花一个小时才能从家到达公司。受限于交通环境和通关模式等因素，横琴口岸日通行旅客数量长期限制在2万多人次。

人民群众心之所盼就是移民管理机构行之所向。"合作查验、一次放行"最早从2013年提出设想。在国家移民管理局（中华人民共和国出入境管理局）的直接指导和统筹协调下，珠海边检总站从法律、业务、技术等多方面与澳门治安警察局等部门展开论证，反复研究场地建设、查验流程、设施布局、合作方式等关键问题，先后历经37次专题研讨、27项技术课题研究、4000项试错提高、数十万次反复调试测试，这一设想终成现实。2018年10月24日，"合作查验、一次放行"新型查验模式率先在港珠澳大桥珠海公路口岸珠澳通道落地实施。截至目前，已顺畅查验出入境人员超过300万人次，为便利内澳人员经贸往来作出重要贡献。

2018年底开始，珠海边检总站认真总结港珠澳大桥珠海公路口岸珠澳通道"合作查验、一次放行"模式实践经验，瞄准粤澳口岸通关长远发展，先后与澳门治安警察局、保安部队事务局沟通会晤近20次，积极研究在新横琴口岸复制实施创新查验模式的整体思路和推进路径。

2019年5月，国家移民管理局（中华人民共和国出入境管理局）与澳方在珠海举行粤澳口岸查验专责小组工作会晤，就新横琴口岸查验模式创新关键问题达成共识，降低使用合作自助通道人员的澳方年龄限制。7月，珠海边检总站总站长涂林带队赴澳门进行沟通商讨，双方围绕新横琴口岸开通初期"模式分步创新、通道分步建设"问题反复沟通磋商并形成一致意见。随后，双方开始共同优化改进"合作查验、一次放行"查验流程，同步研发调整本方查验系统，做好进一步扩大合作查验通道适用人员范围的准备，共同拟制并签署了双方执法合作协议，为"合作查验、一次放行"查验模式在新横琴口岸落地实施奠定了坚实基础。

新横琴口岸的"新"，恰恰就在于通关模式上的创新。经国务院批准，澳门莲花口岸整体搬迁至横琴口岸澳方口岸区，珠海边检总站联合澳门治安警察局利用地理优势，沿着一条分界线建设查验设施，实行"合作查验、一次放行"新型边检查验模式。双方边检警察在分界线两侧"肩并肩""面对面"执勤，全面深化执法合作。

"推陈出新可不是一句简单的话，每一点改进都实属不易。"横琴边检站副站长范永华对此体会最为深刻。如何进一步创新通关流程，实现人走车行两便利？如何确保各类系统的建设符合边检查验的实际需求？如何在提高口岸管控能力和通关效能的同时，进一步提升出入境旅客满意度？这些都是摆在移民管理机构面前实实在在的难题。

为攻克难题，珠海边检总站业务、技术部门指导横琴边检站加班加点收集了大量资料，参加珠澳两地政府及口岸规划建设单位、口岸联检单位组织的大小研讨会500余次，向国家移民管理局上报研究论证意见十余次，组织横琴出入境边防检查站口岸筹建专班前往港珠澳大桥口岸跟班学习30余次，确保一系列建设性意见均在口岸建设中落地，最大限度地满足边检查验需求。

"要想把人本的理念、创新的思路全面贯彻体现在新横琴口岸的总体设计、场地规划、设施布局中去，需要跟地方政府、规划建设单位做大量沟通协调的工作。"时任横琴边检站边检处副处长杨海涛表示。2018年以来，他带领该站口岸筹建专班人员积极与各方进行沟通协商，在口岸一、二层预留了按查验模式灵活配置的查验场地，搭建"立体大通关"骨架，全面实现旅检、车检的人车联动，双层立体化通关，研发安装了旅检大厅通关智能轮候派位系统，实现根据客流情况自动变换蛇形通道流线及出口，向旅客自动派位，引导旅客快速有序通关。

如今，在宽敞明亮的新横琴口岸出入境大厅，一排排"三道门"合作自助查验通道整齐而立，旅客只需把证件放置扫描区，一次性刷证件、按指纹、取凭条，不到30秒，就可实现极速通关。横琴边检站站长许丰永介绍："'合作查验、一次放行'的新型通关模式非常便捷，旅客只需一次读证、一次采集信息即可完成珠澳双方的边防检查手续。"

随着下一步新横琴口岸永久车道的建成，珠海边检总站将在旅检大厅合作查验模式的基础上，继续开拓思路、大胆创新，在出入境客货车通道探索实施"珠澳联合一站式"车辆查验模式，从而提升口岸车辆通关效能，便利珠澳两地之间车辆、人员往来。新横琴口岸将成为粤港澳大湾区的重要交通枢纽之一。

挑战工程难题：700多个日夜的奋战

新横琴口岸建设及查验模式创新是珠海边检总站服务推进粤港澳大湾区建设的重点工作。"新横琴口岸是事关粤澳两地民生福祉，事关'一国两制'政策的政治工程，不能带着任何问题开通。"总站长涂林多次强调。

8400根桩基、175万立方土开挖、21万吨钢筋用量，一个个庞大的数据都显示着新横琴口岸是目前珠海市在建的最大单体基础设施项目。新横琴口岸的建设难度不仅在于其规模和建设面积，更在于需要确保距离不远的横琴过渡期口岸24小时不间断通关。为此，口岸建设先后经历了3次转场，不断拆旧建新，腾挪出施工空间，一步步推进。工程体量庞大、筹建时间跨度长、对外抓协调、对内抓落实，工作千头万绪是新横琴口岸筹建的突出特点。在错综复杂的环境下，始终如一地保持好高标准，坚决落实好"不能带着任何问题开口岸"的工作要求，加强组织领导至关重要。

为整合力量、形成合力，珠海边检总站专门成立由总站长任组长的服务推进粤港澳大湾区建设工作领导小组，先后组建总站大湾区办和口岸建设战时督导组，制定工作方案，建立每月例会工作机制，出台《关于全面加强推进口岸建设工作的意见》，总站主要领导多次到新横琴口岸建设现场调研指导，积极协调地方政府解决影响口岸建设开通的重大关键问题；抽调4名专职工作人员成立了战时督导组，既监督施工质量能不能满足边检需求，更重点敦促工期，为后续设备调试争取时间。横琴边检站先后召开相关会议200余次，研究制定了《新横琴口岸建设工作任务分解表》《"合作查验、一次放行"查验模式优化改进及深化创新工作方案》，梳理明确新横琴口岸建设第一阶段168项任务，开展警力调研十余次，针对口岸查验机制、限定区域划分、查验通道设置、口岸管控等问题与地方政府和建设单位进行工作对接上千次，分批次组织200余名民警赴港珠澳大桥出入境边防检查站跟班学习，这一串串数字记载着拼搏的汗水，折射出奋斗的精神。

时任总站全面加强口岸建设工作战时督导组组长范永华回忆："督导组成立时离新横琴口岸原计划开通时间还有两个月时间，在短短两个月内完成两个旅检查验场地、一个车辆查验场地，7个边检机房、60多条查验通道、7000余路光纤的建设、调试任务，压力非常大。为了抢时间、抢工期，督导组上午一宣布成立，我们下午就一头扎进了现场，由此开始了'晴天一身汗、雨天一身泥'的跟建工作。"从成立到12月底，督导组累计排查并解决大小问题隐患100多项，督导横琴边检站梳理工作任务170多项，搭建新口岸开通运行基础制度

61项，为不带任何问题开口岸奠定了坚实基础。

每个人全心投入：啃下信息化建设"硬骨头"

在这个"巨无霸"项目的建设过程中，同时也上演着一个个关于奉献的边检故事。"最缺的就是时间，一天都耽误不起！"时任横琴边检站技术队队长赵峰把这句话挂在嘴边。信息化建设是边检业务工作最核心的支撑要素，需要大量时间安装和调试，而摆在面前的现实却是相当严峻。受疫情影响，口岸建设曾停摆了小半年，施工方的基础建设工期严重滞后，边检信息化基础建设就迟迟无法入场。机房设施设备无法安装，后续的调试更无从谈起。信息化建设前期工作没有做好，将会对后期维护带来大量的问题。

为了啃下这块"硬骨头"，赵峰带领技术人员使出浑身解数，"5+2""白加黑"，一趟一趟在现场巡查，吃饭休息都随身带着设计图纸，脑子里装满设计要求。凭着一股韧劲，最终新横琴口岸边检区域88个执勤用房、69条查验通道、3000个信息点、600多个摄像镜头、1000多块后备电池等边检区域施工和信息化设备均按上级要求全部安装完成。

在新横琴口岸施工场地，总是能看到一个风风火火的身影，她就是被同事们戏称为"姚工头"的口岸建设办公室女民警姚韵。每天穿梭在漫布灰尘、道路泥泞的工地，两个月时间，对接、走访相关单位700余次，参与研究建设方案100余版、设计图纸数百份，带病仍坚守岗位，"90后"的小女生硬生生锻炼成"女汉子"。在口岸建设全面展开之时，公公被查出癌症，她坚持家庭单位两头跑，用坚强的毅力扛起了家庭和工作两个沉甸甸的责任。

"现在是两个战场同时作战，关键时候就要拿出共产党人的奉献和担当。"横琴边检站党委书记、站长许丰永在党委会上说。一头是新中国成立70周年、澳门回归20周年等重大安保任务，一头是不能有丝毫懈怠的新口岸建设工程，许丰永以站为家，率先垂范。他经常穿着雨靴一深一浅地穿过泥浆路，扎进像迷宫一样的通道门廊，和民警们一起在手机零信号、室内零照明、地上零标识的口岸夹层里，拿着地图研究规划图纸，排查隐患漏洞。

"每天在工地走2万步，3个月穿坏两双皮鞋。"技术队民警孔维亮每天早中晚都到新口岸建设现场对旅检大厅、边检机房、UPS备用电源房、出境车道、办公区域进行不间断地巡检，发现处理各项问题。施工现场到处是流淌的水泥砂浆、飞溅的电焊火星，很多地方都难以落脚；在这样的环境下，他也从不放过任何一个角落，确保每个环节都完完全全按照设计要求施工。家离横琴40余公里，从没有迟到，妻子从怀孕到生产，也没有请假陪妻子产检。他憨厚地说："等忙完了这阵子，再多陪陪她。"

新时代的横琴画卷正在徐徐展开，波澜壮阔、荡气回肠。驻守莲花桥头，扎根新区热土，珠海边检总站将以新担当、新作为，锐意进取、忠诚奉献，助力澳门融入国家发展大局，进一步丰富具有澳门特色的"一国两制"成功实践。

【《中国出入境观察》杂志2020年第9期】

| 通 讯 |

原点起航　国门听涛

孙云鹏　闫　昕

凌晨2点的古城西安，夜色正浓，街道上行人寂寥，整座城已酣睡。而此时，30公里外的西安咸阳国际机场边检勤务指挥中心却依旧灯火通明。

"杨阳，比对一下旅客的行程轨迹。"

"雨佳，处理一下前台的业务问题。"

…… ……

原京涛坐在电脑前，就着两瓣蒜，呼噜噜吞进一口面，眼睛却紧盯屏幕，不时发出几句指令。

看工作量，估计要奋斗到凌晨4时，这样的"战斗模式"对于原京涛来说已是家常便饭。

从小白到大拿，需要多长时间？

原京涛的答案是4年。

2009年7月1日，从武警学院毕业，原京涛身着军装，第一次站在机场边检出境大厅。

台上坐姿笔挺，台下秩序井然。"咔嗒""咔嗒"，章起章落，旅客通关，不过15秒。眼速跟不上手速，出境大厅人潮迅速消退。

"检查台上一坐，神气得很呢！"初来乍到，对于这份神圣的工作原京涛很是向往。可工作伊始，原京涛并不出彩，业务水平不高、英语口语较差，他暗下决心，"要干出点名堂来！"

业务差怎么办？一个字——学！白天上勤，晚上加班。查文件、刷题库、翻看证研网信息，日日如此，有疑问的，都记在笔记本中。可理论终究只是在纸上，护照、签证不亲自过手，哪敢说懂？原京涛把目光转向了同事。

"就看小原不一般，能钻进去，现在果然出了成绩。"回想起来，"前辈们"赞叹，还有些无奈。只要原京涛负责卡口岗位，哪个检查台有外国旅客通过，他总要凑上来瞧一瞧，陌生的护照、签证都要过过手，照一照紫光灯，摸一摸手感。

功夫下得深，水平噌噌涨，很快原京涛就从边检小白变成了业务骨干，可他毫不松劲。

"航线逐渐密集，外国旅客增多，涉及知识点杂，学起来也费力。"原京涛又细细整理，归纳出《外国人综合服务管理信息系统使用指引》《重点国家验讫章识别要点》，方便大家查阅。

"过去，系统操作靠自己摸索，碰上陌生的验讫章，又要翻书，还要上网，查阅起来也费时。现在，遇有不熟悉的，翻翻'百科全书'，方便又省劲！"同事黄小刚说。

原京涛本以为自己会扎根前台，可情况很快发生改变。2013 年，西安口岸业务量激增，后台科人手紧缺，业务突出的原京涛入了领导的眼，调整了岗位。

前台科的同事们都暗暗推测，"原京涛业务功底扎实，调整岗位后应该会轻松许多"，但事实恰恰相反，原京涛更忙了。

5 年耕耘新领域，硕果累累

"5 年，126 个文件，2.1GB。"

打开原京涛的电脑，名为"核查工作"的文件夹映入眼帘，126 个文件，占内存 2.1GB，其中近半是原京涛一字一句敲进去的。这个文件夹，记录了他工作的点点滴滴，也是单位数据核查工作发展的缩影。

来到新岗位，原京涛继续发扬钻劲儿，汲取知识，学习技能，很快适应了新岗位，并逐渐崭露头角。2015 年，受单位指派，原京涛牵头开展数据核查工作。

当时，原京涛转岗不满 2 年，受领任务，组建数据核查小组。当时，全国刚提出数据核查的概念，一片空白是单位此项工作的真实写照。

"依葫芦画瓢，拉了几个人，拿出一套方案。"小组建起来了，方案拿出来了，但奈何没有数据核查模型，战法粗糙、核查手段单一、工作开展没有针对性，迟迟没有斩获。

贴合西安口岸实际的工作该怎么开展？如何精准发挥数据核查作用？原京涛犯了难。

"先归纳各数据平台使用手册，再整理试点单位代表性案例，最后结合实际完善实施办法。"说干就干！忙起来常常误了饭点，办公室墙角的3箱泡面和5包火腿肠就成了原京涛和组员们的"正餐"。一间斗室、不足10平，原京涛带领组员，翻阅文件资料，查询航班预报信息，跟试点单位打电话请教……一年下来，单收集的资料就塞满了2个铁皮柜。

终于，辛苦付出有了收获。

2016年4月19日，原京涛记忆深刻。与往日一样，他赶个大早，坐在电脑前。"一条条信息，布满屏幕，晃得人眼晕。"原京涛照例浏览数据，前夜加班稍晚，睡眠不足让他有些疲倦，突然一个发现让原京涛打个激灵。澳门籍出入境旅客卢某光与一名网上追逃在逃人员照片高度疑似，有了疑点，他立马甄别。

"信息基本吻合，确系同一人！"经过和办案单位核实确认，情况第一时间上报总队。原京涛心提了起来，接下来的几日，睡觉也不踏实。

几日后，卢某光于西安口岸出境。原京涛与同事对他进行了详细询问，并在行李中发现其原先的身份资料。这成为原陕西公安边防总队查获的第一例"漂白"身份在逃人员。

不出10日，"忠于职守、雷霆出击、神勇机智、尽显警威"的锦旗送来，挂上了办公室的墙面。

核查水平的提高就像在国门前垒起了坚固的防火墙，不法分子纷纷碰壁落网。2017年3月，查获2名准备偷渡的S籍旅客和1名引带人员；同年11月，核查出2名G籍非法出入境人员和1名协助人员……几年下来，原京涛共查处非法出入境人员20余人次，发现、查获网上追逃人员30余人次。

如今，翻开原京涛的简历，赫赫功绩跃入眼帘。2016年6月获评公安部"优秀党员"，11月获评公安部边防管理局"执法标兵"，12月被原陕西公安边防总队记个人三等功一次，2017年获评"全国优秀人民警察"……

每一名民警身上都能看到他的影子

2019年，部队集体转隶，后台科更名为执勤五队。算起来，后台科十几年来已经变更了多个名称,但变换的是名字,不变的是作风,累积的是荣誉。细细数来,原京涛所在的单位3次获评优秀集体,7人荣立个人三等功,诸多荣誉挂满了墙,好评不绝于耳,这其中就有原京涛的功劳。

这不得不提起他的另一个身份——原师傅。

执勤五队民警虽是选拔而来,但毕竟没有后台工作经验,初到队时,犹如茶壶里贴饼子——难下手!都靠原京涛手把手教。

原京涛的"大徒弟"杨阳,业务骨干,别看现在精明能干,但刚来队时,却是另一番光景。

"粗枝大叶不说,还坐不住凳子。"原京涛看在眼里,经常逮着一起吃饭的机会从旁提醒,"杨阳有天赋,但耐心不够,工作也迟迟未找到窍门。"症结找到了,就得"对症下药"。

原京涛将工作交予杨阳,自己当起了监督人。当年因为A国人员借道偷渡欧洲案件频发,经原京涛指点,杨阳工作开展有了方向。

甫一接手,杨阳压力倍增,工作不可不细,耐心不足不行。不到半年,果真出了成绩,查获一起涉A国案件。成功给了他更多信心,又先后查获2起偷渡案,并荣立个人三等功1次。

"原哥喜欢热闹,笑起来双眼眯成一道缝,特别和善,但一进入工作状态,却极为严苛。"想起自己刚来时的境况,程雨佳心有余悸,"就一个字,'累'!白天夜里连轴转。"

"数据核查工作繁琐枯燥,需要足够的耐心。不仅要教授方法,还要培养习惯。"第一周,原京涛干,程雨佳看,第二周,打个颠倒。为了系统学习,原京涛带着程雨佳打起了持久战,直到程雨佳独当一面。

"数据核查不容马虎,稍有大意都会铸成大错!"如今的程雨佳已脱去生涩,对待工作的态度,得到了师父的真传。

"我是陕西人,我要让国门长安"

"老陕"具备哪些特质?从原京涛身上可以看到答案。面食不能少,每每忙碌完要去食堂吃上一碗热腾腾的拌面;操着一口陕西方言,说起话来和和气气,又掺杂着西北人的一份豪爽。还有一项:厚道而又偏执。

其实,部队转改前,原京涛不是没动过转业的念头。

妻子在老家渭南蒲城教书，老家还有近90高龄的爷爷，由原京涛的父亲照料。儿子上小学后来到西安，由母亲照看，11年来，一家五口长期在两地辗转。而转业，则是团聚的最好机会。可一想起工作以来的点点滴滴，原京涛却犹豫了。

"这些年，提职晋衔我哪次都没落下，孩子上学单位也帮忙解决了。家庭有困难又不只我一个，关键时候怎么能当'逃兵'？"此时的原京涛却没了工作中不达目的不罢休的劲头。

"喜欢就继续吧，这么多年都坚持过来了，习惯啦。"妻子的一番话，犹如一剂强心剂，让原京涛更加坚定。

念头通达，干劲更足，原京涛又一头扎入工作中，业务咨询，案件办理，都能看到他的身影。特别是今年疫情发生后，他经过研究，率先提出重点关注疫情重点地区出入境人员的数据核查工作思路，并与技术人员一同连夜奋战，制作小程序，筛查数据库，累计筛选、推送13万余条信息，在口岸一线筑起了坚不可摧的数据防控网络。

"我喜欢这座城市的每个角落。"下班后，原京涛经常骑着摩托车去兜风，美丽、祥和而又富有诗意，这是他对这座城市的形容。"我是陕西人，我要守护这座城。"原京涛说。

【《中国出入境观察》杂志2020年第9期】

西藏移民管理警察守卫"边境第一村"——
只要一息尚存，决不后退一寸

何宇恒

从阿里地区中心狮泉河镇出发，驱车沿着森格藏布向西而行，紧邻河床一侧是水草丰盛的湿地，而另一侧则是荒芜的沙漠和长年被风化的山丘，伴着藏布潋滟、群山垒垒的自然风光，大约40分钟，就可以抵达阿里最早建成的边境小康乡——扎西岗乡。

扎西岗边境派出所坐落在乡里一处小湖泊旁，对常年工作生活在这里的移民管理警察来说，这个三亩见方的湖泊就像乡里的天然加湿器，和川流不息的森格藏布一起滋润着这里的空气，滋养着忠诚守边固边的军警干群。

守好阿里屋脊"边境第一村"

作为阿里地区噶尔县唯一的边境乡，扎西岗乡下辖的典角村边境线长约34公里，中印争议地区1900平方公里，其中典角村二组与印控巴里加斯村隔曲相望，直线距离仅600米，是名副其实的阿里中印"边境第一村"。

1996年，武警西藏边防总队在扎西岗乡设立噶尔边防大队，2003年在此基础上增设扎西岗边防派出所，成为队所合一的单位，共同承担边境地区社会面管控和一线巡逻任务。2007年噶尔边防大队迁至噶尔县，从此由扎西岗边防派出所独立开展辖区人员户籍管理、案件办理、边境巡逻等工作。

"我们主要负责三个行政村1000多人的社会面管控和两个边境执勤点勤务。"2018年来这里担任教导员的赵军红介绍道，扎西岗边境派出所是阿里所有一线单位中，距离地区中心最近的单位，责任异常重大。

20世纪50年代，印度便入侵扎西岗乡境内，侵占了位于典角村二组的巴里加斯一带，形成了中印两军隔河而治的局面。为了坚决抵制对方向我国领土进行蚕食渗透，生活在扎西岗乡各村的居民自发进行抵边放牧。"牛羊、牧民时有误入对方控制区域的情况,所以我们经常实施随行放牧,一是对牧民进行保护,防止越界后被抓扣;二是充分掌握前沿情况,确保稳定不出现争端。"副所长徐俊说,典角村独特的地理位置决定了驻守在此的移民管理警察,边境管理任务异常艰巨。

今年6月,中印西线局势紧张,阿里许多休假在家的民警主动返回岗位,并申请上点执勤。"我们结合实际情况,针对突发事件制定多套预案,目的就是要保证辖区所有群众生命财产安全,有效协同友邻单位做好策应和保障工作。"赵军红介绍,为此,6名党员立下请战书,在一线抵边警务室开展工作。

赵军红说,在边防道路贯通前巡逻任务是非常辛苦的,除了海拔高气候寒冷,路难走也是重要因素。有一次,驾驶员格玛次仁载着民警前往某高地了解情况,到了河谷地带,车两侧的积雪厚达2米多,他小心翼翼地轧过乱石丛前进,来回30公里的路竟然开了3个多小时。他回到所里,由于过于颠簸紧张,吃饭时,手抖得拿不住筷子。"我当时看见他手心都冒汗了!"赵军红笑着说。

民警郝怀明告诉记者,这里的群众从来不把"当好神圣国土的守护者"挂在嘴边,他们似乎已把这样的使命融进了血液和灵魂,他们不畏惧抵边放牧可能付出的一切代价,尽管苦,但作为国门卫士没有任何怨言。他说:"我喜欢看金庸小说,里面提到侠之大者,乃是为国为民四个字,所以和战友们坚守岗位,保家卫国、许身人民义不容辞。只要一息尚存,决不后退一寸。"

打通群众工作"最后一公里"

扎西岗乡常住人口916人,分散在方圆3008平方公里的土地上,平均3.3平方公里一个人,管理难度可想而知。

"乡党委政府采取的是党委成员包村、委员包片、普通党员干部包户的管理办法,但是对于边境派出所来说,我们要包所有人,这是一个难度很大的系统工程。"徐俊介绍,作为边境地区的执法和巡逻力量,既要发挥好管边的"眼睛"作用,又要发挥好管人的"手嘴"作用,这就要求大家必须非常熟悉当地环境,熟悉当地群众。

2016年7月的一天晚上,值班室急促的电话铃惊醒了全所民警。"当时凌晨3点多,接警说牧场暴发山洪,牧民的帐篷被淹,情况特别紧急。"民警李恒回忆道。

当地牧场分布很广，按照报警提供的大致方位，民警们很快驱车抵达，由于洪水涨势比较快，草场很快变成了沼泽，车辆无法前行。"我们趟着冰冷的水，大概走了1个多小时，终于找到被淹的20多顶帐篷。如果不是民警特别熟悉辖区环境，一定会耽误救援。"李恒说，当晚，包括5名孩子在内的30多人全部安全转移，牧民财产没有受到太大损失。

除了要求民警特别熟悉环境和群众，也要让群众熟悉民警，这是派出所长期坚持并认真落实的"双向熟悉制度"。派出所制作了警民联系卡和辖区责任民警公示牌，方便群众遇到困难时直接联系派出所。

今年7月28日晚上10时许，扎西岗村70多岁的老奶奶德吉旺姆家由于煤气使用不当引发大火，隔壁邻居第一时间拨通了警民联系卡上赵军红的电话。接警后，赵军红带着民警火速赶到现场，拖着68公斤的干粉灭火器冲进火场实施救援，又冒着危险把3个煤气罐拖到空旷地带安放。"好在他们报警及时，我们施救迅速，不然后果不堪设想。"回想起当时场景，赵军红依然后怕，由于当时刮着大风，如果扑灭不及时，很可能导致"火烧连营"。

"我印象最深的是，有个5岁的小女孩看见我们从火场出来后，开心地说'我们的好叔叔来了'。"郝怀明说，那一夜所有救援民警全身上下都是干粉，回到单位还专门合影留念。

扎西岗乡除了因为"边境第一村"而出名，辖区里重点文物保护单位——扎西岗寺也是远近闻名。为了做好驻寺工作，派出所设立走警制度，安排专人对接县里驻寺干部，围绕国家安全和消防安全开展工作。

"驻寺工作不是单纯地住在那里，民警们经常给僧人们送米送菜，和他们一起聊天，成为好朋友，所以在僧人们眼里，派出所民警是值得信任的人。"2018年来到扎西岗寺的驻寺干部何涛说，在近两年的工作中，派出所发挥了非常积极的作用，扮演着确保寺庙宗教环境积极向善、稳定安全的重要角色。

群众不方便，民警进家门，派出所紧密结合"百万警进千万家"活动，采取送证上门、扶贫帮困、政策宣传、技能培训、安全教育等措施，不同程度加深了警民之间的鱼水深情。近年来，派出所民警们充分依照依法治藏、富民兴藏、长期建藏、凝聚人心、夯实基础的重要原则认真实践，帮助群众实现增收超过40万元，辖区内未发生任何案事件，真真切切成了幸福家园的建设者。

红色堡垒建在"战斗第一线"

海拔4280米，紧邻印度实控地区的扎西岗乡，由于自然气候、地理位置和边境局势等原因，成为常人不愿前来之地，也正是由于人少地远的原因，50年代初期原本属于我国的巴里加斯区域被印度蚕食占据。

藏西先锋，红色阿里。特别能吃苦、特别能战斗、特别能忍耐、特别能团结、特别能奉献，这是多年来阿里军警干群最引以为傲的精神指引，在扎西岗乡，尤其突出。

派出所作为辖区最重要的安全保卫力量，率先牵头在前沿执勤点成立党政警民临时联合党支部，对当地群众开展红色教育，宣传中央第七次西藏工作座谈会精神，充分发挥了红色桥头堡的作用。

开展警示保密教育、沙场重温入党誓词、撰写请战决心书……越是情况复杂，民警们捍卫主权、保家卫国、敢于斗争的决心就越坚定，他们直面风险挑战的勇气就越强大。"没有一个人打退堂鼓，大家纷纷请愿到海拔4700多米的一线执勤点和军民共同执勤。"赵军红说。

"行走在高天旷谷，四周杳无声迹没有和声，无边的孤独却长出生命的花朵。"在派出所民警汤子龙的案头贴着这么一句话。他告诉记者，阿里地太高、天太矮、路太远，常人在这种环境待久了容易产生强烈的孤独感，更容易失去在这个世界的存在感，但是职责使命决定了他们必须扎根在这里，他们就像一簇簇岗拉梅朵（雪莲花）在雪域屋脊的高原边境向阳怒放。

【《中国出入境观察》杂志2020年第10期】

长白山下,民族团结之花美丽绽放

齐晗 李冰

边疆喜讯励人心,民族团结一家亲。2020年10月10日,吉林省第七次民族团结进步表彰大会在长春召开。马鹿沟边境派出所被评为"吉林省民族团结进步先进集体",圈河出入境边防检查站站长孟繁荣、延边边境管理支队政治委员徐坤被评为"吉林省民族团结进步先进个人"。这是继2019年延边边境管理支队被评为"全国民族团结模范集体"后收获的又一项荣誉。

每年初春,冰雪消融、万物复苏,在吉林省边境地区,美丽的金达莱花都会如约开放。长久以来,金达莱花被吉林边疆地区的群众视为民族团结的象征。驻守在这里的吉林出入境边防检查总站民警与各族群众水乳交融、休戚与共,为边疆的社会稳定和经济繁荣无私奉献,就像盛开在长白山麓的金达莱花,争芳吐艳、绚丽多姿。

近年来,该总站坚持"共同团结奋斗、共同繁荣发展"的工作思路,将民族团结进步工作作为维护口岸边境和谐稳定、促进驻地经济社会发展的一项基础性、长期性工作,为各族群众办实事、办好事、解难事,有力助推边疆地区民族团结进步和经济腾飞发展,让金达莱花在鸭绿江、图们江畔美丽绽放。2019年以来,总站1个单位被国务院评为"全国民族团结进步模范集体",1人获评"全国民族团结进步先进个人",十余个单位获得省市级民族团结进步模范集体称号。民族团结进步工作,成为吉林移民管理机构的一张闪亮名片。

稳边固防营造安全感

2019年8月20日深夜,吉林省白山市长白县马鹿沟村朝鲜族群众金大爷听到院子里有动静,他掀开窗帘一角,拿着手电照了一圈,突然看到两名男子翻墙进入自家院子,直奔停放在仓房里的摩托车。

"不好，有贼！这可咋办啊！"金大爷突然想到在炕头上的"十户联防"报警器，立即按下报警器，不一会儿，正在巡逻的派出所民警和联防队员赶到了现场，将盗贼抓获。

2019年，马鹿沟边境派出所开展"10+1"科技管边、群众联防工作模式试点，在"村村警灯闪烁"、常态化驻村巡逻基础上，每10户村民组成联防小组，并在家中安装报警装置，群众报警求助时，只需按下报警按钮，驻村巡逻民警和其余9户就能第一时间得知求助信息，形成了"一家有难、九家支援"的群众自救体系。

自从推行"10+1"举措，安装"十户联防报警器"后，辖区5个村实现零发案，有力维护了边境辖区的安全稳定，群众亲切地称其为"炕头110"。

"现在，无论是白天还是晚上，无论在街道还是村屯，随时都能看见警灯闪烁，感觉民警就在大家伙儿身边。还给我们安装了报警器，治安有了保障，群众心里更踏实了。"马鹿沟村村书记赵修伟说。

安全是一切工作的基础，没有安全稳定的社会环境，民族团结就无从谈起。该总站担负着1300多公里边境线的管理任务，点多、线长、面广，外来人口多、辖区山高林密、群众居住分散，边境治安形势极其复杂。

"要持之以恒强化边境管控，织密扎牢边境安全防控网，全力筑起维护国门边境安全稳定的铜墙铁壁，确保边境口岸安全无虞。"该总站党委书记、总站长盖立新强调。

今年以来，该总站深入开展"长安"系列专项行动、扫黑除恶专项斗争，从人防、物防、技防建设入手，强化边境辖区社会面巡逻防控，建立"一点两警四队"工作模式，即每村设立警民服务点，由两名民警负责，建立事务咨询小队、矛盾纠纷调处小队、治安防范小队、应急快反小分队，完善健全了"10+1"群防群治机制。

同时，成立了"阿妈妮"巡逻队，设立了出租房屋业主、出租车司机、"阿妈妮"、治安员、街道清扫员为主的"五大群众信息员"，充分发挥了各族人民群众"千里眼""顺风耳"的作用，逐步构建完善了具有边境区域民族特色的"全员式"群防群治网络。截至目前，共建立群众护边员队伍570余人、三级群防群治组织290余组1800余人，与司法部门建立驻派出所民调室20余个，

110余名护林防火员纳入群防群治体系建设范畴。

各族群众也是边疆稳定的有力维护者。6月10日,吉林省首个"义警工作站"在集安市麻线乡下活龙村正式投入使用,标志着"联勤联动,共管共治"乡村警务模式正式启动推广。

"义警工作站"是一支群防群治的志愿者队伍。成员由辖区企业领导、村组干部、村民组成,纳入社会化警务力量,是全省首支警企民协作的"快速反应、全线设防"警务志愿队伍。通过将辖区内的联防联动力量集中起来,有效解决了边境地区村屯分布散、距离远、警力有限的实际困难,让群众一同参与矛盾纠纷化解和困难帮扶,形成了"全民联动"合力管边控边的局面。

"下一步,我们还会继续扩大'义警'队伍的规模和范围,逐步在十余个所属边境派出所辖区推广,积极打造平安、幸福、和谐边境治安环境。"集安边境管理大队大队长曲明军这样说。

科技防范、专项行动、群防群治、联勤联动,一套合力治边"组合拳",使边境地区治安防范能力显著提升。2019年,该总站共破获跨境侵财案件8起,侦破毒品、偷渡案件19起,缴获各类毒品4.7公斤,查处走私案件64起、案值300余万元。

兴边富民提升获得感

吉林延边朝鲜族自治州珲春市位于图们江下游,地处中朝俄三国交界,素有"鸡鸣闻三国,虎啸惊三疆"之称。朝鲜族、满族人口占比近半数,这里分布着珲春、圈河、沙坨子3个陆路口岸,是典型的边境窗口城市,许多少数民族群众从事口岸进出口贸易。

庚子之春,新冠肺炎疫情影响了这座边境小城。珲春口岸作为珲春市疫情期间唯一可以通行货物的口岸,成为抗疫物资的"生命线"、货物流通的经济"大动脉"。国内疫情严重时,源源不断的防疫物资由口岸进入国内;复工复产时,载满各类货物的货车、火车不断穿梭在珲春公路、铁路口岸,为边疆的经济发展提供有力支撑。

这离不开疫情期间坚守口岸一线的移民管理警察。他们与时间赛跑,与危险同行,化身边检"大白",守护物资快速顺畅通关。特别是在三伏天,执勤条件非常艰苦,他们穿上防护服后几个小时内就会汗流浃背,护目镜布满雾气。

一线民警经历一天忙碌工作后,脱掉防护服总会留下满脸勒痕。

"虽然现在是辛苦了一些,但是能够为珲春的疫情防控和企业复工复产作出一点贡献,这都是值得的!"在口岸连续奋战了60多天的执勤队民警金星光说。

10月13日,当清晨的第一缕阳光洒向大地,伴着火车的一声轰鸣,俄籍3802次货运列车缓缓驶入珲春口岸,标志着今年"珲马铁路"进出口货物突破200万吨。

年初以来,珲春边检站加强与口岸联检单位协作,多措并举优化查验流程,实现通关"零延时",保障进出口货物同比增长28.04%,环比增长50.65%,创历史新高,有效促进了疫情防控和经济社会发展。

从珲春口岸进口的货物中,附加值最高的当属帝王蟹和扇贝等鲜活海产品。由于疫情影响,很多海鲜企业的货车堵在边境,通关缓慢。而鲜活是海产品的价值所在。每耽误一分钟,企业就会多一分损失。

今年5月,珲春边检站接到珲春多家贸易公司负责人求助电话,称载有帝王蟹、活扇贝等海鲜的30余辆货车滞留在俄方口岸,如不能及时运抵国内,企业将承受巨额经济损失。

企业有需求,边检有回应。该站在严格落实防疫措施的同时,积极与俄方沟通,推迟闭关时间,延长通关检查时间,协调增加了外贸公司人员办证审批名额,并开通了鲜活螃蟹"绿色通道",加快鲜活螃蟹货车查验速度,减少货车等待时间,在双方边检机关的共同努力下,载有海鲜的货车及时入境,为企业挽回经济损失近2000万元。

"我们在口岸划出专门的倒装区域,合理调配吊装车辆,快速办理出入境边防检查手续,最大限度保障货物快速顺畅通关,为企业复工复产按下'快进键'。"珲春边检站执勤三队副队长史新明说。

发展是民族团结进步的重要驱动力。近年来,该总站响应吉林全面振兴、全方位振兴战略部署,不断深化"放管服"领域改革,提出服务长吉图开发开放"八项举措、二十项保障机制",创新实施一站式、预约式、远机位服务等一系列勤务改革措施,高标准落实精准扶贫部署,协调投入专项资金用于边境地区18个乡镇90个村屯经济建设,引进建设项目、扶贫项目51个,服务"三重一小"企业60余家，投入40余万元助推包保贫困户脱贫攻坚，主动帮助32户贫困户脱贫。

受疫情影响的不仅有珲春的海鲜企业，还有驻地的草莓种植户。珲春市三家子满族乡立新村是远近闻名的"草莓村"，村里随处可见大大小小的草莓园，种植草莓成了村民奔小康的主要手段。

3月正是草莓上市旺季，以往此时，都会有大批游客来采摘。但今年受疫情影响，大量草莓滞销，加之不易储存，这可急坏了种植户们。

三家子边境派出所所长安石林看在眼里、急在心头，他立即来到辖区满族群众郎勇家草莓园，共同研究制定线上销售方案，组建了"田园乐"草莓销售微信群。他还化身"带货主播"线上推销。"各位亲朋好友、老少爷们，本村特产的草莓香甜可口、鲜嫩多汁、好吃实惠，大家可千万不要错过！"

在他的号召下，全所民警积极邀请亲人、同事、朋友进群，帮助种植户义务推销草莓。仅仅几天时间，1300余斤草莓销售一空，收益近2万元，解了郎勇的燃眉之急。

"多亏了咱们派出所的同志，帮我把草莓都卖了出去！不然草莓都坏到地里，真不知道咋整了！"郎勇的感激之情溢于言表。

文化交融增进幸福感

每逢周末，延边密江边境派出所的文化活动室里总会传出曼妙动听的乐曲声，这是该所民警用朝鲜族民族乐器洞箫吹奏民谣《阿里郎》等乐曲。

洞箫迄今已有1500年历史，现已列入国家级非物质文化遗产名录。密江乡是全国闻名的"朝鲜族洞箫之乡"。在业余时间，该所邀请洞箫文化遗产传承人李吉松组织民警学习朝鲜族洞箫文化。通过学习，民警们对洞箫从好奇转为喜爱，大多掌握了演奏技艺。

"学习洞箫艺术，不但丰富了民警的文化生活，陶冶了情操，也传承和发扬了民族优秀文化，拉近了与少数民族群众之间的感情。"该所教导员王宽说。

2019年以来，该总站组建了7个民族文化艺术小分队，定期邀请驻地老师教授长鼓舞、象帽舞和朝鲜族乐器演奏技巧，不仅丰富了民警们的文化生活，还为警营培养了众多文艺骨干。他们还多次与驻地朝鲜族社区举行共建演出、篝火晚会、警民联谊。看到民警穿上民族服饰，唱起民族歌曲，少数民族群众脸上洋溢着笑容，内心充满了感动。

做民族团结工作，还要过语言关。2018年以来，圈河边检站与延边大学签订教育培训合作协议，为民警开设延大朝语班、口语强化班等精品课程，还将老师请到口岸现场教学。

民警自发成立了"班车小课堂"，在每天开往口岸的通勤车上，执勤队领导带领大家学唱朝语歌曲、看朝语视频、玩朝语游戏，班车课堂丰富多彩。目前，全站近8成民警能够进行简单朝语对话，3成民警能够使用朝语开展工作。

该站还邀请驻地朝鲜族"阿妈妮"来到警营，同民警一起包粽子、腌咸菜、过中秋。一句朝语问候，一首朝鲜族歌曲，一支民族舞蹈，增进了民警与朝鲜族群众的感情。

一片赤诚爱民心，换来真挚警民情。每到传统节日，各族群众都会自发来到警营，为民警们送来祝福和慰问。热情的朝鲜族"阿爸叽"打起欢快的腰鼓，"阿妈妮"端出一盘盘特色美食让民警品尝。浓浓的警民情，在白山松水间汇成一部交响曲，回荡在金达莱花盛开的山坡。

中华民族一家亲、同心共筑中国梦。一代代吉林移民管理警察将自己的青春和热血献给了他们热爱的边疆，献给了各族人民群众。他们像是盛开在边疆的金达莱花，是民族团结的使者，传递着党的关怀和温暖，让民族团结之花在边疆常开长盛！

【《中国出入境观察》杂志2020年第11期】

三江蝶变

——来自国家移民管理局定点扶贫一线的报道

王云龙

有一种风景，秀美于山。

时值寒冬，车行三江，满目是绿。雨势渐收，雾漫山涧，茶园交错，诗情画意。

有一种贫苦，困囿于山。

三江处在滇桂黔石漠化片区，山连山、沟套沟，贫困出不去，小康进不来，一度是国家级深度贫困县。

有一种希望，萌发于山。

当一支支工作队扎进乡野，当一个个产业项目破壳而出，当一名名支教民警帮助山村孩子看到山外的世界……

2019年3月，带着习近平总书记殷殷嘱托，带着党中央和公安部党委部署要求，国家移民管理局开始定点帮扶广西三江侗族自治县，集全警之力，聚全警之智，汇八方资源，提交了定点扶贫的"三江答卷"。

"今日相聚梦三江，说古道今心奔腾。"两年间，蝶变的三江像一曲韵味浓郁的侗歌"多耶"，唱响八桂大地。

> 我们必须动员全党全国全社会力量，向贫困发起总攻，确保到2020年所有贫困地区和贫困人口一道迈入全面小康社会。
> ——习近平

"坚决打赢三江县脱贫攻坚战，确保三江县4.3万多名贫困群众如期脱贫，与全国人民一道迈入小康社会。"2019年3月22日，在定点扶贫三江工作会议上，国家移民管理局作出郑重承诺。

这一刻,千年侗寨与首都北京有了不解之缘。

这一刻,第一代移民管理人刚刚走出机构改革的考场,迅即奔赴脱贫攻坚的战场。

面对接手时间晚的"压力测验",面对三江贫困体量之大、层面之广、程度之深,面对万里路遥、山高水长,国家移民管理局以"开局就是决战,起步就要冲刺"的拼劲、"逢山开路,遇水架桥"的干劲、"一把钥匙开一把锁"的巧劲,向千年未解的贫困宣战!

这是心中有党的政治担当——国家移民管理局党组把打赢三江脱贫攻坚战作为心中的"国之大者",成立由公安部副部长、国家移民管理局局长许甘露任组长的定点扶贫工作领导小组,召开7次局党组会议、11次定点扶贫领导小组会议,局党组成员深入24个贫困村实地调研、现场督战,从初期夯基垒台、立梁架柱,到中期全面推进、蹄疾步稳,再到疫情期间重点调度、集中火力,直至积厚成势、决战决胜。

这是心中有责的真抓实干——组建扶贫工作专班,发挥牵头抓总作用,前方进驻蹲点、后方组织协调,统筹做好各类项目审核和工作指导;指派局机关与上海、江苏、浙江、厦门、山东、广州、深圳、珠海、广西9个边检总站包干63个贫困村,从"两不愁三保障"入手,统筹产业扶贫、就业扶贫、教育扶贫、消费扶贫、乡村治理,因村因户因人施策,打出政策组合拳。

这是心中有民的拼搏奉献——200多名民警驻村帮扶,1300多人次深入村屯,他们走田头、爬陡坡、探社情、察民意,足迹遍及三江的山山水水;他们与贫困户一起算扶贫账、谋脱贫计,用心用情解决他们的操心事、揪心事、烦心事;他们把脱贫攻坚的战场,当作践行"两个维护"的考场,在大战大考中认识了解基层,增进群众感情,锤炼能力本领,"党叫干啥就干啥"的信念毅然决然……他们和脱贫攻坚战场上成千上万的战士一样,用自己的青春、热血,铸就了新时代共产党人的精神丰碑,挺立起国门卫士赤诚为民的钢铁脊梁。

数据无言,却记录着定点帮扶的点滴之功:承诺投入帮扶资金3600万元,实际投入11812.55万元;承诺引进帮扶资金5300万元,实际引进9251.87万元;承诺培训基层干部1200人,实际培训3772人;承诺培训技术人员1000人,实际培训3809人;承诺购买农特产品250万元,实际购买2679.12万元;承诺帮销农特产品1300万元，实际帮销8301.97万元……向中央承诺的六大责任目标提前超额完成。

2020年11月20日，三江县宣布脱贫。"国家移民管理局对三江县的帮扶与支持力度是空前的，充分体现了党中央和习近平总书记对少数民族地区的关心关爱，是我们打赢脱贫攻坚战，按照既定时间脱贫摘帽的坚强后盾。"三江县委书记邝驱说。

三江群众感受到了身边可喜的变化：看病不再难、上学不犯愁、村居有改善、安全有保障、脱贫有动力、发展有能力……这些原本生活中缺少的元素，正在一一补齐。脱了贫的乡亲们没有忘记他们的幸福从哪里来，大家最想说的是：感谢总书记的牵挂关怀、感谢共产党的阳光雨露、感谢社会主义让我们过上了好日子；大家最想做的是：听党话、感党恩、跟党走，把日子越过越红火。

> 到2020年稳定实现农村贫困人口不愁吃、不愁穿，义务教育、基本医疗、住房安全有保障，是贫困人口脱贫的基本要求和核心指标，直接关系攻坚战质量。
>
> ——习近平

治贫先治愚。实现义务教育有保障，是斩除穷根、切断贫困代际传递的治本之策。

两年前，教育理念陈旧、教师资源不足、教学条件落后，制约三江教育发展；两年后，一组数字，折射教育帮扶成效。

133人——这是全国移民管理机构派往三江支教民警的数量。他们分赴三江县46所贫困村小学，承担英语、数学、音乐、体育等教学，全县8000多名学生的英语平均成绩因此提升了25分。

张宏振，"70后"，大滩小学支教民警。他回忆自己刚来的时候，班里很多学生还背不全26个英文字母，5个多月过去了，孩子们的英语成绩平均能提高25-30分，这是最让他自豪的事情。

李海弟，"80后"，良培小学支教民警。夜幕四合，山里多了束移动的光。每晚7点到9点，是李海弟家访的时间，7个月来，雷打不动。回到宿舍，他要与3岁的儿子视频通话，尽力弥补不在身边的亏欠。他把儿子"养"在了手机里，把学生放在了心坎上。

王涛，"90后"，寨塘小学支教民警。他一到，就组建了一支学生国旗班。晨曦初露，升国旗，奏国歌，立正，敬礼，孩子们的眼里泛着光。

放眼三江，从"三尺验证台"到"三尺讲台"，从手握验讫章到手执教鞭，这样的故事不胜枚举。他们变的是角色，不变的是本色；他们改变着三江的教育，更改变着三江的未来。

龙奋村村民代培派说："以前觉得女娃不用读书，现在读书比出嫁还风光。"

寨塘村党支部书记滚光德说："咱当过兵，一眼能看出来，现在的孩子站有站样、坐有坐样，垃圾也不随意丢了，见到人还能主动上前问好，这是我们村的福气！"

三江县教育局局长吴永华认为支教民警功德有三：一是补了乡村教师的缺口，大幅提升了学生的成绩；二是带动了后援单位和亲朋好友帮助学校改善办学条件；三是给乡村教师带去了先进的教学理念。

2000万元——这是用于改善农村基础教学条件投入的资金。校舍翻新了，操场宽敞了，教室亮堂了；学校里有了图书室，课堂用上了"云设备"，上学路上有了新步道……在三江，"最美的风景是学校、最好的设备在校园"，正从梦想照进现实。

如厕、看书，学生的难事，也是知了小学校长张世杰的心头事。2019年，国家移民管理局援建的厕所和图书阅览室投入使用，张世杰紧缩的眉头舒展了。

"旱厕变水冲厕，四蹲位变十蹲位。"张世杰戏称，以前下课排队如厕是学校一道"风景"，如今厕所成了学校的风景。走进阅览室，几十平见方的空间里，立着6个书架，上面摆满了书，有4000本之多。屋里很安静，只有翻书的沙沙声。"学生们课后最爱往这钻，连村里的中学生放了假也跑来找书看。"张世杰说。

1631人——这是国家移民管理局结对帮扶贫困学生的数量。"一对一""二对一""多对一"，处级以上民警通过多种结对方式，兜底解决贫困学生各类费用400多万元，同时利用书信和网络进行交流，开展思想帮扶。

"侗族悠久的历史文化和独特的民族风情需要你和你的同学们传承，美丽的三江需要你和你的同学们建设。"2019年9月,新学年伊始,许甘露致信三江贫困学子,勉励他们志存高远、勤奋努力,早日成才。

今年,三江中学的龙艳秋、秦宇科、吴奇浪、阳娇云4位受资助的学生圆了大学梦,分别考入武汉大学等重点本科院校。感激之情溢于言表,他们联名写信给国家移民管理局的叔叔阿姨们:"在你们的关心、支持、鼓舞下,我们努力学习,在改变命运的道路上,走出了成功的一步。"

更多的数字还有,劝返33名辍学学生重返校园,通过"空中课堂"为522名小学生提供在线教学,给全县5.2万名小学生上了人身意外和疾病保险,为13447名学生赠送御寒物资,三江学子的获得感、安全感、幸福感节节攀升。

治贫解医难。因病致贫、因病返贫,是不少贫困家庭的心头事,也是脱贫攻坚中的"硬骨头"。

大滩村村民陆志明常年受风湿病、高血压困扰,一年1000多元的医药费,把这个贫困家庭"砸出"个窟窿。2019年7月,国家移民管理局医疗巡诊队的到来,解了陆老汉的燃眉之急:"这下子好了,一年的药都够了。"一旁的老伴接过话茬:"好福气哦!"

陆志明的福气,三江县63个贫困村的乡亲们感受得真切。"国家移民管理局派来了150多人的医疗队,给群众义诊1.5万人次,免费发放各类药品价值68万元,有效缓解了贫困群众看病难、看病贵的问题,遏制和减少了高血压、关节炎等常见病、多发病。"邝驱说。

走出大山,来到深圳,跟专家手把手地学,唐朝村村医杨胜勋直言意外:"那半年学到的东西,顶上我半辈子学的。"2019年,国家移民管理局分3期,对全县222名村医进行业务培训。表现优异的,再送到深圳边检总站医院深造10天。

不仅如此,国家移民管理局还投入63万元改善贫困村卫生室诊疗条件,捐赠各类医疗设备361万元,其中不乏B超机、心电图机、腰椎治疗仪、微量元素分析仪等设备。"有个头痛脑热、腰酸肚疼,也不用往乡镇医院跑了,村卫生室就能搞定。"杨胜勋说。

从"看得起病"到"治得好病",从"小病没负担"到"大病有保障",对三江贫困群众来说,曾经这些遥远的概念,而今则是看得见、摸得着的实惠。

治贫要安居。"三保障"不能"三缺一",住房安全这块短板怎么补?

听说自家房子在危房改造之列,曲村村民汤文标连连摇头:一忧没钱,二忧没人。

"老叔,你看,咱这属于极度贫困,一来自己不用掏一分钱,二来人也不用你出,国家都给包了,这么好的政策,去哪找?!"扶贫民警的一席话,汤文标听得似懂非懂:"那得!那得!"

像汤老汉这种情况的,全县有219户,国家移民管理局每户补助4.15万元帮助新建住房,同时,对1287个一般贫困家庭重建住房每户补助2万元,对1027个一般贫困家庭加固维修每户补助1万元,总共投入危房改造资金4509万多元,兜底解决了所有贫困户危房改造资金缺口。

工程动工,汤文标天天守着,这儿瞧瞧、那儿看看,心里踏实了许多。工程竣工,木板房变砖房,地上火塘烧得正旺,他啧啧称赞:"关上门窗,风进不来,暖暖的,好幸福!"

> 要激发贫困人口内生动力,把扶贫和扶志、扶智结合起来,把救急纾困和内生脱贫结合起来,把发展短平快项目和培育特色产业结合起来,变输血为造血,实现可持续稳固脱贫。
> ——习近平

定点扶贫在投入资金和财富的同时,更在创造资金和财富,产业发展的门路拓宽了,消费的渠道打开了,群众就业的岗位变多了,精准扶贫的目标也就落地了。

产业兴了,山村活了——

俯瞰三江,山间云雾袅袅,茶园随山就势。茶叶是三江的支柱,然而缺少精加工和深加工,农户又不懂得经营之道,只能去卖茶青,加上市场供大于求,卖高卖低,自己说了不算,到头来赚不到几个钱。当地农户有个形象的比喻:这好比是守着"绿色银行"讨饭吃。

摆脱贫困,还要靠种茶,可路子得变。

村里来了位"茶博士"! 2019年7月,高级制茶师李嘉雄被江苏边检总站请进了八协村。他的任务是教村民科学制茶。从培育、采摘,到加工、包装,村民跟他学了2个月，做出的"八协红"一上市便销售一空，给112名贫困群众带来了6.6万元的收益。

双管齐下，江苏边检总站帮着八协村建起扶贫茶叶合作社，统一茶叶种植管理、加工销售，贫困茶农既能以市场价格出售茶青，又能参与合作社劳动，还能享受利润分红，实现"一次参与、多重收益"。"目前四批茶叶，直接带动了17户66名贫困群众脱贫，村集体收入也有8万多。"八协村党支部书记梁永杰说。

不止一个八协村，国家移民管理局在三江布下的是一盘茶产业帮扶的大棋：通过提品质、树品牌、规模化"三步走"，让万亩茶山变成"金山银山"。

又何止一个茶产业，一批"短平快"小产业项目的精准落地，犹如四两拨千斤，解决了缺资金、缺技能、缺市场的发展瓶颈，撬动了村镇蛰伏已久的发展动能，让一个个"土疙瘩"变成"金疙瘩"。

在归东村，村民曾尝到野生葡萄种植的甜头，但攻克不了育苗成活率低这个难题，想盖大棚又没钱，迟迟无法扩大规模。珠海边检总站一把投入9.6万元，援建了35个大棚，并请农业专家来指导，育苗成活率从15%提高到了70%以上，仅育苗每亩收益就从5万元提高到了近30万元。

隔壁地保村看出了脱贫门道，也想跟着种，可是苦于没钱也没技术。珠海边检总站再次出手，投了近10万元，从归东村购买葡萄苗，援建地保村50亩葡萄种植示范园，并促成两村签订合作协议，技术由归东村来提供。

如今葡萄架上的"紫珠珠"变成了乡亲们腰包中的"钱串串"。地保村党支部书记粟陆清算了笔账："初产期每亩葡萄按年产量500斤算，种植户年收入将达到3000元左右，丰产后亩产可达2000斤以上，种这个，能致富！"

红薯是归美村的"铁杆庄稼"，个大味美，可销路难寻。以往，村民要跑到隔壁贵州去卖，被人挑三拣四不说，价也被压得厉害。乡亲们泄了气，有的拿来喂猪、酿酒，有的干脆撂了荒。

来解围的，是深圳边检总站投入75万元援建的红薯加工厂。把红薯变成粉条来卖，不仅市场前景好，而且给种植户吃了"定心丸"。"种多少，加工场就收多少。"贫困户吴树军一天要跑两趟，上午去送红薯收钱，下午去拉残渣喂猪，"能在家门口致富，谁还往外跑！"

红薯"变了身",收入也"开了源"。今年近500亩红薯大丰收,种植户每亩可增收1000元,村集体也有5万元的收益。

产业有干头,脱贫有奔头。两年来,国家移民管理局坚持"一村一品一项目",援建菌菇、灵芝、螺蛳等种养殖产业基地68个、村合作社6个,带动各村集体经济每年增收2-15万元,323户贫困群众成为拥有土地流转金、务工薪金、效益分红金的"三金"农民。

消费旺了,收入多了——

消费扶贫,一头连着贫困群众,另一头连着千家万户,供需两端如何有效对接?面对新冠肺炎疫情冲击,如何解决农产品滞销问题?

5月28日,义乌市美联荟网红直播基地,各路网红云集。浙江边检总站发起三江县农特产品"千人网红直播带货",超20万网民在线互动,三江春茶、三江茶油、侗婆腊肉、生态粥米等借助互联网走出深山,"圈粉"无数。

一根网线连接城乡,为三江农产品打开了销路,也折射出全国移民管理机构在消费扶贫上的各展其能、各施所长。

厦门边检总站举办7场"警地携手·山海一心"农特文旅产品推介会,引得不少企业跃跃欲试,达成近160万元采购意向;深圳边检总站帮助三江茶企走进中国国际茶博会,签订采购合同2000万元;35个总站级单位在各地开展三江文化旅游产业推介活动,推动118家旅行社、旅游企业开辟三江县旅游线路,上架旅游产品,三江旅游俨然成为一片充满商机的蓝海……

两年来,国家移民管理局协调沿海发达省市商超及警营内部开设农产品专柜40多个,推动三江农产品上线15家电商平台,召开29场农副产品推介会,解决了交通闭塞、信息不畅、买难卖难等"卡脖子"问题。特别是年初打响的"茶青价格保卫战",发动全机构购买帮销三江茶叶,不到半个月,三江茶青收购价就由每斤5元涨到15元,恢复到往年同期水平。

就业多了,心劲足了——

"1年能赚10万多,搁过去,想都不敢想。"摘掉了"穷帽",挺直了腰杆,今天的伍城颖,举手投足尽显自信。

2019年,国家移民管理局举办三江县贫困户货车驾驶员培训班,免费培训了800名大货车驾驶员,伍城颖是其中之一。年底,他就在深圳边检总站的帮助下开上了"货拉拉",成为全县靠此吃饭的第一人。今年又有31名贫困户驾驶员走进特区,走上就业脱贫之路。

走出山门、跨进城门的,还有吴浩恒。今年4月,包括吴浩恒在内的12名具盘村村民拿到南京市就业创业证,签约成为南京港边检站的辅警。"吃住全包,五险一金还给交着,没有理由不好好干!"目前,吴浩恒作为江苏边检系统唯一代表入围江苏最美辅警评选。

走出去有新天地,在家门口也有新门路——国务院扶贫办挂号的致富带头人被请来了,讲授产业发展趋势,分享乡村治理经验;广西边检总站把微生物学教授请来了,为菌类种养殖"把脉支着";浙江、厦门边检总站把茶叶大师请来了,培养了一批制茶技师;广州边检总站把烹饪大师请来了,手把手教厨艺,量身定制"扶贫菜谱";山东边检总站把蔬菜专家请来了,"寿光模式"成为种植户的新标配……一技傍身,让更多人有了在家门口就业的机会。

两年来,国家移民管理局联系提供就业岗位2000多个,包括辅警、保安、物业等系统内部岗位,也涵盖护村队员、保洁员等公益岗位和临时性扶贫就业岗位,解决了1258名贫困群众的就业问题。

从"要我脱贫"到"我要脱贫",从"站着看"到"跟着干",贫困群众正在明白:只要有真本事,脱贫致富不是梦。

> 要针对主要矛盾的变化,理清工作思路,推动减贫战略和工作体系平稳转型,统筹纳入乡村振兴战略,建立长短结合、标本兼治的体制机制。
>
> ——习近平

不经意间,三江变了。

夜被点亮了。高旁村党支部书记吴全旺盼了半辈子的路灯装上了。"过去太阳下了山,没人愿出门,现在这一根那一根,就像白天一样。"

垃圾不见了。曾几何时,唐朝村生活垃圾围村,各种废旧塑料袋在墙头、树梢随风招摇,这一切在环保型垃圾焚烧炉投入使用后,全被送进了历史的"垃圾箱"。

说起这些变化,村民们说,该记头功的当属穿警服的扶贫队。国家移民管理局实施"美化村居环境"工程，先后投入1500多万元，帮建路桥和垃圾处理点，改造旱厕和污水沟，安装路灯和道路防护栏，村容村貌焕然一新。

改变的不仅是颜值，更有气质。

在寨塘村党建文化长廊前，支教民警张玲一字一顿地教学生们读：习近平新时代中国特色社会主义思想。像这样的"红色长廊"，国家移民管理局在63个贫困村各建有一个，每月一个主题，把党的政策和温暖传递到乡亲们中间。

在岑洞村，"爱心超市"一早就开了门。墙上的公告栏写着：弘扬文明乡风加5分、弘扬优良家风加5分、房前屋后干净整洁加5分……

上海边检总站民警王占辉拿出商品发放表：滚同修用8分换了两袋盐，梅安丢用116分换了一桶油……仔细翻看，兑换记录记了满满50页。"商品要用积分来兑，大家都抢着拿高分。"王占辉说。

在白毛村，坡会是延续了上百年的传统节日，山东边检总站投入20多万元专项资金，对坡会场地进行了改造升级。新场地启用那天，5000多名村民闻讯而来，他们拉起民警的手，载歌载舞，像过节一样热闹。

借着定点帮扶的东风，鼓楼、戏台、体育活动中心、文化小广场、休闲娱乐亭等文化"庄稼"拔节生长，"送文化"与"种文化"相结合让村民生活方式更文明、生活状态更健康，"孝德基金"、道德评议会、鼓楼议事会掀起一股移风易俗、见贤思齐的脱贫新风。村民们说，现在不只是腰包鼓了，精气神也足了。

改变还要靠法治。

国家移民管理局突出公安特色，为县公安局配备331万元的警用装备，投入98万元建设出入境办证大厅，为骑摩托车家庭配备1万个安全头盔，在交通危险路段安装750个减速带、1000个广角镜，为各村配备安全宣传小喇叭，开展禁毒、防诈和各类安全宣传，推进"平安乡村"建设。

想一直改变下去，更要留下一支带不走的工作队。

给钱给物，不如建个好支部。国家移民管理局广泛开展"三江党旗红"警地共建联创活动，组织支部建设过硬的基层单位，与63个贫困村党支部结对共建，举办警地双向讲党课135场次，开展"党建+"系列主题党日活动283场次，在共学创新理论、共过组织生活、共育人才队伍、共解发展难题中帮助贫困村建强脱贫致富的战斗堡垒，巩固党在农村的执政基础。

脱贫攻坚，关键还在人，关键在干部的能力作风。国家移民管理局分批分期对3700多名基层干部进行培训，聚焦讲思想、讲政策、讲法律、讲技术、讲道德、讲感恩，学员带着问题来，老师奔着问题讲，农村基层干部治理能力和管理水平明显提高。

…… ……

踏进历史的长河，才能看清当下奋斗的意义。

90年前，邓小平、李明瑞、张云逸率领的红七军转战三江，踏出了一条红色之路、革命之路，"风雨桥头迎红军"的故事掀开了卷首。

今天，昂首阔步在脱贫攻坚的新长征路上，当年红军走过的小道，而今已经是脱贫致富的大路，这其中，彰显着第一代移民管理警察忠诚为民的赤子情怀，凝结着全国移民管理机构上下同心加油干的不懈奋斗，标注着国家移民管理事业因人民而生、为人民而兴的精神坐标。

站在民族复兴的历史坐标上，瞩望前方，"第二个百年"的长征奋进正当时。我们坚信，在以习近平同志为核心的党中央坚强领导下，摆脱贫困只是新生活的起点，更好的日子还在后头，三江版"富春山居图"定会在新时代的崇山峻岭间尽情铺展。

【《中国出入境观察》杂志2020年第12期】

| 言 论 |

用"四防"衡量担当

韩 瑞

全国移民管理工作会议指出,党员干部要强化担当,做到守土有责、守土负责、守土尽责。笔者认为,衡量担当应有明确标准,需重点把握"四防"。

防把"在职"当"尽职"。工作中,少数民警将"人在单位"等同于尽责,自认为人在位、不溜号就是好同志,就是尽了责,实则是虚度青春、碌碌无为,既误事也误人,既误公也误己。走出这样的误区,需要我们打起精神、担起使命,摒除"当一天和尚撞一天钟"的想法,常思分内之责、常想岗位之事,自觉做到"不用扬鞭自奋蹄"。

防把"安心"当"用心"。当下,个别同志思想活跃,精力时常外移,不能安心本职。对比这些人,一些民警自认为能够安心工作,但着眼移民管理事业新目标新任务新起点,"安心"已是最底线要求,切不可守摊子,把"安心"当"用心"。干好工作,"安心"是前提,"用心"是关键,要把职业当事业干,积极作为、主动作为,努力到拼尽全力,拼搏到感动自己。

防把"干了"当"干好"。"干了"与"干好"有天壤之别,前者重过程和痕迹,多被动和应付,后者重效果和质量,多主动和思考。日常工作中,少数民警喜欢自我陶醉,只注重表象落实,怎么省力怎么干;只注重过程落地,怎么简单怎么做,却不管开不开花、结不结果,最终导致做了大量无用功,既浪费财力物力,又助长形式主义,当思其害,值得警惕。

防把"说到"当"做到"。地球上最远的距离,有时是"口"和"手"之间的距离。工作中,有个别民警善耍"说功好、做功差"的"假把式",说起来头头是道,讲起来一套一套,干起来不着边调,嘴里说出的话永远在路上,无法兑现到行动中。谨防把"说到"当"做到",需要我们不断历练说了就干,干就干好的作风，做到多干少说、快干不说、干了再说，用沉甸甸的收获说话，用响当当的业绩说话。

【《中国移民管理报》第00128期2020年3月20日3版】

| 言 论 |

打赢，是决心更是答案！
——写在国家移民管理局挂牌成立两周年之际

林 旭

4月2日，是国家移民管理局挂牌成立的日子。过去的一年，对刚满两周岁的国家移民管理局来说，极不容易、极不平凡。

面临的挑战极不容易：新中国成立70周年大庆安保是首要的政治任务，不容有任何闪失；移民管理工作被寄予厚望，不容有任何懈怠；体制改革剩下难啃的硬骨头，不容有任何回避……

交出的答卷极不平凡："三升四降""三稳三进"、战胜敌情、抗击疫情，创造了奇迹，超越了历史。

成绩并非敲锣打鼓得来，而是来自艰苦奋斗。这一年，努力到感动自己，拼搏到竭尽全力。

2019年，是国家移民管理机构全面履行法定职责的第一年。新机构刚开张，便接了大庆安保这个"超级大单"。按部就班显然不行，必须拿出硬核举措。构建三个体系，打造四化队伍，系统作战、整体作战、合成作战，短时间内，移民管理队伍产生化学反应和聚变效能。一年下来，查处走私毒品和不法人员明显上升，边境辖区刑事治安发案持续下降，涉恐危安人员无一漏管失控。大庆、军运会、进博会、澳门回归20周年，系列安保战战无不胜。

面对传播速度快、感染范围广、防控难度大的新冠肺炎疫情，国家移民管理机构全警战"疫"，不胜不休。从"内防扩散、外防输出"到"外防输入、内防反弹"，各级机构始终奋战在抗疫一线，坚决做到边境口岸无一失守、移民管理队伍无一感染。

年轻的国家移民管理局，为什么能战战必胜？秘诀有二：斗争精神满格，斗争本领高强。

斗争精神，由政治责任激发。维护国家政治安全，是中国移民管理警察的首要责任。国家移民管理局党组对此有着坚定而清醒的认识，无论何时，无论在边境管理辖区还是对外开放口岸，维护国家和口岸安全的使命不变，服务社会和人民的心声不变，担负的边防检查职责不变。

斗争精神，由万众一心凝聚。在祖国边疆、在内地口岸、在无形战场，全国移民管理警察众志成城、同仇敌忾，用顽强坚守和主动出击，筑起了维护国家安全稳定的铜墙铁壁。

斗争精神，由浩然之气充盈。正义的事业必须由正义的力量捍卫。为了中华民族伟大复兴，为了人民群众幸福安宁，为了出入境旅客顺畅通关，为了广大民警生命安全和身体健康，国家移民管理局党组在境内境外两个战场、网上网下两个阵地、传统非传统两个领域，带领移民管理队伍打赢了一场又一场硬仗。

斗争本领，因铸魂育人而强。始终坚持以习近平新时代中国特色社会主义思想武装头脑、指导实践、推动工作。"不忘初心、牢记使命"主题教育扎实开展，延安淬火、红船寻根，移民管理队伍思想受到洗礼、境界不断升华、本领日渐增强。优化机构编制、力量布局、警力编成，重点边境一线基层警力大幅增长。建设戍边公寓、设立英烈基金、出台调动办法、培树先进典型、肃清流毒影响，队伍的凝聚力战斗力不断飚升。

斗争本领，因高超指挥而强。安保系列战、疫情阻击战，一战接着一战，无片刻喘息之机，考验着战士，更考验着指挥员。不厌战、不怯战、不轻战、不打无把握之战，国家移民管理局党组运筹帷幄，决胜千里，一道道命令飞向基层、一批批物资运往前线、一支支队伍奋战一线，指挥全警打胜仗。

斗争本领，因实战磨砺而强。在接续奋战的斗争历程中，移民管理队伍经受了锤炼。互联网、云计算、大数据的深度运用，挖出了隐藏的不法分子；高精尖的设备、高效的机制，织就了擒敌的天罗地网；英勇的战士、科学的战法、艰苦的战斗，锻造了一支战无不胜的队伍。

过去的一年，国家移民管理局以打赢的决心和答案，向党和人民交上了一份合格答卷，也为自己送上了一份生日厚礼。

　　新的一年，愿行稳致远，不负人民！

　　　　　　【《中国移民管理报》第00132期2020年4月3日1版】

用矛盾论观点审视全警实战大练兵

高金壮

重读《矛盾论》，笔者深受启发，尤其是其中分析问题的方法，即发现矛盾，正确对待矛盾，全面分析矛盾，妥善处理矛盾。对照新疆出入境边防检查总站党委"五抓五化"工作部署，笔者就全警实战大练兵工作进行认真审视，形成几点思考。

扭住"矛盾的普遍性和特殊性"，坚持目标导向，在练兵方向上求准。开展全警实战大练兵，既要解决移民管理机构适应体制变革、形势要求的普遍矛盾，也要解决总站转改新警体量大、队伍整体素质参差不齐等特殊矛盾。应做到"三准"：定位要准。找准本单位队伍发展的普遍矛盾和特殊矛盾，及时纠正认识偏差、校正目标航向，将全警实战大练兵始终置于队伍发展建设的基础性、先导性、战略性地位，摆在更加突出的位置常抓不懈。认识要准。全警实战大练兵是一个系统工程、长期工程，要切实将练兵工作贯穿于本单位事业发展全过程、全领域，始终坚持"练兵就是工作，工作就是练兵"，着力在提升内生力上下功夫、出实招。目标要准。坚定"咬定青山不放松"的韧劲，置身于新疆特殊的反恐斗争形势，着眼于队伍长远发展建设，扎实开展基础大练兵、业务大学习、岗位大轮训、绩效大考评，抓重点、补短板、强弱项，不断促进民警专业思维、专业素养、专业技能、实战水平能力提升。

抓住"主要矛盾和矛盾的主要方面"，坚持问题导向，在练兵方式上求真。提升全警岗位胜任力就是要善于抓住主要矛盾和矛盾的主要方面，盯住重点人、重点事、重点问题，求突破、求提升、求实效。应做到"三练"：明确目标自觉练。对标岗位胜任力标准进行"自画像"，在身边找参照、在内部找目标，自主制定"跳一跳""看得见、够得着、抓得住"的"课表式"练兵计划，自觉加压奋进、破题攻坚。搭建平台精准练。通过建立"大讲堂培训日"制度，搭建新警讲堂、政工讲堂、法制讲堂、安全讲堂、业务讲堂、边检夜校"五堂一校"专训平台，精准解析专业练兵要点，补齐专业岗位民警技能短板和能力素质弱项，从根源上解决民警"不想练、不会练、练不好"的问题。突出检验常态练。坚持一手"考先进"、一手"考后进"的理念，紧盯"慢一拍"的单位、"不放心"的岗位、"能力弱"的民警，以不规定时间、不固定内容、不固定对象、不固定方式为主要手段，推行随机式、指定式、检验式、激励式考评，不断鼓励先进接续向前，倒逼后进迎头赶超。

把住"矛盾的同一性和斗争性"，坚持结果导向，在练兵质效上求实。前进发展道路上，既有共同事业、共同追求的同一性，又存在体制革新、能力革新的斗争性，需要我们正确面对。应盯住"三点"：抓住重点。全警实战大练兵一抓三年，总站确定了锻造"基础素养牢固、执法技能精通、实战能力过硬、队伍建设正规"的高素质队伍练兵目标，各战线必须围绕练兵总目标，聚焦练兵重点，把准方向性、富于创造性地开展练兵。咬住痛点。敢于较真碰硬，与"会与不会一个样、干与不干一个样、干好干坏一个样"的"吃大锅饭"现象作斗争，与当前"内容过多、对象不准、方法单一、效果不佳、一线平推，练不精、练不专，缺乏周密性、系统性"等突出问题作斗争，真正解决顽症痼疾，催生练兵新动力。盯住难点。紧紧盯住总站、站两级教官团队打造、培训课程体系建设、教学资源库建设等重点难点，逐一研究、逐个破解，着力提升教、学、练、战一体化水平。

【《中国移民管理报》第00143期2020年5月12日3版】

把初心和使命落实到工作岗位上

徐晓伟

移民管理体制改革以来，山东出入境边防检查总站党委坚持以理论支撑实践、以理念引领发展，部署开展以"思责思进思发展、创新创优创一流"为主题的"三思三创"教育实践活动，努力把初心和使命落实到工作岗位上。"思"就是引导干警深入思考新时代移民管理警察肩负的职责使命，积极思量山东边检在全国的坐标定位，认真思索推动边检工作创新发展的思路举措；"创"就是引导干警增强创业创新的主体意识，对照标杆找差距、振奋精神干事业、改进作风破难题，在落实党中央关于公安工作、移民管理工作部署中作表率、创一流。

改革重塑的边检机关诞生于新时代、担负着新使命，迫切要求各级干部思想要有新解放、精神面貌要有新变化。总站党委牢牢把握公安姓党的根本政治属性，对标对表习近平总书记重要讲话精神，结合建立"不忘初心、牢记使命"的制度要求，着眼加快推进边检治理体系和治理能力现代化，把主题定位在"思责思进思发展、创新创优创一流"上，是党中央重大决策部署在边检机关落地落实的具体实践。总站党委聚焦思想建党、理论强党的政治要求，直面改革转隶后边检队伍面临的格局站位不高、创业劲头不足、担当精神不够、创新能力不强、工作作风不硬问题，以"三思三创"教育实践活动为具体抓手，较真碰硬、革新理念，目的是在思想层面引领全体民警职工笃定赶超决心、涵养实干作风、汲取发展动能，推动实现把职责使命、个人价值融入防风险、保安全、护稳定和战疫情的各项工作之中。总站党委主动将"三思三创"教育实践活动与贯彻国家总体安全观相结合、与以人民为中心的发展理念相契合、与坚决夺取疫情防控和脱贫攻坚全面胜利伟大事业相融合，自觉将边检工作置于维护国家政治安全、服务国家开放大局、增强出入境人员幸福感满意度的高度上，直面时代之考、回答时代之问，集中展现新时代移民管理队伍的思维理念、职业精神和价值导向。边检机关是守护国家政治安全的第一道防线，移民管理警察是参与直接现实斗争的第一线战士，发扬斗争精神、增强斗争本领是我们这支队伍最本质的要求。"三思三创"提倡永不自满、永不懈怠、永不停滞、永不言败，这与斗争精神、抗疫精神本质上具有同一性，就是要通过"思"对斗争精神作出创新性概括，通过"创"对斗争策略作出前瞻性安排，全力为夺取中国特色社会主义新胜利、实现中华民族伟大复兴的中国梦扫清障碍、铺平道路。

开展"三思三创"，目的是引领民警把"三思三创"作为一种信念来坚守、一种境界来提升。"三思三创"是对总站各级一段时期以来思维理念、价值观念、精神追求的高度凝练，坚持各项工作的客观实际、发展规律，提倡解放思想、实事求是，旗帜鲜明地反对形而上学的教条主义、相对主义、形式主义和经验主义，是经实践证明过的具有一定生命力的指导理念，并将在今后的实践中不断丰富完善发展。在"三思三创"中，总站党委大力弘扬创新精神、改革精神、建设精神，号召全体民警在中国特色社会主义伟大实践中、在移民管理事业发展新征程中、在具有新的时代特征伟大斗争中不驰于空想、不骛于虚声，提倡在干事创业、接续奋斗中实现人生价值，就是紧紧扭住了实践这一关键要素，是马克思主义实践品格的有力彰显。总站党委坚持以习近平新时代中国特色社会主义思想为指导，牢牢把握历史脉络、时代脉搏，着眼固化"不忘初心、牢记使命"主题教育成果，提出了"三思三创"，将对客观规律的把握、对当前形势的判断、对未来发展的认识提升到理论层次，引领全警砥砺初心、不辱使命。"三思三创"紧扣新时代马克思主义价值观，"思责"强调明责压责、"思进"强调务实进取、"思发展"强调抢抓机遇、"创新"强调敢闯敢试、"创优"强调赶超跨越、"创一流"强调站排头走前列，最终目的是通过教育实践引导民警确立正确的价值理念、作出正确的价值选择、解决现实价值冲突，做到忠诚履职、坚守一线、无私奉献，这些都是新时代移民管理队伍的共同价值追求。

开展"三思三创"教育实践活动，目的是通过"三思"，调动民警在内心深入反复的思考，通过"三创"，把"三思"得到的理念、思路，通过真抓实干变为现实，集中彰显思想性和实践性的辩证统一。在实践中，要善于运用四种思维：一是战略思维。要注重从历史和现实相贯通、理论和实际相结合的视角思考问题、把握规律，自觉把边检工作放到策应国家内政外交大局中去思考、放到全系统争先进位的改革浪潮中去定位、放到服务地方高质量发展背景中去摆布，先谋局、后谋略，以昨日之创为今日之思提供借鉴，以今日之创为明日之思奠定基础，前后联系、循环往复，系统推动各项工作圆满完成。二是辩证思维。既要把握国内外疫情发展变化对维护国家政治安全和社会稳定带来的风险挑战，又要充分认识我国发展的诸多有利条件，牵住党中央重大部署、人民群众新期待、境内外安全稳定等"牛鼻子"，宏观把握总体方向，微观细化目标任务，综合考虑、权衡利弊、分类施策，把"三思三创"转化为维护国家政治安全和社会大局稳定的强大思想动力。三是创新思维。要以发展新时代"枫桥经验"为载体，坚持顶层设计与基层首创相结合，精准查找边检治理的短板、软肋，挖掘培养基层创新治理技法、战法，丰富完善立体化、信息化口岸治理防控体系，通过制度创新，将行之有效的创新项目及时固化为制度性安排，通过科技创新，大规模优化警力、物力、财力资源重组，推动创新成果制度化实战化常态化。四是底线思维。深入贯彻落实党中央关于推进国家治理体系和治理能力现代化的部署要求，高度警惕事业发展中的"黑天鹅"与"灰犀牛"，充分认识、充分预想组织实施过程中的风险隐患，落实落细边检治理举措和风险防控措施，终止风险演化、改变风险路径，不让小风险演变成大风险。当前，特别是要聚焦党中央关于做好"六稳"工作、落实"六保"任务的部署要求，努力构建好最高目标和最严标准，高质量、高效率履行党和人民赋予的新时代使命任务，以优异一流的成绩展现新时代山东边检新担当、新作为。

【《中国移民管理报》第00177期2020年9月8日3版】

| 言 论 |

允许三类外国人入境体现大国担当

王 光

中华人民共和国外交部、国家移民管理局近日发布公告,自2020年9月28日0时起,允许持有效中国工作类、私人事务类和团聚类居留许可的外国人入境,相关人员无需重新申办签证。在全球疫情仍在蔓延的形势下,作出上述政策调整,体现了负责任大国的担当,引起社会广泛关注。但仍有部分民众对三类外国人入境给防疫工作带来的影响表示担忧,其实这种担忧没必要。

首先,我们有能力、有信心应对三类外国人入境后的防疫管理要求。在过去8个多月时间里,我们党团结带领全国各族人民进行了一场惊心动魄的抗疫大战,积累了丰富的经验,形成了严密的防控体系,全国移民管理机构更是在口岸边境一线筑起一道外防输入的铜墙铁壁。随着越来越多的国际航班陆续复航,口岸疫情防控闭环管理机制在陆续加码的检验中,交出了满意答卷。在前述三类居留许可签发方面,我们有严格的规定,并对持有三类居留许可的外国人数量有充分把控。正是在充分考量我国防疫承载能力的基础上,作出上述决定。

其次,这是有序推进复工复产复商复市复学,恢复经济社会秩序和活力的需要。疫情终将被人类战胜,胜利必将属于我们。但胜利不是病毒肆虐的戛然而止,也不是人类社会经济活动的突然重启,我们不能像鸵鸟一样把头埋在沙里,对经济停滞带来的消极影响视而不见,而应准确把握疫情形势变化,立足全局、着眼大局,及时作出统筹疫情防控和经济社会发展的重大决策,逐步恢复生产生活秩序,最大限度保障人民生产生活。

再次,这是以人为本理念和大国担当的重要体现。以人为本理念是人类文明的共识,也贯穿于习近平总书记重要讲话和论述中。9月22日,习近平总书记在第七十五届联合国大会一般性辩论上呼吁各国人民守望相助，用勇气、决心、关爱，照亮至暗时刻。无数家庭因疫情千里分隔、天各一方，他们为全球疫情防控作出牺牲。疫情防控进入常态化以后，在能力允许范围内，我们可以也应该适当考虑他们的实际需求，这是以人为本理念的直接体现，也是彰显大国担当的有力印证。相信在中国共产党的坚强领导下，在伟大抗疫精神的感召下，在这场同严重疫情的殊死较量中，我们必将取得最后的胜利。

【《中国移民管理报》第00183期2020年9月29日1版】

| 言 论 |

打造对党绝对忠诚的坚强前哨和巩固后院

胡小明

党的十八大以来，习近平总书记反复强调"对党忠诚"的问题，指出"对掌握着刀把子、枪杆子、印把子、笔杆子、钱袋子的同志，要在对党忠诚上有严格要求"。全国移民管理机构办公室系统身处刀把子、来自枪杆子、管着印把子、拿着笔杆子，是加强党对移民管理工作的绝对领导、推动党中央决策部署贯彻落实、抓好国家移民管理局党组工作安排落地见效的"第一哨""第一棒"，是保障局党组、局机关和全国移民管理机构工作高效运转的枢纽调度、"中枢神经"，地位关键、作用特殊、干系重大，必须把对党绝对忠诚贯彻到办公室系统工作和自身建设各方面、全过程，着力打造对党绝对忠诚的坚强前哨和巩固后院。

要把对党绝对忠诚作为生命线根本点。人之忠也，犹鱼之有渊。对党绝对忠诚是办公室系统的生命线，是做好办公室工作的根本点，必须作为思想建设、业务建设、党员队伍建设的第一标准、第一要求。要确保思想绝对忠诚，坚持以习近平新时代中国特色社会主义思想为根本遵循，以习近平总书记关于办公厅（室）工作的重要论述为基准，始终保持强烈的看齐意识，做到同以习近平同志为核心的党中央认识上一致、思想上统一、政治上同心、情感上认同。要确保行动绝对忠诚，牢牢把握"推动中央精神贯彻落实，确保中央政令畅通、决策部署落地生根"这一最核心职责、最根本任务，使工作思路、工作布局、工作机制严守中央要求、紧跟中央步伐，切实在同以习近平同志为核心的党中央保持高度一致上作出表率，在贯彻落实习近平总书记重要指示批示和党中央各项决策部署上作出表率，在高效执行局党组的工作安排上作出表率。要确保队伍绝对忠诚，推动办公室系统党员民警自觉强化党性修养，牢记第一身份是党员，第一职责是为党工作，时刻做到在党言党、在党爱党、在党为党、在党护党，严守政治纪律、政治规矩，使这支队伍始终成为信得过、靠得住、用得上的过硬队伍。

要把对党绝对忠诚贯穿主责主业。对党忠诚必须始于足下，干好本职工作，种好党组织交给的"责任田"。对办公室系统而言，关键要在履行好辅助决策、督办落实、统筹协调、日常服务的基本职能职责上下功夫、见成效，着力提高"服务局党组（本单位党委）、服务机关和基层、服务人民群众"的"三服务"质量水平。要提高辅助决策主动性，坚持"身在兵位、胸为帅谋"，局党组（各单位党委）提出大的思路、勾勒发展蓝图，办公室系统要制定具体方案、描绘细节，考虑"行军路线"，做好"搭桥铺路"的工作，做到参之有道、谋之有方、言之有用。自觉围绕中心、把握大局，把握局党组和本单位党委意图，抓好调查研究、信息处理、文稿起草等各项工作。要提高督办落实的权威性，发扬"钉钉子"精神，在督办思路上想新招、闯新路，在督办过程中求实效、出实招，在抓督办落实上下真功、动真格，确保习近平总书记重要指示批示、党中央决策部署及局党组工作安排、全国移民管理工作重点任务，件件有回音、事事有着落。要提高统筹协调的实效性，立足枢纽位置抓统筹协调，把握上下内外四个方向抓统筹协调，改进方法艺术抓统筹协调，确保调动各方面积极性，合力把党中央决策部署落实落细，把局党组工作安排一抓到底。要提高日常服务的规范性，严格按照制度规矩办事，创新日常服务的方法手段，确保公文处理、会议安排、安全保密等各个环节高效、有序、和谐、严密，保证上级政策、领导意图和基层要求顺达、畅通。

要把对党绝对忠诚融入品格修养。立身制行，本诸一心，心正则为忠。办公室人员要常修共产党人的"心学"，始终坚持"对党绝对忠诚的政治品格、高度自觉的大局意识、极端负责的工作作风、无怨无悔的奉献精神、廉洁自律的道德操守"，切实把对党绝对忠诚内化于心、外践于行。要做到心中有光，坚持用习近平新时代中国特色社会主义思想武装头脑，点燃心中不灭的革命理想之火，点亮心中长明的革命信念之光，用以照亮前路、看清方向，增强"四个意识"、坚定"四个自信"、做到"两个维护"，任何时候、任何情况下都坚决听党话、跟党走，做方向坚定、矢志不渝的"明白人"。要做到心中有位，着眼大局找准位置、发挥作用,把工作放到大局中去思考、定位、摆布,自觉围绕大局反映情况、报送信息,自觉围绕大局出谋划策、贡献智慧,自觉围绕大局加强督办、促进落实,自觉围绕大局统筹协调、搞好保障,做到紧紧围绕大局、时时聚焦大局、处处服务大局。要做到心中有责,无论办文办会办事,处处突出一个"责"字,时时强调一个"责"字,做到勇于担责、勤于履责、甘于尽责,做到一丝不苟、严谨细致、精益求精,于细微之处见精神、在细节之间显水平。特别是对党中央和上级作出的决策、部署的工作、定下的事情,要雷厉风行、紧抓快办,做到案无积卷、事不过夜,横向到边、纵向到底。要做到心中无"贼",正确认识苦和乐、名和利、得和失的关系,始终勤勤恳恳、任劳任怨,时时警惕、第一时间破除"怨气""悔意"这两个心中贼,发扬"把加班当上班,把非常当经常"的任劳任怨的奉献精神,锤炼"文经我手无差错、事经我办请放心"的认真负责的工作作风,涵养"不以物喜、不以己悲""以苦为乐、安贫乐道"的淡泊名利的忘我境界,永葆"不待扬鞭自奋蹄""心无旁骛干事业"的干事创业的事业追求,真正达到知信行统一。要做到心中无"私",始终耐得住寂寞、守得住清贫,坚持廉洁自律的道德操守。时刻保持谦虚谨慎、不骄不躁的作风,协调各方关系、处理各种事务坚持从党的事业出发,严守党规党纪,不带私心、不谋私利,堂堂正正做人,干干净净做事,做到不正之风不染,不法之事不干,时刻做到知敬畏、存戒惧、守底线。

【《中国移民管理报》第00192期2020年10月30日3版】

不能让老实人吃亏

易 达

年终岁尾,各单位考核工作正如火如荼展开,评功授奖也随之而来,这是各级党组织高度重视,民警、职工高度关注的事项。笔者认为,在干部考核和评功授奖过程中,既要充分发挥考核"指挥棒"作用,也要特别注重群众公论,既要把星光闪耀的英雄模范树立起来,也要把默默无闻的"老黄牛"识别出来,千万不能让老实人吃了亏。

国家移民管理局组建以来,坚决贯彻落实新时代党的组织路线,坚持德才兼备、以德为先、任人唯贤。但实际工作中,仍有一些单位存在这样的怪现象:在幕后兢兢业业下苦功夫的老实人往往不吃香,在台前热衷"刷存在感"的却吃得开;本着实事求是态度、说老实话的人被晾到一边,善于看眼色、能吹会拍的却受到重用;结合实际、办老实事的人不讨好,善抓眼球、会作秀的却赚好处……长此以往,容易让老实人吃亏,投机钻营者得利,影响国家移民管理事业发展。

当老实人、讲老实话、做老实事,一直是党中央对党员干部的基本要求。习近平总书记强调,优秀年轻干部要把当老实人、讲老实话、做老实事作为人生信条。进入新时代,年轻干部要当什么样的人,党为我们指明了方向,那就是当老实人。

当前,国家移民管理事业刚刚起步,求贤若渴、唯才是举。不让老实人吃亏,及时把那些愿干事、真干事、干成事的老实人发现出来、任用起来,是当前和今后一个时期各级党组织十分重要的工作任务。各级党组织应结合年终考核和评功授奖,特别注重群众公论,善于发现和辨别老实人,在平凡中看到不平凡,透过台前的光环发现幕后的英雄,把深藏在"泥沙"中的金子挖掘出来，找到那些默默奉献的老实人，让他们得到应有的重视和对待。

【《中国移民管理报》第00208期2020年12月25日1版】

文化的本质是铸魂育人

林华志

这段时间网上都在热议,为什么那么多志愿军将士视死如归、向死而生？我想这是"思想建党、政治建军"忠诚融入血脉的原因,是文化、精神的力量。最有代表性的是志愿军歌曲,"雄赳赳,气昂昂,跨过鸭绿江。保和平,卫祖国,就是保家乡……",让每一名志愿军战士都知道抗美援朝的意义,是为了保卫祖国,保卫家乡,保卫母亲,是生死之战、立国之战。

毛泽东同志有句名言,"没有文化的军队是愚蠢的军队,而愚蠢的军队是不能战胜敌人的"。我的理解,文化是高度的思想认同和共同的价值追求,是更广泛、更深层、更持久的精神力量,是一个国家、一个民族、一支军队、一支警队的魂。

大到治国理政,小到单位建设,离不开愿景引领、机制建设、氛围营造三件事,其过程也是文化建设的过程。文化的核心应当是包括愿景、战略、使命、格局、境界、理念、思路、原则、基调、行为规范等一系列体现高度思想认同和共同价值追求的精神世界,是大到一个国家、小到一个单位铸魂育人的过程,应当是形散神不散,无形胜有形。

习近平总书记提出实现中华民族伟大复兴的中国梦,统筹推进"五位一体"总体布局,协调推进"四个全面"战略布局,推进国家治理体系与治理能力现代化,倡导社会主义核心价值观,带领人民进行伟大斗争,建设伟大工程,推进伟大事业,实现伟大梦想,就是给我们这个国家、民族铸魂育人。正是这样的铸魂育人,在艰苦卓绝的抗疫斗争中展现了我们这个国家、民族的磅礴伟力,展现了中国共产党领导下的中国特色社会主义制度的巨大优越性,增强了我们的文化自信和民族凝聚力、向心力、战斗力。

| 言 论 |

这个世界上，多数人是因为看见而相信，少数人因为相信而看见。文化建设就是一个让"因为相信而看见"并为之不懈奋斗的人越来越多的过程。

穿山边检站艰苦创业的过程，也是一个文化建设并发挥凝心聚力巨大作用的过程。回首建站11年风雨历程，面对单位影响力不够、边执勤边基建、队伍年轻、警力紧张等发展难题，坚持用激情点燃希望之火，用青春与汗水浇灌奋进之花。2014年，穿山港区不到现在一半，基础设施还很不完善，穿山边检站没有独立营房，借住码头职工宿舍，除班子成员和3名副营职干部，全是连排干部，当我们在狭小的会议室召开干部大会，第一次用"最可以顶层设计、最年轻有活力、最有发展前景的单位之一"来形容穿山边检站，展望未来，穿山半岛成为世界一流的超大型海港口岸，一望无际的集装箱堆场，那是何等壮观的场面……一群年轻官兵的脸上更多的是茫然。那一年，我们借穿山开港10周年之际，深度挖掘区别优势、深度策划系列宣传、深度培树先进典型，举办系列重大活动，新华社内参刊发长篇通讯《穿山边检：新时期焦裕禄精神的践行者》；坚持党建引领服务发展，抓住中央号召"加强服务型基层党组织建设"的契机，与中远海运所属船公司、中海油浙江LNG公司开展党建共建，利用央企与中组部、中宣部联系紧密的优势，迅速扩大影响；深入开展红色港湾、红色联盟、红色连线、穿山蓝"三红一蓝"党建共建，争创"服务型基层党组织"系列活动，《人民日报》和省、市媒体先后作了报道，穿山边检站从默默无闻到逐渐引起各级关心关注，2016年实现了建站以来第一次获评全国边防执法示范单位、全国边防基层建设标兵单位、科队荣立集体三等功等"六个历史性突破"。穿山边检站列入地方财政预算也实现历史性突破，市财政预算翻番，区财政预算终于实现零的突破；家属就业、子女入学入托、看病就医等困扰官兵家庭的问题，也得到地方党委政府重视并帮助解决。年轻的官兵逐渐相信，偏安一隅的小站，也是可以有所作为的，也是可以拥有美好愿景的。

前进的道路总是坎坷的。2017年，穿山边检站的建设与发展遭受了挫折。面对挫折，我们的官兵无比坚强，当总队工作组来站座谈时，一科副教导员莫晓涵眼含热泪地说，"首长，我们穿山边检站是有梦想的，我们真的是很拼的，请相信我们！"2018年，穿山边检站新营房终于落成，国庆前一天的清晨，当我们的官兵迈着整齐的步伐踏入新营房大门、举行升国旗仪式的那一刻，许多官兵的眼睛是湿润的。从2014年提出"实施三项工程"，2015年"五个起来"，2016年"七个好"，到2020年的"抓好四项建设，实现五个突破"，艰苦创业的道路上，穿山边检人在克服一个又一个困难、解决一个又一个问题的历程中，凝结形成了"逢山开路、团结拼搏，坚守初心、百折不挠，敢为人先、勇争第一"的穿山边检精神，"因为相信而看见"的民警、职工在一天天增加。

今年8月下旬，当站党委提出在习近平总书记考察穿山港区半年之际，举办首届穿山论坛，16个部门、21家单位、百余名嘉宾将应邀出席，中国人民警察大学将授予穿山边检站"移民管理实践教学基地"，新华社浙江分社、法治日报、凤凰网等主流媒体相关负责人和记者将现场见证并报道时，我们不到一个月时间，从方案制定、开场视频拍摄，到主旨发言、领导讲话、新闻通稿20多个材料起草，到地方领导邀请、重要嘉宾访谈、主持词串讲、分论坛设计、活动彩排，再到相关接待保障，从机关到基层，从分管领导、部门长到普通民警，不分部门，不分你我，不论昼夜，加班加点，毫无怨言，真的令人感动，为我们有这样一支队伍感到骄傲。我想，这就是穿山边检精神，这就是文化的力量。

经过多年的发展，穿山边检站已形成包括愿景、战略、使命、格局、境界、理念、思路、原则、基调、行为规范等一系列体现高度思想认同和共同价值追求的完整体系，成为穿山边检特色文化的核心要素。站在创业与创优的历史关口，穿山边检站的愿景目标是打造一流强站和海港边检"金名片"的"穿山梦"，在大口岸、大移民、大公安、大社会治理中展现担当作为，拓展职能，提升地位。工作格局是站位总体国家安全观和国家治理体系与治理能力现代化，争当移民管理系统"三地一窗口"（警务改革先行地、"穿山论坛"永久举办地、警察大学移民管理实践教学示范地和全面展示新时代移民边检之治的重要窗口）。工作理念是以人为本，让每位民警、职工都能在"穿山梦"的奋斗历程中实现自身价值，达到单位发展目标与个人价值追求的有机统一。工作思路是愿景引领、机制建设、氛围营造。对内"目标牵引、制度设计、警队建设、激发活力"，对外"讲好故事、交好朋友、做好文章、争取支持"。工作原则是坚持有利于业务中心工作、有利于单位建设发展、有利于温暖警队建设，并把"三个有利于"作为开展工作的根本原则和评判得失成败的根本标准。工作基调是秉持"锤炼民警、培养队伍，扩大影响、提升地位，鼓舞士气、促进发展"的主基调。三大战略是"情指行一体化"警务改革战略、以"三红一蓝"党建共建为重点的党建引领与业务工作深度融合战略、以移民边检治理"穿山模式"为重点和"穿山论坛"为重要展示窗口的穿山品牌建设战略。具体策略是抓住习近平总书记考察穿山的历史机遇，讲好穿山故事、争取各方支持、激发队伍活力，抓党建带队建，抓中心促发展，抓规范打基础，抓重点求突破，突出抓好能力、制度、文化"三项建设"，按照警务改革动起来、各方关注引起来、共建架构搭起来、配套项目建起来、部门合作密起来、工作成效显起来"六步走"策略，助力"穿山梦"的实现。

　　一切伟大成就都是接续奋斗的结果，一切伟大事业都需要在继往开来中推进。文化是关于梦想、坚韧与奋斗的故事。文化在你我心中，在每一位民警、职工的心中。国的梦，家的梦，你的梦，我的梦，经过汗水浇灌的梦终将实现。当前，穿山边检站正积极贯彻浙江边检总站党委"形成穿山模式"等部署要求，做好穿山论坛"后半篇文章"，坚持全局思维、战略思维、窄门思维，在移民管理的最基层先行先试，努力实现在大口岸、大移民、大公安、大社会治理中展现边检担当作为，拓展职能，提升地位。这无疑是边检机关的一道窄门，充满艰辛与坎坷，但我们义无反顾，因为一旦披荆斩棘跨过这道窄门，将迎来海阔天空，充满无限可能。在追逐、实现"穿山梦"的征程中，我们需要文化的力量，继续大力弘扬"逢山开路、团结拼搏，坚守初心、百折不挠，敢为人先、勇争第一"的穿山边检精神。

【《中国出入境观察》杂志2020年第11期】

激发内生动力，走好脱贫摘帽"最后一公里"

高峻龙

习近平总书记强调："用人民群众的内生动力支撑脱贫攻坚。"扶贫不是慈善救济，脱贫致富终究要靠贫困群众自己的辛勤劳动来实现，扶贫对象是否有意愿参与扶贫开发，能否主动、自信、坚定地走上脱贫致富之路，是现阶段从根本上解决绝对贫困问题的关键，也是实现可持续脱贫的重中之重。

2019年8月，我被上海出入境边防检查总站选派到广西三江县担任支教老师。一年多来，我先后在富禄苗族乡岑洞村、龙奋村开展驻村支教工作，亲眼见证了在国家移民管理局和当地其他后盾单位的大力帮扶下，贫困村的面貌发生了深刻变化，越来越焕发出前所未有的活力。但与此同时，较之物质生活水平的飞速提高，贫困群众思想观念的转变却还是一个相对滞后的过程，而这种滞后性常常成为束缚各项帮扶政策进一步走深、走实的阻力。

驻村支教期间，我坚持边工作边调研，通过入户访谈、案例分析等方式，了解当地村民的家庭结构、经济活动、风土人情、社会关系、行动准则和生活习惯等，对当地一些贫困群众"等靠要"现象的成因有了更深入的认识，也对如何激发脱贫内生动力形成了一些新的思考。

脱贫的"梯子"放到面前，他们为啥不攀爬

"交通靠走、通讯靠吼、治安靠狗"，曾经是这里真实生活的写照。由于地处湘桂黔三省交界的山区腹地，受交通落后、基础薄弱、资源匮乏、信息闭塞、动力不足等因素制约，经济发展缓慢，贫困人口多、贫困面积大、贫困程度深，一直是广西三江难以逾越的一道道鸿沟。一座座大山阻隔了与外界的联系，横亘在脱贫的路上，贫穷、落后成为千百年来的代名词。

贫困大山深处，迫切需要一把向上爬的"梯子"。

"梯子"不是没有。自2019年3月份,国家移民管理局承担定点帮扶广西三江县的任务以来,出台了一系列帮扶政策,针对贫困群众发展产业、就业务工、医疗卫生等方面,都有具体措施。

可是"梯子"搭好了,需要贫困群众自己爬。

有的不愿"攀"

一家人耕种着几亩薄田,种点水稻、钩藤,靠天吃饭,土里刨食。这样的日子,村民白老超很享受。

"金窝银窝不如自己的草窝",是他经常挂在嘴边的一句话。当扶贫干部给他介绍外出务工的机会时,他撇撇嘴,"那进城打工有啥稀罕?在这里当贫困户政府给发钱,我自己瞎折腾啥,越折腾越穷!"

一般在农村,老人在家种地带孩子获得农业收入,年轻人在外打工获得务工收入,两种收入相加就能过上比较富裕而有尊严的生活。但在当地,种地就是为了实现家庭日常生活需要的内部循环。每家种植大约一亩的水稻供自家食用,辅以种植一些经济作物,但很少管理。对多数村民来讲,外出打工常常是被逼无奈的最后选择,如小孩读书、老人生病、建房等家庭开支压力增大,农业收入难以维持家庭生计,才选择外出打工以缓解临时困局。一旦度过困难期,就马上返回村寨。这是一种偏好温饱型的生计观念。但精准扶贫要组织贫困户外出务工,要帮助他们发展种植养殖业,要精准地帮扶他们脱贫致富。致富式的生计模式完全颠覆了他们长期持守的生存性偏好的生计模式,所以他们参与意愿不高,常常使用"弱者的武器"来应对国家的大力推动。

有的不敢"攀"

村民廖荣火把穷日子的根源怪到果树上——家里种植的15亩罗汉果园,生了虫害,损失惨重。

专家到村里来讲授种植技术,可课上热闹闹,课下静悄悄,照做的寥寥无几。为啥?廖荣火撇撇嘴:"按专家说的干,钱不少花、工不少费,本来就没啥家底,罗汉果又卖不上价,谁敢冒那风险?"

对学习新技术,怕承担风险;对易地搬迁,怕难以适应新环境;对外出务工,怕朝九晚五受约束。怕这怕那,就是不怕"穷"。一些贫困群众之所以选择安于现状,在经济决策中极度保守,不愿做出任何改变,很大程度上是因为他们承受风险的能力弱。生计模式的改变会带来不确定性，且这种不确定性可能让他们遭受损失。对他们来讲，损失带来的痛苦感受超过等量收益带来的快乐，因此贫困人口有风险规避的偏好。从这个角度可以解释，为什么许多贫困户参与各项帮扶项目的热情低，是过于担心改变带来的不确定性会对自身造成损失。另一方面体现在贫困地区村民决策过程中表现出明显的"羊群效应"。多数贫困户在参与产业发展或外出就业时，一个重要的考量因素是村里有没有其他人做过，一旦有人有过类似"安全的经历"，之后就很容易出现成群结队的跟风现象。长期艰苦环境下生存导致的安全感缺失，使得多数贫困群众对风险的容忍度极低。

有的不会"攀"

早上五六点出门，中午11点才吃上第一顿饭，晚上在院子里划拳喝酒。

这是村民杨老区生活的主旋律。下地干活、回家喝酒也是孩子们最熟悉的生活场景。一天，杨老区从地里回家，看到村里三四岁的孩子们围坐在一堆，拿着大人们的空酒杯过家家。杨老区呆住了，那个瞬间他仿佛看到孩子们重新走上自己的老路——喝劣质酒、干体力活。

"村里面能干活的都出去了，就剩下我们这些没本事的、干不动的。"回忆起那段清苦的时光，杨老区说，好日子是啥样，梦也梦不到。

长期和土地打交道，观念陈旧，思维局限，难以找到发展门路，是大部分贫困群众的写照。有的仅靠种点土地饱肚皮，有的只能在家附近打点散工勉强维持生计，还有的缺乏劳动能力靠政府兜底。

脱贫内生动力的不足要从"志"和"智"两个层面的不足去理解。"志"意指要从思想上强化战胜贫困的决心，要具备勇于脱贫致富的勇气，要有"穷且益坚"的精神，有不畏艰难困苦的魄力。"智"就是心智，它是认知科学研究的对象。扶贫中的"智"指摆脱贫困需要才智和能力，这样才能阻止贫困的代际传递。

想干、敢干、会干，日子才越过越带劲

习近平总书记多次强调，扶贫先扶志，扶贫必扶智。激发脱贫内生动力，要密切联系扶志扶智的路径，解决好贫困群众想干、敢干、会干的问题。"天雨不润无根之苗"。如果贫困群众自己没有"飞"的意识和"先飞"的行动，就

算帮扶政策再好、扶贫干部热情再高，贫困的状况也很难从根本上得到改变。事实证明，只有贫困群众的心热起来了，把坚定的脱贫志向化成切实的行动，脱贫攻坚的预期目标才能够顺利实现。

沟通提效：从传达到说服

听得懂、信得过，贫困群众才想干

沟通作为一切精准扶贫政策推进落实的中间环节，其重要性不言而喻。从特定意义上讲，脱贫内生动力的激发是一种基层政府和扶贫干部面向贫困群众的沟通宣传工作，并在这种沟通中能真正做到走进群众、发动群众、教育群众。

在广西三江县少数民族集中的村寨里，村民日常的沟通交流还是习惯使用自己的民族语言，部分上小学一年级的孩子要重新学习普通话，因为父母不会教。"没有文化，不会讲普通话，在外面打工难找厂，和别人相处完全听不懂别人在说什么，所以只能回到家在一些工资低、干苦活累活的地方找事干。"回忆起前几年在佛山打工的日子，村民代兴糯唏嘘不已。沟通效率低给精准扶贫造成了双重障碍：一是与外界语言不通，一些村民无法参与外出劳动力市场竞争，获得外出务工收入；二是无法与精准扶贫政策顺利对接。一位当地的村干部说，扶贫首要和最大的问题就是与村民的交流问题，因语言不通，汉字不识，文化程度太低，有时解说半天都不能领会扶贫政策意图，更别提如何去实施政策了。在无法交流时，语言文字会失去全部的象征意义。精准扶贫的国家话语就无法全面渗透进村寨社会，成为一种与村寨社会脱离的悬浮物。要保证沟通环节的有效性，真正变"传达政策"为"说服群众"，我认为务必做到以下两点：

让贫困群众"听得懂"。所谓"听得懂"，就是要保证宣传的扶贫信息要从"专家语系"转变到"农民语系"，一个是要通俗易懂，要求扶贫干部做好解释工作；一个是可以使用当地百姓容易接受的渠道来传播。在富禄苗族乡龙奋村，上海边检总站为村里每家每户安装了一个"户户通小喇叭"，就取得了非常好的效果。"扶贫政策是个宝，大家一定要听好。两不愁、三保障，美化环境不能忘……"村支书杨老公将各项扶贫政策用群众语言编成广播稿，向乡亲们普及。"小喇叭一响，心里特敞亮。"谈起"户户通小喇叭"对自己生活的帮助，龙奋村村民代老全高兴不已，"它不但能讲理论、说政策，还能教俺种养殖技

术呢！"

让贫困群众"信得过"。许多贫困户在参与扶贫政策和就业宣讲的过程中表现出一种"虚假认同"。面对扶贫干部他们也愿意积极沟通，但是一涉及具体的落实环节就马上推脱逃之夭夭。这种现象的产生是因为一些贫困群众主观上对政府存在"刻板印象"，由于惧怕权威，喜欢耍滑头用"虚假遵从"来维持表面关系的和谐，但是他们心底却是对宣讲政策的不信任——不信任项目能带来收益，不信任自己有能力可以改变祖祖辈辈的贫困。沟通中信任的建立需要以平等对话为前提，以愿景激励为核心，以高频率亲身接触为手段，只有保证了贫困群众"听得懂""信得过"，宣传工作才能真正奏效。

教育深入：从灌输到内化

有知识、有本事，贫困群众才会干

教育扶贫承载着"斩断贫困代际传递"的使命，是激发脱贫内生动力的重要着力点。但是教育的功效常常是外显的，缺乏内卷化的动力。因此在实践过程中要推动"两类教育"，做好"两个承接"。

推动"两类教育"，一是要推动义务教育。义务教育发展的底线是严格落实"控辍保学"的硬规定，这要求建立责任主体制度，对义务教育阶段孩童开展地毯式排查，要严格预防"隐形辍学"现象的发生；义务教育发展的重点是要衔接家庭教育，由于贫困地区留守儿童现象突出，学校教育之外还存在着诸多的教育空白，这就要求责任学校和老师，连接好学校教育与家庭教育，定期向家长汇报，耐心做好劝导工作，当好孩子的"临时家长"；义务教育发展的难点是要实现文化传递方式的转变，一般情况下文化传递是前喻性的，即由长辈向晚辈普及知识观念。但是贫困地区的家长普遍存在着不重视教育和自身文化水平低的现象，日常生活中与子女沟通质量低，这就要求孩童必须在学校接受到高质量的教育，学到长辈们未曾思考或接触过的科学知识和价值观念，并能用后喻性的文化传递方式，教给自己家里的长辈，实现共同提高。二是要推动成人教育。成人教育的重点是培养理性精神，主要从常识普及的角度，将生育知识、教育知识、法律知识、安全知识、卫生知识等这类现代社会的基础性知识架构普及给贫困群众。

做好"两个承接"，一是将知识传递承接主流价值观念。贫困的代际传递内在的反映是贫困文化和认知方式的传递，村民生在村寨，长在村寨，无时无刻不在接受当地文化生态的浸染。教育除了基础知识的传递外，更要在过程中间嵌入现代社会主流价值观念，把贫困人口从当地文化糟粕的一面里解放出来，促进人的现代化。二是将技能培训承接社会需求。一方面，可以结合村民的日常生产生活，输入相关技能培训，比如向农民传授种养殖的科学技术、如何使用农用机械提高生产效率，这些内容紧贴当地实际，而且学习后很快可以见到实效；另一方面，要根据市场需求状况，做好产业、就业的定向培训，使得技能培训有"用武之地"。一位当地的扶贫干部介绍说，"当前大部分贫困群众已经从'要我脱贫'转向了'我要脱贫'，接下来要升级成'我有本事脱贫'。"这就需要培育贫困群众发展生产和务工经商的基本技能，让他们干事创业有能力，才能更有底气。近两年，国家移民管理局一直将"技能培训+就业帮扶"作为重点工程。以驾驶技术培训为例，截至目前已经免费为三江县贫困户培训大货车驾驶员800名，参加的条件只有一个——愿意学。村民伍城颖从"货车驾驶员"培训班毕业后，在深圳找到工作从事网约货车运输，年收入从每年2万多元，提升到现在每年10万多元。"自食其力，不丢人。"今年，他还准备拉着老乡一起干，不太会说普通话的他，满脸洋溢着发自内心的笑容。

行为激励：从"看"到"干"
算清账、有人领，贫困群众才敢干

"等要靠"等现象的成因十分复杂，一方面是贫困人口缺乏改变现状的志向和勇气，另一方面从行为经济学的角度出发，任何人的行为决策路径都首先受到利益驱动的影响和制约。而贫困人口较普通农户相比，生产能力更弱，面临的风险更大，对损失更厌恶，更爱追求即时利益。因此，一旦"等要靠"等投机行为带来的短期收益更大或者遭受的风险更低，贫困人口会做出当前状态下的利益最大化选择。从这个意义上讲，"等要靠"等异于主流价值观追求的行为，成了"弱者的武器"。让贫困人口完成从"看"到"干"的转变，要做到以下两点：

改变贫困人口关于"风险-收益"参考点的判断。扶贫对象在做决策时会衡量"维持现状"和"改变现状"的后果，"改变现状"意味着不确定性，是有可能遭受损失的；而"维持现状"至少是没有损失的。因而，让贫困户实现从"看"到"干"转变的关键在于最大限度地降低贫困者感知到的损失概率，尽可能地提高感知到的收益概率，同时改变以往"一刀切"的扶贫方式，让贫困群众真正作为主体参与进来，耐心地给群众算清"成本"和"收益"两本账。

要将激励从物质收益嫁接到社会声誉上。在以往贫困文化的长期形塑作用下，许多贫困人口追求的是在满足既有温饱条件之下，过闲散的、不辛苦的日子，他们对政府扶贫政策带来的种种实惠常常抱有"捡便宜"的心理，并不将其当作是对自己正向行为的激励。但是基于贫困地区的封闭特性，许多群众却非常注重村寨内村民之间的关系互动，并希望以此来获得村寨内良好的社会声誉。因此，我们牢牢把握好社会声誉评价的主动权。例如村民老代，他是村里幼儿园的园长，妻子开了一个小卖部和一间修车铺，夫妻二人闲暇时甚至还会去农民家里收废品来提高收入。但是自力更生的老代在村里的口碑并不好，很多农民看不起他"捡垃圾收废品的钱都挣"，不利的社会评价会大大限制了更多"老代"的产生。所以我们要营造有利于村民扔掉思想包袱、敢想敢干的村庄舆论。可以通过村规民约的形式，移风易俗，引导正向的乡风文化，并由此激发脱贫内生动力。

由"内"向"外"扶，扶起脱贫精气神

激发脱贫内生动力作为习近平总书记关于扶贫攻坚重要论述的核心要义，是整个精准扶贫工作开展的基础性环节，贯穿于各项扶贫政策实施的全过程。马克思主义原理告诉我们，意识对于物质有反作用，而且有时这种反作用是巨大的。这一哲学论断在精准扶贫工作中被反复印证，个体总是习惯于按照自己的方式去理解环境，且向往一种与自己的目的和价值观一致的发展方式。在精准扶贫的过程中，如果我们无视扶贫对象的"思想观"，盲目引进制度、技术、资源；如果扶贫对象还缺乏赋予这些制度以真实生命力的泛现代心理基础；如果执行和运用这些制度和技术的人，还没有从思想、心理、态度、行为上进行转变，那么失败和畸形发展是不可避免的。因此，激发内生动力的过程就是打破制约人主观能动性发展的"旧枷锁"，保存优秀的传统乡村文化"基因"，建立核心价值观引领下的强大脱贫精神"引擎"。脱贫攻坚是一场硬仗，只有激发脱贫内生动力，才能让脱贫可持续，致富有干劲，才能走好脱贫摘帽"最后一公里"，走实全面小康"最近一公里"，走稳乡村振兴"最先一公里"。

【《中国出入境观察》杂志2020年第11期】

| 言 论 |

念好练兵"三字经"

王 羽

当前,全国移民管理机构练兵氛围正浓,强理论、提业务、练体能,全警上下以饱满的精神风貌、高昂的战斗意志,掀起了实战化练兵热潮。

当今世界正经历百年未有之大变局,世情、国情、党情正在发生深刻复杂变化。错综复杂的国际形势对我们的履职能力提出了新挑战,艰巨繁重的改革发展任务对我们的履职本领提出了新要求。越是乱云飞渡、越是使命崇高,越要迎难而上、负重前行,越要善于应变局、开新局、保大局,而这一切离不开本领过硬。本领不是说得来、喊得来的,是训出来、练出来的。一句话,强警必兴训。

练兵当练"能"。能力不足当如何?唯有学习。练兵,从根上讲也是学习,是知行合一统摄下的学习。只有不断学习新知识,熟悉新领域,掌握新技能,同时警惕学习过程中可能出现的学风不正、涉猎不广、方法不对等问题,就能起到在练中学、在学中练的效果,就能把练兵习来的新理念、新知识运用于实践中,进而转化为战斗力。

练兵当练"精"。要保证练兵效果,离不开"实""细"二字。组织要"实"。练兵不能搞假把式、虚招式,要紧贴事业发展亟须的、履职本领急缺的、人民群众急盼的来组织实施,缺什么练什么,兼顾好当前和长远、继承和创新、战略和战术,确保练兵取得实实在在的成效。内容要"细"。练兵不能搞大呼隆,不能认为场面大、声势足就是效果好。练的目的在于强能。每个人的岗位不同、所处的环境也不同,这就决定了所担负的职能和面对的形势也有差异,因此,练兵要因地制宜、因人施策,"靶向治疗""对症下药",突出指导性、针对性、操作性,采取务实管用的方法切中要害,以精准之策促精准之效。

练兵当练"心"。孟子有言,"故天将降大任于斯人也,必先苦其心志",可谓一语道出了练兵当"练心"的真谛。人心若无志,好比无舵之舟,没有了前行的动力,漂泊不定;队伍若无志,必将软弱涣散,既无朝气、锐气、正气,更难言有什么战斗力。因此,在练兵中,要修好"心学"。既要身至,更要心至;既要解决"在场"的问题,更要解决"在状态"的问题。通过大练兵,砥砺心智,锻造品格,塑造灵魂,练出忠诚之心、为民之心、强能之心。

【《中国出入境观察》杂志2020年第11期】

| 图 片 |

加开专用通道

林圣敏

3月15日,根据广东省最新防控工作指引(第五版),白云出入境边防检查站针对多个同时到达涉疫航班部署特殊勤务,加开专用通道,保证口岸和旅客安全。

【《中国移民管理报》第00127期2020年3月17日2版】

做好疫情防控助力牧民生产

阿依别克·达列力

春季接羔育幼、转场工作是牧民群众一年之中最关键、最忙碌的时期。连日来,新疆塔城边境管理支队铁列克特边境派出所民警顶风冒雪深入辖区,在做好疫情防控工作的同时,帮助牧民群众复工生产作业。

【《中国移民管理报》第00128期2020年3月20日1版】

| 图 片 |

为世界之巅"量身高"也有他们辛劳

——珠峰边境派出所为中国测量登山队
开展高程测量提供有力保障掠影

毕 琦　龙小风　刘 恋　贺烈烈

5月27日，中国2020珠峰高程测量登山队登顶成功，为世界第一高峰"量身高"。我国启动第七次珠峰大规模测绘和科考工作以来，西藏日喀则边境管理支队珠峰边境派出所抽调20余名警力，驻扎在海拔5200米的珠峰大本营警务区，设关立卡检查往来车辆、人员，宣传边境政策法规，开展常态化边境巡查，为高程测量提供全天候服务，全力保障警务区安全。

民警与留守队员合影留念，祝贺登山队登顶成功

巨幅国旗由拉萨市40余名残障人士缝制而成，重达1.3吨，面积约6700平方米

民警在警务区巡逻

民警严格核查进入警务区人员

民警走访登山队宿营地

【《中国移民管理报》第00148期2020年5月29日4版】

| 图 片 |

临沧边境管理支队"国际禁毒日"公开销毁毒品

母赛昌

6月24日,在国际禁毒日来临之际,云南省临沧市举行2020年公开销毁毒品活动暨"健康人生、绿色无毒"禁毒宣传活动。在荷枪实弹的移民管理警察、公安特警等人员押送下,7.212吨冰毒、海洛因、大麻等毒品被送到临翔区某工厂集中焚毁。此次销毁的毒品,包含临沧边境管理支队近年来缴获的部分毒品3.774吨,占此次销毁毒品总量的52.35%。

【《中国移民管理报》第00156期2020年6月26日1版】

架起生命通道

杨 磊

受连日强降雨影响，7月23日，西藏林芝市波墨公路墨脱段113号桩处发生塌方，道路中断，没有信号，数十名群众和多台车辆被困。林芝边境管理支队墨脱边境派出所"救援突击队"联合相关部门迅速展开救援，经过4个多小时奋战，将被困群众全部安全转移。

【《中国移民管理报》第00165期2020年7月28日1版】

| 图 片 |

皮斯岭达坂巡逻

王贵生

11月23日,新疆喀什边境管理支队达布达尔边境派出所组织警力在海拔4980米的皮斯岭达坂巡逻。

【《中国移民管理报》第00200期2020年11月27日2版】

昂首阔步迎接新年曙光

李俊修　高　峰　肖建波　杨　悦
宋　歌　赵恒宝　李康强　姚宇庆

有一种曙光是国门上国旗的闪亮，有一种曙光是晨曦中警徽闪耀的光芒，有一种曙光是边境线上警惕的目光，有一种曙光是万千移民管理警察新年愿景的畅想……历史的年轮来到2020年，新年的曙光带着初升的喜悦，带着崭新的希望，带着磅礴的力量照耀在国门、边境线上，照耀在每名移民管理警察的脸上、心上。

苟日新，日日新，又日新。旧岁已展千重锦，新年再进百尺杆。2020年的曙光是前进的鼓点，是加油的呐喊，让我们"用汗水浇灌收获，以实干笃定前行"。

2020年1月1日，位于祖国最东端的派出所——黑龙江佳木斯边境管理支队乌苏镇边境派出所民警，在巡逻踏查中迎来新年第一缕阳光。

据了解,乌苏镇素有"东方第一镇"的美誉,地处中俄"两大界江"黑龙江和乌苏里江交汇处。这里的冬季昼短夜长,寒冷的气候将"两大界江"牢牢冻住,凌冽的寒风吹起雪粒在江面上如流沙般游走,零下30多摄氏度的低温使空气都变得稀薄,但乌苏镇边境派出所民警们克服呵气成霜、滴水成冰的严寒环境,踏查重点冬捕作业江段,向渔民宣讲边境政策法规,多年如一日守护着祖国东极的边疆安宁。

1月1日清晨,满洲里出入境边防检查站民警在零下30摄氏度的极寒天气踏雪巡逻,守卫国门限定管理区安全稳定,以实际行动迎接新年第一缕曙光。

1月1日凌晨，驻守祖国最南端的三亚出入境边防检查站，5名在半山半岛码头巡逻执勤的民警，迎着新年的第一缕阳光，向新年的祖国敬礼！

位于新疆克孜勒苏柯尔克孜自治州乌恰县的吉根乡是我国最西端的乡镇，被称为"西陲第一乡"，这里是我国"送走最后一缕阳光"的地方。驻守这里的新疆克州吉根边境派出所是我国最西端的边境派出所。2020年的第一天，派出所民警迎着新年的阳光巡逻在边境前沿。

【《中国出入境观察》杂志2020年第1期】

扬鞭策马守护繁华

康国宁　格日勒朝克图　任利勇

2月20日,虽已立春,但大兴安岭南麓的宝格达山林场仍白雪皑皑。在这片孕育乌拉盖河、色也勒吉河、海拉斯台河的神圣土地,"马背警队"扬鞭策马,开始了一天的巡逻走访。

2019年4月,内蒙古锡林郭勒边境管理支队坚持把习近平总书记生态文明思想落实到边境地区维稳管控工作中,一支灵活性高、机动性强的草原新生警用力量应时应需而生。同年6月28日,"马背警队"正式启动警务仪式,这也是内蒙古自治区成立的首支"马背警队"。

【《中国出入境观察》杂志2020年第2期】

爱，转过749道弯

庄 兴　谢丽勋　刘惠语　崔立霞

2020年春节，对山东威海姑娘王晶来说，是一个别样的春节，因为她来到了距威海3636公里外的独龙江，因为在那里，有个人对她说"我在独龙江等你"。

张礼慧是云南怒江边境管理支队独龙江边境派出所的一名见习民警。在他心里一直有个"阴谋"，只要她敢来，就向她求婚！

不知有"阴谋"的王晶，历经2次转机、4次转车，忍受着晕车、呕吐的折磨，特别是从怒江州贡山县城到独龙江乡，虽然只有79公里，但要跋涉749道弯和满地的积雪，才能穿越海拔4300多米的高黎贡山。

终于，在通往独龙江的隧道口，她遇到了正在执勤的张礼慧。

"这里光毒蛇的种类就有20多种，晚上经常会遇到。巡边时，最苦的就是没电、没网、没信号，有时一连几天也联系不上。因为这事儿，她还跟我提过一次分手。"因为这些"天不助我"的条件，让张礼慧一度打消了求婚的念头。

第二天，独龙江边、雪山之下，张礼慧在战友们的帮助和鼓励下，决定向相恋3年的王晶求婚。张礼慧曾在这里许下从警誓言，这一次他面对恋人喊出了自己的爱情宣言："王晶，我俩从相识到相恋，到现在，其中的苦与乐只有我们知道，感谢你一直陪伴着我，你愿意嫁给我吗？"

"我愿意！"

"你是我的了！从此，我守好边防，你守好我们的小家！"张礼慧高兴地跳了起来。

王晶深情地望着张礼慧，回应道："我们的开始并不浪漫，相处的过程也很平淡，但我相信，今后的日子，我们依然会彼此相爱、互相包容支持、白头到老，这才是最重要的。一屋、二人、三餐、四季，是我最渴望的婚姻生活。因为有你，我就有了期待。"

"左手牵你，右手敬礼。此生有国，此心有你。"张礼慧与王晶紧紧拥抱在一起。

张礼慧和战友们巡逻在独龙江上

独龙江畔的婚纱照

张礼慧向王晶求婚

求婚成功两人相拥

抱得美人归,欢笑荡边陲

【《中国出入境观察》杂志2020年第2期】

| 图 片 |

防输入　保通关
——光影中的齐鲁国门

钱　程

山东毗邻韩日，受境外疫情波及早；又地处京畿门户，拱卫首都安全责任重；加之沿海高度开放，外防输入压力大，港、空港口岸成为防范境外疫情输入的主战场。

山东出入境边防检查总站坚持空运查控、海上防控"两手硬"，加强边检数据分析推送，严防非法出入境，织密口岸阵地防范网、重点要素联控网，筑起应对境外疫情输入风险的坚固防线。疫情防控工作开展以来，全省边检机关共检查往来疫情国家飞机3279架次、船舶8961艘次、人员32.4万余人次。

随着疫情防控工作进入常态化，该总站坚持防输入、保通关"两手抓"，在从严落实防控要求的同时，针对空港外贸日趋活跃、出入境货机逐步增加的实际，推行机组员工不出口岸限定区域免办边检手续，最大限度提供通关便利。同时，推行警企"点对点"联络机制，对入境船舶、船员实行24小时随到随检，优质服务全省海港外贸加快复苏、双招双引持续向好。统计数据显示，5月份，全省空港口岸出入境货机840架次，环比增长113.2%，占航班总量的93.8%。

装载61吨防疫物资的包机将从烟台机场飞往美国洛杉矶，民警监护货机装卸物资

威海港出口货物量剧增，民警加大巡查力度

民警在威海港集装箱码头巡查

民警在威海港开展夜间巡逻

民警在威海港码头检查集装箱货运车辆

民警前往外籍货轮停泊点开展勤务

【《中国出入境观察》杂志2020年第6期】

守卫圣山的美丽与祥和

康国宁　格日勒朝克图　任利勇

8月4日,锡林郭勒盟东乌珠穆沁边境管理大队与旗公安局禁毒大队、旗森林公安局,在边境林区开展"圣山守卫"联合巡逻踏查行动,重点打击非法采挖药材、盗猎、罂粟种植和偷越国边界等违法犯罪行为。

宝格达山(意为"圣山")位于内蒙古锡林郭勒盟东北部,与蒙古国相邻,占地2.9万公顷,包含高等植物640种、国家重点保护动物42类,是自治区中北部天然生态屏障的绿色核心,2010年被评定为国家级森林公园。图为林海巡逻和边境踏查情景。

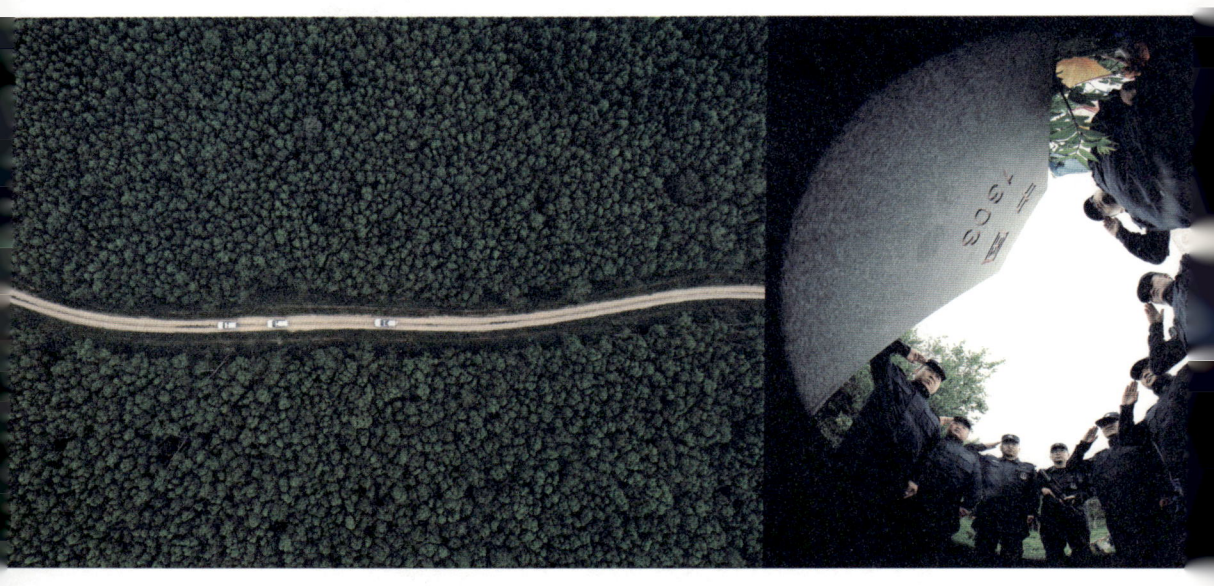

【《中国出入境观察》杂志2020年第8期】

"容老师,节日快乐!"

章善玉　姚蓓雨

9月9日早晨,广西三江侗族自治县独峒镇八协小学的一间教室内,讲台上堆满了各种礼物,黑板上写满了歪歪扭扭的字:"容老师,节日快乐!""容老师,我爱你!"

南京港出入境边防检查站支教民警容炀看到此情此景,眼眶一下湿润了。

作为扶贫支教民警,从踏上三江大地那刻起,容炀便与这里结下了不解之缘。

9月的广西依然闷热潮湿,一间10平方米且密不透风的小木屋,老旧电风扇呼哧作响,这就是容炀的宿舍。

"慢慢就习惯了。"容炀坦言,面对落后的生活设施,心里难免有落差,但面对一个个对知识充满渴望的孩子,内心又觉得充盈幸福。

8月29日,根据国家移民管理局教育扶贫安排,容炀和7名同事再次来到了广西三江侗族自治县独峒镇,开启半年的支教之旅。

"教育脱贫一个也不能少。"这是容炀写在备课本上的一句话。如今,她正用实际行动点亮每一位侗乡孩子心中的灯。

充满活力的英语课　　　　　　　　开展爱国主义教育

课后辅导

家长的感激之情，流淌在握手间

隐没在崇山峻岭间的独峒镇

家访后，容炀和学生一起玩耍

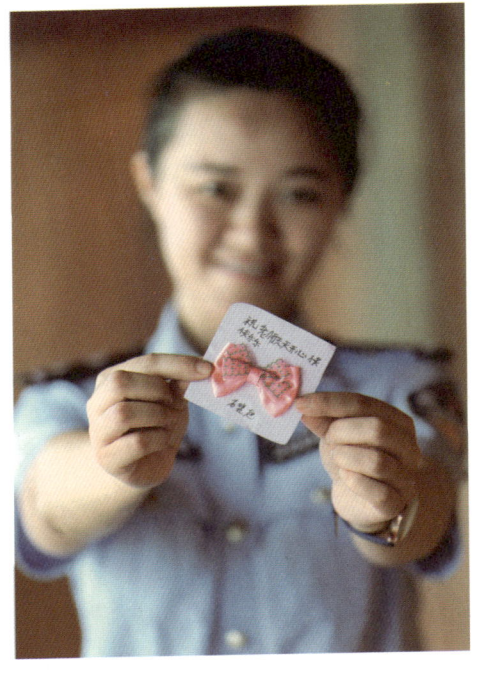

展示学生送来的教师节礼物

路上注意安全，完成家庭作业哦！"

【《中国出入境观察》杂志2020年第9期】

| 图 片 |

夜幕下的执勤点

田洪涛　常东菊

白昼退去，夜幕降临。位于中缅边境一线的云南德宏州中山乡允外执勤点，寂静的山谷，漆黑的巡逻路，少有行人、车辆经过。驻守在这里的移民管理警察、护边员和民兵，警惕地观察着周围，执勤点闪亮的灯光告诉群山，这又是一个不眠的夜……

允外执勤点位于中山乡允外村，由芒市边境管理大队中山边境派出所组建，实行24小时勤务制度。路边搭建的帐篷是执勤人员的临时住所，记录和见证了他们的苦与乐，笑与泪。

在卡点，他们查验过往货物，对人员进行体温检测并登记建立台账，符合物资运输要求、驾乘人员体温无异常的车辆予以放行，其他车辆一律劝返。

"我们没有故事，我们所做的就是坚守，一天一天地守，尽职尽责地守。"执勤点带班民警郭勒干说。

寒夜里的坚守很平常，坚守的故事很平淡。

夜间的允外执勤点　　　　　　白天的允外执勤点

通往执勤点的道路　　　　　　　　开展夜间巡逻

检查过往车辆，检测行人体温　　　总结今天，部署明天

结束一天的工作，与家人视频通话　生火做饭

饭菜飘香　　　　　　　　　　　　一个人的生日，全体人员的欢乐

【《中国出入境观察》杂志2020年第10期】

| 图 片 |

"'一张图'管理平台"保障边境平安

牛 鑫 连 振

今年以来,内蒙古阿拉善边境管理支队立足辖区实际,探索建立立体布防、联动融合、基础固边的边境管理工作新格局,创新推出集"居边护边堡垒户"巡逻管理、民警走访考勤、牧区一键报警、警务地理应用、信息化布控、远程调度培训等功能于一体的"'一张图'管理平台",有效提升了边境治理体系和治理能力现代化水平,维护了阿拉善边境地区安全稳定。图为支队民警联合民兵驼兵排及居边护边堡垒户,乘驼开展边境复杂区域联合踏查,提升管边控边能力。

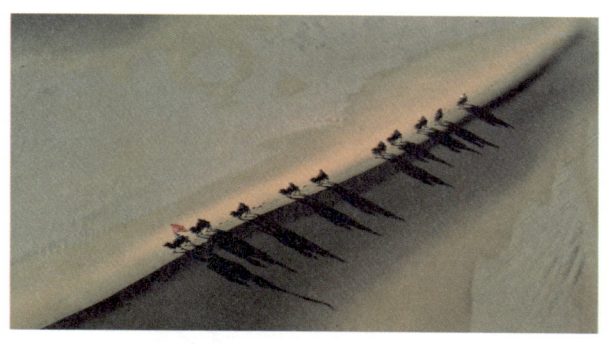

【《中国出入境观察》杂志2020年第11期】

将训词精神融入血脉

陈冉昊　易　知

2020年8月26日,是中国人民警察史上一个具有里程碑意义的日子,也是人民警察队伍必将永远铭记的历史性时刻,这一天,习近平总书记向中国人民警察队伍授旗并致训词。总书记指出,新的历史条件下,我国人民警察要对党忠诚、服务人民、执法公正、纪律严明,全心全意为增强人民群众获得感、幸福感、安全感而努力工作,坚决完成党和人民赋予的使命任务。

警旗指引方向,训词凝聚力量。从西北高原到白山黑水,从南国密林到大漠戈壁,全国移民管理系统广大民警把学习习近平总书记重要训词精神所焕发出的政治热情,转化为践行初心使命、提升能力本领的强大动力,纷纷表示要以训词精神为指引,坚持党的绝对领导,坚持政治建警方针,始终以党的旗帜为旗帜、以党的方向为方向、以党的意志为意志,锚定"四个铁一般"标准,争当让党和人民放心的国门卫士,自觉为维护国家主权、安全、发展利益作贡献,为改革强警添光彩。

【《中国移民管理报》第00189期2020年10月20日3版】

| 漫 画 |

精准防控境外疫情输入

王聪睿

当前,防控境外疫情输入形势日益严峻。作为守护国门口岸的一支重要执法力量,我们应精准防控境外疫情输入,提前掌握分析国际航班载运人员信息,通过多渠道及时推送共享,与海关检疫等部门携手筑牢口岸安全防线,为国内疫情防控持续向好态势保驾护航。

【《中国移民管理报》第00128期2020年3月20日3版】